Es war Christian, der Diener der Zürcher Anwaltsfamilie Hobbs, der den Toten im Gartenpavillon neben der blutbespritzten Chaiselongue fand. Jahre später blickt er zurück und versucht zu verstehen, wie es zu der Katastrophe kommen konnte. Erinnerungen an seine Jugend im österreichischen Feldkirch drängen sich scheinbar zufällig in die Rekonstruktion: Vier genialisch provinzielle Jungs rezitieren am sommerlichen See in sagenhaften Anzügen Zweig und Hesse, haben ihre ganz eigene Theorie zu Frauen mit Locken und das gute Gefühl, dies alles wäre erst der Anfang. Christian erzählt vom Auseinanderdriften der Freunde, von seinen ersten Jahren im Hobbs'schen Haushalt, von verwirrenden nächtlichen Zimmerbesuchen, liebevoll inszenierten Familienporträts und dem fatalen Moment, als die einnehmende Hausherrin seinen alten Freunden begegnet. Und während er die Untiefen der eigenen Schuld auslotet, kommt er einem großen Geheimnis auf die Spur.

VERENA ROSSBACHER, 1979 in Bludenz/Vorarlberg geboren, aufgewachsen in Österreich und der Schweiz, studierte einige Semester Philosophie, Germanistik und Theologie in Zürich und am Deutschen Literaturinstitut in Leipzig. Nach ihrem Debüt »Verlangen nach Drachen«, »Schwätzen und Schlachten«, »Ich war Diener im Hause Hobbs« erschien ihr vierter Roman »Mon Chéri und unsere demolierten Seelen«.

VERENA ROSSBACHER

ICH WAR DIENER IM HAUSE HOBBS

Roman

btb

Penguin Random House Verlagsgruppe FSC® N001967

2. Auflage
Genehmigte Lizenzausgabe Februar 2023
btb Verlag in der Penguin Random House Verlagsgruppe GmbH,
Neumarkter Straße 28, 81673 München
Copyright © 2018 by Verlag Kiepenheuer & Witsch, Köln
Alle Rechte vorbehalten
Covergestaltung: semper smile, München
nach einem Entwurf von Barbara Thoben, Köln
unter Verwendung eines Motivs von © akg-images
Druck und Einband: GGP Media GmbH, Pößneck
MK · Herstellung: sc
Printed in Germany
ISBN 978-3-442-77080-9

www.btb-verlag.de
www.facebook.com/penguinbuecher

Für Mathias

und

in Erinnerung an meinen Vater:
Sein Humor, sein Timing
und sein Faible für schlechte Witze
werden für mich
immer wegweisend bleiben.

PROLOG
Es war ein schlampiger Tag. Dies ist eine einfache Geschichte.

Ich fand ihn drüben im Gartenhaus.

Mein Bett, das Schreibpult und die von mir so geliebte Chaiselongue, die hübsche blassblaue Perserbrücke, alles war voller Blut – ich vermute, Sie kennen die Details, die Zeitungen waren damals voll davon. Dieser grauenhafte Tod, aber schon in den Wochen davor der Skandal, als die ganzen Umtriebe ans Licht kamen, vor allem jedoch die vormalige Präsenz der Hobbs im Zürcher Stadtleben, die Matineen, der illustre Bekanntenkreis und die legendären Dinner, ja überhaupt die Tatsache, dass ein solches Drama sich in den besten Kreisen der Gesellschaft zutrug, machten das Ganze natürlich umso brisanter.

Es gab ein Wort, das häufig fiel in dieser Zeit – und damit meine ich die Wochen vor dem grausigen Ende, dem letztlichen Showdown, der alles Geraune verstummen ließ, als das Entsetzen sich über die Freuden des banalen Klatsches legte. Ich meine die Tage, in denen immer weitere Details an die Öffentlichkeit kamen und das Bild der Familie sich in der allgemeinen Wahrnehmung derart drastisch veränderte, als hätte ein erstaunlicher Schachzug die gesamte Spieldynamik verschoben, ja, umgedreht. Und dabei ging es eigentlich gar nicht um die Hobbs an sich, es ging ums Prinzip. Sie waren einfach zufällig unter den Ersten, die es erwischte.

Ein Wort, ich las es in diversen Postillen, fachsimpelnde Diskussionspartner benickten es zur besten Sendezeit an runden Tischen, die aufgeregten Nachbarn teilten es in der Quartierbäckerei beim morgendlichen Croissantkauf, neben den Körben voller Knospenbrot und Baguette und zwischen den gut gefüllten Regalen bei *Feinkost Panucci*, und verstummten geflissentlich, wenn ich die Geschäftsräume betrat. Es war das, was man am allerliebsten nur getuschelt von sich gab, geheimnisvoll und genießerisch zugleich und ganz so, als hätte man es immer schon geahnt: Je höher der Aufstieg, desto tiefer der Fall.

Es ist eine simple Weisheit, eine nachträgliche Besserwisserei und im Grunde völliger Unsinn. Denn was soll das heißen? Ich meine, wo wären wir, fänden sich nicht immer wieder Einzelne unserer Art bereit, luftige Höhen zu erklimmen und die Risiken auf sich zu nehmen, grandios daran zu scheitern, zu stürzen und sich womöglich erheblich zu verletzen? Und doch war natürlich etwas Wahres dran, zumal die Hobbs sich nun nicht gerade brüsten konnten, Opfer für die Menschheit gebracht zu haben. Es war ein Aufstieg aus rein selbstsüchtigen Motiven, es war eine nahezu perfekte Optimierung der eigenen Behaglichkeit. Es war ein hoher Aufstieg. Oder vielleicht –

jetzt, wo ich dies niederschreibe, kommt mir ganz plötzlich das Bild wieder vor Augen, wie ich sie des Nachts einmal antraf – vielleicht beschreibt es etwas anderes ungleich genauer.

Antraf ist übrigens zu viel gesagt: Ich traf sie, aber sie trafen mich nicht, ich meine damit, sie sahen mich nicht, nahmen gar nicht wahr, wie ich sie von der Diele aus durch den Türspalt beobachtete in dem halbdunklen Wohnzimmer, nur erleuchtet vom gut gefütterten und gemächlich kauenden Feuer im Kamin. Sie wähnten mich sicherlich schon längst drüben im Pavillon, sie wähnten mich ebenso tief schlafend wie die Kinder oben in ihren Betten, sie wähnten sich allein. Auf dem breiten Fenstersims standen eine geleerte Flasche *Dom Pérignon* nebst zweier hauchzarter Champagnerflöten.

Meines Wissens waren sie – ich spreche von den Champagnerflöten – das letzte Mal ein paar Monate vor dem erwähnten Abend zur Verwendung gekommen, als Frau Hobbs erfahren hatte, dass sie wieder schwanger war. Sie musste an besagtem Morgen bei ihrem Arzt gewesen sein – sie hielt es sicher für ordinär und ihrem Status unangemessen, unter den interessierten Augen der übrigen Kunden in der Apotheke einen Teststreifen zu erwerben und die freudige Nachricht mit voll gepinkelten Fingern zu erfahren.

Ich jedenfalls brauchte keinen Arzt. Ich hatte schon längst geahnt, was Sache war. Ich bin ein genauer Beobachter, und damals hatte ich zwangsläufig meine aufräumenden und sortierenden Finger ständig in den intimsten

Schubladen, den verborgensten Arealen, ich registrierte die leichtesten Verschiebungen.

Ich muss selbst stutzen, wenn ich dies so niederschreibe, »genauer Beobachter«, und »ich registrierte die leichtesten Verschiebungen«, denn genau das ist mein Problem in dieser Geschichte: Ich habe nicht genau beobachtet. Und ich habe die Verschiebungen nicht wahrgenommen, weder die leichten noch die schwerwiegenden. Ich habe, alles in allem, meinem Beruf keine Ehre gemacht.

Damals allerdings, zumindest in Bezug auf den Schwangerschaftsstatus Frau Hobbs', hatte mein Radar einwandfrei funktioniert, ich hatte tatsächlich schon längst geahnt, was Sache war.

Zwei Tafeln feine Schokolade im Schrank, die über Wochen hinweg keinen interessierten, plötzlich waren sie aufgegessen; eine über Jahre geführte Temperaturtabelle, ein stets enttäuschendes Auf und Nieder der Kurven, auf einmal blieben sie konstant – es reichten diese winzigen Details, um mich aufhorchen zu lassen. Anscheinend hatten sie spätabends, als ich mich schon zurückgezogen hatte, diese lang ersehnte Neuigkeit zusammen gefeiert. Ich hob am Morgen das Tablett mit diesen filigranen Gläsern vom dicken Teppich auf, fegte die herumliegenden Krümel der mürben Käsestangen zusammen und versuchte, einen aufglimmenden Gedanken zu unterbinden. Nein, das trifft es nicht ganz. Ich war sicher alles andere als ein glänzender Mathematiker – wie Herr André viele Jahre zuvor einmal so apodiktisch festgestellt hatte –, aber ich konnte eins und eins zusammenzählen. Ich wusch die Gläser ab, polierte sie, ich stellte sie in den Schrank. Ich ging nach oben, studierte die Temperaturtabelle, dann konsultierte ich die beiden Terminkalender. Ich fühlte mich unbehaglich.

Später wählte ich seine Nummer und legte auf, bevor er abheben konnte. Was hätte ich auch sagen sollen.

Nun, ein paar Monate später, war der gewölbte Bauch schon gut zu sehen, es war tiefe Nacht, und ich war vom Pavillon noch einmal herübergekommen, ich hatte vergessen, die Haferflocken einzuweichen – Frau Hobbs aß, seit sie schwanger war, täglich eine Schale Porridge, aus Verdauungsgründen. Ich stand also in der dunklen Diele, lehnte neben dem zierlichen Sekretär an der Wand und roch den fetten und irgendwie spöttischen Rosenduft der getrockneten Blüten in der Silberschale. Ich betrachtete das belebte romantische Diorama vor mir. Herr Hobbs hatte sein Jackett abgelegt, weich und wie eine fläzende, grau gemusterte Katze lungerte es auf dem großen Sessel im Erker, die Krawatte hing locker und dabei erstaunlich souverän über der Schulter auf dem gestreiften Hemd, und die Schuhe, scheinbar nachlässig von den Füßen gestreift, lagen tändelnd neben Frau Hobbs' glitzernden, eleganten Stilettos vor dem Sofa, und in Strümpfen tanzten sie versunken zur Musik von Manitas de Plata.

Vielleicht war es eher so. *Je höher der Aufstieg, desto tiefer der Fall* – nein, das ist das falsche Bild. Sie haben hoch, hoch oben getanzt. Sie stiegen nicht hinauf und fielen dann runter, die Hobbs waren bei Gott keine Wanderfreunde, sie tanzten, und plötzlich machte jemand die Musik aus, auf einmal nahm der große Manitas die Finger aus den

Saiten, und es war still, von einem Moment auf den anderen. Es gab diese paar peinlichen Sekunden, in denen sie weitertanzten, jetzt bei greller Aufräumbeleuchtung und ohne narkotisches Plimplam, dann schauten sie auf und die Welt schaute zu.

Aber zurück zu besagtem Abend, ich verborgen in der Diele, sie beide mit Manitas im Salon, noch spielte die Musik, noch raunte der Südfranzose seine heiseren Betörungen, noch war das Glück an ihrer Seite und die Zeit mit ihnen befreundet.

Bernadette Hobbs, das hinterfotzige Flammenspiel aus dem Kamin verfing sich wichtigtuerisch und kindisch zugleich in ihren kirschholzfarbenen Haaren, lehnte, geschmiegt und geschmiert, als wäre alles an ihr wachsweich wie ein perfekt gekochtes Ei und er ihr Toast, das Gesicht mit den geschlossenen Augen an seiner Brust. Herr Hobbs – es war mir selten so deutlich bewusst gewesen wie in ebendiesem Moment, als sich ein kleines, unscheinbares Fenster aufzutun schien zu den verborgenen Kammern und ungeahnten Gelassen seines Wesens – war so unverschämt maskulin mit diesen typischen Attributen von Macht, Geilheit und Erfolg, die mich zu verhöhnen schienen, gerade in ihrer hier gezeigten Nachlässigkeit, allein das Hemd, das hinten ein wenig aus dem Hosenbund lugte, schien ein einziger guter Witz zu sein. Ein Witz über mein, sogar noch zu später Nachtstunde, sorgsam gepelltes Erscheinungsbild. Seine Haare schimmerten wie feuchter Rost, wie eisenhaltige Steine, die abendrot aufglommen, wenn es regnete, sein Kopf lag wohlig gebettet auf den Locken seiner Frau und die breiten Hände mit der Selbstverständlichkeit eines Kolonialherren auf ihrem weichen Hintern.

Es dauerte eine gute Zeit, bis ich mich lösen konnte von diesem intimen Moment, es war, als nähmen der trügerisch wonnige Rosenduft und das heimlich Geschaute mir jede Kraft, mich zu entfernen. Ein Augenblick, der, einer zarten Blase gleich, zu schweben schien, durch die Dunkelheit und durch die Jahre, die vergangenen und die kommenden.

Ich heiße eigentlich Christian Kauffmann – hier in Feldkirch natürlich Krischi, es gibt keinen Eigennamen, den der Vorarlberger nicht kleinkriegt. Abgesehen davon ist es ein Name wie jeder andere auch, Christian heißt man praktisch überall auf der Welt, und ich trage einen Nachnamen, der in der Gegend, aus der ich stamme, durchaus geläufig und nichts Bemerkenswertes ist.

Ich war übrigens nicht der Meinung, meine Herkunft, mein Name, meine Familie und die regionalen Besonderheiten meiner Heimat seien grundsätzlich von Belang. Ganz im Gegenteil war ich, meinen Ursprüngen irgendwann entwachsen, sehr bestrebt, sie nach Möglichkeiten nicht mehr zu erwähnen, ja, ich war sogar ganz froh darüber, bei den Hobbs meinen Vornamen ablegen zu können und damit gewissermaßen ein anderer zu sein, vielleicht sogar niemand. Grund dafür waren keineswegs prekäre oder dramatische Umstände, irgendwas Dubioses oder Mysteriöses in meiner Biografie, ganz im Gegenteil, es war nichts Spektakuläres darin, es herrschte eher, so könnte man das nennen, eine wohlwollende Monotonie. Nichts an meiner

Vergangenheit taugte als erfüllender Gesprächsstoff. Vielleicht war es aber genau diese naive Ignoranz, die blöde Hoffnung, man könne unbelastet und unbeschrieben neu beginnen, ja, überhaupt diese schöne Idee: neu zu beginnen, die dafür sorgten, dass die Dinge so kamen, wie sie nun einmal kamen.

Ich bin, der gesellschaftlichen Auffassung von meinem Beruf zufolge, noch relativ jung. Typisch mag es vielleicht nicht sein, in meiner Ausbildung zum Butler gab es aber durchaus einige in meinem Alter. Wie kommt es nur, dass ich mich so viel älter fühle? Nun, da ich wieder hier in Feldkirch bin und dies niederschreibe, stelle ich mir gerne vor, mein Leben wäre bis zu meinem Weggang eine stringente Geschichte gewesen, ein klares, handliches Buch mit einem chronologisch einleuchtenden Verlauf. Keine doppelten Böden, keine ironischen Spielereien: Ein Mann wird geboren, lebt seinen kleinen Alltag, und irgendwann geht er wieder. Bücher dieser Art sind immer latent psychophob, es ist der rührende Wunsch, die Dinge würden, so man sie nur klar und ehrenhaft ausdrückte, tatsächlich verständlicher, es ist der Wunsch nach einer eindeutigen Welt, nach schwarz und weiß, ja oder nein – es war immer mein Wunsch. Ich wollte diese Eindeutigkeit nie durch Anmerkungen verunstalten, ich wollte nicht meine Erinnerungen revidieren, ich wollte nicht etwas bereits Gesetztes infrage stellen und neu definieren, ich wollte nicht durchstreichen und gedrängt in die halbe Zeile darüber kritzeln. Und bis heute hadere ich damit und bin mir nicht sicher: Waren es die Umstände oder lag es an meinem mangelnden Scharfsinn? Hätte ein anderer – genau genommen John – weitaus früher etwas verstanden, hätte er die richtigen Fragen gestellt oder die rechten Schlüsse gezogen? Oder, muss ich es so formulieren: Hätte er sich einfach besser erinnert? Ich vermute es. Wissen kann ich es nicht, ich habe John nie danach gefragt.

Aber vielleicht täusche ich mich auch, vielleicht überschätze ich ihn. Das macht es nicht besser. Es macht nur, dass ich für diesen Bericht in die Kapitel einer Vergangenheit blicke, die ich für abgeschlossen hielt und nun genötigt bin, sie neu zu deuten, sie Punkt für Punkt durchzugehen. Und sogar das wäre müßig, ginge es nicht um die Frage nach der Schuld. Und das ist interessant, denn wo beginnt Schuld? Ist Schuld ein Zustand oder besser, ein Sachverhalt, der bewusstes böses Handeln voraussetzt? Sind das philosophische Fragen? Wahrscheinlich, jedenfalls kann ich sie nicht beantworten. Kann schuldig sein, wer die Konsequenzen seines Handelns nicht absehen konnte? Vielleicht nicht. Werfe ich einen Blick in die Tiefe der Jahre, erkenne ich: Verkettungen, ein Durcheinander von Fakten und Motiven, und vielleicht wäre es richtiger zu sagen, die Schuld verteilt sich auf viele Schultern. Mir gefällt dieser Gedanke, im Grunde genommen wäre die Schuldfrage damit hinfällig. Wenn alle schuldig sind, ist eigentlich auch niemand schuldig. Gösch sagte dazu knapp, er halte das für Schönrednerei, Schuld, so seine Überzeugung, sei immer höchstpersönlich.

Gösch, ich wusste in dem Moment, als er es sagte, *immer höchstpersönlich*, ich wusste, dass er es sagte, um meine Reaktion zu sehen, um zu sehen, ob ich mich tatsächlich gemeint fühlte, ob ich, ich *höchstpersönlich,* mich schuldig fühlte.

Ich weiß es nicht. Vermutlich kann man nur zusammentragen und sehen, welches Bild sich ergibt.

1 Ich habe die Erfahrung gemacht, dass die Nennung meines Berufs immer wieder auf ein gewissermaßen natürliches voyeuristisches Interesse stößt, kaum jemand, der sich dem entziehen kann. Kommt das Gespräch auf meine Ausbildung in den Niederlanden, gesellt sich fast automatisch diese diffuse Sehnsucht nach einer Art Internatsleben dazu, die mit seriellen Wiederholungstätern wie *Hanni und Nanni* oder *Schloss Schreckenstein* kultiviert wurde und die mit *Harry Potter* ganz ungeahnt neuen Aufwind bekommen hat. Die Vorstellung, für zwei Monate in einem riesigen Schloss (das Valkenberger Schloss, ursprünglich als Kloster angelegt, ist sicher eines der beeindruckendsten Gebäude dieser Art im Süden Hollands und mit seinen hundertfünfunddreißig Zimmern und dem weitläufigen Grund gewiss kein schlechter Ort, um auf die künftige Arbeit in den luxuriösen Häusern vorbereitet zu werden), sprich, in allernobelster und höchst traditioneller Umgebung zusammen mit zwanzig Leuten aus der ganzen Welt den Beruf des Butlers zu lernen, jeden Tag vierzehn bis sechzehn Stunden zu arbeiten und dabei immer wohlgekleidet im Frack und Hemd zu sein, erweitert die Hogwartsszenerie um das Quäntchen *Downton Abbey,* das wir alle so dringlich vermissen.

Ich schloss die Schule erfolgreich mit meiner Graduierung zum anerkannten Diener ab.

Nach meiner Ausbildung ging ich gemeinsam mit Robert van der Velden durch die Akten der Familien mit vakanten Stellen. Ich blätterte durch die Angebote, es reizte mich, ins Ausland zu gehen, nach Kapstadt oder zu einer Familie auf Malta, ich stellte es mir äußerst anregend vor, bei einem Minister in Paris zu arbeiten oder bei Geschäftsleuten in London, andererseits war mir auch mulmig bei dem Gedanken, gleich beim ersten Job »in die Welt« hinauszugehen, zumal mein Englisch nicht gerade das von Shakespeare war. Ich sah die Fotos durch, große Familien und kleine und Paare und einzelne Damen oder Herren, sie posierten vor Palmen oder im Fotostudio oder lachten auf gut ausgeleuchteten Schnappschüssen.

Schlussendlich war es gar nicht van der Veldens Datei, die mich zu den Hobbs brachte, nein, kurios genug, es geschah über die Vermittlung Rosl Fraxners.

Ich war nach der Matura durch Zufall dazu gekommen, für ein knappes Jahr für einen gewissen Dr. Thaler zu arbeiten. Rosl Fraxner hatte natürlich mitgekriegt, dass ich nach meinem Engagement oben in seiner Villa am Margarethenkapf die Sache in den Niederlanden auf der Dienerschule sozusagen professionalisiert hatte, und als ich wieder zurück war, stöberte sie mich bei meinem samstäglichen Kaffee im *Element* auf, machte ihr unvermeidliches Foto und setzte sich ungefragt an meinen Tisch.

Ich ließ die *Financial Times* sinken. »Hier ist besetzt.«

»Ja ja ich weiß, ich bin eh gleich wieder weg, ich habe nur gehört, dass du eine Anstellung suchst.«

»Gehört? Von wem?«

Sie wackelte unverbindlich mit der Hand und kramte in ihrem Rucksack.

Wir haben Rucksäcke, fernab vom wandertechnischen Kontext, immer verachtet. »Ein Rucksack«, sagte Gösch einmal sehr richtig, »verhöhnt jede Silhouette. Einen Dicken aber gibt er der Lächerlichkeit preis, da er den vorhandenen, ausladenden Rundungen eine weitere, künstlich erzeugte hinzufügt und dadurch unweigerlich die gesamte Dicklichkeit gnadenlos ins Rampenlicht stellt.« Speziell Rosl Fraxners Exemplar – aus Leder mit Webintarsien im Aztekenlook – brachte mich auf die Palme. Eine Rosl Fraxner, das war meine ganz private Meinung, katapultierte ein Rucksack mitsamt ihren ausladenden Rundungen endgültig ins Reich der Albträume.

Missbilligend schaute ich zu, wie sie diverse Utensilien zutage förderte und auf meinem Tischchen aufreihte, einen bunten Schal, eine Reisepackung *Hakle feucht,* zwei Tafeln *Milka*-Schokolade, eine abgenudelte Kosmetiktasche, ein verkrümeltes, samtummanteltes Haargummi und allerlei Zubehör für ihre Kamera. Sie zerrte schließlich einen großen Umschlag hervor und reichte ihn über den Tisch, dann bestellte sie sich einen Kaffee.

»Das passt jetzt gerade ganz schlecht. Ich bin verabredet.«

»Wie nett, endlich wieder ein bisschen *amore* in deinem Leben, wie heißt sie denn?«

»Ich bin mit Olli verabredet.«

»Ach. Na ja, bis der Obergauner da ist, bin ich schon längst davongehüpft.«

Gehüpft ist gut, dachte ich, während ich die Zeitung weglegte und unwillig, jedoch zugegebenermaßen auch etwas neugierig, die Papiere aus dem Umschlag holte. Es waren zwei Seiten getippter Text auf dickem Papier nebst einem geschmackvollen Familienporträt.

Auf dem Bild saß die Familie an einem zur Kaffeejause gedeckten Tisch in einem spätherbstlichen Garten, die Sonne fiel schräg und wohlwollend durch die tiefgelben Blätter einer Linde und tauchte die Protagonisten in ein wunderbar warmes Licht. Es war, wie ich später erkennen würde, ein Foto aus ihrer *Season's-Greetings*-Reihe – eines der wenigen in Farbe. Eigentümlich und nicht vereinbar mit meinen Vorstellungen einer handelsüblichen Familie fand ich die Anwesenheit gleich zweier Männer. Es gab auf dem Bild eine Frau (klarer Fall: die Mutter), einen kleinen Jungen – der Sohn, was sonst –, und dazu diese Zwillingsbrüder im väterlichen Alter (wer hier welche Funktion einnahm, war mir zunächst unklar), allerdings deutlich älter als die Frau, diese vier jedenfalls schienen den Hobbs'schen Haushalt zu bilden. Aus den leichtfüßigen Zeilen des saisonalen Grußes entnahm ich, dass der eine von beiden, der Vater, erfolgreicher Anwalt war und sein Bruder, weniger erfolgreich, wie durchaus neckisch suggeriert wurde, Maler. Ich betrachtete noch einmal das Bild, und mit diesen beiden Berufsoptionen ließ sich die Rollenverteilung problemlos klären, der eine Zwilling steckte souverän und gelassen in tadellos sitzendem Anzug italienischen Schnitts, der andere trug einen irgendwie zerknüllt wirkenden Dreiteiler, Marke Jahrhundertwende, den Olli, Isi, Gösch und ich ihm früher sofort abgekauft hätten. So jemand die Karikatur eines Malers entwerfen wollte, er würde zu diesen Klamotten greifen. Sie gefielen mir beide sofort, nein, es war nicht nur, dass sie mir gefielen, sie wirkten seltsam vertraut, als hätte ich sie schon mal irgendwo gesehen und wir wären gut klargekommen, vielleicht war es einfach ihr intelligenter, leicht amüsiert wirkender Blick, der einem das Gefühl gab, man teile zusammen die Erfahrung irgendeiner Schlüpfrigkeit und würde einvernehmlich darüber schweigen.

Auch Frau Hobbs wirkte äußerst sympathisch – definitiv gut aussehend –, sie strahlte diese Mischung aus Herzlichkeit und Kompetenz aus, die ich immer schon angehimmelt hatte. Der kleine Junge sah aus wie ein kleiner Junge eben aussieht, womöglich ein bisschen verzärtelt und am ganzen Körper hamsterbackig, in seinem Polopullover und den gebügelten Hosen glich er aufs Haar diesen schnöseligen Jungs aus der Patek-Philippe-Werbung, in der Uhren schon für die nächste Generation gekauft werden. Er tat mir leid, aber in Grenzen, ich habe kein besonderes Faible für Kinder.

Rosl Fraxner hatte schon wieder eines ihrer unleidigen Fotos gemacht – Krischi Kauffmann in Betrachtung wichtiger Unterlagen –, und ich legte das Bild zu dem Schreiben und schob ihr den Packen hinüber.

Sie trank einen Schluck Kaffee und verräumte ihren ganzen Plunder mit Ausnahme des Kosmetikbeutels wieder im Rucksack, die Hobbs'sche Akte ließ sie liegen.

»Eine bezaubernde Familie«, sagte sie, während sie sich mit energischen Strichen die Lippen anmalte, »stinkreich, und du bist genau das, was sie suchen.«

»Und was haben Sie mit denen zu tun?«

»Aber wo«, sie warf den Lippenstift zurück in den Beutel und betrachtete sich in einem kleinen Handspiegel, »aber gar nichts habe ich mit denen zu tun, ich kenne die überhaupt nicht, ich hörte nur über meine Künstlerfreunde in Zürich davon und dachte natürlich sofort an dich.«

»Was für Freunde?« Sicher, ich wollte wissen, wieso sie mit diesen Unterlagen zu mir kam, gerade zu mir, gerade sie! Aber ich ließ mir auch keine Gelegenheit entgehen, sie ein bisschen zu ärgern, es war einfach so, dass ich Rosl Fraxner liebend gern in Gespräche verwickelte, in denen sie mir zunehmend auf den Keks ging.

Sie klappte den Spiegel zusammen und fuhr sich wichtig durch die Haare, »Meine lieben Freunde, andere Künstler, ich sag immer ›Kirchenkünstler‹, aber nicht, weil die religiös sind oder so, das ist eine autonome Organisation ortsansässiger Künstler, die in einer ehemaligen Kirche in Zürich ihre Werke ausstellen. Seit Jahr und Tag hoff ich, sie laden mich einmal ein.«

»Sie sind doch nicht ortsansässig«, sagte ich, geschweige denn Künstlerin, dachte ich, wieso in aller Welt sollten die sie einladen?

»Aber was, ortsansässig ist ja ein dehnbarer Begriff, oder, das sind ja ganz fließende Grenzen, gerade in der Kunst. Jedenfalls sind mir diese Hobbs wärmstens empfohlen worden, ganz warm, eine total nette Familie und sehr für die Kunst. Genau das Richtige für dich.«

»Weil ich so für die Kunst bin, oder was.«

»Genau!«, rief sie in dieser entsetzlich lauten und dionysischen Art, die mich, nebst allem anderen, schon immer weite Kreise um sie hatte ziehen lassen. »Ihr seid doch so für die Kunst! Nur meine Bilder, die kommt ihr euch nie anschauen, dabei gibts da so viel zu entdecken, ich kenn euch doch, seit ihr kleine Putzerln warts. Komm doch einmal vorbei und schau dir die alten Bilder an!«

Mich schauderte, das Letzte, was ich sehen wollte, waren die Fraxnerfotos von mir als kleinem Putzerl.

»Ich überlegs mir«, murmelte ich.

»Das ist supertoll«, sie schob die Hobbs-Akte resolut wieder über den Tisch, »und das hier ist ein *pöörfeckt Mätsch,* wie man so sagt, für so was hab ich einen Riecher, das ist meine Künstlernase, die mir sagt, wenn welche zusammenpassen. Du musst nach Zürich, zu den Hobbs!«

Wenn sie es schafft, dachte ich in diesem Fatalismus, der meine Gespräche mit Rosl Fraxner immer schon ausgezeichnet hatte, wenn sie es schafft, ohne die abermalige Erwähnung des Wortes »Künstler« hier Leine zu ziehen, gehe ich zu den Hobbs. Es waren diese Art kleiner, geheimer Wetten, die meine Begegnungen mit ihr versüßten, und sie tappte erfahrungsgemäß zielsicher in jede Falle.

»Ich als –«, sagte sie – *Künstlerin,* vervollständigte ich siegesgewiss ihren Satz, *ich als Künstlerin,* aber da stand mein Freund Olli vor uns, sie hob instinktiv die Kamera, aber er war schneller und machte ein Foto von ihr.

»Frau Fraxner, wie laufen die Geschäfte, alles fest im

Blick? Wieder ein paar wichtige Bilder geschossen in letzter Zeit?«

»Ja freilich, ich bin halt immer auf Achse, die Welt steht ja nicht still, gell?« Geschäftig trank sie ihren Kaffee aus, warf die Schminksachen in ihren Aztekensack und wuchtete ihn auf den Rücken, sie knipste, nun wieder ganz die routinierte Szenefotografin, ihr Abschlussbild von uns und wuselte, ohne Olli eines weiteren Blickes zu würdigen, aus dem Café.

»Du hast sie wieder mit den eigenen Waffen geschlagen«, sagte ich, während ich die Hobbs-Akte in meiner Tasche verschwinden ließ. Ich war verblüfft über den Ausgang meiner kleinen Wette – immerhin hatte ich noch nie eine verloren –, doch es fühlte sich wider Erwarten angenehm an: Das Schicksal hatte entschieden.

»Absolut«, er hängte sich seinen Fotoapparat um den Hals und ließ sich auf den Fraxnerstuhl fallen. Er orderte ein Stück Kuchen und Kaffee. »Ich erwäge ernsthaft die Planung von Band drei von *Roslgruseln*, vielleicht diesmal für den internationalen Markt.«

»Ich hab eine Stellung«, sagte ich.

»Oha«, sagte er, er machte ein Foto, »ein wichtiger Moment.«

Ich ging also nach Zürich. Es war Zürich, und damit nicht gleich Tokio oder Sydney, es war weit genug entfernt von meiner Heimat und dennoch problemlos in Kürze zu erreichen, die Familie sprach sowohl Englisch als auch Deutsch, was es mir ermöglichte, meine Englischkenntnisse zu verfeinern, und ich konnte mich in meinen neuen Beruf stürzen, ohne mit den Fallstricken einer völlig neuen Kultur kämpfen zu müssen. Natürlich ging ich davon aus, nach den empfohlenen zwei bis drei Jahren die nächste Etappe zu nehmen, ich hatte nicht vor, zu verweilen, ich wollte die Hobbs, ich wollte Zürich nutzen als mein Sprungbrett in die Welt, in andere Haushalte, in neue Herausforderungen.

Dass ich zehn Jahre bleiben würde, hätte ich niemals für möglich gehalten. Aber es holte mich das ein, was immer schon als Anlage in mir vorhanden war und vielleicht nur durch die Regsamkeit meiner Freunde kaschiert wurde: meine nicht unerhebliche Bequemlichkeit und mein völliger Mangel an Ehrgeiz.

2 Mein erstes Treffen mit Frau Hobbs fand im *Café Sprüngli* in der Bahnhofstraße statt, sie hatte reserviert.

Es war November, die Wolken rasten wie närrisch über den Himmel, oder die Erde drehte sich schneller als sonst. Es regnete, und ich legte meinen feuchten Mantel an der Garderobe ab. Ich fragte an der Theke nach ihr, sie stand auf, als ich an ihren Tisch trat.

»Sie müssen Christian sein.«

Sie hatte den kräftigen Händedruck der Bäcker und Milchbauern – ich habe es noch nie leiden können, Hände zu schütteln, die sich »wie tote Hamster anfühlten« (so Isi), Frau Hobbs quetschte mir mit entspanntem Gesicht die Hand, als hätte sie die gewaltige Kraft, die in ihr tobte, einfach nicht im Griff. Sie sah wirklich gut aus – gute Haut, gute Haare, gute Figur, nein, sie sah nicht nur gut aus, sie war eine schöne Frau. Sie war der Typ »Frau mit Locken«. Aber es war nicht ich, der die treffendste Beschreibung von ihr lieferte, es war, Jahre nach unserem Kennenlernen im *Sprüngli*, Gösch – natürlich Gösch. Dieser Abend auf der Terrasse bestätigte mir, was ich schon bei ihrem ersten Zusammentreffen befürchtet hatte: Er hatte sie sofort auf dem Schirm. Ich werde auf beides noch zu sprechen kommen, auf ihr Zusammentreffen in Feldkirch und auf den Abend auf der Terrasse in Zürich, doch an dieser Stelle ist es nur seine Beschreibung von Frau Hobbs, die ich erwähnen möchte.

»Irres Haar«, sagte er in diesem fachmännischen, taxierenden Tonfall, »eine Knallerhaut, ein fester Körper und dieses wundervolle Lachen der Großzahnigen – umwerfend. Das Erste aber«, fuhr er fort, als ich nichts dazu sagte, »das Erste, was mir an ihr auffiel, waren die langen, gut bemuskelten Waden, eine Seltenheit, wenn man mich fragt, und dazu völlig unterschätzt. Im Grunde ist es so: Schöne Waden sind ein fast sicherer Hinweis auf allgemeine Schönheit. Ganz anders verhält es sich übrigens mit langem, vollem Haar. Nicht selten ist es mir schon passiert, dass ich eine Frau mit herrlicher Haarpracht, mit hüftlangen, dichten und glänzenden Haaren hoffnungsfroh umrundete und in ein mehr als belangloses Gesicht blickte, ja, es war so, als wäre sämtliche Kraft in die Haare geflossen, als hätte die Schönheit sich hinterrücks geballt, und vorne bleibt nichts als ein verlebtes, müdes Gesicht, wahlweise zu platt oder zu schmal, schlechte, fahle Haut oder ein Ausdruck von Zuwider-keit, eine Nase wie ein ganzer Kartoffelsack, alte Pickel-narben oder einfach nur mangelnde Intelligenz, was sowieso alles zunichte macht.«

Unruhig hatte ich nach oben geblickt, zu den geschlos-senen Fenstern ihres Schlafzimmers gesehen, die direkt über uns gelegen hatten. Hätte ich ihm den Mund ver-bieten sollen? Vielleicht. Es war feige, es nicht zu tun. Ich sagte nichts.

»Interessanterweise verhält es sich anders bei gelock-ten Haaren, wie beispielsweise in diesem Fall«, dozierte er weiter in diesem raunenden, lauernden Tonfall, der mich so anzog und zugleich so abstieß, »echte, starke Locken gehören zumeist einem wohlgenährten Körper an – hier wiederum liegt die Gefahr der Dicklichkeit nahe –, gut gepolsterte, rosige Gesichtshaut, selten Unreinheiten, *good in shape,* außer, wie gesagt, es wird zu üppig, was mit fort-schreitendem Alter nur zu oft der Fall ist. Sie ist dieser marginale Fall einer englischen Schönheit.«

»Sie ist keine Engländerin«, sagte ich, ich hörte selber, wie kläglich es klang.

»Total egal«, sagte Gösch ungerührt, »eine englische Schönheit hat nichts mit geografischer Herkunft zu tun, es ist ein Archetypus. Eine gute, natürlich blasse Haut mit bezaubernden Sommersprossen, starkes Haar, das man gerne als kastanienbraun bezeichnet, und es stimmt, Bettis Haar hat die Farbe frisch geschlüpfter, seidig schimmernder Kastanien, durch die sanfte Welle glaubt man sogar diese Maserung zu sehen, die die Früchte, fast unsichtbar, überzieht. Was diesen Typus Frau aber vor allem ausmacht, ist die angenehme Kompaktheit. Alles scheint fest und straff, aber es ist nicht diese übertrainierte und gezüchtete Körperlichkeit, wie sie heute modern ist, sondern – auch hier wieder ist der Grat nur allzu schmal – eine Fülle, die quasi nirgends hängt, sondern strotzt, vor Saft, vor Energie.«

»Sie macht aber Pilates«, sagte ich, und die Tatsache, dass Gösch mich nur unendlich mitleidig ansah, führte dazu, dass ich die völlig idiotischen Worte hinzufügte: »Glaube ich.«

Gösch lachte, »Krischi«, sagte er, »du bist so ein Trottel.« Dann fuhr er fort: »Kaum Cellulite. Gute Durchblutung. Augen von einem hellen Graugrün – ebenfalls typisch, oft allerdings auch blau. Ein flächiges Gesicht, starke Wangenknochen und relativ kräftige Handgelenke, wie auch die Hüften wohlproportioniert sind, und natürlich mit Hintern. Androgynität ist hier nicht, wir sprechen von wirklichen *Popos*«, sagte Gösch, und er konnte »Popos« sagen in einer Art, die einen Hintern so lebendig heraufbeschwor, als wäre er nur wenige Zentimeter von einem entfernt und man bräuchte nur die Hand auszustrecken, um ihn zu umfassen. »Popos, die sich besonders gut machen unter allerlei Geblümtem, geblümte Röcke, geblümte Kleider, also dieser *Laura-Ashley*-Romantizismus ganz allgemein, dazu Kaschmirpullover und darunter Blusen, einfarbig oder im *Liberty Print*, im Winter Strumpfhosen in Pastelltönen, in der wärmeren Jahreszeit durchaus das nackte Bein, wie gesagt, solche Frauen können es sich leisten, die Haut ist, gerade in ihrer Blässe, *superbe*, es ist dieses typische aristokratische Understatement, das sich praktisch an jeder Wade ablesen lässt. Gerne auch Hosen im klassischen Schnitt, aufgrund ihrer Körpergröße wirkt das niemals speckig, Tweed, natürlich – aber unbedingt gut geschnitten, trägt leicht auf –, ich spreche hier vom englischen Typus, und gerade die Engländer schaffen es wie niemand sonst, ihre Vorzüge hervorragend durch entsprechendes Tuch zur Geltung zu bringen.«

Er hatte recht. Er hatte sie gesehen, und er hatte sie verstanden. Wenn Gösch so redete, redete wie ein Sommelier über einen guten Tropfen, hörte er sich an, als lägen hinter ihm Jahrzehnte der Erfahrung mit Frauen, als wäre es der geschulte Blick eines Profis, die Skills eines hungrigen und geübten Liebhabers.

»Du redest wie auf dem Viehmarkt«, sagte ich.

»Man merkt, dass du keine Ahnung hast.« Er stand auf und streckte sich, die Decke war zu Boden gefallen, er beachtete sie nicht. »Man mag sagen, was man will«, bemerkte er abschließend, »ich persönlich bin überzeugt davon, dass Äußerlichkeiten auf den Charakter schließen lassen.«

Damals nahm ich das irgendwie persönlich, damals dachte ich, er wolle mir durch die Blume irgendwas über mich sagen, damals fragte ich nicht nach. Ich fragte nicht: »Und, auf was für einen Charakter schließt du, wenn du Frau Hobbs betrachtest?« Heute würde es mich interessieren. Es würde mich interessieren, ob er mit seiner Einschätzung richtig lag.

Ich selbst jedenfalls komme jetzt, da ich dies niederschreibe, unweigerlich auf seine Worte zurück, ich sitze hier oben am Margarethenkapf und schaue hinunter auf die Stadt und denke an mein erstes Treffen mit ihr im Café, und wenn ich sie beschreibe, so beschreibe ich sie mit Göschs Worten, ich habe keine besseren für sie.

»Sie müssen Christian sein«, sagte sie und quetschte meine Hand zu Mus, »kommen Sie, wir gehen nach vorne und suchen uns ein Stück Kuchen aus, er soll ganz passabel sein hier.«

Wir gingen hinüber zur Vitrine, sie schwatzte über dies und das, klaubte ein Staubkorn von meinem Revers und schaute von unten zu mir herauf wie eine kleine, schelmische Schwester, sie strich nachlässig durch ihren Wusch an Haaren, schüttelte ihn nach hinten und steckte die Spange wieder fest. Ich schätzte sie auf Ende dreißig, wiewohl sie jünger aussah. »Sie ist der Typ Frau, der mit zwanzig gut aussieht, mit dreißig noch besser und von da an eine reife, überaus erotische Schönheit entwickelt, die mit etwa fünfzig, Mitte fünfzig, ihren Höhepunkt erreicht«, so hatte Gösch das zusammengefasst. Wenn ich das letzte Bild betrachte, das ich von ihr habe, sie und die Kinder, irgendwo in Frankreich am Strand, aufgenommen vor etwa einem Jahr, dann muss ich sagen, dass Gösch auch damit recht hatte. Sie sieht toll aus, und der Zenit ist noch nicht abzusehen.

Wir aßen Trüffeltorte, sie plauderte über Raphael, ihren babyspeckigen Sohn, den großen Garten mit seinen Vor- und Nachteilen (wunderbare alte Obstbäume, windgeschützt, fette Erde, lichtschluckende Bäume, leicht abschüssig) und einen kürzlich verstorbenen Hund namens Pina Bausch, sie erwähnte ihren Mann und ihren malenden Schwager – »Sie kennen uns alle ja bereits von der Fotografie, nicht wahr?« –, dazwischen trank sie Kaffee, cremte sich die Hände ein und rühmte meinen großen Wuchs, die hohe Stirn (»wie Wittgenstein«), und diesen »alpinen Zug um den Mund«. Wie nebenbei erfragte sie die berufliche Tätigkeit meiner Eltern (ich sagte: »Einzelhandel«), bevorzugte Lektüre (»Kafka« – mit Kafka liegt man erfahrungsgemäß nie falsch, er ist der Code für unverbindlich guten Geschmack, und niemand fragt je genauer nach) und sprach über die Tatsache, dass ihr Haus mein zweites Arbeitsumfeld sein würde, das erste allerdings nach meiner Ausbildung.

»Ich habe mit Robert van der Velden telefoniert – Ihrem Zeugnis entnahm ich, dass Sie auf seiner Schule waren. Ich habe mich über Sie informiert.«

»Natürlich.«

»Er hält sehr viel von Ihnen.«

»Das ehrt mich.«

Sie knuffte mich in die Seite. »Ein Naturtalent‹, sagte er mir, ›der wird seinen Weg machen.‹«

»Das ist sehr gütig von ihm.«

»Du meine Zeit, Sie reden ja wie ein Opa, wie alt sind Sie noch mal?«

»Ich war im Herzen immer schon eher ein Fall für den Seniorenteller.«

Sie lachte dieses »wundervolle Lachen der Großzahnigen« und kratzte den letzten Rest Torte von ihrem Teller. »Ich möchte mich nicht in Ihr Privatleben einmischen, aber wenn Sie denken, damit den Unwägbarkeiten des

Lebens zu entkommen, alle Turbulenzen und unangenehmen Überraschungen zu überspringen, täuschen Sie sich gewaltig.«

»Unwägbarkeiten?«

Sie lehnte sich zurück, griff nach ihrem Foulard und knotete sich das apricotfarbene Stück Seide duftig um den Hals. Die Sonne kraxelte, plötzlich noch einmal ganz behend, zwischen den Wolken hervor und schien nun durchs Caféhausfenster, mäanderte durch ihr tolles Haar, sie hatte Lachfältchen um die Augen, und jetzt, in dem veränderten Licht, sah man erst, wie geschickt die Farbwahl ihrer Kleidungsstücke war: Ihre Bluse, im künstlichen Licht hier herinnen nicht mehr als ein luxuriöses Oberteil, leuchtete nun auf wie Moos in einem Laubwald, nachdem der Regen sich verzogen hatte, ein zugleich aufregender wie geheimnisvoller Vorgang.

»Unwägbarkeiten«, bestätigte sie, »das Leben, die Liebe, das stete Auf und Nieder, Berg und Tal, die vielen hinreißenden Ungewissheiten.«

»Ich bin eher der Typ Langweiler. Keine großen Ausschläge. Ich möchte nur meinen Job machen, Frau Hobbs.«

Sie lächelte, die Fältchen um ihre Augen fächerten sich wieder zu kleinen Plisseeröcken, »Keine großen Ausschläge also, auch gut«, sie holte die Geldbörse aus ihrer Tasche und bezahlte, ich stand auf und half ihr in den Mantel.

Sie wandte sich mir zu, während sie ihr Tuch zurechtsteckte. »Ich hoffe natürlich sehr, Sie neigen dazu, Ihren Job künftig bei uns zu machen.«

»Es wäre mir eine Ehre.«

Sie reichte mir die Hand, und meine eigene fühlte sich sofort wieder eingeschlossen wie in einem Schraubstock. »Ich muss Sie allerdings warnen – ich weiß ja nicht, was Ihnen in Ihrer Ausbildung erzählt wurde –, bei uns geht es jedenfalls eher zwanglos zu, wir sind nicht besonders förmlich.«

»Ich verstehe vollkommen, Frau Hobbs.«

Sie lachte, »Sie sind mir einer«, sagte sie. »Sie sollten vorher selbstverständlich noch meinen Mann kennenlernen – er gilt allgemein als ganz verträglich«, sie lachte wieder, ich lachte mit, und sie lud mich ein, am Samstagnachmittag oben in der Villa vorstellig zu werden.

Sie hakte sich bei mir unter und wir verließen zusammen das Café, traten hinaus auf die Bahnhofstraße, allerhand Krawatten und Deuxpièces eilten wichtig an uns vorbei, diese typische, sachte Wintersonne fädelte sich durch die Häuser, und es roch nach dem Schnee, der bald kommen würde. Sie knöpfte sich den Mantel zu und drehte sich zu mir – jetzt endlich fiel mir ein, an wen sie mich erinnerte: Julianne Moore. Mit diesem immer irgendwie amüsiert wirkenden Zug um Mund und Augen sah sie aus wie die Schweizer Cousine der Schauspielerin. Dieser perfekte Haaransatz. Sollte ich einmal als Frau wiedergeboren werden – Isi hält das durchaus für möglich –, möchte ich unbedingt diesen Haaransatz haben. Julianne Moore, Anne-Sophie Mutter, Bernadette Hobbs, sie alle hatten den Haaransatz meiner Träume. Sie klopfte fröhlich an meinem Jackenärmel herum und richtete mir den Schal und sagte: »Hoffentlich auf gute Zusammenarbeit.«

Ich mochte sie sofort.

3 Der erste Eindruck meines zukünftigen Arbeits-
umfelds war äußerst positiv. Ich weiß nicht, wie
gut Sie sich in Zürich auskennen, aber von der Gold-
küste werden Sie schon gehört haben – es ist die rechte,
sonnige Seite des Sees, sicher eine der besten Adressen,
wenn man das nötige Geld hat und angemessen wohnen will. Dort oder, wie die Hobbs, oben am Zürichberg.
Da stehen die großzügigen Villen mit den geschmackvollen Parks drumherum, die Geräusche wirken angenehm gedämpft, die Ästhetik der Gegend bewegt sich
irgendwo zwischen Jane Austen und Bettina von Arnim,
und es herrscht ganz allgemein so eine Art kultivierte
Pfarrhausstimmung.

Zugegeben, als ich durch die stilvolle Pforte in den
Garten trat, dessen Beete und Rabatten dem winterlichen
Wetter entsprechend mit Tannenzweigen abgedeckt
waren, war ich nicht unerheblich irritiert. Der eigentliche,
riesige und geschickt angelegte Garten befand sich hinter dem Haus. Hier vorne waren es, neben den saisonal
unterschiedlichen Blumen, zwei alte Magnolienbäume,
die die Aufmerksamkeit auf sich zogen, und eine Bronze-
skulptur von gewaltigem Ausmaß. Sie stand gleich rechts,
wenn man auf die Haustür zuging, und beim ersten
Besuch zollte ich ihr nur einen flüchtigen Blick. Ich hatte
später noch genug Gelegenheit, mir das Machwerk anzusehen, es entstammte den Händen einer Künstlerin, die
zusammen mit mehreren anderen ortsansässigen Kunstschaffenden in einer nah gelegenen ehemaligen Kirche
ihre Arbeiten ausstellte – es konnte sich hierbei nur um

die von Rosl Fraxner angeschmachtete lokale Künstler-
vereinigung handeln.

Es war Frau Hobbs natürlich hoch anzurechnen, dass
sie aus warmherzigem Interesse sämtliche Vernissagen dort
besuchte und das ein oder andere Objekt auch käuflich
erwarb, dennoch war ich nicht restlos überzeugt, dass diese
Wahl wirklich ideal war. Ein nicht ganz so prominenter Ort
der Platzierung wäre vorzuziehen gewesen, beispielsweise
der Dachboden. Zunächst überzeugte noch die wirklich
effektvolle Größe. Rotkäppchen und der Wolf, das wurde
jedem Betrachter sofort klar, das Mädchen – so groß, wie
eine etwa Zehnjährige tatsächlich war – trug einen Korb
mit dem obligatorischen Gugelhupf und Wein, und der
Wolf stand aufrecht auf zwei Beinen vor ihr und überragte
jeden Betrachter. Das eigentlich Irritierende war allerdings
nicht die bemerkenswerte Größe, sondern das erigierte
Glied, mit dem der Wolf bestückt war, und das uns aus dem
Märchen so natürlich nicht bekannt ist. Ein merkwürdiger
Kauf. Nicht ganz ideal, wie gesagt.

Abgesehen davon war an der Familie Hobbs natürlich
absolut nichts Anstößiges und unser erstes Aufeinandertreffen verlief ohne besondere Vorkommnisse, auch wenn
Gerome Hobbs es schaffte, mich aus dem Konzept zu
bringen.

»Meine Frau sagte, Sie seien ganz neu im Metier.«

»Jean, mein Gott, das klingt, als würde er hier als Pros-
tituierte anheuern.« Sein Bruder – er trug eine Art indi-
sche Dienstbotenuniform, einen weißen, locker sitzenden
Wickelrock sowie eine ebenfalls weiße Tunika, wie ich

sie aus romantischen Bildern orientalischer Lebensart zu kennen glaubte – hatte die Teekanne hochgehoben und hielt nun inne, er sah mich mit schreckgeweiteten Augen an. »Sie sind sich doch im Klaren darüber, dass nur ein Diener gesucht wird, nicht wahr?«

»Ich«, ich schaute ratlos zu Frau Hobbs, sie lächelte und verdrehte die Augen, ihr Mann reagierte mit keiner Miene auf die Äußerungen seines Bruders, er schien mich zu beobachten, ruhig und kühl und auf eine souveräne Art unbeteiligt, mitleidslos überließ er mich den brüderlichen Kapriolen.

Gerome Hobbs servierte während dieses Gesprächs den Imbiss, als gäbe er extra zu meinen Ehren eine Parodie meines Berufsstandes zum Besten, mit weitem Strahl plätscherte er den Tee und den Kaffee ein und drängte uns unter großem Bohei die Törtchen auf, als hätte er sie nächtelang selbst fabriziert. Mir war unbehaglich zumute, hätte ich, als Aspirant auf die Stelle im Haus, in dieser Situation kongenial das Tablett übernehmen müssen? Ein einziger Moment in einem realen Arbeitsumfeld schien auszureichen, mich sämtliche Regeln und Gebote van der Veldens und seiner Kollegen in den Niederlanden vergessen zu lassen, wie noch mal meisterte man die ersten zarten Kennenlerntreffen mit seinen neuen Herrschaften? Es war alles wie weggeblasen, ich erinnerte mich an rein gar nichts. Ungeschickt wie ein pubertäres Grünohr ließ ich mir den Teller füllen und versuchte erfolglos, eines der Petits Fours mit meiner Gabel zu zerteilen.

Gerome Hobbs warf aus einem halben Meter Entfernung ein Stück Zucker in seine Tasse, dass es spritzte, »Sie sehen ja, wie dringlich hier ein Mundschenk vermisst wird, mein Bruder sagt zwar immer: ›Aber wozu haben wir denn dich?‹ Aber ganz ehrlich, langsam wächst mir die Sache über den Kopf, klar, ich bin ein Naturtalent – nichts gegen Ihre professionelle Ausbildung auf dem Gebiet –, aber die Leinwand ruft!«

Mir war der Schweiß ausgebrochen, Frau Hobbs zwinkerte mir zu, und Raphael, der an ihrem Knie lehnte, steckte sich elegant ein weiteres Törtchen in den Mund und kaute in Zeitlupe, starrte mich an, er schluckte und sagte: »Papa meint, an Onkel Gerome ist ein großer Künstler verloren gegangen.«

»Ganz bestimmt«, erwiderte ich, ich legte meine Gabel zur Seite und trank einen Schluck Kaffee.

Jean-Pierre Hobbs blickte mich unbeirrt freundlich an, als hätte es das Intermezzo mit seinem Bruder nicht gegeben, und wartete scheinbar auf eine Antwort, ja, sagte ich zu ihm, ganz neu im Metier, mit Ausnahme eines einjährigen Arbeitseinsatzes in einem Privathaushalt, ganz unbedeutend.

»Wenn Sie Privathaushalt sagen«, mischte sich Gerome Hobbs fröhlich wieder ein, er lehnte sich mit seiner Kaffeetasse im Stuhl zurück und rührte kraftvoll, »muss ich immer an Francis Bacon denken.« Absolut ohne jeden Zusammenhang erzählte er an dieser Stelle ausführliche Anekdoten von Bacon und anderen Malern, als wäre er einfach überall dabei gewesen, er war ein wandelndes kunsthistorisches Lexikon und vertiefte sich in die intimen Details seiner verstorbenen oder auch nicht verstorbenen Kollegen mit einer Leidenschaft, die ich bewunderte.

»David Hockney«, bemerkte er, »sagte etwas sehr Kluges – ich vermute, das nur nebenbei, es gilt nicht nur fürs Malen, sondern für alle Bereiche des Lebens. Er sprach über Monet: ›Ich nehme an, er ging mit einer Frage los und fand die Antwort. Wenn man keine Frage im Sinn hat, muss man sich zu viel ansehen.‹ Es treffe auch auf seine eigene Arbeit zu, so Hockney, ›je nachdem‹, fasste er es zusammen, ›wozu du dich entscheidest, das siehst du dann – und ignorierst vieles andere.‹ Könnte man das trefflicher formulieren? Mit einer Frage losgehen und die Antwort finden. So einfach ist das, fertig ist das Meisterwerk.«

Er schaute zufrieden in die Runde, Raphael kaute bedächtig, ich lächelte freundlich, Frau Hobbs wandte sich mir mit liebenswürdigem Gesicht wieder zu, doch bevor sie das Gespräch erneut dezent Richtung Vorstellungsrunde lenken konnte, sagte ihr Mann, der schweigend den Ausführungen seines Bruders gelauscht hatte und nun seine unberührte Tasse wegstellte: »Und mit was für einer Frage gehst du los? Welche Antworten findest du, was siehst du und was ignorierst du? Welche Meisterwerke erwarten uns? Verzeih, wenn die Frage dir impertinent erscheint, interessanterweise haben wir uns nie darüber unterhalten – gewiss liegt es an mir«, er wandte sich zu mir und sagte, als bitte er nicht seinen Bruder, sondern mich um Entschuldigung für seine betrübliche Unterlassung, »ich bin in diesen Dingen schrecklich unbedarft, mein Bruder ist ein großer Künstler, und ich habe nicht die geringste Ahnung von seinen Ansichten, ich weiß praktisch nichts von seinem Werk.«

»Ein beneidenswert unschuldiger Zustand«, sagte Gerome Hobbs unvermindert munter, »wir wollen ihn keinesfalls durch dieses unendlich langweilige Geschwätz über meine geringe Arbeit zerstören. Das Reden über Kunst«, sagte er, während er mir weitere Törtchen aufnötigte, die ich nicht mit Geschick zu essen wusste, »gelingt maximal in der Annäherung übers Anekdotische, alles Übrige ist allenfalls eitles Geschwätz, nicht wahr?«

Ich dachte an Rosl Fraxner und ließ hastig die Tasse sinken, ich stimmte ihm mit vollem Herzen zu und griff, nun viel zuversichtlicher, erneut zur Gabel, um die Petits Fours in Angriff zu nehmen.

»Siehst du«, er legte seinem Bruder über die Sessellehne hinweg die Hand aufs Knie, »der junge Mann interessiert sich nicht für meine Kunst, wir sollten ihn nicht mit meinen kleinen Fragen und nichtigen Antworten langweilen.«

Ich erstarrte, meine Gabel steckte hartnäckig im Mürbeteigboden eines kleinen Erdbeertörtchens, ich stellte den Teller zur Seite und überlegte fieberhaft, wie ich aus dieser höchst unangenehmen Situation wieder herauskäme, wortreich bestritt ich diesen Vorwurf, ebenso wortreich bekundete ich mein wildes Verlangen, alles, einfach alles über sein Werk und Schaffen zu erfahren. »Die Kunst«, sagte ich lauter als nötig, »hat mich schon immer gefesselt.«

»Mein Bruder«, sagte Herr Hobbs mit unbewegtem Gesicht, »ist ein witziger Mensch. Sie sollten ihm nicht auf den Leim gehen.«

Nichts, fuhr ich unvermindert enthusiastisch fort, nichts wünschte ich mir mehr als die vertrauensvolle Einweihung in das Allerheiligste eines *echten* – ich betonte das Wort »echt« –, eines echten Künstlers.

»Er ist«, sagte Jean-Pierre Hobbs ohne jeden Anflug von Humor, »ungemein gewandt darin, seine Scherze auf unsere Kosten zu machen – sein Esprit bezaubert uns alle immer wieder.«

Echte Künstler, faselte ich, echte Künstler überhöhten das Leben, sie gäben uns Gelegenheit, hinter die Oberflächen zu sehen usw., ich redete mich kurzum um Kopf und Kragen, es war eine peinvolle und nicht weniger peinliche Vorstellung.

Jean-Pierre Hobbs unterbrach mich, »Wappnen Sie sich frühzeitig gegen seine raffinierten Winkelzüge, uns der Lächerlichkeit preiszugeben. Ich für meinen Teil«, er erhob sich und reichte mir unvermittelt die Hand, ich stand ebenfalls schnell auf und nahm meine Serviette vom Schoß, »habe unserem Gespräch nichts mehr hinzuzufügen, man erwartet mich auf dem Platz.« Er lächelte, aber seine Augen blieben unbewegt und aufmerksam, als taxierte er jede meiner Reaktionen. »Willkommen in unserem kleinen Haushalt, meine Frau wird Sie in diesen vielfältigen und komplexen Aufgabenbereich einführen. Auf gute Zusammenarbeit.«

Ich verabschiedete mich mehr oder weniger mit Anstand und blieb stehen, unsicher, ob sein Aufbruch zugleich als Zeichen für meinen eigenen Abschied dienen sollte, und blickte ihm nach. Absolut unpassend hirnte ich darüber, was das bedeutete: »Auf dem Platz«. Auf dem Arbeitsplatz? Tennisplatz, Golfplatz?

Gerome Hobbs hatte seine Aufmerksamkeit nun auf

seinen Neffen gelenkt und unter dem geübten Zugriff seines Onkels verwandelte sich Raphael innert Sekunden in ein Kind, das nicht per se teuer aussah, sondern vielmehr völlig normal und kindertypisch lästig zu laut und zu schnell den Salon durchpflügte.

Frau Hobbs nahm mir wie nebenbei die Serviette ab und hakte sich bei mir unter, während sie mir das Haus zeigte.

»Sie müssen uns ja für Verrückte halten«, sagte sie lachend, während Raphael jaulend auf dem Rücken seines Onkels hing, der trötend wie ein Elefant durch die Zimmer des Erdgeschosses galoppierte.

»Aber nein«, sagte ich, nun wieder ganz bei der Sache, »die unschuldigen Spiele der Kindheit.«

Sie blickte mich von der Seite an, als hätte ich einen Scherz gemacht, verbat sich aber jeglichen Kommentar und öffnete die Türen zu diversen Zimmern und geschickt eingepassten Einbauschränken, lotste mich in den Keller und in die oberen Stockwerke und unters Dach, wo mein neues Zimmer lag.

»Eins noch«, sagte sie zum Schluss, als ich unten in der großen Diele in meinen Mantel schlüpfte und mir den Schal umlegte.

»Bitte.«

»Ihr Name.«

»Kauffmann?«

Sie richtete mir den Schal. »Mein Vater heißt Christian.«

»Robert.«

»Bitte?«

»Ich heiße fortan Robert.«

»Das stört Sie nicht?«

»Ganz im Gegenteil.«

Ich durchquerte den Vorgarten, ging vorbei an Rotkäppchen und dem päderastischen Wolf und machte mich auf den Weg Richtung Polybahn, die mich hinunter in die Stadt bringen würde. Eine Woche später trat ich meinen Dienst an.

4 Nach dem anfänglichen Schreck wuchs mir Gerome Hobbs schnell ans Herz, er war ein lauter, lustiger Mann, unverheiratet und, soweit ich das beurteilen konnte, auch ungebunden. Tatsächlich bestätigte sich diese Beobachtung mit den Jahren, wiewohl gut aussehend, klug und leidenschaftlich und insgesamt meiner Meinung nach außerordentlich anziehend, gab es keine Frau an seiner Seite. Er schien für seine Arbeit zu leben, der er mit dem Eifer eines Workaholics tagtäglich nachging, er war der Familie seines Bruders zutiefst verbunden, er liebte die Kinder – Raphael, und später dessen Schwester –, als wären es seine eigenen.

Frau Hobbs kam aus einer gut betuchten Zürcher Familie, ihr Bruder führte in sechster Generation ein Fachgeschäft für Uhren und Schmuck. Ihre Mutter war einige Jahre zuvor verstorben. Ich lernte ihren Vater, Christian Chappuis, kurz nach meinem Einzug in das Hobbs'sche Haus kennen, ein Typus Mann, dem man mit Vorteil aus dem Weg ging: rechthaberisch, dünkelhaft und vollkommen desinteressiert an seinem näheren Umfeld. Ich sage »gut betuchte Zürcher Familie« – nichtsdestotrotz hatte das Ehepaar Chappuis es versäumt, ihren drei Töchtern eine akademische Ausbildung angedeihen zu lassen. Äußerungen ihres Vaters zufolge hielt er es für eine Verschwendung von Ressourcen, wortwörtlich sagte er gern, auch in meinem Beisein: »*S Bernadette cha nünt, s Mari isch nünt und s Ursi würd nünt.*« Das Bernadette kann nichts, das Mari ist nichts und das Ursi wird nichts. Der Schweizer neigt dazu, weibliche Protagonisten zu versächlichen (das Bernadette, aber auch das Mami und das Großi, wenn die Großmutter gemeint ist), eine interessante Eigenart, die ihn, trotz der gemeinsamen alemannischen Sprachwurzeln, auffällig vom Vorarlberger unterscheidet.

Aus dem eher umständlichen Kontakt, der zu ihm bestand, durfte ich schließen, dass sowohl Bernadette Hobbs als auch ihre beiden Schwestern ihm das nie verziehen hatten. Dennoch brachte sie, wie ich der ein oder anderen Andeutung entnahm, einiges an Kapital mit in die Familie.

Jean-Pierre Hobbs und natürlich auch sein Bruder Gerome wurden als Söhne eines amerikanischen Anästhesisten mit Schweizer Wurzeln in den USA geboren und wuchsen nach dem Umzug der Familie in der Ostschweiz auf. Soweit ich das einschätzen konnte, war ihre Reputation, wie soll ich sagen, nicht ganz makellos. Gewiss, der Vater arbeitete vormals in renommierten Kliniken mit entsprechendem Ansehen, später allerdings verließ er seine Frau und seine Söhne, heiratete in eine Westschweizer Weinbauernfamilie ein und hängte den Arztberuf an den Nagel. Im Weiteren widmete er sich der Pflege des schwiegerväterlichen Weinguts. Die wenigen Male, die ich ihn traf, war er ein wenig nachlässig gekleidet, wirkte aber insgesamt zufrieden, er schien sein früheres Dasein nicht zu vermissen und hatte sich voll und ganz seinem neuen Leben irgendwo in der Nähe zu Frankreich hingegeben.

Seine ehemalige Frau, Cynthia, war eine attraktive Frohnatur, eine Nachfahrin schottischer Auswanderer, die sich in der Gegend von Virginia angesiedelt hatten, sie entstammte, wenn ich das recht interpretierte, den niederen Schichten der Gesellschaft, oder war, wie Gerome Hobbs das schonungslos formulierte, »eine ordinäre Person« und dementsprechend selten zu Gast. Ihre Söhne sahen ihr sehr ähnlich, was wirklich von Vorteil war, Herr Hobbs senior war weder schottisch, noch sah er irgendwie amerikanisch aus, er war einfach nur absolut unattraktiv.

Raphael war zum Zeitpunkt meines Arbeitsantritts im Haus knapp vier, Aurelia kam zwei Jahre später zur Welt.

5 Der Beruf des Dieners ist, so wurde es uns während unserer Ausbildung deutlich gemacht, und ich kann das nur bestätigen, ein weites Feld.

Es ist natürlich ein Unterschied, schrieb ich Isi in einer meiner Mails, *ob man als Butler in einem hochkarätigen Hotel oder einem Privathaushalt arbeitet. Wenn man, wie ich, bei einer Familie angestellt ist, kann es vom Bettenmachen, Chauffieren oder der Verrichtung von Reinigungsarbei-*

ten über das Zubereiten kleinerer Mahlzeiten bis hin zu büro-
kratischen Aufgaben, die denen eines Sekretärs gleichen, alles
bedeuten. Der Kontakt zu den Herrschaften kann über Jahre
hinweg absolut seriös und unverbindlich sein oder aber den
laxen Umgang annehmen, den man mit einer Putzfrau pflegt,
die schon seit Jahren ins Haus kommt.

Bis auf das Frühstück kümmerte sich die Köchin Martha um die Mahlzeiten und die Einkäufe – mit gelegent-
lichen Ausnahmen, wenn sie ihren freien Tag hatte –, für
das Bügeln der Wäsche kam dreimal die Woche eine
kleine Portugiesin namens Beatriz, um den Garten kümmerte sich ein Gärtner – er war Anhänger der Schule
Leopold Karl Theodor Fröbels und ordnete hingebungsvoll das natürliche Chaos, das sich immer wieder Bahn
brach, umsichtig bestrebt, keine allzu großen Bodenver-
änderungen vorzunehmen –, und einmal die Woche wurde
Großreine gemacht von einem polnischen Ehepaar, Ewa
und Karol, es gab eine Sekretärin für die gröberen büro-
kratischen Aufwände, ihr Name war Ingrid. Der Rest war
meine Aufgabe.

Alles in allem lebte ich mich schnell ein. Frau Hobbs
nahm sich eine Woche Zeit und begleitete meine sämtlichen Gänge und Tätigkeiten, und ich hatte keine Mühe,
mich in den täglichen Ablauf einzufinden.

Ich schickte Isi gerne detaillierte Mails, in denen ich
ihm meine Aufgaben beschrieb, als bräuchte er es für ein
Protokoll. Ich liebte diese kleinen Episteln, muss aber ehrlich sagen, dass er kaum darauf einging.

Ich beginne morgens mit der Vorbereitung des Frühstücks,
Tee, Toast, Eier, ganz klassisch; ich räume das Frühstücks-

zimmer auf, dann die Küche, ich schalte im Waschkeller die Maschinen ein, nehme das Putzzeug mit und arbeite mich hernach von unten nach oben durchs Haus. Ich ordne das Wohnzimmer, werfe einen Blick ins Esszimmer und mache dann oben die Betten, verräume herumliegende Kleidungsstücke. Ich sauge jeden zweiten Tag und wische alternierend sämtliche Böden, ich putze die Badezimmer und die Gästetoilette und räume die Kinderzimmer auf. An manchen Tagen staube ich die Oberflächen ab, an anderen gieße ich die Pflanzen, an wieder anderen sortiere ich den Inhalt der Schränke. Ich bin verantwortlich fürs Putzen der Schuhe und des Silberbestecks, ich halte die Kleider in Ordnung, Schadhaftes übergebe ich einer Näherin zwei Straßen weiter. Ich tätige kleinere Einkäufe, besorge frisches Brot oder Spezereien in der Bäckerei Panucci und Obst, Gemüse und Käse oder Schinken auf dem Markt am Bürkliplatz. Ich esse zu Mittag mit Martha und dem Personal, das sich gerade im Haus befindet, und bereite den Tee nachmittags um vier, danach ist mein Dienst offiziell zu Ende, an manchen Tagen arbeite ich allerdings bis spät.

Ich selbst nehme den Tee in meinem Zimmer zu mir, und diese Stunden liebe ich besonders. Ich lese und höre Musik und esse Marthas Gurkensandwiches oder ein Stück ihres Früchtekuchens und es ist eine tiefe Zufriedenheit, die ich empfinde.

Mir gefielen diese klaren und eintönigen Tage, es gefiel mir, dass sie keinerlei Überraschungen bargen, dass ich gefeit war vor (wie Frau Hobbs das so schnell erkannt hatte, damals im Café, aber das schrieb ich Isi nicht) Unwägbarkeiten.

Ja, es stimmte, ich mochte keine Unwägbarkeiten. Ich

mochte weder Aufs noch Abs, ich mochte, wenn der Alltag gleichförmig dahinfloss, es verlangte mich weder nach Abenteuern noch Aufregungen, weder im Guten noch im Schlechten.

Wann war ich so geworden? Ich fragte mich das manchmal, wenn ich für Isi meine kleinen Berichte verfasste, aber nicht vorwurfsvoll, wie Gösch das tat. Ich fragte es mich einfach.

Ich erledigte meine Aufgaben und wurde Teil dieses Getriebes, das ruhig und bedächtig und dabei kraftvoll diesen vielfältigen Haushalt umwälzte. Robert van der Velden – ein poetischer, ja, philosophischer Mann und ein Butler vom alten Schlag, der gerne die verschiedenen Aspekte des Lebens im Dienste anderer zu reflektieren pflegte –, Robert van der Velden sagte einmal sinngemäß Folgendes: »Das Faszinierende an einem solchen Haushalt ist, dass man sieht, wie die Struktur ist, man sieht, wie Leben gebaut ist. Dies liegt an zwei Dingen: Zeit und Platz. Den meisten Familien«, dozierte er, »mangelt es an dem einen oder dem anderen, zumeist an beidem. Alle arbeiten, die Kinder müssen versorgt oder in eine Einrichtung gebracht werden, irgendwie müssen die Eltern die komplizierte Jonglage hinkriegen und neben allem anderen regelmäßig eine Mahlzeit kochen und Wäsche aufhängen und die Wohnung putzen und dennoch Zeit finden, um auf den Spielplatz zu gehen und Freunde zu treffen und an den Wochenenden endlich mal die Fenster zu reinigen oder schon längst fällige Reparaturen zu tätigen, und sie haben dann immer noch nicht endlich mal die Fotos entwickeln lassen, geschweige denn eingeklebt, sie haben die Rechnungen noch nicht bezahlt und die ganzen Bilder abgestaubt, sie bügeln schon längst nichts mehr und liegen«, sagte er bebend, »monatelang in der immer gleichen Bettwäsche, sie versprechen den Kindern seit Jahr und Tag den Besuch eines Theaters und schieben den notwendigen Kauf von Hallenturnschuhen ebenso vor sich her wie den Gang zum Augenarzt, während die Kinder die Tafel nicht mehr sehen und mit den Zehen vorne im Schuh anstoßen, zerrissene Jackentaschen bleiben ungeflickt, löchrige Pullover liegen herum, bis sie jemand entnervt wegwirft, niemand hat die Zeit, sie zu stopfen, und niemand schafft es zur Schneiderei, kaputte Birnen bleiben kaputt, der Eisschrank quillt über, sie müssten ihn aufräumen, sie müssten ihn abtauen, die Kinderklamotten müssten sortiert werden, die Herzensstücke, die, die sie auch noch an den Enkeln sehen möchten, sorgfältig verpackt und verräumt werden, sie bräuchten neue Aufbewahrungsmöglichkeiten, so lange setzen die Kleider Staub an. Kleiderschränke sind notorisch unaufgeräumt, Küchenschränke auch, und niemand setzt sich hin und schreibt einen lieben Brief an die Oma. Es liegt andauernd was herum, wer hat schon den nötigen Stauraum für alles, was so anfällt, für Ordner und Briefmarken und Spielsachen und Instrumente und Kabel und Eismaschinen, wohin mit dem ganzen Werkzeug, den Malersachen, dem Sack Blitzzement und den vielen Fahrrädern und Laufrädern und Rollern und Kinderwagen und Buggys und Sportgeräten und Badesachen und Flossen, und wohin mit Hängematten und Kühltaschen und Weihnachtsschmuck und Ostergras, sie stopfen«, er hob die Stimme – es war seine Art, sich in Rage zu reden –, »sie stopfen und wursteln alles irgendwohin, sie kommen nicht ran, wenn sie es brauchen, oder stolpern darüber, wenn sie es nicht brauchen, Haufen sammeln sich, Stapel von Papieren, alten Schulheften und Büchern, für die das Regal zu klein wurde, in einer Tasche wächst der Berg an Pfandgläsern, und die Tasche versperrt den Weg zum Schuhregal, was tun mit zu kleinen Schuhen, zu schade zum Wegwerfen, aber wo aufbewahren für die Nächsten?«

Die anderen Dienerschüler und ich fragten uns natürlich insgeheim, woher Robert van der Velden, dieser distinguierte Butler mit Haut und Haaren, eigentlich seine umfassende Kenntnis eines profanen Haushalts hatte, man munkelte, er habe vier erwachsene Kinder und eine geschiedene Frau und habe selbst ganz klein angefangen, in einem Reinigungsservice namens *Dirty Devil*.

Ich persönlich war zutiefst fasziniert von van der Veldens prägnanter Schilderung, als Mann mit einer tiefen Liebe zum Detail hatte er mich vollkommen in der Tasche. Ich war gewiss zu jung, zu unerfahren, ich hatte in keinem Reinigungsservice gearbeitet und auch in nichts Vergleichbarem, ich war, ja, zu kinderlos, um wirklich nachvollziehen zu können, wovon er sprach, sagen konnte ich aber, dass der Hobbs'sche Haushalt eine gut geölte Maschine war, ein herrliches Stück Ingenieurskunst, wie es ihm gefallen hätte.

»All diese praktischen Probleme«, fuhr van der Velden fort, »haben mich seit jeher interessiert. Es sind Probleme, die immer eines mit sich bringen: Unordnung. In der Zeit und im Raum. Es ist das größte Privileg von Reichtum, die erwähnten Kalamitäten, die so ermüdend sind und so zersetzend, vermeiden zu können. Ein Mann, der täglich ein frisches Hemd trägt, muss entweder pro Woche sieben Hemden bügeln oder eine Frau haben, die ihm die Hemden bügelt – oder er lässt bügeln. Wenn auch die Frau jeden Tag eine frische Bluse trägt und die Kinder ebenfalls, wenn nicht nur die Blusen und Hemden gebügelt werden, sondern auch die Hosen und Röcke und die Kleider – was ab einem gewissen Lebensniveau gar nicht anders denkbar ist –, wenn sogar ein T-Shirt gebügelt im Schrank verräumt wird und ebenso Geschirrtücher und Tischdecken und Bettwäsche, dann muss man entweder selber viel bügeln oder viel bügeln lassen. Wenn man selber viel bügelt und nebenher viel arbeitet, sieht man womöglich nicht ganz so entspannt und ausgeruht aus im Hemd. Es versteht sich von selbst, dass man sich das in den Top-Positionen nicht leisten kann. Wenn man es delegiert, muss man in der Lage sein, wöchentlich einen gewissen Betrag in die Hand zu nehmen. Wir sprechen hier einmal, meine Damen und Herren, über Geld – auch, wenn Ihre zukünftigen Arbeitgeber hierauf keinen Gedanken verschwenden. An ungebügelten Kleidern sieht man den Status, nein, schon an der Entscheidung, am Griff zum bügelfreien Hemd erkennt man die Klasse. Es ist nicht nur meine bescheidene Meinung, auch die historische Forschung sieht darin den Grund für gewisse Kleiderordnungen. Anzüge und Kostüme und Fräcke und Abendkleider: Ihre Anschaffung, ihre Pflege und ihre Instandhaltung sind aufwendig und unterm Strich teuer. Sie zu besitzen und gebügelt und gepflegt zu tragen bedeutet: Ich habe das Geld dazu. Und dies gilt auch für andere Besitztümer, ein schönes Auto wirkt schäbig, so es nicht sauber gehalten wird und die Sitze, verzeihen Sie den lapidaren Ausdruck, zugemüllt sind; Bilder an den Wänden und Nippes im Schrank zeugen nur von einem: dass jemand die Zeit hat oder das Geld, jemanden dafür zu bezahlen, sie abzustauben; gute Schuhe nützen nichts, wenn sie ungeputzt sind und abgetragene Absätze haben, der Körper geht aus dem Leim, die Haut wird schlaff, wenn man nicht erhebliche Kosten aufbringt, alles in Schuss zu halten. Jeder erkennt eine manikürte Hand, einen Kaschmirpullover, der nicht fusselt, und ganz allgemein eine Garderobe, die unauffällig, aber fraglos von Geschmack zeugt. Meine Damen und Herren, was ich sagen möchte: Stil ist keine Selbstverständlichkeit. Es muss aber so aussehen. Sie sind zuständig dafür, dass Ihre Herrschaften schwerelos und frei von Sorgen ihren Aufgaben nachgehen können und dabei immer die nötige Form wahren.«

Ich erinnerte mich bei seinen Worten an mein eigenes Elternhaus – eine reinliche, aber vollkommen geistlose Haushaltung –, an Ollis zusammengewürfeltes Heim, gemütlich, verwinkelt und mit all den Seemannsutensilien sicherlich originell, aber nicht besonders nobel, ich erinnerte mich an Göschs trostloses Wohnen bei seiner Schwester (Auslegware, Neonröhren, billige Kacheln und Resopal), an Isi, der in ähnlichen Verhältnissen aufgewachsen war wie ich, vor allem aber dachte ich an die Thaler'sche Villa oben am Margarethenkapf in Feldkirch. Ein Haus, ein Anwesen, ganz ähnlich dem der

Hobbs, jedoch ohne die vielen Hände, die unabdingbar sind, ein solches Haus lebendig und jung zu halten. Ein Haus, gemacht für eine große Familie und eine Schar Dienstboten. Es war dem Verfall des Hauses – nicht des Gebäudes selbst, es war in hervorragendem Zustand –, nein, es war seinem inneren Verfall, sozusagen dem psychischen Niedergang, nicht beizukommen. Gewiss, vor dem Auszug der sieben Thaler'schen Söhne vor vielen Jahren war es bewohnt gewesen, allerdings in dem von van der Velden so düster skizzierten Sinn. Es wurde dort gewohnt, das ja, es wurde gehaust, aber ohne Stil, ohne Hilfe und ohne das nötige Kleingeld. Das Chaos nistete in jedem Regal, hinter jeder Schranktür und in jeder Vorratskammer, die pflegende Hand fehlte an jeder Schnitzerei und in allen Fugen, den Rasen – einstmals gewiss ebenso ein Prachtstück der Gartenbaukunst wie der der Hobbs – hatte der nahe Wald sich zurückerobert, da und dort stieß man auf bezaubernde Bassins zwischen den Brennnesselstauden oder auf vermooste Brüste zierlicher Statuen. Ein schönes Haus, dessen elegante Zimmer nicht adäquat bewohnt werden, nicht erwärmt durch den steten Gebrauch, und zwar, das erscheint mir wichtig, den Unordnung stiftenden ebenso sehr wie den ordnenden Gebrauch, verliert seine Vitalität, es hört auf, diese wunderbar schnaufende, meisterhafte Maschine zu sein, von der van der Velden so berückend sprach. Was bleibt, ist ein kläglicher Rest, traurig wie ein verlassenes Karussell.

Hier bei den Hobbs nun konnte ich dank van der Veldens Auslassungen zur Materie sehr gut sehen, wie schön es ist, wenn ein Alltag rund läuft, wenn niemand in Hektik gerät und nichts ins Chaos stürzt. Es gab für jeden Bereich jemanden, der dafür zuständig war. Staubsaugerbeutel wurden en gros nachgekauft, ebenso Putzmittel, die Vorratshaltung funktionierte reibungslos. Frau Hobbs delegierte sämtliche Haushaltsverrichtungen, das war ihre Hauptbeschäftigung. Dazwischen hatte sie die Zeit, Osternester liebevoll auszustatten, Kinderbilder rahmen zu lassen und Fotos in Alben zu kleben, sie hatte Muße genug, am Nachmittag mit den Kindern schwimmen zu gehen oder eine Freundin zu treffen, sie war regelmäßig beim Friseur und bei der Kosmetikerin, an einem ruhigen Morgen sortierte sie die Kinderkleider aus. Es gab Schubladen, in denen Briefmarken waren, und andere nur mit Kuverts. Es gab ein Fach für Haushaltsgummis und eines für Büroklammern. Im Keller waren in einem Raum alle Putzmittel und in einem anderen sämtliche Vorräte. Es gab ein Gartenhaus für Sportgeräte bis hin zum Kajak und eines für die Gartenmöbel im Winter. An einem Tag wurde gebügelt, an einem geflickt, an einem Tag kam der Gärtner, an einem die Sekretärin, an einem Tag wurden frische Blumen gebracht, an einem hatte die Köchin frei. Es war eine stete Wiederkehr des Immergleichen, ein ständiges Schließen von Zyklen, kleineren oder größeren, Tageszyklen und Wochenzyklen und Jahreszyklen.

Die Hobbs waren frisch und ausgeruht, in den Nächten schliefen sie fest und sorglos, sie backten nicht bis nachts um zwölf noch hastig Geburtstagskuchen, es wurde ganz entspannt tagsüber erledigt, kein zahnendes Kind hielt sie wach, die Nanny schuckelte es durch die Nächte, Frau Hobbs schlüpfte morgens in eine frisch gebügelte Bluse und eine schöne, glatte Hose, streifte sich ihre glänzenden Slipper über und schaute zuversichtlich, was der Tag wohl bringen mochte.

Das Interessante war ja, dass sich, weil ich ein Rädchen war in diesem Getriebe, auch mein Leben mitordnete. Ich ging an Samstagen bisweilen in die Oper und an Freitagnachmittagen ins Museum, ich schwamm mittwochs um zwanzig Uhr und trainierte Kraftsport am Montagnachmittag. Ich ging einmal im Monat zum Friseur und besaß vierzehn Stück identische Unterwäschegarnituren und ebenso viele Paare Socken, die ersetzt wurden, sobald der Stoff dünner wurde, die Ausstaffierung meiner Garderobe war Teil meines Arbeitsvertrags, und es gefiel mir. Auch ich führte nun ein Leben mit Stil.

6 Die Kleinstadt, in der ich aufwuchs, Feldkirch – sie befindet sich ganz im Westen Österreichs, in der Nähe des Bodensees –, hat, ganz im Widerspruch zu ihrer geringen Größe und ihrem eklatanten Mangel an außergewöhnlichen städtebaulichen Merkmalen, eine gewissermaßen zwangsläufige Bekanntheit erlangt. Hier befindet sich der wichtige Grenzbahnhof zwischen Österreich und der Schweiz, der Erwähnung in Stefan Zweigs *Die Welt von Gestern* fand. Zufällig, wie Zweig sagte, sei er am 23. März 1919 vor Ort gewesen, als der letzte österreichische Kaiser Karl I. mit seiner Frau Zita und Entourage in Feldkirch den Zug bestieg, der ihn ins Schweizer Exil bringen sollte.

Bei der Rückkehr nach Österreich, so schrieb er, *über die Grenzstation Feldkirch, stand mir ein unvergessliches Erlebnis bevor. Schon beim Aussteigen hatte ich eine merkwürdige Unruhe bei den Grenzbeamten und Polizisten wahrgenommen. Es kam der Glockenschlag, der das Nahen eines Zuges ankündigte. Die Polizisten stellten sich auf, alle Beamten eilten aus ihren Verschlägen. Langsam, majestätisch rollte der Zug heran, ein Zug besonderer Art, ein Salonzug. Die Lokomotive hielt an. Eine fühlbare Bewegung ging durch die Reihen der Wartenden, ich wusste immer noch nicht warum. (…) Da erkannte ich hinter der Spiegelscheibe des Waggons hoch aufgerichtet Kaiser Karl, den letzten Kaiser von Österreich, und seine schwarz gekleidete Gemahlin, Kaiserin Zita. Ich schrak zusammen: Der letzte Kaiser von Österreich, der Erbe der habsburgischen Dynastie, die siebenhundert Jahre das Land regierte, verließ sein Reich! Weil er die formelle Abdankung verweigerte, hatte die Republik seine Abreise erzwungen. Nun stand der hohe ernste Mann am Fenster und sah zum letzten Mal die Berge, die Häuser, die Menschen seines Landes. (…)*

Nun ja, Zweig hatte einen gewissen Hang zum Pathetischen und zu einer gewissen jammerlappigen Sentimentalität, der ich nun keineswegs abgeneigt bin – ganz im Gegenteil. Rückblickend scheinen sich die Jahre der Adoleszenz in literarisch-ästhetische Abschnitte gliedern zu lassen, von denen man sich allesamt im späteren Leben distanzieren möchte. Die Pubertät teilt sich diesbezüglich die immer gleiche Handvoll Autoren, und auch wir trampelten die ewig bekannten Abkürzungen.

Seltsam, ich sage in meinem Bericht immer wieder so selbstverständlich »wir«, und es ist vielleicht das einzige wirkliche Gefühl der Zugehörigkeit, das ich empfinde, oder vielleicht müsste ich sagen: empfand.

Das klingt jetzt melancholischer, als es gemeint ist, dabei zeigt sich gerade hier etwas Typisches: Gösch beispielsweise redete, so es auf seine Familie kam, konsequent von »katastrophalen Verhältnissen«, sein Vater sei ein »erbärmlicher, versoffener Witz, nicht der Rede wert« gewesen, mit seiner Mutter redete er (»aus gutem Grund«) seit Jahren nicht, und so er eine Beziehung hatte, ging es ihm notorisch schlecht, wenn sie in die Brüche ging, flogen die Fetzen, und wenn er keine hatte, litt er auch. Für ihn war dieses »wir« von uns vieren offensichtlich zentral, vermutlich zentraler, als wir ahnten oder als es für uns andere war.

Ich hatte es, so las ich es später in einem seiner Briefe, *weder in meiner Ursprungsfamilie, noch stellte es sich ein, als ich selbst eine Familie gründete – wobei: Ich gründete ja keine Familie. Wie in alles andere bin ich in eine Familie mehr oder weniger hineingetaumelt und habe sie, auch darin unterscheidet es sich in nichts von meinem üblichen Verhalten, fluchtartig wieder verlassen.*

Das war Gösch.

Meine Eltern wiederum – keine Auffälligkeiten.

Damals jedenfalls waren wir zu viert und wenn ich auch nicht zu sagen vermag, was unser gemeinsamer Anfang war und ab wann man uns auch von außen als Quartett wahrnahm, so war es doch unbestreitbar.

Olli Batlogg war mein ältester Freund. Man nennt so

was allgemein eine Sandkastenfreundschaft, bei uns wäre es richtiger, von einer Gartenfreundschaft zu sprechen. Wir wohnten unweit voneinander entfernt, und ich verbrachte praktisch meine gesamte Kindheit im Garten seiner Großeltern. Ich liebte seinen »Eni« und seine »Ana«, ich liebte seinen Vater Charly und ganz besonders liebte ich Olli. Ich liebte, vielleicht muss ich es so zusammenfassen, einfach sein Zuhause.

Zu Olli fallen mir immer drei Dinge ein, wenn ich ihn beschreiben soll: Er war zu dick, hatte keine Mutter und konnte nicht Ski fahren – eine vernichtende Mischung, wenn man in einer erzkonservativen und dezidiert alpinen Gegend wohnte und an diversen Wandertagen jeweils dann völlig fertig am Rastplatz eintraf, wenn der Rest der Mannschaft wieder gnadenlos fidel zum Aufbruch rüstete, die obligatorische Schul-Skiwoche in einem aluminiumartigen Ganzkörperoverall in Ausübung der Pizzatechnik am Idiotenhügel verbrachte und noch auf Gymnasialniveau lauthals aufs Pult heulte, wenn ein Lehrer – ohne sich das Geringste dabei zu denken – seine Mutter in die Sprechstunde bestellte.

Er trug Unterhosen mit watschelnden Pinguinen und kämpfenden Dinosauriern, auf seinen Socken schlief Garfield oder flohen die Schlümpfe vor Gargamel, aber abgesehen davon umwehte ihn der Hauch verruchter oder zerrütteter Verhältnisse. Sein Vater war ein Exjunkie (oder »Giftler«, wie Drogensüchtige bei uns so treffend genannt werden), der einige Jahre vor dem Autounfall seiner Frau Bärbel Batlogg – sie war Sozialarbeiterin – mit ihr zusammen eine Selbsthilfeorganisation gegründet hatte (das

Drogen-Nein-Danke, kurz: *DroNeiDa,* eine innert kürzester Zeit zu einer beachtlichen Institution gewachsene Firma). Die Entzugswilligen kamen bald aus dem ganzen Land, mitunter gar aus Süddeutschland und der Schweiz, die mit ihrer Politik der offenen Drogenszene eine Situation geschaffen hatte, die unaufhaltsam kippte. Ich weiß nicht, wie genau man sich heutzutage daran erinnert. Der Platzspitz – ein alter Park, gelegen zwischen Hauptbahnhof und Landesmuseum – und der Obere Letten an der Limmat waren damals legendär. Es war ein Experiment mit unklarem Ausgang, eine von den Behörden tolerierte Drogenszene mitten in einer der luxuriösesten Städte Europas, es war der Versuch, der Drogenproblematik, die allerorten mit immer härteren Restriktionen bekämpft wurde, mit anderen Mitteln beizukommen, und es muss ein Blick in die Hölle gewesen sein, der sich einem unvermutet auftat, so man ahnungslos am Hauptbahnhof ankam. Dort lagerten Hunderte, später Tausende von Drogensüchtigen, sie kamen von überall aus Europa, sie dealten dort, sie setzten sich dort ihren Schuss, sie schliefen dort, sie starben dort, sie starben mitten zwischen den anderen, unbemerkt. Es gab Berichte von Leichen, die, angefressen von Ratten, aus der Zone geholt wurden, Sozialarbeiter, denen der Zutritt verweigert wurde, Polizisten, die letzten Endes machtlos waren gegenüber einer ungeheuren, einer entfesselten Gewalt.

Ich vermute, der gute Lauf, den das *DroNeiDa* von Anfang an hatte, verdankt sich vor allem diesem »Schweizer Weg«. Oder auch nicht. Vielleicht lag es einfach nur an Charly Batlogg. Er war ein wahnsinnig guter Typ.

Fakt ist: Er hätte völlig wahllos einen Kindergarten, ein Seniorenheim, ein Fitnessstudio oder einen Bioladen führen können, die Leute hätten ihm die Bude eingerannt, um seine Produkte zu erwerben, ihre Kinder oder Opis betreuen zu lassen oder nach seinen Visionen zu turnen. Vermutlich hatte sein eigenes Ringen mit der Dunkelheit ihn zu einem so beherzten Ja-Sager gemacht, zu einem, der, einem konfuzianischen Weisen gleich, heiter und unerschrocken auf die Welt blickte und von seinem Glück großzügig jedem abgab, der ihm über den Weg lief. Charly. Ein ungeheuer lustiger Mensch, dazu ein umwerfender Vater und für mich so etwas wie ein väterlicher Freund. Ein Charismatiker, so kann man sicher sagen. An unserer Schule hielt er legendäre Vorträge zum Thema »Sucht und Sex« – gefürchteter Höhepunkt war das Wiener Würstchen, das dazu diente, die Funktionsweise von Kondomen zu erklären. Bei jedem anderen wäre so was ausgeartet in ein enthemmtes Fest pubertären Übermuts, Charly Batloggs Erklärungen folgten wir ehrfürchtig und stumm. Ich kann sagen, kein Jahrgang davor und keiner danach war so Pro-Pariser wie wir, die Ära Charly, wir waren schon für das Kondom, als Sex für uns noch hinter einem weit, weit entfernten Horizont lag. Wir trugen Präservative mit uns herum wie andere Leute Papiertaschentücher und, durch Charlys magischen Pragmatismus davon überzeugt, dass daran rein gar nichts irgendwie anrüchig war, demonstrierten wir ohne Zaudern, aber auch ohne Humor, zum Entsetzen unserer fassungslosen Eltern das neu erlernte Wissen mit Würstchen vom heimatlichen Abendbrottisch.

War ich bei Olli zu Besuch, buk uns sein Vater Apfelküchlein oder röstete Kastanien im herbstlichen Garten, wir hörten zusammen Pumucklplatten oder töpferten einen dackelgroßen Drachen, er erläuterte uns die Regeln diverser Kartenspiele und ließ uns gewinnen, von ihm hörte ich als Achtjähriger das erste Mal von so mysteriösen Dingen wie Heroin, Haschisch und Kokain und vom erwähnten »Schweizer Weg«, bei ihm lernte ich eine Strickliesel zu bedienen und auch, wie man einen Fahrradreifen flickte.

Das klingt übertrieben harmonisch? Gut möglich. Für mich war es eine Zeit, in der alles passte, sobald ich Ollis Türschwelle übertrat.

Charly trug seine langen Haare zum Zopf oder einer Art Dutt, den er mit chinesischen Essstäbchen fixierte, und spielte mit dieser hippieartigen Lässigkeit Gitarre, der ich lange nacheiferte, auch wenn ich weder Gitarre spielte noch irgendwas von einem Hippie hatte, geschweige denn lässig war. Charly sah gut aus, aberwitzig gut regelrecht, und wir scherzten oft über Olli, der ihm, zu seinem eigenen Unmut, mit seinem tonnenförmigen Leib, den roten Haaren und so ziemlich allem anderen überhaupt nicht ähnlich sah. Aber wenn man auch, vom Äußeren ausgehend, niemals Vater und Sohn in ihnen vermutet hätte, so war ihre charakterliche Ähnlichkeit umso verblüffender. Und je älter Olli wurde, desto mehr sah ich Charly in ihm, in seiner Freundlichkeit, in seiner Geduld, in seinem Witz, in seiner ganzen herzlichen, lauten und dünkellosen Art.

Charly, ein wichtiger Punkt, wirkte so irre männlich auf uns und das – es fällt mir erst heute auf, wenn ich ihn mir vergegenwärtige –, ohne auch nur ansatzweise etwas Machohaftes an sich zu haben. Ganz im Gegenteil hatte er keine Scheu, in einer geblümten Schürze das Abendbrot für uns zuzubereiten, uns zu zeigen, mit welchem Trick man Spannbettlaken eins a zusammenfaltete, ohne dass was krumpelte, er ging samstags mit einer liebevoll gefertigten Liste und einem Einkaufstrolley auf den Markt und stand, als wir das Seepferdchen machten, mit den Müttern der anderen schwatzend am Beckenrand und hielt uns strahlend das Handtuch auf, als wir keuchend aus dem Wasser kletterten. Charly war der Zentralstern meiner Kindheit und frühen Jugend, er war ein Mann, ein Erwachsener, dem ich unbedingt vertraute, und als die Kompliziertheit der Adoleszenz ihren ersten Schatten auf meinen schmächtigen Körper warf, war er es, den ich um Rat fragte und dessen Meinung ich schätzte wie die Weissagungen eines Orakels.

Wenn ich übrigens »konfuzianischer Weiser« sage, dann kommt das nicht von ungefähr, eines seiner Lieblingszitate lautete: *Der Mensch hat dreierlei Wege, klug zu handeln; erstens durch Nachdenken, das ist das Edelste, zweitens durch Nachahmen, das ist das Einfachste, und drittens durch Erfahrung, das ist das Bitterste.*

»Ich selbst«, fügte er einmal mit einer selbstironischen Grimasse hinzu, »habe es in diesem Leben nur bis zur untersten Stufe gebracht, zur Erfahrung«, er lachte. »Toi toi toi, dass ich noch ein paarmal wiederkomme und mich irgendwann bis zum Nachdenken vorarbeite.«

Ich musste nicht lange überlegen. Mir war klar, dass ich den einfachsten Weg gehen würde, ich war ein Nachahmer,

durch und durch. Und da Charly es war, dessen Gitarren-
spiel zu beherrschen es mich ebenso sehr verlangte wie
über seine Gelassenheit zu verfügen, vor einer Rotte böse
dräuender Gymnasiasten über die Freuden der Sexualität
zu sprechen; da er es war, den ich voller Inbrunst und bis
zur Lächerlichkeit nachahmte, schätzte ich den Weg der
Erfahrung deutlich höher ein denn den der Nachahmung,
bitter hin oder her. Nachdenken jedenfalls war meine
Sache nicht, ich brauchte keinen Gösch, der mir das aufs
Brot schmierte.

Und Isi? Er war der Vierte im Bund und gewiss ein ganz
anderer Typus als Gösch, aber ich komme später noch auf
ihn zurück.

Charly Batlogg. Er hatte Aids und starb, als wir etwa
sechzehn waren.

7 Auf seiner Beerdigung dröhnte aus riesigen Ver-
stärkern Frank Zappas *Bobby Brown goes down*, eine
Horde ehemaliger Giftler aus dem ganzen Land, vermutlich nicht der Beerdigung halber, sondern chronisch
schwarz gekleidet und mit fahlen Wangen, quetschte sich
in die Kirche, sang mit versauten Stimmen und viel Gefühl
das *Hallelujah* von Leonhard Cohen. Olli hielt eine, wie
wir drei anderen fanden, beachtlich reife Rede und schaffte
es, darin zusammenhanglos, aber wirkungsvoll die Sätze
»Fuck the Beatles«, »Gott ist tot« und »Lasst die Finger
von den Drogen, Kinder« unterzubringen.

Es gibt eine Aufnahme, ein Gruppenfoto von diesem

Anlass, es hing die ganzen Jahre über im Wartezimmer des *DroNeiDa* – ich weiß, es ist ziemlich unüblich, bei Bestattungen ein Gruppenfoto zu schießen, Olli bestand aber darauf. Er hatte extra die Fotografin bestellt, Rosl Fraxner.

Rosl Fraxner. Sie war damals etwa Anfang fünfzig, bündelte ihre Haare grotesk schief zu etwas, was ein großer Autor einmal bestechend als »Irrenanstalt für Spatzen« bezeichnete, und wickelte ihren nicht kleinen Leib in dramatische Wallekleider wie ein durchgeknalltes Schneewittchen. Sie war damals die einzige Fotografin der Stadt und kannte dementsprechend jeden, und jeder kannte sie, sie begleitete uns porträtierend unübertrieben von der Wiege bis zum Grab. Dazwischen fotografierte sie alles, was nicht bei drei auf den Bäumen war – diese ungelenken Schnappschüsse, die sie einem gerne ungefragt zur Betrachtung vorlegte, nannte sie ihre »eigentliche künstlerische Arbeit, das«, an dieser Stelle legte sie immer eine Hand auf ihren spektakulären Busen und die darunter vermutete Pumpe, »wofür mein Herz wirklich schlägt«. Es wäre allerdings ganz falsch, sich unter diesen Bildern etwas in der Art der großen Setfotografien vorzustellen, wie sie beispielsweise Angelo Novi für Sergio Leones Western schoss, Fotografien, die ihre Stars (also uns, die Feldkircher Bevölkerung) in ihren privaten Momenten berückend und über ihre Zeit hinausweisend einzufangen vermochten – ganz im Gegenteil überzeugten diese Bilder, wenn überhaupt, nur durch ihre ungewollte Komik. Sie fotografierte natürlich jeweils am Ende des Schuljahres sämtliche Schüler, sie fotografierte an Hochzeiten das Brautpaar (immer hilflos um einen Laternenmast gewickelt), sie fotografierte im Seniorenheim den Verlauf des bunten Abends (eines dieser Bilder schaffte es auf Seite zwei der *Vorarlberger Nachrichten*, es war eine Aufnahme meiner neunzigjährigen Oma, ganz offensichtlich war sie als Nutte verkleidet – »Ich war eine Hetäre!«, wie sie immer wieder betonte. »Klar, Oma«, sagte ich, »bloß ›Hetäre‹ kennt hier keiner, sag lieber Nutte, das klingt weniger obszön«). Kam unsere Fotografin einem in der Innenstadt zufällig entgegengewallt, forderte sie einen unermüdlich dazu auf, »doch einmal vorbeizukommen und sich die alten Bilder anzuschauen«. Eher wären wir natürlich ins Exil gegangen.

Irgendwann hatte ich die fantastische Idee, zum Gegenangriff überzugehen, Olli war skeptisch, er war immer zu nett für wirkliche Fights. Ich machte ihm die Sache schmackhaft, betonte die Harmlosigkeit solchen Tuns und was für ein wahnsinniger Jux das eigentlich sei, ein Spaß, über den sie sicher auch lachen müsse, schließlich willigte er ein, es war zu verführerisch. Wir liehen uns die Polaroid seines Enis und verfolgten Rosl Fraxner auf ihrer Pirsch durch die Stadt. Sie, die nie auf einem ihrer Bilder auftauchte, war nun unser einziges Motiv. Wir fotografierten sie, wie sie, den dicken Leib geduckt, hinter Mäuerchen hockte und an Straßenecken lungerte, wir fotografierten ihre schnurrende Zufriedenheit, wenn ihr ein Schuss gelungen schien, ihr Unvermögen, sich hinter einem schlanken Stamm zu verbergen, um zarte Teenieküsse in der Dämmerung zu dokumentieren, wir fotografierten ihre verzottelten Haare, wenn sie abends nach Hause trottete wie nach einem Feldzug, den Kasten voll mit Feldkircher Interna. Wir konnten gar nicht mehr aufhören, Rosl Fraxner war ein irrsinnig dankbares Sujet, immer gnadenlos schlecht gekleidet, immer fanatisch vertieft in ihr Tun, die Attitüde einer Operndiva gepaart mit der Ausstrahlung einer Wahnsinnigen, es war ein Riesenspaß.

Rosl Fraxner. Sie galt als unübertroffene Klatschtante. Von einer Fotografin erwartet man gemeinhin eine gewisse Diskretion. Rosl Fraxner hatte dieses Wort noch nie gehört. Ich hasste sie, weil sie mir Jahr für Jahr mein Image verdarb, indem sie hartnäckig »den Jungen in der zweiten Reihe« dazu aufforderte »nicht so eine Trauermiene zu ziehen« – ich wiederum versuchte standhaft, mich von meinen stupide dauergrinsenden Mitschülern in gut gelauntem Dirndl und Wolljanker abzuheben und mir ein Air von Ernsthaftigkeit und verheißungsvoller Melancholie zu geben. Schlussendlich endete es unentschieden, ich lachte explizit nicht, aber die nachdenkliche Seriosität war natürlich im Eimer, mit verbissenem Gesicht starrte ich wütend in die Kamera. Olli löste das Problem dieses erniedrigenden Aktes ganz anders. Bis zum letzten Moment grinste er friedfertig mit unseren kleinen Freunden mit, um dann in letzter Sekunde das Gesicht zu einer abartigen Grimasse zu verziehen, die jeden Gedanken, dieses Armutszeugnis eines Klassenfotos irgendwo herumzuzeigen, im Keim erstickte. Ärgerlich machte sie eine neue Aufnahme, dasselbe Spiel, er trug den Sieg davon, immer. Auf unseren Klassenfotos sah der sonst so gutmütige Olli aus wie ein Brüllaffe mit Tourettesyndrom, den anderen hing das brave Schülerlächeln nur noch matt und schief im Gesicht, man legte diese Bilder eilig wieder beiseite. Ein Isi wiederum wurde an solchen Tagen jeweils zum Verräter, Rosl Fraxner gehörte zu seiner an Tanten nicht gerade unterbesetzten Verwandtschaft, und in einem affigen Button-down-Hemd unter einem Karopullover und in moosigen Schnürlsamthosen, sein Maul grotesk verzogen von einem Ohr zum anderen, thronte er in der Mitte des Bildes, ganz offensichtlich bereit, sich nun, als Höhepunkt des Schuljahres, mit seinem Hofstaat ablichten zu lassen.

Gösch? Er schaffte es als Einziger, auf diesen bescheidenen Zeitzeugnissen kleinstädtischer Lernkultur eine anziehende Gelassenheit an den Tag zu legen, mit der er sich weder selbst verriet noch den Eindruck erweckte, er fraternisiere mit dem Feind. Gösch wirkte einfach, als wäre er zufällig auf einem Bild gelandet, mit dessen restlichen tölpelhaften Protagonisten er nicht das Geringste zu tun hatte. Im Grunde wirkte er auch sonst so.

Rosl Fraxner. Wir hielten sie natürlich für vollkommen verrückt, aber im harmlosen Sinn. Heute denke ich nur: Sie war verrückt.

Jedenfalls, auch wenn Rosl Fraxner nun wirklich nicht dazu beigetragen hat, die allgemeine Ästhetik unserer Fotoalben zu heben, ist das Bild von Charly Batloggs Beerdigung außergewöhnlich gelungen. Das lag allerdings weniger an ihr als an Ollis Masterplan, ich vermute, er schüttete ihr einen Haufen Kohle in die Schürze, damit sie die Sache stumm und effizient über die Bühne brachte. Es war ein wirklich beeindruckendes Foto, wie viele Leute waren etwa darauf, siebzig? Achtzig? Vielleicht sogar mehr, auf jeden Fall eine ganze Menge. Olli hatte eine systematische Aufstellung sämtlicher Anwesenden choreografiert. Die ehemaligen Giftler als eine Art griechischer Chor – schwarz und bleich, natürlich mit Lilien – dräuend im Hintergrund, links die Verwandten, unbehaglich zusammengedrängt und ebenfalls bestückt mit jeweils einer langstieligen weißen Lilie – quasi das Wappen des *DroNeiDa*. »Wenn du hier wieder rausspazierst«, hatte Charly gern zu seinen Schützlingen gesagt, »bist du sauber wie die Heilige Jungfrau persönlich.« Darum die Lilien, er kultivierte sie in der Gärtnerei seiner Eltern und in einem dem Ritterschlag ähnelnden Zeremoniell wurde jeder sauberen Jungfrau nach erfolgreichem Entzug eine der Blumen überreicht. Charlys Freunde, die Hand zum Vulkaniergruß erhoben, standen rechts auf dem Bild, Olli, Isi, Gösch und ich direkt hinter dem Sarg und gewandet in Raumschiff-Enterprise-Anzüge (ich trug Blau), die Finger auf dem Sargdeckel und bereit, mit ihm in die nächste Galaxie gebeamt zu werden.

Solche Spektakel sind heute vermutlich völlig normal. Ich kann aber sagen, in dem tiefen provinziellen Niemandsland, in dem wir damals unser Leben fristeten, sorgte so was durchaus für ein gewisses Aufsehen. Es wundert mich immer noch, dass Olli Batlogg ungestraft Gottes Abnippeln behaupten konnte, und das, wo er ja praktisch gerade bei ihm zu Hause zu Gast war. Ich vermute, es entschuldigte ihn das harte Schicksal, in so jungen Jahren schon zum Vollwaisen geworden zu sein. Es ist leicht und dabei so unnötig, an einen Gott zu glauben, wenn alles rundläuft.

Er ist alles, was man hat, wenn es einem schlecht geht. Und er ist tot, wenn man ihn am dringendsten benötigt. Ollis Mutter war tot, sein Vater war tot, und sein Gott war tot. Und diese Tatsache war im Grunde leichter zu akzeptieren als das provokative »Fuck the Beatles«.

Er trat später in die Fußstapfen seines Vaters und übernahm den Laden, inklusive der Vorträge. Keine Ahnung, ob man mit Würstchen noch irgendwen von der Verwendung von Präservativen überzeugen konnte, vielleicht machte er es aus nostalgischen Gründen. Das *DroNeiDa* lief, wenn man das in dem Metier so sagen darf, immer noch tadellos, das war natürlich schlecht in puncto Drogenbekämpfung, aber irgendwie gut fürs *DroNeiDa* und dementsprechend für Olli, er wäre sonst ja arbeitslos gewesen. Er war immer noch zu dick. Da aber in diesem Alter die Männer langsam anfingen, Speck anzusetzen (noch bevor sie dann irgendwann hysterisch ins Fitnessstudio rannten und sich einen Hometrainer und eine Rudermaschine zulegten), wirkte es nun so, als wäre er seiner Zeit immer voraus gewesen.

Aber ich wollte etwas zu Stefan Zweig sagen.

Manchmal denke ich, ich bin diesem Bericht gar nicht gewachsen. Kaum fange ich an, etwas zu erzählen, einen sauberen, schlichten Sachverhalt darzulegen, verzettle ich mich heillos in diesem ganzen unsortierten Wust an Gedanken und Erinnerungen, Fetzen und einzelnen Sätzen. Ich wollte einfach nur was zu Zweig sagen. Es war nicht so, dass wir Zweig generell verschlangen, uns mit fiebrigen Augen seine *Marie Antoinette* reinzogen, hitzig die *Sternstunden* diskutierten oder Olli wütend aus dem Zimmer lief, weil ich den *Magellan* nicht gut fand. Zweig war nicht gemacht für unsere brennenden Herzen, er lieferte nicht diesen ersehnten Fingerzeig auf eine aufregendere und gefährlichere Welt als unser Feldkirch, nein, Zweig liebten wir vor allem für eines: seinen letzten Satz.

Isi war der Erste, der ihn zitierte – Isi, der Schnürlsamt-König der Klassenfotos, mit ihm waren wir vier komplett, Isi, Olli, Gösch und ich –, Isi, geschlagen mit dem bestürzenden Namen Isidor, nach irgendeinem längst verschiedenen Vorfahr, komplett Isidor Nathan Wurz, meiner Meinung nach der absolute Super-GAU in der an grausigen Namen nicht gerade armen Gegend (Mukunda Wendel Giacomuzzi, genannt Tschüss, Mitzi Knurr, Kaspar (Zipfl) Schlumpf – und das sind nur die aus meinem näheren schulischen Umfeld, um eine Ahnung davon zu vermitteln, wie gut ich mit meinem 08/15-Namen Krischi weggekommen war).

Wir saßen über einer zweistündigen Matheklausur, irgendein undurchschaubarer Unsinn aus Vektoren und Wahrscheinlichkeitsrechnung. Ich mühte mich nach besten Kräften ab, haute in die Tasten meines monströsen Taschenrechners, kalkulierte wie ein Irrer, hievte Zahlen von da nach dort, ohne dass sich die kryptischen Aufgaben auch nur ansatzweise in rechnerisches Wohlgefallen auflösten, bis ich zu meiner Rechten mathematisch nicht nachvollziehbare Bewegungen konstatierte. Isi Wurz war dabei, sich aus den von ihm selbst mit Klebeband verbundenen Prüfungsblättern einen großen Hut zu basteln. Ich tippte mit meinem Lineal Olli, der vor mir saß, auf

den Rücken, er erwachte aus seinem stumpfen, taten-
losen Brüten und drehte sich um, ich deutete auf den
Papierhut. Gösch – eigentlich übrigens Gerald, Gerald
Sedlak, aber den Gerald weiß ich nur, weil Frau Hobbs
ihn später so ansprach; Gerald, niemand sonst nannte
ihn Gerald, außer seinen Eltern vielleicht, aber da sie
nicht miteinander sprachen, nannte ihn dann doch niemand Gerald. Er war, das nur nebenbei, mit fünfzehn
zu Hause ausgezogen und wohnte bei seiner älteren
Schwester – Gösch also, ein Pult weiter vorn, schaute
sich die Sache offensichtlich schon länger an, mit ver-
schränkten Armen saß er auf seinem Stuhl. Mit Interesse
verfolgten wir, wie Isi ein deutlich erkennbares rotes *e* auf
seinen Hut malte und ihn hernach aufsetzte. Gemächlich stand er auf, steckte den Filzstift hinters Ohr, griff
nach seiner Ledertasche und schob sich durch die Bänke
Richtung Ausgang.

Herr André, unser Mathematiklehrer, gebürtig aus Sie-
benbürgen, immer todschick im gebügelten Hemd, Krawatte, hautenger Jeans und tadellosem Jackett, dazu spitze
Cowboystiefel und eine Art grauer Vokuhila – »Bin ich
alter Schulfreund von Peter Maffay« (was auch immer er
damit sagen wollte) und »den Methoden Ceauçescus nicht
abgeneigt, wenn sich handelt um renitente Schüler«, wie er
uns einmal mit Behagen berichtete –, blickte hoch.

»Was du machst, Isidor Nathan Wurz, kleiner Stinker?«,
sagte er.

Isi war an der Tür angekommen und drehte sich um.
Die Hand schon auf der Klinke, antwortete er laut und
deutlich: »Ich grüße alle meine Freunde! Mögen sie die

Morgenröte noch sehen nach der langen Nacht! Ich, allzu Ungeduldiger, gehe ihnen voraus.« Dann war er weg.

»Dieses rote *e*«, fragte Gösch in die beeindruckte Stille hinein, »was sollte das denn bedeuten? Mir sagt das gar nichts.«

Die Stille wurde einen Tick drückender, Herr André nahm seine Brille ab und begann sie mit seiner blau-roten Krawatte zu putzen, er betrachtete Gösch nachdenklich.

»Sagt dir gar nichts, du sagst, aha. Das *e*, die Eulersche Zahl, da was klingelt bei dir?«

Gösch dachte sichtlich scharf nach, er schüttelte den Kopf, »Wirklich, Herr Professor, davon höre ich heute zum ersten Mal.«

Herr André stand auf und ging langsam durch die Gänge bis zu seinem Pult. Den Bügel der Brille im Mund, nahm er Göschs Blätter auf und begutachtete seine hoffnungsvollen Lösungswege.

»Was das ist?«, fragte er freundlich.

»Ein Wahrscheinlichkeitsbaum«, Gösch deutete auf Aufgabe zwei, »wir sollten doch einen Wahrscheinlichkeitsbaum malen.«

Herr André nickte ein bisschen, ich lupfte den Hintern und versuchte, einen Blick auf das Prüfungsblatt zu erhaschen, Herr André betrachtete die Wurzeln, die Blätter und Früchte (Sorte *Holsteiner Cox,* wie auf der Apfelkiste neben dem Baum in sorgfältig gezeichneten Buchstaben zu lesen war) seines Wahrscheinlichkeitsbaums und riss dann alles unendlich langsam in kleine Stücke.

»Die Eulersche Zahl«, sagte er in seinem immer irgendwie gefährlich klingenden Graf-Dracula-Idiom, »die

Eulersche Zahl wir beschäftigen uns schon seit ungefähr halbem Jahr, dummer Wicht. Über Wahrscheinlichkeitsbaum wir sprechen noch! Morgen du schickst Mutter in Sprechstunde!« Er drückte ihm die Papierfetzen in die Hand. »Jetzt raus.«

Gösch packte seinen Krempel, stopfte sich die Reste seiner Prüfung in die Hosentasche und ging, wie Isi kurz vorher, zur Tür. Dort angelangt, drehte er sich um und hob leidenschaftlich die Hand. »Ich grüße alle meine Freunde!«, rief er emphatisch, »mögen sie die Morgenröte –«

»Abgang, oder ich beiße!«, brüllte Herr André, Gösch schloss rasch die Tür hinter sich.

Ich hörte es vor mir leise heulen, Olli Batlogg war, wenn es um Mütter ging, eifersüchtig auf jeden Scheiß.

Natürlich hatte Zweig für uns, ja, für die Jugend an sich, nie die Bedeutung eines Hesse, eines Frisch. Um Hesse und Frisch kam man nicht herum, nicht, wenn man sich als *irgendwie intellektuell* geben, sich abgrenzen wollte von den debilen Dumpfbacken, die in nie endendem Strom in die Schulen drängten, nicht, wenn man eine ungenaue Sehnsucht mit sich herumtrug, die Welt möge weniger durchschaubar sein, möge mehr zu bieten haben, mehr Metaphysik, mehr Mystik, mehr echtes Drama. Mit sechzehn lasen wir den *Steppenwolf, Demian* und *Siddhartha*, dicht gefolgt vom gesamten Frisch, ausgenommen der Theaterstücke. Es war, als läge in all diesen Büchern, verborgen hinter der eigentlichen Geschichte, etwas Flirrendes, Schwebendes, das sich unserem Zugriff entzog. Wir fühlten uns sehr einzigartig, wir fühlten uns elitär, feingeistig und als Gebildete in einem Pferch voller Trottel, und als ich später überschaute, dass der *Steppenwolf,* *Demian* und *Siddhartha*, gefolgt vom gesamten Frisch, ausgenommen der Theaterstücke, quasi das literarische Brot der Adoleszenz waren, dass jeder, wirklich jeder, der nicht ein degenerierter Vollkoffer war mit nur einem halben Hirn, sondern gleich uns durch die Mühen und Nöte der Pubertät krauchte, den *Steppenwolf, Demian* und *Siddhartha* las und hernach den gesamten Frisch minus Theater, da wurde irgendwie was zurechtgerückt. Es veränderte das Bild, das ich mir von mir gemacht hatte, radikal. Es war sozusagen die Einbuße meiner Individualität zugunsten der Masse. Es war nicht mehr nur ich, der eine Affinität für Dystopien aller Art entwickelt hatte, nein, es war völlig normal, in diesem Alter *Die Wand* zu lesen, jeder las *Die Wand.* Nicht ich entdeckte Thomas Bernhard, Kafka oder Camus, sie gehörten alle zur längst begähnten Grundausstattung der Pseudogebildeten. Ich war ein Pseudogebildeter, wir vier waren Pseudogebildete, wir lasen keine links liegen gelassenen Apokryphen oder verschollene Autoren, die wir aus dem Dunkel des Vergessens lupften, wir grasten brav hinter der großen Herde her, wir waren das perfekte Beispiel für determiniertes Verhalten. Man könnte sagen: Das ist interessant. Interessant, dass der Mensch die immer gleichen Etappen nimmt, die Einsamkeit durchmisst *(Steppenwolf)*, dieselben Phasen der Spiritualität durchlebt *(Siddhartha)*, sie zu diffusen Formen der Kabbalistik ausweitet *(Demian)*, zu ähnlichen Lösungen dieser ganzen Probleme gelangt *(Mein Name sei Gantenbein)* und zu Erkenntnissen *(Sisyphos)* kommt.

Es bleibt allerdings zu vermuten, dass es Einzelne gibt, die wirklich hervorstechen, ungeahnte Pfade gehen, Neues entdecken. Wir hatten so sein wollen, wir hatten uns als genau die gefühlt, und es war ernüchternd zu merken, dass es nur der übliche Größenwahn gewesen war, völlig normal für das Alter.

Nein, Zweig sagte uns nichts über unser kompliziertes Inneres, es war nicht eine zweite Wirklichkeit, die sich durch seine Lektüre in unseren banalen Alltag schob, Zweig lehrte uns etwas über unser Äußeres.

Es war *Die Welt von Gestern,* die wir lasen, die wir mochten, die wir zitierten – *Ich grüße alle meine Freunde –,* es war der letzte Satz seines Abschiedsbriefs, bevor er sich, irgendwo im südamerikanischen Exil, Argentinien oder Brasilien, ich weiß es nicht mehr genau, 1942 das Leben nahm, mürbe vom Krieg, so verstanden wir es, vom Exil, vom Verlust der Heimat oder davon, wie es war und nicht mehr ist. Viel später erst las ich, Zweig habe einerseits immer wieder unter schweren Depressionen gelitten und sei andererseits Exhibitionist gewesen und habe, nackig unter dem maßgeschneiderten Mantel, im Wiener Prater kleinen Mädchen aufgelauert – beides Informationen, die mich erheblich erstaunten und mich einmal mehr vermuten ließen, dass wohl kaum einer sich ausschließlich wegen der allgemeinen Weltlage das Leben nahm. Stefan Zweig war vielleicht einfach müde vom Stefan-Zweig-Sein. *Ich grüße alle meine Freunde,* schrieb er also, *mögen sie noch die Morgenröte sehen nach der langen Nacht! Ich jedoch, allzu Ungeduldiger, gehe ihnen voraus.* Damals jedenfalls war das ein guter Satz, ein großer Abschied, wie wir fanden, heroisch, pathetisch, poetisch, super Metaphorik (wir standen, no, na, natürlich auf Metaphern und entwickelten sie mit mehr oder weniger Erfolg am Laufmeter) und der Rhythmus war eins a – darauf kam es letztlich an –, es war ein, darüber waren wir uns vollkommen einig, es war ein literarischer Abschied, wie er eines Literaten würdig war. Was uns abgesehen davon beeindruckte, war seine Beobachtung, dass in seiner Zeit, sprich, in den Zehnerjahren, als er in seinen Anfängen stand, der junge Mensch nichts galt. Heutzutage zelebrieren wir die Jugend, damals herrschte das situierte Alter, während wir jetzt Himmel und Hölle in Bewegung setzen, um möglichst alterslos zu wirken, dynamisch und faltenfrei, so taten damals aufstrebende junge Männer alles, um gute zehn Jährchen älter auszusehen. Einem Arzt, frisch von der Uni mit fixen Gesten, glatten Backen und ohne Hintern in der Hose, war nicht zu trauen. Folglich fraß er sich eine Wampe an, schaltete ein paar Gänge runter, klemmte sich ein Monokel ins gesunde Auge und züchtete sich einen üppigen Bart, schon klappte es mit der Kundschaft.

Das war seine Zeit. Um anerkannt zu werden, musste man schneller altern. Wir aber wollten gar nicht anerkannt werden, wir aber hatten nicht das geringste Bedürfnis nach Zugehörigkeit, wir aber waren umgeben von blank rasierten Vätern, die an den Wochenenden mit ihren Mountainbikes kernig über die Alpen rasten, Multifunktionskleidung trugen und neuerdings für ihre Bandscheiben turnten. Wie sie wollten wir auf keinen Fall sein, nichts lag uns ferner, als erwachsen zu wirken, wenn Erwachsensein Softshelljacken und Trimm-dich-fit-Geräte bedeutete. Die Vorzeichen hatten sich geändert, musikalisch gesprochen wurde das Bart-b wieder aufgelöst. Es ging uns um Abgrenzung. Lustigerweise erzielten wir genau dies mit den Zweig'schen Mitteln. Wir gingen fortan einen Tick langsamer und nickten uns befriedigt zu, wenn ein Schwung stromlinienförmiger Mädels mit einem »Na, Opis!« an uns vorbeidüste, wir pflegten unser gut geschnittenes Haar und trafen uns nicht abends in der Poolbar oder ähnlichen Clubs, sondern nachmittags zu »einer guten Jause« und öffentlichem Zeitunglesen, und natürlich bemühten wir uns um das Gedeihen unserer spärlichen Bärte, das Bart-b stand nun nicht mehr fürs Erwachsensein im herkömmlichen Sinn, wir wurden nicht vertrauenerweckender dadurch, ganz im Gegenteil. Wir wurden das, was man heute »Hipster« nennt, orthodoxe Bärte, rahmengenähte Schuhe und auf jeden Fall Brille, Sehschwäche hin oder her. Damals gab es dafür noch keine Lobby. Wir nahmen bewusst keinerlei Stimulanzien, einerseits natürlich wegen Charly Batlogg, wegen seiner Exkurse zu Rauschmitteln und ihren Abgründen, wegen seiner Drogen-und-Sex-Vorträge, wegen seines viel zu frühen Todes und des eindrücklichen Heers geheilter, aber gezeichneter ehemaliger Klienten des *DroNeiDa*, und andererseits wegen Frank Zappa, der, so sagte man, Marihuana nicht von Heroin habe unterscheiden können, das erschien uns irgendwie originell, noch mehr aber, weil es viel zu angesagt war, jeder nahm irgendwelche Drogen. Wir jedoch wollten uns abheben, koste es, was es wolle, abheben von den ganzen Idioten um uns herum. Als ob der Anblick der heruntergewirtschafteten Giftler nicht genug gewesen wäre, hatten wir uns zudem in der Junkiebibliothek des Wartezimmers im *DroNeiDa* umgetan, *Wir Kinder vom Bahnhof Zoo* gelesen und waren seither überzeugt, schon ein Zug Haschisch katapultiere uns, noch bevor wir »Haschisch!« buchstabieren könnten, in diese Drogenhölle Berlin und dort auf den schwulen Babystrich.

Zurück zu Zweig. Er schrieb, er sei dabei gewesen, damals in Feldkirch, als der Zug mit dem letzten Kaiser über die Grenze rollte.

Doch ich bin etwas skeptisch ob dieses Zufalls seiner gleichzeitigen Anwesenheit, nein, bezüglich seiner Anwesenheit überhaupt, führende Experten geben mir recht.

Ich persönlich vermute jedenfalls, er war nicht da. Es war der Untergang der Monarchie, ein großer Moment, eine weitere Sternstunde der Menschheit, und Stefan Zweig war nicht dabei.

»Weil«, fragte ich die anderen, »was sollte er denn dort, am Feldkircher Bahnhof, zu suchen haben, *zufällig*? Ich meine, es war nicht London Heathrow oder zumindest die Bahnhofshalle in, was weiß ich, Mailand, Straßburg, nein, es war der Feldkircher Bahnhof, vermutlich zwei Gleise stark, ein Zug in die eine Richtung, einer in die andere, das dreimal am Tag, aus die Maus.«

»Grenzbahnhof«, sagte Isi, »so was nennt man einen wichtigen Grenzbahnhof, ist aber auch egal, was regst du dich denn immer über so alberne Details auf.«

8 Das mit den Details ist wirklich so. Sie beschäftigen mich, womöglich über die Maßen. Tatsächlich aber ist dies eine nicht unwichtige Eigenschaft, die einen guten Diener ausmacht: die Liebe zum Detail. Ein Haushalt besteht ja im Grunde nur aus Details, der Aneinanderreihung von Nichtigkeiten, die zusammen dieses komplexe Gebilde ergeben, das man Leben nennt, und, ja, ich bin ein Freund des Alltags mit seiner gleichmäßigen Wiederkehr von Details. Ganz anders als Zweig lechze ich keineswegs danach, bei den Höhepunkten, den Sternstunden der Menschheit dabei zu sein, ich muss von mir nicht behaupten, beim Auszug des Kaisers höchstpersönlich und zufällig am Gleis eines Provinzbahnhofs herumgelungert zu haben, nein, Zweigs Problem war, so sehe ich das jedenfalls, dass die Kleinigkeiten des Lebens ihn zu wenig erfreuten.

Aber lassen wir das.

Als ich in Zürich meine Stelle antrat, arbeitete Herr Hobbs seit vielen Jahren schon in der Kanzlei *Schärer, Bahr und Grundmann,* einer der besten Adressen für Wirtschaftsrecht und Vermögensverwaltung. Er war viel unterwegs, hauptsächlich in den USA oder Großbritannien, die meisten seiner Klienten waren Amerikaner, er traf sie in New York oder in London oder sonst wo auf der Welt.

Wenn er da war, an den Abenden, am Morgen, an den Wochenenden, bewegte er sich in seinem Haus, als wäre er im Hotel. Vielleicht liegt das gewissermaßen nahe, wenn man Dienstboten hat, dafür ist unsereins ja da – man wirft sein Handtuch auf den Badezimmerboden und den Morgenrock über die Schranktür, man hinterlässt zerfledderte Zeitungen neben dem Bett und Tassen in der Diele, alles bleibt einfach da liegen und stehen, wo man es just nicht mehr benötigt –, dennoch gibt es Unterschiede zwischen den Arbeitgebern. Frau Hobbs beispielsweise war kein Hotelgast in ihrem Haus, wiewohl ich ihre Unterwäsche vom Boden klaubte und ihre Lippenstifte zuschraubte. Herr Hobbs war sozusagen ein unspezifischer Gast, wenig Extravaganzen. Eine seiner raren Eigenarten war es, dass er sich selbst den Frühstückstee kochte – er benutze hierfür, so hatte es mir Frau Hobbs in den ersten Tagen erklärt, eine viktorianische englische Teekanne aus Silber, die er seit seiner Studentenzeit besitze und die ihm heilig sei. Er kochte seinen Darjeeling wie eine Japanerin die Teezeremonie vollführte, oder, ja, wie ein Butler diesen Verrichtungen nachging: achtsam, rituell, respektvoll und immer gewahr, dass es sich bei den benutzten Gegenständen nicht um die eigenen handelte.

Er fläzte nicht auf den Sofas, er kratzte seinen Joghurtbecher nicht aus, wie auch der Profi in einer Kochshow niemals die Reste aus der Schale kratzte, und nur genau einmal im Jahr sah ich ihn rennen: vom Stativ zu seinem Platz auf dem Foto, aber dazu später –, und wenn er auf die Terrasse trat, erweckte er jedes Mal den Eindruck, er wäre bei fremden Leuten zu Besuch und begutachte höflich ihren Garten.

Er verwickelte mich kaum einmal in Gespräche, wie seine Frau das in ihrer herzlichen Art zu tun pflegte, er konstatierte höchstens gewisse Sachverhalte. Wenn es langsam Winter wurde und ich ihm den Kaschmirpullover herauslegte, sagte er: »Es wird also langsam Winter.«

Wenn er mir heiser schien und ich ihm Salbeipastillen aus der Apotheke in die Tasche steckte, betrachtete er nach dem Griff ins Jackett das Röhrchen und sagte: »Sie haben Salbeipastillen gekauft, ich bin wohl ein bisschen heiser«, und wenn ich seine *Breguet* vom Uhrmacher holte und ihm mitteilte, sie laufe wieder tadellos, sagte er am Abend zu mir, dass sie in der Tat wieder tadellos laufe.

Herr Hobbs war zu Gast in diesem Haus, Frau Hobbs bewohnte es. War sie nicht da, wirkte das Heim merkwürdig träge, matt wie eine kränkliche Katze, als hätte ihr jemand die Blutzufuhr gedrosselt. Sie beherrschte dieses Haus bis in die kleinsten Ecken und erweckte den Eindruck, wie soll ich sagen, viel mehr zu sein als eine Person. Als *eine* Person. Sie wirkte wie viele. War sie da, fühlte sich das Haus wacher an, quirlig, in Bewegung, so, als lebte dort eine Großfamilie. Sie klapperte mit den Absätzen ihrer Slipper in flottem Tempo die Treppen hinauf und hinunter, sie plauderte laut und unbekümmert mit den Angestellten, ihren Kindern, ihrem Schwager, sie zauste ihrem Mann durchs Haar und hielt ihn lachend am Gürtel fest, sie war das, was man so unzureichend »lebendig« nannte. Es war wie eine Energie, die sich wellenartig ausbreitete und dieses ganze Bauwerk, das Gehäuse einer Familie, zum Vibrieren brachte.

Nicht selten verändert sich die Stimmung im Haus, wenn der Mann abwesend ist, häufig zum Besseren. Alle scheinen sich zu entspannen, sind fröhlicher und ungezwungener. Zumindest in meiner Familie war es so, und in den Familien meiner Freunde war es nicht anders, Ollis war die Ausnahme. Aber er lebte ja weder in einer typischen Familie noch war Charly irgendwie typisch für einen Vater, zumindest nicht für einen Vater dieser Zeit. Vielleicht sind Väter heutzutage wirklich andere Väter, und vielleicht sind Mütter anders Mutter als vor ein paar Jahrzehnten, vielleicht sind Familien insgesamt anders, ich weiß es nicht. Die Hobbs jedenfalls waren nicht anders, sie waren eine Familie, wie ich sie kannte, Frau Hobbs kümmerte sich um die häuslichen Belange, sie war das Herz, der Puls der Villa. Herr Hobbs saß bis spät in die Nacht in seiner Kanzlei oder jettete um die Welt. Er wusste mit Sicherheit nicht, wie man eine Spülmaschine bediente oder einen Staubsaugerbeutel wechselte, ganz im Gegensatz zu seiner Frau, die, trotz ihrer zahlreichen Bediensteten, durchaus praktisch veranlagt war und Hand anlegte, so es einmal nötig schien. Er war, ja was eigentlich? Vielleicht war er das Skelett des Hauses, sein Gerüst, vielleicht seine Struktur oder aber eine theoretische Idee, sein Gehirn. Die Atmosphäre jedenfalls veränderte sich spürbar, sobald diese Idee das Haus verließ.

Nicht, weil er etwa unsympathisch oder streng war. Herr Hobbs pflegte mit seinen Kindern und seiner Frau einen zärtlichen Umgang, nein, ich vermute, es war verzwickter: Es fiel das Spannungsfeld weg zwischen Herrn und Frau Hobbs, diese stete, vibrierende Kraft, die sich vielleicht aus ihren so unterschiedlichen Temperamenten ergab. Frau Hobbs war ein fröhlich strudelnder Bach und ihr Mann ein Staudamm, der ihre Bewegung unweigerlich zum Erliegen brachte.

Eine Beobachtung schien diese These zu bestätigen: Herr Hobbs fuhr weg, aber Herr Gerome, sein Bruder, blieb da. Die Stimmung verbesserte sich. Seine Energie und die seiner Schwägerin kamen sich nicht ins Gehege.

Es ist heutzutage ja üblich, dass auch Frauen über einen längeren Zeitraum hinweg geschäftlich unterwegs sind, allerdings kaum in diesen Kreisen, schon gar nicht, wenn Kinder da sind. Es ist interessant, dass die Emanzipation diese Schichten praktisch umrundet hat. Frau Hobbs war selten weg. Ab und zu besuchte sie für drei, vier Tage eine Freundin an adäquaten Destinationen wie Nizza, Biarritz oder St. Moritz, alle paar Monate reiste sie mit zwei voluminösen, aber leeren Koffern nach Paris, absolvierte ausführliche Einkäufe in den Bereichen Kosmetik, Bekleidung und Accessoires und kam mit den dicht gepackten Koffern sowie dem feinen französischen Gebäck zurück, das die Schweizer auch in hundert Jahren noch nicht würden backen können.

Jean-Pierre Hobbs. Nein, unsympathisch trifft es kein bisschen, er war nicht unsympathisch, und seine Wortkargheit mir gegenüber rührte nicht von einer Strenge, dessen war ich mir sicher. Er war nur ein – undurchsichtiger Mensch. Auf eine faszinierende Weise unerreichbar und, ja, verschleiert.

Sämtliche relevanten Anweisungen kamen von seiner Frau. Bernadette Hobbs sorgte dafür, dass sich die Choreografie von uns Bediensteten reibungslos und diskret im Hintergrund abspielte, und schuf ganz allgemein das behagliche, heitere Heim, dessen ihr Mann nach seinen aufreibenden Tagen so dringlich bedurfte. Sie kümmerte sich mit lockerer Herzlichkeit um unser Wohl.

Sprach sie mit Martha, war sie darauf erpicht, die eigene Ungeschicklichkeit in Küchenangelegenheiten zu verdeutlichen und ihrer tiefen Bewunderung für Marthas Können Ausdruck zu verleihen. Eifrig notierte sie sich Rezepte für Schokoladentorten und Kalbsbraten, ohne vorzuhaben, das eine oder andere jemals zuzubereiten. Die Bügelfrau befragte sie mitfühlend und mit einer leichten Hand auf der Schulter nach deren altersschwachem Dackel, mit dem Gärtner fachsimpelte sie über die Behandlung der miesen Weichhautmilbe und erging sich in Lobeshymnen über das wunderbare Aroma des *Agathe von Klanxbüll*, nichts gehe über alte Apfelsorten, der Putzfrau empfahl sie eindringlich ihren eigenen, hervorragenden Arzt zur Behandlung ihrer rheumatischen Gelenke.

Mit mir unterhielt sie sich ganz ungezwungen über – ja, wie fing es eigentlich an? Wir unterhielten uns generell ganz ungezwungen. War es meine eher ungewöhnliche Jugend in diesem Berufsstand, die sie entspannte und säumig werden ließ, die sie verführte, die kultivierte und freundlich-unverbindliche Rolle der Hausdame Stück für Stück aufzugeben und in diesen kumpelhaften, scherzenden Tonfall überzuwechseln? Oder war das einfach in der Schweiz so, in der Schweiz, die eben nicht England war oder Frankreich, wo der Unterschied der Klassen noch eine erhebliche Rolle spielte, wo die Hierarchie zwischen Angestellten und Dienstgebern noch ganz fraglos und deutlich war?

Kann sein. Vielleicht war es aber auch einfach nur die

Zeit. Robert van der Velden riet uns, eine Stelle nach jeweils zwei oder drei Jahren zu wechseln – man erfahre zu viele Geheimnisse, es sei, meinte er, unumgänglich, während dieser Zeit in das intimste Arkanum einer Familie einzutauchen und für das eigene Wohl und Seelenheil ratsam, gar nicht erst in Versuchung zu geraten, irgendeine Information zu missbrauchen.

Dies widerspricht der herkömmlichen Auffassung natürlich gewaltig, nicht nur in meiner Vorstellung, so darf ich vermuten, butlert man im Idealfall bis an sein Lebensende in ein und demselben Haushalt und wird zum eingespielten Team. Dennoch, mein eigener Fall zeigte, wie recht van der Velden hatte. Ich war zu lange bei den Hobbs. Ich hätte früher, viel früher gehen und die Stelle wechseln sollen.

9 Meine anfängliche Scheu, ja, Furcht vor dem malenden Bruder – zur eindeutigen Identifizierung und Abgrenzung zum Hausherrn nannte man ihn in der Villa »Herr Gerome« – und seinem rustikalen Humor legte sich praktisch sofort, als ich ihn näher kennenlernte. Er war eine unbekümmerte, leichtlebige Ausgabe Jean-Pierre Hobbs und aufgrund dieses völlig anders gearteten Naturells trotz des praktisch identischen Aussehens problemlos von diesem zu unterscheiden.

Eines frühen Morgens allerdings – ich ging wie immer gegen halb sechs hinunter in die Küche – traf ich zu meiner Verwunderung auf der Treppe auf Herrn Hobbs. Ich wähnte ihn auf Geschäftsreise und begrüßte ihn nach einem kurzen Moment der Irritation, als er aus der Tür zum Schlafzimmer trat, er knotete gerade den Morgenrock über dem nackten Bauch zusammen. In Pantoffeln folgte er mir nach unten und schickte sich zu meiner allergrößten Verwunderung an, mir bei meinem Frühstück, das ich einnahm, bevor ich das der Familie vorbereitete, Gesellschaft zu leisten.

Ich ging in die Küche, kochte Kaffee und richtete Brot und Croissants auf einem Tablett an, als ich zurückkam, hatte ich mich wieder gefangen. Er saß zeitungslesend im Sessel des Wintergartens, und ich fragte ihn, ob ich ihm schon eine frühe Tasse Kaffee und ein Stück Gebäck anbieten dürfe, was er bejahte, er nahm alles entgegen und warf in weitem Bogen ein Stück Zucker in die dampfende Tasse.

Ich blickte fassungslos auf die Spritzer rundherum und hernach langsam zu ihm hoch und in sein Gesicht, er grinste mich an, tunkte das Croissant in den Kaffee und biss ab.

»Ich liebe diese Momente«, sagte er schwärmerisch, »ich schmeichle mir bei solchen Gelegenheiten damit, ohne Probleme die Kanzlei meines Bruders übernehmen zu können und kein Mensch würde es merken, ich könnte sein gesamtes Leben an mich reißen und würde eine gute Figur machen, niemand würde ihn vermissen.«

Ich wischte die Kaffeeflecken weg. Ich schwieg. Ich befand mich unvermutet in einer dieser heiklen Situationen, vor denen Herr van der Velden uns immer wieder gewarnt hatte. »Gehen Sie ohne mit der Wimper zu zucken darüber hinweg«, hatte er gesagt, »sorgen Sie dafür, dass ein diffiziles Moment so nonchalant wie möglich vorüberzieht, gleich einer Wolke, einem knappen Traum.«

Als ich also, bereit, ohne mit der Wimper zu zucken, eine kleine Wolke ungerührt vorüberziehen zu lassen, wieder aufschaute, ruhte sein Blick auf mir, amüsiert, schelmisch und verschwörerisch.

»Sie fragen sich zu Recht, wieso ich morgens aus dem Schlafzimmer meines abwesenden Bruders komme.«

»Keineswegs, kein bisschen«, sagte ich einen Tick zu schnell, während ich mir ungeschickt ebenfalls ein wenig von dem Espresso in die Tasse goss und mit heißer Milch vermischte.

Er seufzte. »Es ist leider ganz harmlos und banal, keine interessanten Geheimnisse, keine dunklen Ecken und Flure in diesem Gehäuse«, er klopfte sich auf die Brust.

»Natürlich nicht«, sagte ich, ich schnitt zwei Scheiben Brot ab und bestrich sie dick mit Butter und Honig.

»Mitunter schleiche ich mich ins Haus«, sagte er freundlich, während er aufstand und sich seine Tasse erneut füllte, »ich schleiche mich ins Haus, gehe durch die Zimmer und fertige kleine Skizzen an.«

Ich räusperte mich und sagte harmlos: »Kleine Skizzen, Herr Gerome?«

Er hatte sich ans Fenster gestellt und schaute hinaus in den dämmrigen Garten. »Friedvoll und faul«, sagte er leise, »liegt die Dunkelheit noch zwischen den Bäumen und Sträuchern, verheddert mit einem hauchzarten Nebel, der sich schon aufzulösen beginnt – die Schlafenden«, sagte er übergangslos, »ich male die Schlafenden. Den schlafenden Küchentisch hier, die Stühle und Schränke, die verwunschenen Bücherregale in der Nacht, ich male die düsteren Vorratsgläser voller dräuender Birnen und Gurken im Keller, die Schirme im Schirmständer, die Lippenstifte vor dem Garderobenspiegel. Ich male meinen schlafenden Bruder, meinen Neffen, meine Schwägerin und Sie natürlich auch.«

Ich legte behutsam mein Honigbrot zurück auf den Teller und schwieg.

»Ach du meine Güte!«, rief er, er stellte eilig die Tasse weg. »Sie sind schockiert. Aber ich kann, ich muss Sie beruhigen, Sie tauchen auf keinem meiner Bilder erkennbar auf, es sind reine Studien, kleine Kritzeleien, Vorlagen für ganz andere Figuren, ich brauche sozusagen nur den Gestus, verstehen Sie, und die Atmosphäre.«

»Selbstverständlich«, sagte ich, ich nahm mein Honigbrot wieder zur Hand und trank einen Schluck heißen Kaffee, »das leuchtet mir vollkommen ein.«

»Ah«, sagte er unglücklich, »ich habe Sie vor den Kopf gestoßen, ich habe Sie verstört. Kommen Sie.«

Er ging in den Salon und weiter zur Terrassentür, ich zögerte, warf einen Blick auf die Uhr, es war kurz vor sechs, noch genügend Zeit, und folgte ihm in den Garten und hinüber in seinen Pavillon.

Ich stellte erst später fest, was für ein ungeheures Privileg es war, in sein Atelier eingeladen zu werden, niemand aus der Familie durfte seinen Arbeitsraum betreten und von den Angestellten erst recht keiner. Tatsächlich führte ein – Jahre später – erfolgter Bruch dieser unausgesprochenen Vereinbarung vonseiten seines Bruders zum praktisch sofortigen Auszug Gerome Hobbs'.

Mir jedoch widerfuhr die unvermutete Ehre, morgens um sechs seine in nächtlichen Studien hervorgebrachten Entwürfe betrachten zu dürfen, und ich wusste es gar nicht genug zu schätzen.

Ich sah wenig von den Räumlichkeiten und dem Mobiliar – wie ich später, als ich selbst dort einzog, verstand, handelte es sich um einen einzigen, großen Raum, ein kuppelgekröntes Zimmer –, Gerome Hobbs hatte nur eine kleine Arbeitsleuchte angeknipst, die den Rest im dämmrigen, halbgaren Licht des Morgens beließ, und beförderte nun aus den verschiedenen Schubladen eines gewaltigen Skizzenschranks einzelne Blätter hervor. Es waren, wie er es angekündigt hatte, allerlei Abbildungen des schlummernden Hauses und seiner Bewohner, Bilder der letzten paar Jahre und auf den neueren erkannte ich dann und wann mich selbst, auf der Seite liegend, den Kopf in dieser typischen Weise von Kissen und Decken umhüllt und vermummt, die nur das Gesicht freiließ und bei meinen Freunden schon für Hohn und Spott gesorgt hatte, es sah, nun schwarz auf weiß, wirklich unfassbar lächerlich aus.

Ich legte diese Beweise meiner nächtlichen Gewöhnlichkeit rasch zur Seite, mein Blick streifte, unangenehm berührt, die Gesichter der schlafenden Familie und blieb dankbar am irgendwie wichtigtuerischen und dennoch heiteren Schlaf einer großen Hündin hängen, es musste die verstorbene Pina Bausch sein.

Ich bedankte mich ausführlich für diesen Einblick in

sein hochinteressantes Schaffen, Herr Gerome winkte bescheiden ab, sagte, er habe sich zu bedanken, es sei ein ungemein netter Abschluss seiner Arbeit gewesen, derart gemütlich und freundschaftlich am frühen Morgen mit mir bei Kaffee und warmen Croissants beisammenzusitzen, jetzt aber, meinte er, müsse er sich noch ein wenig hinlegen, sonst holten ihn seine nächtlichen Eskapaden irgendwann im Verlauf des Tages ein.

Ich verabschiedete mich und kehrte durch den nun beinah taghellen Garten zurück ins Haus und räumte das benutzte Geschirr weg. Ich dachte an diese Skizzen, daran, dass ich gerne einmal eines seiner fertigen Gemälde gesehen hätte, ich wollte sehen, wie ich, ein schlafender Diener, wie die arme Pina Bausch, ja, wie wir alle verwandelt wurden in ganz andere Schlafende. Würde ich mich wohl noch erkennen? Überhaupt fand ich es bemerkenswert, dass man so viele Schlafende gebrauchen konnte als Maler, gab es ein regelrechtes Genre dafür, eine eigene Rubrik innerhalb der Kunst? Mir war ein wenig unbehaglich, wusste die Familie von diesen Gewohnheiten? Und, es fiel mir ganz plötzlich auf, und ich hielt inne, als ich versuchte, mir die morgendliche Szene deutlicher zu vergegenwärtigen: War er nicht aus der Schlafzimmertür getreten, ohne irgendetwas in den Händen zu halten? Wo war der Skizzenblock gewesen, wo der Kohlestift? Hatte er seine Zeichensachen im Zimmer gelassen? Nun gut, so musste es sein, gewiss fand Frau Hobbs überhaupt nichts dabei, morgens auf seine Zeichnungen zu stoßen, gewiss erfolgten seine nächtlichen Visiten im vollsten Einverständnis der Bewohner. Ich faltete die Zeitung zusammen und deckte den Tisch fürs Frühstück, dann ging ich in den Flur und gongte gut gelaunt zum Aufstehen. Ich hatte das Gefühl, einen Freund gewonnen zu haben.

Mit Raphael und später auch mit seiner Schwester kam ich gut klar. Mehr aber auch nicht. Ich habe noch nie über einen Draht zu den kleinen Leuten verfügt, diese lässige und beiläufige Art der Ansprache, die es gewissen Erwachsenen ermöglicht, sofort gut Freund mit ihnen zu sein. Vielleicht ist es dem Mangel an jüngeren Geschwistern geschuldet, aber sicher nicht nur. Ich glaube, es ist schwerwiegender. Ich glaube, es ist der Grad an Ich-Bezogenheit, der das Verhältnis zu Kindern bestimmt, je mehr man mit sich selbst beschäftigt ist, desto weniger Raum bleibt für sie, und ich schneide schlecht ab. Dabei habe ich ja selbst immer diesen linkischen und bemühten Umgang der Erwachsenen mit mir gehasst, die Ungeduld und das arrogante Desinteresse. Dass sie anders waren, war ein Grund für meine große, tiefe Liebe zu Charly Batlogg und auch zu Ollis Großeltern. Die Familie Batlogg pflegte einen unbefangenen, kameradschaftlichen Umgang mit uns, es war ein Aufeinandertreffen auf Augenhöhe, könnte man sagen. Wenn Olli und ich uns mit vier Jahren mit der Küchenschere großflächige Dreiecke in die Ponys schnitten, begrüßte Charly unser neues Auftreten und bewunderte unseren modischen Mut, als wir aus fünfzig Eiern ihrer Hühner Rührei mixten, lobte Ana Batlogg uns dankbar für diese schöne Idee und lud die Nachbarn zur abendlichen Tortilla. In unserer intensiven Indianerzeit verhängten wir das Kinderzimmer mit großen Leintüchern und schliefen winters bei sperrangelweit geöffneten Fenstern, was die Entfachung eines Lagerfeuers absolut notwendig machte. Ollis Großvater löschte ohne Eile fachmännisch den Brand auf dem Parkett und baute später mit uns zusammen im Garten ein originalgroßes Tipi mit Rauchabzug und schenkte uns feierlich zur Einweihung ein Büffelfell.

Meine Eltern? Nachdem sie der geometrischen Übung im zarten blonden Haar ansichtig wurden, rasierten sie mir eine Glatze, als ich begeistert von der herrlichen Tortillaparty berichtete, die Olli und ich in die Wege geleitet hatten, brachte meine Mutter ein Geldkuvert in die Gärtnerei (für die entstandenen Kosten), und sobald mein Vater kapierte, warum Eni Batlogg den Fußboden in Ollis Zimmer ausbesserte, sagte er, so eine unglaubliche Dummheit habe er noch nie erlebt und meine Mutter warf meinen Federschmuck ins Klo.

Somit war es eigentlich mein Vorhaben, niemals und unter keinen Umständen selbst zu so einem ungelenken Zombie zu werden, doch irgendwann musste ich feststellen, dass es etwas zu tun hatte mit dem ganzen Wesen, mit dem Charakter, und ich wünschte, es wäre anders. Aber es nützt nichts, sich zu bemühen, Kinder haben einen untrügerischen Instinkt. Es war nicht so, dass sie mich ablehnten oder mir gegenüber unhöflich gewesen wären, nein, unser Kontakt beschränkte sich auf eine sozusagen neutrale Zurkenntnisnahme, man könnte sagen, wir behandelten einander mit freundlichem, aber unverbindlichem Respekt. Davor gab es bei beiden jeweils eine Phase der intensiven, erfolglosen Werbung um mich, Raphael war lange hartnäckig bemüht, mich aus der Reserve zu locken, in meinem ersten Jahr im Haus schleppte er Bälle an, kleine Autos oder Flugzeuge, er lud mich auf selbst gebaute Flöße ein, die in seinem Zimmer auf dem blauen Seidenteppich schwammen, und malte mir Bagger, Igel und Kräne in nie ermüdendem Eifer, er bat mich um die Fertigung von Pfeil und Bogen und beschenkte mich mit vergagelten selbst gebackenen Keksen. Auch Aurelia umschmeichelte mich mit dem gebündelten Charme der frisch Geschlüpften, sie lächelte und gurrte, später robbte sie begeistert über die Küchenfliesen hinter mir her, ihre ersten Schritte machte sie von der Hand ihrer Nanny aus zu meinem Hosenbein, sie krallte sich fest und strahlte mich an. Ich kann nicht sagen, dass sie nicht alles gegeben hätten. Ich aber hielt den gemalten Igel verkehrt herum und heuchelte Bewunderung für »eine Art Schrubber«, lustlos kickte ich ein oder zwei Mal den Ball, um sodann »noch so viel zu tun« zu haben und Raphael auf dem Rasen stehen zu lassen, ich stieg ungeschickt über das herumkugelnde Baby, ohne ihm irgendwelche Albernheiten zuzuzwitschern, wie Erwachsene das so gerne taten, und ich lobte Raphaels Backkünste und ließ den Keks liegen. Irgendwann hörten sie damit auf, alle beide. Raphael ging an mir vorbei in den Garten und kickte Bälle und verschoss Pfeile ohne jede Technik und vor allem allein, wenn Aurelia ihre Bilder malte, war die gesamte Familie und der Gärtner mit drauf, aber ich nicht, brauchte sie Hilfe beim Schuhebinden, wartete sie geduldig auf irgendjemanden, auch wenn ich da war.

10 Nicht selten denke ich an all die *Season's Greetings,* die Familie Hobbs über die Jahre an so viele Haushalte – Freunde, Bekannte, Verwandte und Angestellte – verschickte und die in den Wochen danach vermutlich allerorten wieder hervorgekramt wurden, um in den Gesichtern nach einem Schatten zu forschen, um das Unglück zu ertappen, das sich zwischen den fröhlichen Familienmitgliedern, die sich auf den Fotos als Schneeballwerfer, Croquetspieler und Zuckerbäcker betätigten, eingenistet hatte.

Hätte aber nicht auch alles immer so weitergehen können, ohne dass sich etwas an dem beständigen Aufstieg änderte? Ist es nicht möglich, dass das Glück sich einfach stetig mehrt? Holt einen die Lüge immer ein, das Verborgene, das getürkte Spiel, gibt es wirklich kein richtiges Leben im falschen?

Wie auch immer, jetzt denke ich an diese *Season's Greetings* – von Jean-Pierre Hobbs selbst entwickelte Fotografien der strahlenden Familie, die sich bei irgendeinem launigen Zeitvertreib verlustierte. Jeweils ein Exemplar davon hing, gerahmt und in chronologischer Folge, in Frau Hobbs' Arbeitszimmer. Es war übrigens der einzige kreative Ausdruck, den ihr Mann sich erlaubte. Er war gewiss ein großer Anwalt, ein hoch geschätzter Jurist, aber – verblüffend eigentlich, bei seinem talentierten Malerbruder – völlig unfähig, sich irgendwie gestalterisch auszudrücken. Ich möchte mich keinesfalls herablassend dazu äußern – es mangelt mir ja selbst an bildnerischen Fähigkeiten –, Herrn Hobbs' Unvermögen jedoch war legendär. Seine

Kinder umschifften ihn geflissentlich, wenn sie mal einen Babyelefanten gemalt bekommen wollten oder eine böse Hexe, und als er einmal eine Wegbeschreibung für seine Frau anfertigte, eine simple Straßenskizze, betrachtete sie belustigt seine Bemühungen, gab sie ihm zurück und meinte, sie würde es auch so finden.

Die Fotos für die *Season's Greetings* waren also das Äußerste, was an künstlerischer Betätigung von ihm zu erhoffen war, und er widmete sich ihrer Inszenierung mit dem ganzen Eifer des Amateurs. Ich war oft genug dabei – natürlich nicht auf der Abbildung selbst –, arrangierte hier einen Laubhaufen (die Familie beim Spazieren und ausgelassenen Blätterwerfen im herbstlichen Stadtwald), rückte dort einen Stuhl zurecht (die Familie kurz vor der sonntäglichen Matinee in Erwartung des berühmten Historikers von Stetten und ausgewählter Gäste), einmal, ich entsinne mich dessen mit einer gewissen Scham, wurde ich damit beauftragt, zufällig wirkende Kakaospuren und Teigkleckse auf der Familie Hobbs zu verteilen (die Anwesenden bei der Herstellung von Festtagsgebäck).

Gerome Hobbs? Man könnte vermuten, er hätte sich solchen Konventionen verweigert, sich zurückgezogen, um diese albernen Maskeraden aus der Ferne bequem verachten zu können, aber ganz im Gegenteil. Er selbst entwickelte zusammen mit seinem Bruder jedes Jahr liebevoll eine neue Idee zur Gestaltung des Bildes, kleidete sich sorgfältig in seine dandyhaften Dreiteiler oder exotischen Garderoben, nahm Aurelia lachend auf die Schulter oder warf den entzückten Raphael in die Luft, perfekt getimt für den Auslöser der Kamera.

Das Setting wurde jeweils voller Hingabe vorbereitet. Herr Hobbs installierte auf einem Stativ die Kamera – selbstredend ein analoges Gerät und Familienerbstück –, betätigte den Selbstauslöser und eilte anschließend auf den ihm zugedachten Platz auf dem Bild. Seltsamerweise war es niemals ich, der den Auslöser drückte, es wäre natürlich naheliegend gewesen, aber allem Anschein nach gehörten das Element des Selbstauslösens und Herr Hobbs, der aufs Foto hechtete, unabdingbar dazu. Er war dementsprechend der Einzige, der mitunter etwas derangiert wirkte, das Haar nicht in der gewohnten akkuraten Ordnung, ein Hosenbein verheddert im Schuh, den Mund leicht geöffnet, gerade im Begriff, noch etwas Amüsantes von sich zu geben, um ein Lächeln auf die gespannten Gesichter zu zaubern.

Ob das ein Vorzeichen war, ein schlechtes Omen? Was schlossen die Betrachter des Bildes aus diesem Hobbs, was lasen sie ab von seinem Gesicht? Damals vielleicht: ein glücklicher Vater, Sinn für Humor, angenehm uneitles Auftreten, und sie empfanden Bewunderung für einen Mann, der neben einem aufreibenden und derart verantwortungsvollen Job noch die Muße fand, Plätzchen zu backen, die Sonntage leger im Freizeitdress zu verbringen oder Schneemänner mit Karotten zu bestücken und seine Fotos liebevoll selbst zu entwickeln.

Und heute? Sieht man nur die nervöse Hast, die unschickliche Eile und einen Mann, der immer auf dem Sprung war, nie ganz da? Sieht man in ihm schon den Verfolgten, den Mann, der sich in die Enge getrieben fühlte und fiebrig nach einem Ausweg suchte? Oder war es das schlechte Gewissen, die Verlogenheit und das zweite und geheime Leben, das man hätte erkennen können, wenn man nur genauer geschaut hätte? Sieht man den Betrüger und fragt sich: Hatte er nicht immer so etwas in seinem Ausdruck, war da nicht früher schon ein ferner Glanz in seinen Augen, ein Air von Verschlagenheit, von Durchtriebenheit gar?

Ich schaute mir die Fotos gerne an, wenn ich in Frau Hobbs' Büro für Ordnung sorgte. Das erste Bild der Serie war im Garten hinter dem Haus aufgenommen worden, es zeigte nur die Erwachsenen, Raphael schien noch nicht geboren zu sein. Ich tippte auf Spätsommer, die jetzt ausladende Linde war noch ein schlankes Ding und begann sich gerade schüchtern zu verfärben. Diesen frühen Bildern mangelte es noch an der Raffinesse der späteren, Bernadette Hobbs und die beiden Brüder standen einfach da und lächelten in die Kamera.

Ein paar Jahre später saß Herr Hobbs auf der Hollywoodschaukel und hatte seine Frau auf dem Schoß, das Baby lag entspannt in ihren Armen. Herr Gerome hatte sich in die weiße Tunika und seinen indischen Wickelrock geworfen und betätigte sich mit devotem Gesicht als Schaukelstupser. Zumindest auf diesem, aber auch auf den Aufnahmen der ersten Jahre ihres Zusammenseins vermochte ich keine Trübung zu erkennen, ein verliebtes, dezent reiches Paar in weißen Leinenhosen, navyblauen *Tod's* und geringelten Fischerpullovern, ein humorvoller Künstlerbruder, sie wirkten so jung wie sie waren, das Leben noch vor sich.

Die Fotografien wurden nicht versandt ohne einen unterhaltsamen Jahresrückblick. Dabei handelte es sich selbstverständlich um eine ausführliche Aufzählung sämtlicher Erfolge diverser Familienmitglieder – es sind übrigens diese *Season's Greetings* mit ihrer speziellen Form des eigenen Lobpreisens eine zutiefst amerikanische und neureiche Sitte, ja, Unart (der aktuelle Knigge rät dezidiert von derartigem Zurschaustellen des häuslichen Glücks ab, und auch Robert van der Velden sah das Ganze kritisch, aber, wie er uns einschärfte: »Sollte es in Ihrer Familie üblich sein, diese Art Weihnachtspost zu versenden, geben Sie alles und versuchen Sie, das Beste daraus zu machen. Ihre Meinung ist vollkommen uninteressant. Sollte Ihre Familie also *Season's Greetings* versenden, ist dies ein wunderschöner Brauch«) – errungene Hockeypokale, unvergessliche Urlaube in den exquisitesten Hotels der Welt, schulische Auszeichnungen, neu erklommene berufliche Höhen, reizende und erzählenswerte Bonmots der Kinder und dazwischen, wohldosiert gestreut, selbstironische kleine Bagatellen und Fauxpas des Alltags, derart nichtig in ihrer Harmlosigkeit, dass sie ebenfalls nur einem Zweck zu dienen schienen: das perfekte Glück dieser beneidenswerten Familie in glanzvollstem Licht darzustellen.

Ich habe immer die Fähigkeit tief bewundert, eine derart glatte Oberfläche zu schaffen, jeden noch so ernsthaften Verlust, jeden Stein, der sich einem in den Weg legt, in gefällige Worte zu kleiden und ihn *gut aussehen* zu lassen, wie etwas, das man als Schwierigkeit erkannt und sofort unschädlich gemacht hat. Ich vermute, das nie abreißende Interesse für Presseerzeugnisse wie die *Gala* und ähnliche Formate lässt darauf schließen, dass ich nicht der Einzige bin, der diese Faszination hegt, diesen zwiespältigen Wunsch teilt, es möge, neben dem eigenen Leben voller Ängste, Melancholien und Unlösbarkeiten, Menschen geben, über die sich nicht nur derartig geschmeidig berichten lässt, nein, deren Lebenswelt tatsächlich so geschmeidig ist.

Vielleicht aber gibt es immer Risse unter der Oberfläche, dem bloßen Auge verborgen. Feine Haarrisse, möglicherweise sogar eine Art Sollbruchstelle, vielleicht ist es nur die Frage, wo und wann der Hebel angesetzt wird, um alles zum Einstürzen zu bringen.

11 Sie überlegen, wann genau das noch mal war? Wann war es, als das erste Beben durch die Familie ging, zart noch, wie ein leises Frösteln, wann spürte man die Erschütterung und dachte vielleicht noch, dies wäre der Zenit, die Katastrophe auf ihrem Höhepunkt, und wann war es, als klar wurde, all dies waren nur die Vorwehen, geflüsterte Ankündigungen des tatsächlichen Schlags.

Während ich jetzt hier sitze, die Jahre vorüberziehen lasse und versuche, die einzelnen Geschehnisse zu ordnen, ist es nur der letzte Akt des Ganzen, den ich klar datieren kann. Alles waren – Prozesse. Bewegungen, die ich erst wahrnahm, als die gesamte Tektonik schon in Unruhe geraten war. Der letzte Tag jedoch hat sich mir mit einer

Klarheit ins Gedächtnis geprägt, die ahnen lässt, dass ich die Erinnerungen nie wieder loswerde.

Es war ein schlampiger Tag, einer dieser späten Nachmittage im November, die in Städten so unsortiert sind und wie fahrlässig aufgeräumt. Die Bäume wirken ausgeraubt, als hätte man sich an ihnen vergangen, Blätter hasten ziellos durch die öden Straßen, und es liegt eine Art ständiges Dräuen über der Stadt wie eine böswillig gemischte Farbe.

Ehrlich gesagt stammt diese Einschätzung nicht von mir. Ich habe bis zu dem Zeitpunkt, als ich hinauskatapultiert wurde aus meiner luxuriösen kleinen Welt, diese Stimmungen nicht einmal annähernd empfunden, ich vermute, ihnen zugrunde liegen nicht äußere Umstände, sondern vielmehr eine Art innerer Unbehaustheit, oder einfacher gesagt: eine generelle Heimatlosigkeit.

Gösch war es, der es so formulierte, als wir wieder Kontakt hatten und er mich mit Olli zusammen das erste Mal in Zürich besuchte. Die anderen waren schon schlafen gegangen, nur wir beide saßen noch draußen auf der Terrasse, eingewickelt in warme Decken und gewahr, dass der Sommer vorbei war und die Kälte schon aus dem Boden kroch.

»Es ist ein ureigenes Phänomen der Städte«, sagte er in diesem ihm so eigenen herben und zugleich hypnotischen Tonfall, der einen immer sofort für ihn einnahm und gebannt seinen Worten lauschen ließ, als erzählte er eine betörende und zugleich gefährliche Geschichte. »Es ist ein ureigenes Phänomen der Städte«, sagte er, »einen so allein zu lassen und diese Tage im Herbst, wenn er nicht mehr hell und leuchtend ist und warmherzig, zu einer Herausforderung machen. Sobald der Oktober vorüber und kein Schnee in Sicht ist, der die Tage dämpft und ihnen diese nüchterne, kahle Wirklichkeit nimmt, wird es zäh. Feldkirch ist ja in diesem Sinn keine Stadt, es ist zu klein für die großen Gefühle, hier empfindet man nicht den Sog einer tiefen und schlürfenden Depression, sondern maximal eine leichte Melancholie, gar nicht mal unangenehm. Warum nur«, überlegte er weiter, als ich schwieg, »warum ist es niemals so schwierig, in der Natur zu sein? Vielleicht ist es die Diffusität der Städte, die nur dann ihr wahres Format zeigen, wenn sie ganz eindeutig Stadt sind – zum Beispiel in Museen. Eine Stadt ist im November, an einem Sonntagvormittag, ungeheuer lähmend, beklemmend, sie macht einen unendlich traurig. Es hilft, dann ins Museum zu gehen oder ins Kino, es hilft, ein hübsches Café aufzusuchen oder eine architektonische Großtat zu besichtigen. Man muss sich ganz klar für die Zivilisation entscheiden und für die Kultivierung des Raumes, nicht nur das, man muss sich für Schönheit entscheiden. Damit meine ich: Der Bahnhof hilft nichts. *Aldi* hilft nichts, nicht irgendeine zugige Ecke auf der Danziger Straße oder der grässliche Thälmannpark zwischen den abgewrackten Plattenbauten.«

Ich hatte das früher schon oft bei Gösch beobachtet: Er redete wie gedruckt, mäanderte vom Allgemeinen unbesehen ins Konkrete, er redete übergangslos von Berlin, so, wie er vom Sinnieren über die Karriere der Avocado über das Dafür und Dawider von Late-Night-Shows (einerseits der Höhepunkt ironischer und damit intellektueller Kultur, andererseits auch nur Fernsehen) zu einer Fachsimpelei über Hosenträger gelangen konnte. Ich bewunderte ihn dafür seit jeher, ja, ich merkte, wie sein alter Zauber mich wieder ergriff, wie ich diesem wispernden Locken verfiel, ungeachtet allem, was zwischen uns stand. Gösch hatte diese beiden rätselhaft unverbundenen Seiten, diese harte, zynische Art, so schonungslos und hinterhältig, dass man sie fürchtete, und dem widersprechend ließ er einen an diesen fast intimen Momenten genauer Beobachtung teilhaben, denen man so gerne erlag.

»Was wiederum funktioniert«, fuhr er fort, »ist zum Beispiel die Feinkostabteilung im *KaDeWe*, bis zu einem gewissen Grad sogar ohne Geld. Allein die geschmackvoll verpackten Produkte, die ungeheure Fülle, das Stimmengewirr, die Chimäre einer Welt, in der es möglich ist, sich am Samstagvormittag ein paar Eclairs zum Kaffee zu holen, wirkt wahre Wunder, zumindest bei mir. Ich denke dabei nicht an meine hässliche kleine Wohnung in irgendeinem Hinterhaus vom Hinterhaus, wo noch die Armut und das ganze Elend der Weimarer Republik unrenoviert in den Wänden sitzt, nein. Ich denke an einen luftig hellen, behaglichen Salon, an Parkett und Klaviergeklimper. Wie hier«, er deutete um sich, auf das Haus, den Garten, den Pavillon, »genau so wie hier. Ich bilde mir gerne ein, dass ich es nicht so schwer gefunden hätte, wenn ich in eine Berghütte gezogen wäre oder in ein Häuschen am Meer. Berlin war der Fehler. Diese Stadt, in der scheinbar alle so leicht miteinander in Kontakt kommen, hat mich einsamer gemacht, als ich es ertragen konnte. Ich hockte in dieser verrotteten Wohnung und hatte kein Geld für Kultiviertheit, nicht fürs Museum, nicht fürs Café, nicht für Eclairs oder sonst ein Gebäck, nicht mal für eine verdammte Tageskarte für den öffentlichen Verkehr, mit der ich zumindest die zivilisatorische Errungenschaft des S-Bahn-Fahrens hätte genießen können. Berlin hat mich ausgezehrt.«

Er schwieg, ich schenkte Tee nach und muss leider sagen, dass ich mich zufrieden dabei fühlte, nein, zufrieden trifft es nicht ganz, ich fühlte mich mehr als zufrieden. Ich war auf der sicheren Seite. Ich saß dort, geborgen in einer wohlwollenden Dunkelheit, wunderbar verpackt in feine Alpakadecken und war auf der sicheren Seite.

»Aber vermutlich«, sagte Gösch irgendwann, »vermutlich stimmt nicht mal das. Vermutlich ist es ganz einfach so, dass ich mir nicht entkommen kann, niemals, nirgends.«

Will ich mich eigentlich rechtfertigen? Will ich meine Rolle beschönigen, meinen Anteil am Geschehen minimieren, heische ich um Verständnis, um eine Absolution der Öffentlichkeit, oder versuche ich, einen Dämonen loszuwerden, der mich seither eisern im Griff hält? Ich vermute, es ist von allem ein bisschen. Ich möchte den Alb loswerden, der mich aufsucht in den hartschläfrigen Nächten, er sitzt mir auf der Brust und schaut mich an, atmet, schaut mich immer an.

Ich möchte diesen besudelten Perserteppich aus meinen Gedanken bekommen, der sich wie eine groteske Tapete hinter jede Erinnerung schiebt, als hätte eine fantasielose Innenarchitektin nicht mehr im Programm.

Vor allem aber möchte ich das Bild von Herrn Hobbs vergessen, wie er an diesem späten Abend oben am runden Dachfenster steht, das Teleskop auf den erleuchteten Pavillon gerichtet, und hineinschaut.

Und ich weiß, was er sieht.

12 Sein Tod änderte alles. Im Nachhinein kommt es mir vor, als wäre es die Zäsur gewesen, die nötig war, um etwas zu stoppen, um eine Veränderung zu erzwingen, die ich selbst niemals freiwillig angestoßen hätte.

Wie verknüpften sich eigentlich diese beiden Welten, die miteinander doch so gar nichts zu tun hatten, wo begann die Überschneidung, wo glitten die beiden Gleise, die so lange friedlich nebeneinanderher verlaufen waren, plötzlich ineinander, wo war die Weiche? Damals hätte ich mir eine andere Antwort gegeben, als ich es heute tue.

Bis zu diesem Punkt unterteilte ich mein Leben in zwei klar getrennte Abschnitte: meine Jugend und mein Erwachsensein. Der Transit von der einen Phase zur nächsten fand, vielleicht könnte man es so formulieren, in der Dienerschule statt, oder muss ich sagen, durch Robert van der Velden? Er war mein Idol, ich wollte nichts weiter, als in diesem ganz konservativen und klaren Verständnis des Berufs Butler sein, so, wie es van der Velden in schnörkelloser Klarheit war. Nur das.

Aber meinetwegen war es die Dienerschule, mit allem, was dazugehörte. Sie war der von beiden Welten gleich weit entfernte Punkt, in keinerlei Verbindung mit meiner Vergangenheit und ohne erkennbaren Hinweis auf meine konkrete Zukunft. Aber sie bereitete mich auf diese Zukunft vor, Feldkirch, meine Jugend, meine Kindheit, dies alles war in eine abstrakte Ferne gerückt.

Ich hatte nicht das Bedürfnis, diese beiden Welten zusammenzubringen, und ich hatte weiters kein Bedürfnis, diesen Zwischenraum, eine Art Dunkelkammer, nein, ein Wurmloch, für andere zu öffnen.

Erinnert sich jemand an diesen an sich ja nicht besonders gelungenen Film von Coppolas Tochter? *Marie Antoinette?* Es gibt da diese Szene, in der sie zu ihrer Hochzeit nach Frankreich reist und an der Grenze, mitten im Wald, aus ihrem alten Leben in ihr neues tritt. Sie geht als eine Tochter Maria Theresias mit ihrem kleinen Hündchen in ein Haus hinein, wird vollständig entkleidet, gebadet und allem entledigt, was sie hat, inklusive des Hündchens. Und sie tritt als eine neue Frau aus dem Haus, neu frisiert, neu gepudert, neu gekleidet. Sie ist jetzt eine Französin. Sie ist jetzt die Braut von Ludwig IV., sie ist jetzt Marie Antoinette, *die* Marie Antoinette.

Das Internat in den Niederlanden, das war mein Haus im Wald. Ich ging als Krischi hinein, als einer von vier Jungs, vier Freunden, als ein Sohn, als ein Bruder, als einer, der viel gelesen hatte, aber zu wenig, um belesen zu sein, als einer, der originell war, aber nicht originell genug, ich ging in die Dienerschule als einer, der zumindest eines verstanden hatte: dass es zu viel war, um ein zufriedenes Leben zu führen, und zu wenig, um etwas Besonderes zu sein. Ich war jetzt ein Diener. Es war erleichternd.

Ich kam nach meiner Ausbildung nach Zürich und fühlte mich so frisch und rein, ich fühlte mich leicht und unantastbar, ich nutzte die Technik des Unterbietens. Wäre ich, sagen wir, an die Uni gegangen, hätte irgendwas Ambitioniertes studiert oder gearbeitet, ich hätte unter ständiger Spannung gestanden. Es wäre eine kaum auszuhaltende, eine hundertprozentige Anstrengung gewesen, das Level zu halten, es hätte mich andauernd jemand enttarnen und entdecken können, dass ich ein Täuscher war, einer, der nicht intellektuell genug war, nicht klug genug, nicht schnell genug. Jetzt wiederum konnte ich nur gewinnen, niemand würde von mir geistige Höhenflüge erwarten, jede gescheite Bemerkung würde umso freudiger aufgenommen, je unerwarteter sie käme.

Aber ich schweife ab, ich wollte erzählen, wo die Ränder plötzlich anfingen, auszufransen oder eher: wo die Gewässer sich vermischten.

13 »Robert, das ist doch wohl nicht Ihr Ernst.«

»Herr van der Velden empfiehlt –«

»Herr van der Velden, was weiß denn Herr van der Velden, du liebe Zeit, Sie würden uns ins absolute Chaos stürzen, Robert, wir sind verloren ohne Sie! Ich habe ein Neugeborenes, ich kann mich unmöglich an *noch* eine neue Person im Haus gewöhnen.«

»Fiona, wenn ich mir erlauben darf, das zu sagen, ist ebenfalls neu im Haus.«

»Fiona ist eine Nanny.«

Ich überlegte kurz. »Ich verstehe«, sagte ich.

»Fühlen Sie sich nicht wohl bei uns?«

»Außerordentlich wohl, Frau Hobbs, es sind keinesfalls die hiesigen Umstände, es ist nur der Kodex, Herr van der Velden –«

Sie hob den Säugling hoch und schaute ihm ins winzige Gesicht: »Wenn du dich später einmal fragst«, sagte sie zu ihm, »warum du in einem heillosen Durcheinander groß geworden bist, dann sollst du wissen, es lag am Ehrenkodex der Butler und einem gefährlichen Mann namens van der Velden.«

»Frau Hobbs, Sie beschämen mich, ich befinde mich in einem unlösbaren Dilemma.«

»Unsinn, Robert. Fiona!«, rief sie. »Sie neigen wie immer zur Theatralik«, sagte sie, wieder zu mir gewandt, die Nanny trat ein, und sie reichte Aurelia an sie weiter, dann strahlte sie mich an: »Sprechen wir nicht mehr davon.«

»Mein Dilemma –«

»Robert«, sie neigte sich zu mir herüber und legte mir ihre Hand aufs Knie, »ich flehe Sie an, ich appelliere an Ihren gesunden Menschenverstand. Ihr »Dilemma« ist doch auch nur ein Wort und als solches austauschbar, die Frage ist, wo Ihre Solidarität liegt, bei uns oder einem ungeschriebenen Regelwerk.«

»Das ist doch gar keine Frage, Frau Hobbs.«

Und damit war das Thema vom Tisch. Ich habe es nie wieder angesprochen.

Ich blieb, ein Dilemma war auch nur ein Wort, die Kinder wurden größer.

Ich mochte übrigens ihre patente Art des Mutterseins. Es gefiel mir, wie sie frühmorgens schon energisch durchs Haus eilte, wie nebenbei allerlei herumliegenden Kleinkram aufgriff und seinem jeweiligen Bestimmungsort zuführte, mit kräftiger Stimme in den oberen Stock rief und ihre Kinder zur Eile antrieb, ich mochte diese völlige Absenz einer morgendlichen Schluffigkeit, sie stand auf und war schon ganz bei der Sache. Noch vor dem Morgenkaffee fertigte sie Listen an, kontrollierte in den Schränken die Vorräte und beantwortete erste Mails. Ich habe noch gut ihre perfekt geschnittenen, pastellfarbenen Hosen im Kopf, die obligate Bluse mit Blümchen oder mit Mustern von William Morris, mitunter Röcke oder weit geschnittene Kleider im, ja, Laura-Ashley-Stil, es war das vollendete Outfit für den Typus, den sie verkörperte: den der dynamischen, bestens gelaunten und unerschütterlichen Frau aus gutem Hause, stets gepflegt und stilvoll, niemals aber prätentiös. Sie strahlte etwas aus, was ich in diesen Kreisen des Öfteren bemerkte und von dem ich bis heute nicht genau weiß, was es ist oder besser gesagt, woher es kommt: Vielleicht ist es diese klare Selbstsicherheit, mit der sie sich in der Welt bewegen. Diese Frauen sind wie edle Pferde, man sieht sofort die gute Rasse, am glänzenden Fell, am Muskelspiel, am eleganten Körperbau, am ganzen Habitus. Sie laufen unter uns, aber sie gehören nicht zur Herde.

14 Im Nachhinein scheint es mir, die Jahre rasten nur so dahin. Ich ging in die Oper, zu Konzerten und Theateraufführungen und schwamm an meinen freien Tagen im Hallenbad oder im See. Sporadisch besuchte ich an den Wochenenden Olli oder unternahm zu Bildungszwecken kleinere Ausflüge in andere Regionen der Schweiz und besichtigte die diversen Museen – Herr Gerome sprach mich nämlich des Öfteren auf das eine oder andere künstlerische Thema an (»Würden Sie sagen, katholische Länder – wie Ihre eigene schöne Heimat oder beispielsweise Italien – bringen größere Künstler hervor als die reformierten?«, »Denken Sie, ein Trauma oder schlimme Erfahrungen tauchen in den Werken eines Künstlers auf, ob er will oder nicht?«, oder: »Glauben Sie, man kann einen geselligen Künstler unterscheiden von einem einsamen, alleine aufgrund seines Schaffens?« – lauter solche Sachen, ich war um praktisch jede Antwort verlegen) oder fragte mich zu meiner Meinung zu den im Haus hängenden Originalen, zu denen ich noch viel weniger zu sagen wusste. Ich fühlte mich jedenfalls bemüßigt, mich in die Materie ein wenig einzuarbeiten.

Es gab zwei Bilder von Hodler, einen großformatigen Holzhacker ohne Bekleidung neben einem ansehnlichen Stapel Brennholz in der Diele und im oberen Flur eine säende Dame, ebenfalls unbekleidet. In der Bibliothek hing ein nacktes Mädchen mit Puschel im Haar von Kirchner, etwa 60 × 40 Zentimeter groß, und zwei meterhohe Modiglianis, die Frauen darauf mit verzogenen Gesichtern, Mandelaugen und ebenso mandelförmigem Hintern. Im

Schlafzimmer des Ehepaars hing ein Bild von Franz Marc, es war außerordentlich modern, und ich konnte nicht ganz zweifelsfrei sagen, was es darstellte, vielleicht Frauen ohne Unterhosen, die ihre Unterröcke hoben. Ich weiß nicht, war das alles klassische Moderne? Jedenfalls waren alle nackt.

Im Wohnzimmer hing ein kleineres Selbstporträt von Angelika Kauffmann, sie war allerdings bekleidet, sie beugte sich amüsiert über einen Teller Kässpätzle.

Zwischen diesen wertvollen Exemplaren etablierter Künstler fanden sich diverse Produkte ortsansässiger Kunstschaffender aus der nahe gelegenen ehemaligen Kirche, Bilder ebenso wie Plastiken oder Schnitzwerk, alles irgendwie modern, also nicht klassisch modern. Nur modern.

Ich sage »ehemalige Kirche«, aber es war natürlich nach wie vor eine Kirche, bloß diente sie nicht mehr katholischen Messfeiern. Es war jetzt jedenfalls weniger eine Kirche als eine Art Galerie. Sie war ins Leben gerufen worden durch eine Künstlerinitiative unter der Ägide von Simon Glaser und Katharina Pückler, die ich beide erst viel später in Berlin kennenlernen sollte.

Ihr eigenes Schaffen bewegt sich im weitesten Sinne in den Bereichen der Installationskunst und der »Neuen Medien«, die Filme, die sie seit vielen Jahren produzieren, haben in der Zwischenzeit einen gewissen Kultstatus erlangt, wie ich höre. In Zürich hatten sie sich damals einer Gruppe von ortsansässigen Kunstschaffenden angeschlossen – *den* ortsansässigen Kunstschaffenden. Sie hatten gemeinsam diese ehemalige Kirche am Zürichberg gemietet, unweit der Hobbs'schen Villa – ganz recht, die Bronzegruppe im Vorgarten entstammte dieser künstlerischen Vereinigung.

Das Interieur im Kirchenschiff wurde weitestgehend entfernt, es breitete sich nun eine leere, weite Fläche aus, die von den Protagonisten unterschiedlich bespielt werden konnte, aus den Beichtstühlen wurden während der Vernissagen kleine Häppchen und Canapés gereicht.

Simon und Katharina sind noch vor meiner Zeit aus Zürich weggegangen, sie leben nun, wie gesagt, in Berlin, wo sonst. Die Kirche wird immer noch hartnäckig genutzt von der Gruppe ortsansässiger Kunstschaffender, den *wirklich* ortsansässigen Kunstschaffenden meine ich, den Schweizer Kunstschaffenden also, die generell gerne vor Ort bleiben – wie alle Schweizer übrigens. Es kommt selten vor, dass es einen von ihnen in die Ferne zieht, und noch viel seltener bleibt er dort. Die ortsansässigen Kunstschaffenden jedenfalls hatten kein bisschen vor, sich in dieses Berlin zu begeben, sie blieben dort, in ihrer Kirche und lebten von Subventionen und der besseren Gesellschaft, die sich darin gefiel, ab und zu eines dieser Werke zu erwerben und damit kulturell etwas beizutragen, sie lebten davon, dass nette Frauen wie Bernadette Hobbs sich einen Wolf mit steifem Schwanz in den Vorgarten stellten und dachten, das sei Kunst.

Rosl Fraxner, in ihrem ausdauernden Streben, überall, wo »Kunst« draufstand, dazuzugehören, hatte, wie ich die Sache einschätzte, schon vor Jahren Kontakte zu den ortsansässigen Kunstschaffenden geknüpft und hatte so vermutlich vernommen, dass Frau Hobbs, eine unter den ortsansässigen Kunstschaffenden hoch geschätzte Klientin, einen neuen Diener suchte. Dass Rosl Fraxner, mit der wir seit jeher auf Kriegsfuß standen, plötzlich so hilfsbereit war und diese Stellungsausschreibung an mich weiterleitete, kann ich mir nur so erklären: Sie vermutete wahrscheinlich, die als großzügige Mäzenin so gepriesene Frau Hobbs habe irgendeinen Einfluss auf das Programm der Galerie. Sie vermutete mit Sicherheit, ich sähe mich aus Dankbarkeit für ihre Vermittlung dazu aufgefordert, meiner Dienstherrin diese »große Fotografin aus meiner Heimat, Rosl Fraxner«, ans Herz zu legen, sie war vermutlich völlig davon überzeugt, eine Frau Hobbs, die ihr Schweizer Gold barrenweise in die ehemalige Kirche schleppte, sorge dafür, dass die ortsansässigen Kunstschaffenden sie, Rosl Fraxner, in ihren Kreis aufnahmen und ihr die Ausstellung gewährten, die sie so sehr ersehnte.

Aber kurz zurück zu den Produktionen der ortsansässigen Kunstschaffenden, die Frau Hobbs nach und nach erworben und zwischen die Nackedeis gehängt hatte, sie gaben mir mitunter einige Rätsel auf.

In einem der Badezimmer beispielsweise nahm ein Objekt eine ganze Wand ein, es war ein dreidimensionales Bild – nennt man das Collage? –, ein Holzrahmen, der Hintergrund in verschiedenen ineinanderlaufenden Blautönen und darauf appliziert – aus Pappmaschee oder Ähnlichem – zwei Gebilde, etwa so groß wie ein Kopf und ein Arm. Das eine war dunkelgelb und rund und sah aus wie eine Spirale, das andere war braun und gebogen. Anfangs dachte ich, es handele sich dabei um ein Frühstücksgedeck aus der Vogelperspektive, eine Tasse hellen Milchkaffees mit Croissant. Später – ich fand es plötzlich nicht mehr nachvollziehbar, das Abbild einer derartigen Verköstigung nicht in die Küche, sondern ins Badezimmer zu hängen –, später dachte ich also, es handele sich vielleicht eher um Sonne und Mond, Symbole für die morgendliche wie die abendliche Wäsche, und erst, als Aurelia in dieser nervtötenden analen Phase einmal in meinem Beisein auf das Bild zeigte und resolut: »Kacka«, sagte, wurde mir klar, dass sie recht hatte. Es erklärte die Hörnchen- oder Sichelform links unten, der Milchkaffee oben – der dementsprechend weder das noch eine Sonne war –, stellte vermutlich die Urinstrudelung in einer Toilettenschüssel dar. Ich weiß es nicht. Es sind ortsansässige Kunstschaffende, man steckt nicht drin.

Frau Hobbs jedenfalls war sehr für die Kunst, Frau Hobbs jedenfalls war, wie sie mir mitteilte, von Anbeginn eine begeisterte Unterstützerin des Kirchenkunstraums, und während sie sich hingebungsvoll die fragwürdigen Werke anschaute und sich bei Wein und Oliven in Gespräche mit den anwesenden Kunstschaffenden vertiefte, schlenderte ich meist nach einem kurzen Blick auf die Produktionen durch die Kirche und wartete geduldig, bis wir wieder zurückgingen. Ich begleitete sie trotz meiner nicht zu leugnenden Skepsis nach meinem ersten Besuch immer wieder, irgendwie rührte mich dieses zähe, aber sinnlose Abstrampeln der ortsansässigen Kunstschaffenden, ich fand es in seiner ganzen Erbärmlichkeit tatsächlich heroisch.

Es war irgendwann in meinem zweiten Jahr im Haus, als ich Frau Hobbs das erste Mal zu einem ihrer Ausstellungsbesuche in der ehemaligen Kirche begleitete.

Ich wartete in der unteren Diele und betrachtete den nackten Hodlerholzhacker über dem Biedermeiersofa, er war sehnig und muskulös, ich bewunderte nicht zum ersten Mal die sorgfältige Ausarbeitung der kräftigen Schenkelpartien.

Ich hörte den Schlüssel im Schloss der Haustür, Herr Hobbs trat ein, ich tat einen Schritt zur Seite und begrüßte ihn.

Noch im Mantel, griff er sich vom Sekretär den Packen Briefe. »Sie gehen aus?«, fragte er, ohne aufzublicken, während er die Post durchsah, wie immer irritierte mich seine seltene Ansprache.

»Ich begleite Frau Hobbs, es soll hier eine Gruppe ortsansässiger Kunstschaffender geben, sie stellen in der Herz-Jesu-Kirche aus.«

»Die Kirchenkünstler, ich verstehe«, sagte Herr Hobbs, er schlitzte eines der Kuverts auf und überflog das Geschriebene. »Mögen Sie Kunst, Robert?«

»Schwer zu sagen, Herr Hobbs, Kunst ist natürlich wichtig.«

Er faltete das Schreiben wieder zusammen, er blickte auf und musterte mich. »Da haben Sie sicher recht«, sagte er.

15 An einem dieser Abende in der ehemaligen Kirche traf ich zufällig auf einen aufstrebenden Autor aus Brooklyn, John Wray, ich hatte schon das ein oder andere von ihm gehört.

Ich schlenderte an den Exponaten vorbei – sie widmeten sich alle auf die eine oder andere Weise dem Thema »Winter – eine Metapher« – und begab mich sodann zum Beichtstuhl, um ein Glas Wein zu holen. Während ich daran nippte, verfolgte ich die Performance eines ganz in Weiß gekleideten Mannes, selbst der Kopf steckte in einer Art weißer Skimaske oder Raubüberfallstrumpf. Immer wieder erkletterte er mühselig eine ebenfalls weiße Rampe. Oben angekommen, vollführte er mit den Fingern zarte, langsam tröpfelnde Bewegungen, die kurz darauf unterbrochen wurden durch ein leises Grollen, das von einem Tonband irgendwo im Hintergrund der Rampe zu kommen schien, immer lauter wurde und endlich, als es ohrenbetäubende Ausmaße angenommen hatte, dazu führte, dass der Vermummte sich die Rampe hinunterwarf und in die Tiefe rollte. Dort blieb er vollkommen bewegungslos liegen, bis das Grollen verklungen war und das Geplauder in der Kirche wieder die Oberhand gewann, sodann erhob er sich und erkletterte erneut mühselig die Rampe.

Ich schaute es mir insgesamt drei Mal an, ahnungslos, was das Ganze darstellte, als mich, kurz bevor der weiße Mann sich erneut in die Tiefe stürzte, jemand am Arm fasste und mit den Worten »Achtung, Achtung, das Lawine kommt!«, zur Seite zog. Ich blickte verdutzt auf den eben gelandeten Kunstschaffenden am Boden der Rampe und drehte mich dann zu meinem Retter um, er lachte und prostete mir zu, und ich hob ebenfalls mein Glas. »Ich stand irgendwie auf dem Schlauch«, sagte ich.

Er neigte sich zu mir herüber und flüsterte verschwörerisch: »Ich ahnte nur, weil ich some time ago seinen Erdrutsch gesehen habe.«

Wir lachten wieder.

Offensichtlich hegte er wie ich nur mäßiges Interesse an den Werken ortsansässiger Kunstschaffender. Während wir mit unseren Gläsern durch die Kirche bummelten, erzählte er mir, er sei mit Simon Glaser seit vielen Jahren befreundet und wohne gerade für unbestimmte Zeit in dessen Zürcher Wohnung, irgendwo im Niederdorf. Zürich tue ihm gut, er könne hier wunderbar schreiben und plane, seinen Roman *Roaring in the deep* – ein Buch über seine österreichische Familie, die kompliziert und natürlich nationalsozialistisch verseucht und auf ein paar Umwegen mit einem berühmten Dirigenten verbandelt war – innerhalb der nächsten zwei Jahre fertigzustellen.

Da Johns Mutter Österreicherin war, parlierte er in einem mehr als passablen Deutsch mit kleinen Unreinheiten und diesen lässigen, amerikanischen Einsprengseln, die uns aus der Alten Welt immer so ehrfürchtig staunen lassen. Sein sportliches Vermögen, auch die komplexesten Sachverhalte wacker in diesem Potpourri aus New Yorker Slang und Kärntner Dialekt zu verhandeln, rang mir den allerhöchsten Respekt ab.

Ich war derart vertieft gewesen in unser kleines Gespräch,

dass ich darüber Frau Hobbs ganz vergessen hatte. Ich sah auf und blickte mich nach ihr um, aber sie führte noch immer hingebungsvoll eine Konversation mit einem der ortsansässigen Kunstschaffenden, er drehte ihr, soweit ich das beurteilen konnte, gerade eine dieser ungeschickten Winterimpressionen im Stil naiver Kunst an, es sollte später im unteren Flur neben dem Holzhacker hängen. Es war, wenn ich das so salopp sagen darf, eher nur Winter und keine Metapher. Ich wandte mich wieder John Wray zu, und wir durchmaßen ein weiteres Mal die Ausstellung, begleitet vom auf- und niederschwellenden Grollen der Lawine.

»Winter – eine Metapher«. Vielleicht gab es schlechtere Ausstellungen. Aber ich muss sagen, diese eine ist mir im Gedächtnis geblieben wie keine andere. Der Rampensturz des armen ortsansässigen Kunstschaffenden. Der leise, zarte Schneefall zu Beginn. Das Grollen, das fern, weit weit weg, oben am Berg begann und sich mit einer ungeheuren Geschwindigkeit näherte. Ich vermute, wenn man es hört, ist es zu spät. Ich denke oft daran.

Ist es nicht so, dass diese armselige Lawine auf der kleinen Rampe in der ehemaligen Kirche vielleicht keine rechte Metapher war für den Winter, aber für mich und alles, was noch geschehen sollte? War ich es, der sich ins Lawinengebiet begeben hatte, unbekümmert und ohne es zu ahnen?

Sicher ist es albern, dennoch habe ich kürzlich interessehalber mal nachgeschaut, wie man sich bei einem Lawinenabgang richtig verhält. Ich stieß auf eine Internetseite, die Experten schrieben dort: *Ungeachtet aller technischen Verbesserungen im Lawinenschutz und bei der Ausrüstung bleibt der beste Schutz, Risikogebiete zu meiden.*

Und weiter:

- *Versuchen Sie, auf den Beinen zu bleiben und seitlich aus der Lawine hinauszusteuern.*
- *Besteht keine Chance zur Flucht (was meist der Fall ist), trennen Sie sich rechtzeitig von Ski und Skistöcken.*
- *Der Abwurf der Stöcke hat Priorität! Stecken die Hände in den Schlaufen, sind die folgenden Sicherungsmaßnahmen wahrscheinlich nicht durchführbar.*
- *Bedienen Sie ggf. die Ausrüstung (Lawinen-Airbag, Ava-Lung-Weste) und versuchen Sie, sich mit Schwimmbewegungen an der Oberfläche der Lawine zu halten.*
- *Bilden Sie mit den Händen einen Hohlraum vor Mund und Nase, bevor der verdichtete Schnee zum Stillstand kommt und Ihnen kein Bewegungsspielraum mehr bleibt. Zusätzlich sollten Sie versuchen, eine gehockte Stellung einzunehmen.*

Kennen Sie dieses Problem, diesen eigentlichen Wahn, sobald man ein Bild gefunden hat für einen Zustand, eine Situation, fortan alles, jedes Detail, auch anhand dieses Bildes erklären zu wollen? Mir geht es so. Wie besessen verbeiße ich mich in diese Lawinenmetapher, ich denke, ganz fern hörte ich doch schon das Grollen, ich denke weiter, es gab kein Entkommen, ich war mitten im Risikogebiet, hört man das Grollen, ist es zu spät, ich denke, war nicht alles ein erbärmlicher Versuch, einfach auf den Beinen zu bleiben und seitlich herauszusteuern, und weiter, bestand denn eine reale Chance auf Flucht? Ich denke, nein – und so weiter. Lassen wir das. Die Lawine hilft mir nicht. Es war eine schlechte Ausstellung, weiter nichts, und ich war froh, in John Wray einen netten Kompagnon gefunden zu haben, der an diesem Abend mit mir durchs Kirchenschiff steuerte.

Auf sein freundliches Nachfragen hin teilte ich ihm mit, welches meine Heimatstadt sei – nicht, dass ich davon ausgegangen wäre, er, der Mann aus Brooklyn, habe von einem Ort wie Feldkirch je auch nur gehört.

Nicht wenig wunderte ich mich darum erst über die vielleicht typisch amerikanische, angesichts der nüchternen Thematik dennoch eher befremdlich anmutende, offenkundige Begeisterung (»Nooo! Földkörch? No kidding? Splendid! Excellent! Can't believe it!«) und dann, als sich die enorme Freude gelegt hatte, über seine frappierend genaue Kenntnis der dortigen Verhältnisse.

Er erwähnte schwärmerisch das »pretty Reichenfeld«, ein kleiner Park neben dem Konservatorium, wo er im Schatten einer ausladenden Kastanie *Drei Schwestern* gelesen habe, lobte in höchsten Tönen die Mittagskarte des *Zanona* und speziell den Tafelspitz, und nicht zuletzt, passend zu seiner Tschechow-Lektüre, die unternommene Wanderung zu den gleichnamigen *Drei Schwestern*, einer Gebirgsgruppe der Zentralalpen. Er habe, teilte er mir mit, Földkörch im Zuge seines rituellen, jährlichen Wiederlesens seines unangefochtenen Lieblingsbuches *Ulysses* einmal aufgesucht, um sich selbst einen Eindruck von diesem schicksalsträchtigen Ort zu verschaffen.

James Joyce habe, wie er mir munter versicherte, 1915 kurzzeitig in unserer kleinen Stadt verweilt und sei von dort aus weiter nach Zürich gereist.

»Ich weiß«, sagte ich.

Er sei bei der Grenzkontrolle, so wird es kolportiert, nur ganz knapp der Verhaftung entgangen.

Und als ich mich mit John Wray so zwanglos unterhielt, erinnerte ich mich mit einem Mal an ein Referat, das Gösch zu James Joyces *Ulysses* gehalten hatte, er hatte es damals in seinen Erörterungen etwa so formuliert:

»Man vermutete in ihm einen ausgebufften feindlichen Ausländer und in seinen höchst verdächtigen Schriften wichtige Marschanweisungen fürs feindliche Ausland, die aber so offensichtlich unentschlüsselbar waren, dass auch das feindliche Ausland fassungslos davorsitzen würde.«

Offensichtlich war das unsere ganz private Privatmeinung, die von der Literaturwissenschaft im Allgemeinen und Frau Dr. Stribersky im Speziellen (Deutsch und Kunst. Wir hatten sie im Verdacht, Adolf Hitler für den bedeutendsten Künstler des Abendlands zu halten) keineswegs geteilt wurde. Sie diskreditierte Göschs höchst informativen Vortrag mit den Worten, noch nie »einen solch bodenlosen Schwachsinn« gehört zu haben.

Tatsächlich aber blättert man ja bis heute ratlos im *Ulysses* und rätselt, was er da eigentlich ausspioniert hat. Er war gar nicht so avantgardistisch, wie alle immer denken, *Ulysses* war einfach der missglückte Versuch, militärische Strategien zu verschlüsseln. Oder, wie Gösch das in seinem Vortag sehr schön zusammenfasste: »Man konnte also an der Grenze getrost Entwarnung geben, und dies bedachte Joyce später mit den großartigen Worten: *Over there, on those tracks, the fate of ›Ulysses‹ was decided in 1915.*«

Der kleine Bahnhof brüstet sich seit einigen Jahren übrigens selbst mit diesem Zitat, sollten Sie einmal, wie Zweig, *zufällig* vor Ort sein und die Treppe von den Gleisen kommend hochsteigen, wenden Sie nur den Kopf nach links und erfreuen Sie sich mit dem Rest der Feldkircher Bevölkerung an der Tatsache, dass die Welt dieser Stadt ein Buch verdankt, das eigentlich nur verklausulierte, akribische Truppenbewegungen enthält und allgemein gepriesen und nirgendwo gelesen wird.

Ich allerdings kannte nun zumindest einen Menschen, der dieses Buch nicht nur gelesen hatte, nein, er las es Jahr für Jahr wieder.

John Wray, so hörte ich nun, besuchte regelmäßig ein kleines Dorf in Kärnten, die alte Heimat seiner Mutter, legte sich mit einem Stapel eingeschweißter Pischinger Torten in einen Liegestuhl unter den Marillenbaum und las, wie ich später mit eigenen Ohren zu hören die Gelegenheit hatte, unter lauten Behagensbekundungen (»excellent!«, »splendid!«) den *Ulysses*. Ob diese Tatsache für ihn sprach oder eher skeptisch machen sollte, sei dahingestellt.

Die, kurzum, äußerst positive Wirkung, die meine Heimatstadt auf Touristen hat, rührt mich immer wieder. Feldkirch scheint das Zeug zu haben, in den dort weilenden Citizen geradezu euphorische Resultate zu generieren. Gerade das Kleinstädtische, das den Kleinstädter mitunter arg demoralisiert, ist es, was die Bewohner von Metropolen unweigerlich in ihren Bann zieht.

John Wray war nicht der Erste, der mich darüber ins Vertrauen setzte, es zu Hause nicht über sich zu bringen, beispielsweise ein *H&M*-Store aufzusuchen, um den längst notwendigen Unterhosenkauf zu tätigen. Aber in Feldkirch, wo alles nur einen Katzensprung voneinander entfernt ist – das *H&M* einen Katzensprung vom Tafelspitz des *Zanona,* das *Zanona* einen Katzensprung vom pretty Reichenfeld und sogar die Wanderung zu den *Drei Schwestern* beginnt wiederum nur einen Katzensprung entfernt vom Reichenfeld –, hier gelingt es diesen ansonsten so viel beschäftigten Großstädtern, ihre alltäglichen Obliegenheiten wieder auf den neuesten Stand zu bringen.

John Wray, wie gesagt, kaufte ein Dutzend karierter Boxershorts und dezente Strümpfe, deckte sich bei *dm* nebenan mit erklecklichen Mengen an Sonnenmilch, Heftpflastern und Rasierklingen ein und besuchte anschließend den Friseur *Haargenau.* »Ich bin nicht gewesen beim Friseur for years«, wie er mich wissen ließ.

Man wird vielleicht verwundert sein, dass ich mich ob dieser Geständnisse äußerst geschmeichelt fühlte. Ich hege, wie schon erwähnt, keinerlei nostalgische Gefühle, nicht für die Vergangenheit, nicht für Orte, nicht für Tafelspitz. Ich glaube, es war diese hinreißende Überschwänglichkeit eines mir bis anhin völlig Fremden, an den ich andockte wie eine Schmarotzerpflanze an ihren Wirt, es war, als müsse meine eingeschlafene Begeisterung nur angetippt werden, und sie kam in Gang, und plötzlich dachte, fühlte und sagte ich: »Niemand, dear John, könnte es mehr bedauern als ich, dass die Bedeutung dieser wunderbaren kleinen Stadt einzig auf die Durchfahrt wichtiger Persönlichkeiten reduziert wird.«

Und wie eine lästige Mücke, die immer wieder daherkommt und einen plagt, sehe ich diesen Ortsansässigen vor mir, wie er brav dort oben an der weißen Rampe steht. Hörte man damals, an diesem Abend, schon das Grollen, zum ersten Mal, ein fernes, gefährliches Tosen? Unsinn. In der Natur ist immer viel Geräusch.

Feldkirch ist, so viel wird man am Beispiel John Wray mühelos erkennen, weit mehr als das Schicksal des *Ulysses*, das sich an den Gleisen entschied. Feldkirch ist der Garant dafür, dass wir frische Unterhosen tragen, Socken keine Löcher haben und Männer nicht mit ins Kraut geschossenen Haaren herumlaufen wie in den traurigen Siebzigern. Ich meine, diese kleinen Dinge des Alltags sollten, so die Rede auf Feldkirch kommt, künftig einen entsprechenden Platz einnehmen.

»Setzen wir uns doch«, sagte John Wray irgendwann, und wir setzten uns auf eine der zurückgelassenen alten Kirchenbänke im Seitenschiff, er sprach einmal mehr von Feldkirch und seiner fantastic Umgebung, die Stadt lobte er übrigens mit ganz ähnlichen Worten wie ein anderer Literat, der mir persönlich immer näher stand als Joyce.

»Die Alpen!«, rief John Wray begeistert, »und diese lustigen Aborigines!«

Etwas früher nämlich als James Joyce, 1875, entstieg an diesem Bahnhof ein junger Mann dem Zug, über die Schweiz aus Paris kommend, um hier für ein Jahr das berühmte Jesuitenkonvikt Stella Matutina (es befand sich im schon erwähnten Reichenfeld) zu besuchen.

Sein Name war Arthur Ignatius Conan Doyle und ob wir die Abenteuer seines Helden Sherlock Holmes dem Aufenthalt hier zu verdanken haben, ob es einen vergleichbar schicksalsträchtigen Moment gab wie bei seinem nachfolgenden Schriftstellerkollegen, ist leider unbekannt. Die österreichische Bahn hat es bislang verabsäumt, uns in der Feldkircher Wartehalle darüber zu informieren.

»Immerhin schien auch der später geadelte Arthur Conan Doyle«, sagte ich zu John Wray gewandt, »einen gewissen Gefallen an den dortigen Gegebenheiten gefunden zu haben. *Die Alpen,* so soll er seiner Mutter kurz nach seiner Ankunft postalisch mitgeteilt haben, *sind wunderschön und ich denke, die Stadt ist nett.* Weiters rühmt er seine schulischen Fortschritte und die Fröhlichkeit der Bewohner: *Unser guter Magister ermuntert mich jeden Tag, den armen Cicero zu zerstümmeln und ihn in schlechtes Deutsch zu übersetzen, unter dem Grinsen der Eingeborenen.*«

John lachte, er leerte sein Glas, stand auf und nahm auch meines mit, um uns vorne am Beichtstuhl zwei neue Gläser Wein zu holen.

Hatte ich schon zu viel getrunken? Nun, ich fürchte, ich war zumindest etwas angeheitert. »Meine eigene Kindheit«, fuhr ich ungewohnt schwatzhaft fort, als er zurückkam, »das nur nebenbei, war unspektakulär, und nichts lässt darauf schließen, dass mein Name je der Allgemeinheit bekannt wird, geschweige denn am Feldkircher Bahnhof verewigt wird.

Seit das Gebäude vor einigen Jahren saniert wurde, schmückt es sich nämlich, wie du dich vielleicht erinnerst, nicht nur mit besagtem Joyce-Zitat, sondern erweist auch seinen eigenen Dichtern die Ehre der Erwähnung, rundherum an den Wänden der hohen Halle finden sich die Namen berühmter und weniger berühmter Autoren, und ich wäre stolz, auch nur als Vertreter der zweiten Gruppe unter ihnen zu sein, doch habe ich mich nie durch irgendein künstlerisches Talent hervorgetan.«

Feldkirch. Es war, als hätte John Wray einen kleinen Hebel umgelegt, und ich dachte plötzlich an Feldkirch wie an eine zarte, helle Blüte, die in mir verborgen lag.

Waren wir damals, Jahre vor dem eigentlichen Eklat, an dem Punkt, an dem sich die beiden Welten fast unmerklich näherten? Einfach ein geografisches Aneinanderrücken oder vielleicht eher: eine erste zarte Achse, die sich nun plötzlich auftat, eine Verbindung zwischen meinem kleinen Feldkirch und Zürich? War es eine dieser sachten Drehungen beim Bedienen eines Kaleidoskops, die die winzigen Steinchen in Bewegung setzten und das Geschaute leicht veränderten, und, gefolgt von weiteren vorsichtigen Drehungen, schlussendlich ein völlig neues Bild präsentierten? Wahr ist, mein Gespräch mit dem sympathischen John Wray ließ diese Feldkircher Blume aufblühen und ich betrachtete sie auf eine fast zufriedene Weise.

Es ist sehr wahrscheinlich, dass Sie Feldkirch nicht kennen. Denken Sie an eine mittelalterlich geprägte Kleinstadt – sie findet erstmals urkundlich Erwähnung im 13. Jahrhundert –, ganz hübsch, inmitten der Alpen. So der Föhn sich dreht, sieht man die Phalanx der Schweizer Berge mit ihren im Herbst schon weißen Gipfeln ganz nah.

Das wohl bekannteste Bauwerk der Stadt ist die Schattenburg, auf einem Hügel gelegen und umgeben von Weinstöcken – seltsam genug in dieser Gegend, die nun keineswegs berühmt ist für ihre Weine –, deren Erträge einen Cuvée ergeben, gekeltert aus dreierlei Rebsorten, *Regent, Léon Millot* und *Maréchal Foch,* und der allgemein für ganz gut befunden wird. Die Burg war der Stammsitz der über Jahrhunderte herrschenden Grafen von Montfort. Die heute dort untergebrachte Schlosswirtschaft hat etwas Verwunschenes mit ihren düsteren und eher spärlich besuchten Räumen und ist in erster Linie bekannt für die tellersprengende Größe ihrer panierten Schnitzel, über die Qualität möchte ich schweigen. Sämtliche, in der Blütezeit der Konserven scheinbar spurlos verschwundenen Dosen *Babykarotten und feine Erbsen* warten hier, in den Verliesen der Burg, auf ihre Verwendung.

Leider leidet diese hübsche kleine Stadt auch heute noch unter dem frühen Fluch der reinen Randbemerkung.

Den meisten Menschen ist der Landstrich nur aufgrund seiner Eignung zum Wintersport ein Begriff. Es ist hier günstiger als etwa im schweizerischen St. Moritz oder Saas-Fee, wo Sie für eine pistenübliche Portion Spaghetti Bolognese – ich spreche nur ungern über Geld, aber ich muss sagen, wie es ist –, problemlos zwanzig Franken ausgeben, von den Preisen für Unterkunft und Skipass gar nicht zu reden, und zweifellos anspruchsvoller als beispielsweise das eher rührende deutsche Fichtelgebirge.

So Sie passionierter Skifahrer sind und diese Gegend bereisen, kennen Sie Feldkirch allerdings höchstens vom Hörensagen, in Feldkirch selbst fährt man natürlich nicht

Ski, man streift die Stadt, von Westen kommend, auf dem Weg ins Montafon, oder aber, so Sie über den Arlberg anreisen, gar nicht. Kaum werden Sie einen skifreien Tag darauf verwenden, meiner Heimatstadt einen Besuch abzustatten, eher noch durchfahren Sie es abermals, so Sie in Bregenz das Museum besuchen wollen – der Architekt Peter Zumthor entwarf diesen Bau, der international gerühmt wird.

Ich schwafelte dahin, als gäbe es kein Morgen, vermutlich war es der Wein, ich trank selten und wurde nach ein bis zwei Gläsern redselig wie eine verschwatzte Großmutter, ich palaverte kreuz und quer über die Preise von Skipässen im Arlberggebiet und die Babykarotten auf der Schattenburg und dazwischen ohne Zusammenhang über meinen familiären Hintergrund, irgendwann hörte ich mich zum Beispiel sagen: »Ich habe außer einem zehn Jahre älteren Bruder keine Geschwister. Er heißt Günther – bei uns Gunni – und ist ausgebildeter Konditor. Vor Jahren übernahm er mit seiner Frau zusammen das *Element*, ein Café in einer Art quaderförmigem Glaskubus (daher natürlich der Name) im von dir schon erwähnten Reichenfeld, einen Katzensprung entfernt von allem anderen. Ich weiß nicht, ob du überhaupt dort eingekehrt bist, so aber doch, dürftest du abgesehen von gebackenen kleinen Meisterwerken in den Genuss einer wirklich guten Tasse Kaffee gekommen sein. Gunni röstet selbst, und ich würde sagen, die angebotenen Bohnen sind keineswegs schlechter als die sorgsam ausgewählten, exquisiten und raren Sorten, die wir hier oben am Zürichberg bei Signor Panucci zu erwerben belieben. Im Gegenteil, gerade bei der im Hobbs'schen Haushalt eher altmodischen Art der Kaffeezubereitung mithilfe einer italienischen Espressokanne, wie man sie auch in einfacheren Küchen direkt auf die Gasflamme zu stellen pflegt, bleibt bei den von Gunni gerösteten Bohnen der sonst so typische säuerliche Geschmack im Abgang völlig aus, es entfaltet sich ein überraschend rundes, vollmundiges und ungewöhnlich sauberes Aroma.«

Ich sprach von meinen Eltern, und ich sagte nicht nebulös »Einzelhandel«, ich sagte: »Meine Mama verkauft Brezeln und mein Papa Geschirr.«

Als ich mich später entkleidete und – etwas ernüchtert – in meinen Pyjama stieg und mir vergegenwärtigte, was ich an diesem Abend alles an Blödsinn von mir gegeben hatte, hätte ich mich ohrfeigen mögen, was musste John Wray, der Mann aus Brooklyn, bloß von mir denken? »Pistenübliche Portion Spaghetti«, »You know Brezel? Es ist very traditional«, »Ungewöhnlich sauberes Aroma«, was war nur in mich gefahren?

Frau Hobbs hatte mich irgendwann mitsamt ihrem Winterbild Marke Fünfjähriger eingesammelt, ich hatte es ihr eilig abgenommen und mich von John Wray verabschiedet. Ich sagte, ich hoffte, wir würden uns einmal wiedersehen.

»Darauf du kannst Gift nehmen«, sagte er lächelnd, während er mir auf diese kraftvoll-optimistische Art auf die Schulter klopfte, wie vielleicht nur Amerikaner das können.

Ich ging hinter Frau Hobbs aus der Kirche, drehte mich noch einmal um und winkte ihm zu, er sah uns nach und winkte zurück.

Ich muss sagen, dass nach unserem Kennenlernen die Frequenz meiner Kirchenbesuche zunahm, genau genommen verbrachte ich praktisch jeden meiner freien Abende dort und beschäftigte mich intensiver mit der Produktion ortsansässiger Kunstschaffender, als ich es je für möglich gehalten hätte. Einige Wochen später spazierten John und ich in der Abendsonne am See entlang und tranken Cappuccino in der *Barfussbar*. Fortan verlagerte sich die Balance meines Alltags. Anstatt meine freie Zeit lesend in meinem Zimmer zu verbringen oder alleine ein Konzert oder eine Theateraufführung zu besuchen, verbrachten wir die Abende zumeist gemeinsam, an den Wochenenden kam ich am Samstagnachmittag zu ihm und kehrte in der Regel am Sonntagabend zurück.

Waren meine bisherigen Beziehungsversuche wie Mäntel gewesen, die mir ein paar Nummern zu groß waren (bestes Beispiel dafür war natürlich Zizi Gehr, habe ich sie eigentlich schon erwähnt? Patrizia Gehr? Nein? Ich werde vielleicht noch auf sie zu sprechen kommen, ja, ich denke fast, ich muss an geeigneter Stelle über sie sprechen, Zizi Gehr: meine erste große Liebe, wenn man das so sagen kann), waren meine Beziehungen also wie Mäntel gewesen, in denen ich entweder absoff, ständig ins Stolpern geriet oder meine Beine verhedderte, mich auf jeden Fall aber lächerlich machte, saß John wie ein maßgeschneidertes Hemd. Ich dachte irgendwann, Zizi hat es damals womöglich auf den Punkt gebracht: Ich war eine Schlaftablette, die nicht richtig wirkte. Ich hatte kein Temperament, kein Feuer, vielleicht zu wenig Libido, ich war ein Langweiler. Ich war kein besonders sexueller Typ. Ich war der Typ Hinausgeher und nicht Ausgeher, ich war der Typ Kaffee-im-*Zanona* und nicht Campari-in-der-Disco, ich war der Typ Türaufhalter und nicht der Typ Kleidervom-Leib-Reißer. Und John mit seinen Pischinger Torten unter dem Marillenbaum, mit seiner ewigen *Ulysses*-Lektüre und seiner altmännerhaften Leidenschaft für Feldkirch und die dortigen Unterhosen war jemand, der diesen Typus nicht nur nicht infrage stellte, er mochte ihn. Wir gingen zusammen hinaus und tranken Kaffee, ab und zu besuchten wir ein Kino, manchmal las er mir aus dem *Ulysses* vor, und ich schlief ein. Es war einfach. Keine großen Ausschläge. Ich war zufrieden gewesen, jetzt war ich noch zufriedener.

Und als hätte es irgendeine bislang schlummernde Kraft in Bewegung gesetzt, als wäre ein Tier geweckt und verschaffe sich nun, noch faul, aber schon seine Glieder streckend immer mehr Raum, trat mit John und Joyce und mit Sir Conan Doyle Feldkirch und mein ganzes früheres Leben in mein Zürcher Exil. Aber nicht nur durch John, nein, kurioserweise auch durch die Hobbs selbst.

16 *Sind die Morgen unter der Woche etwas hektisch,* schrieb ich treu an Isi, *so verlaufen die Samstage deutlich geruhsamer. Die Familie frühstückt erst um neun, man trägt gestreifte Nachtwäsche und hübsche englische Morgenröcke*

und liest die Zeitung – die Bandbreite von dem, was man den
»klassischen Stil« nennt, so sagte Robert van der Velden ein-
mal ganz richtig, sei nicht besonders groß, schlussendlich lande
ein Mensch mit Geschmack fast zwangsläufig beim gestreiften
Schlafanzug.

Ich bin übrigens durchaus der Meinung, dieses ließe sich auf
die meisten Lebensbereiche anwenden. Wie denkst du darü-
ber?

Mitunter flocht ich derartige kleine Fragen in meine Berichte ein, durchaus rhetorischer Natur, ich rechnete keinesfalls damit, dass Isi je darauf antworten würde. Unsere Mailkorrespondenz war nicht im eigentlichen Sinn ein Gespräch, eher ein informeller Austausch über die aktuelle Lage, er hielt mich umsichtig über alles auf dem Laufenden, was mich interessieren könnte und nicht interessierte, ich hoffte eigentlich nur, dass Gösch beeindruckt wäre, wenn er auf Umwegen erfahren würde, wie gut ich es getroffen hatte.

Es war einer dieser geruhsamen Samstage, Ende März oder früher April, die Sonne hing gelassen über den Erlenholzstühlen, das Eigelb trocknete auf den Tellern, die Kinder lagen auf dem weichen Teppich und waren vertieft in eine Partie Ligretto, man hörte das rasante Hinklatschen der Karten und ab und zu das leise Heulen Aurelias, weil sie immer verlor, Herr Gerome saß locker zeichnend in einem Sessel am Fenster. Wie Sie in der Zwischenzeit gewiss geahnt haben, lagen normalerweise Welten zwischen dem Bekleidungsstil des einen und des anderen Bruders, an diesen gemütlichen Wochenenden jedoch waren sie aufgrund der völlig identischen Morgenröcke praktisch nicht zu unterscheiden. Mitunter spann ich bei diesen Gelegenheiten den witzigen Gedanken, den Herr Gerome damals, frühmorgens bei unserem gemeinsamen kleinen Frühstück, geäußert hatte, weiter, und malte mir aus, wie ich in gutem Glauben Herrn Hobbs seinen selbst gebrühten Tee servierte und Herr Gerome an seiner statt neben Frau Hobbs saß und sich ins Fäustchen lachte. Aus den Lautsprechern plätscherte irgendein Klavierkonzert von Schumann – Bernadette Hobbs wählte jeden Sonntagabend sorgsam die Stücke für die *Sonos*-Anlage, verschiedene Klassikrepertoires, die die ganze Woche über in Endlosschleife abgespielt wurden, per Zeitschaltung huben sie morgens um sechs an und verstummten um zweiundzwanzig Uhr. Lautsprecher fütterten die Küche, das Frühstückszimmer, das Speisezimmer, die Bibliothek und den gesamten Wohnbereich, im Grunde wie Fahrstuhlmusik, nur ohne Fahrstuhl.

Ich war gerade dabei, das benutzte Geschirr auf ein Tablett zu räumen, als Frau Hobbs die Zeitung sinken ließ, »Sie kommen doch aus Vorarlberg, nicht wahr?«

»Ja«, sagte ich, »das ist korrekt.«

»Ein Artikel über die Schubertiade«, sie tippte auf die Zeitung, »klingt großartig.«

»Ich hörte in der Tat nur Gutes darüber«, sagte ich.

»Wir sollten uns Karten besorgen«, sagte sie, nun an ihren Mann gerichtet, »das ist Weltklasse, was sie da bieten, und das an so einem unspektakulären Ort, Vorarlberg ist doch unspektakulär, Robert?«

»Nicht besonders spektakulär, nein. Ein unspektakuläres kleines Bundesland.«

»Sie könnten uns Ihre Heimatstadt zeigen, ein bisschen Sightseeing.«

»Da gibt es kaum etwas zu sehen«, sagte ich, »es ist eine sehr kleine Kleinstadt in einem kleinen Bundesland, völlig unspektakulär.«

»Immerhin groß genug für Simon Rattle und seine Schubertsinfonie«, sie schob mir den Artikel zu, ich warf einen Blick auf das großformatige Bild eines lachenden, lockenwerfenden Simon Rattle und auf die Daten darunter.

»Schubert wird völlig überschätzt«, sagte Herr Gerome aus seiner Ecke herüber, er betrachtete mit zusammengekniffenen Augen seine Skizze und fügte ein paar Striche hinzu, »vollkommen überschätzt, ein totaler Irrtum.«

»Das ist sicher eine mögliche Betrachtungsweise«, räumte ich ein, ich warf einen Blick auf die Liste der Veranstaltungen. »Das Konzert findet übrigens gar nicht in Feldkirch selbst statt, Sir Simon konzertiert im Angelika-Kauffmann-Saal, im Bregenzerwald.«

»Angelika Kauffmann! Jetzt komm ich erst darauf, Sie tragen ja den gleichen Nachnamen, eine Verwandte von Ihnen?«

»Ich fürchte nein.«

»Schade, Robert«, sagte Herr Gerome sanft, »sehr, sehr schade.«

Frau Hobbs warf ihm einen strengen Blick zu und wandte sich hernach wieder zu mir. »Dieser Bregenzerwald, ist das weit von Feldkirch?«

»In Vorarlberg ist, mit Verlaub, nichts weit von irgendwas, es ist ein kleines Bundesland mit kleinen Kleinstädten, und, wenn ich so offen sein darf, kleinen Gemütern.«

Jean-Pierre Hobbs lachte, er legte die Zeitung weg und trank den Rest seines Tees aus. »Meine Liebe, ich fürchte, Robert hat nicht das geringste Interesse daran, uns sein kleines Bundesland zu zeigen, geschweige denn seine winzige Heimatstadt. Es nährt natürlich den Verdacht, dass mit Ihrer Heimat irgendwas nicht stimmt, haben Sie verbrannte Erde hinterlassen, Robert? Gebrochene Herzen, offene Rechnungen?«

»Keineswegs«, ich nahm die Teekanne und goss ihm Tee nach, »mein kleines Leben im kleinen Feldkirch entbehrte jeder Größe, sowohl im Guten wie im Schlechten, es war, um beim Thema zu bleiben, so banal wie langweilig in seiner Kleinteiligkeit.«

»Es ist wirklich sehr provinziell, da wo Sie herkommen, nicht wahr?«, Herr Gerome klappte resolut sein Skizzenbuch zu und streckte mir seine Tasse entgegen, ich wechselte die Kanne und schenkte ihm Kaffee nach. »Absolut«, sagte ich, »ungemein provinziell, ganz winzig.«

»Du meine Zeit, Gerome, es ist Sir Simon! Schubert! Schubert überschätzt! Das habe ich noch nie gehört, Schubert war ein Genie.«

»Das habe ich tatsächlich des Öfteren gehört«, sagte ich diplomatisch. »Ich möchte keineswegs über die Qualität des Gebotenen richten, ich möchte Sie nur bewahren vor allzu hohen Erwartungen ganz allgemein, Erwartungen an das Drumherum sozusagen, gewiss, Schubert ist Schubert – ein Genie, wie manche finden –, Sir Simon vermutlich ein zu Recht gepriesener Dirigent und die Schubertiade darf ohne Übertreibung als glanzvolles und international hochrangiges Festival bezeichnet werden.«

»Herrgott«, Herr Gerome warf sich mit dem üblichen Schwung den Zucker in die Tasse, »es ist ja nicht so, als würde Simon Rattle einen Bogen um das stinkende Zürich machen, sicher gastiert er hier alle naselang, und Schubert kann man doch an jeder Ecke hören.«

»Das ist natürlich überhaupt nicht das Gleiche«, sagte Frau Hobbs mit Überzeugung, »Schubertiade, Sir Simon und Bregenzerwald, das klingt nach einer wirklich bezaubernden und aufregenden Mischung, gewiss handelt es sich um ein ganz besonderes Event, man muss einfach dabei gewesen sein, oder wie sehen Sie das, Robert?«

»Es hat bestimmt seinen ganz eigenen Reiz. Ich schlage vor, ich besorge Ihnen Karten, Sie besuchen die Konzerte und fahren ohne längeren Aufenthalt zurück nach Zürich und belassen Feldkirch und das gesamte Vorarlberg unbesehen in einer angenehmen Dämmerung.«

»Das klingt doch vernünftig«, sagte Herr Gerome, »genau so solltet ihr das machen. Hört auf Robert, er ist unser Mann vor Ort.«

»Ganz ehrlich, Robert, Sie verblüffen mich immer wieder«, Herr Hobbs goss Milch in seinen Tee und rührte ein bisschen darin herum, er blickte mich amüsiert an, »keinerlei Heimatgefühle, keine Verbundenheit mit der elterlichen Scholle?«

»Vernichtend gering.«

»Ich sehe schon«, Frau Hobbs erhob sich und fuhr sich mit den Händen durch die Haare, »von Ihnen ist nichts zu erfahren, ich fürchte, ich muss mir selbst ein Bild machen von diesem winzigen Feldkirch – so winzig übrigens kann es ja wohl nicht sein, immerhin sagte Joyce –«

»Dort drüben, auf den Schienen, entschied sich 1915 das Schicksal des Ulysses«, sagte ich.

»Ganz recht. Sie lesen Joyce?«

»Ich möchte behaupten, niemand liest Joyce. So gut wie niemand.«

»Sicher liegen Sie mit dieser Einschätzung richtig. Aber der Punkt ist: Es scheint ein Zug zu fahren nach Feldkirch, das sind doch gute Neuigkeiten.«

»Schwer zu sagen. Züge fahren auch nach Rostock und Nowosibirsk – und dennoch hege ich keinerlei Verlangen danach, diese Gegenden zu bereisen.«

»Sehr richtig«, sagte Herr Gerome, »Rostock, Nowosibirsk, Feldkirch, Peter Handke wurde einmal gefragt, ob er nicht eine Lesung machen wolle in Feldkirch, er sagte, ›Ach, wissen Sie, ich habs so schon schwer genug im Leben.‹«

»Du liebe Güte, langsam werde ich neugierig, was ist los in Feldkirch?«

»Sie missverstehen mich. Feldkirch ist eine reizende kleine Stadt. Mittelalterlicher Stadtkern, das Geschlecht der Montforts, ganz gute Japonaistorten im *Zanona*.«

»Gebucht. Sie besorgen uns Karten und zeigen uns Feldkirch, es wird herrlich.«

»Ich glaube es nicht«, Herr Gerome hatte den Kaffee ausgetrunken, er klemmte sich seinen Block unter den Arm und steckte den Kohlestift in die Brusttasche seines Morgenrocks, »so ein Wind um ein bisschen Musik, die man hier jeden Tag haben kann.«

»Es wird herrlich«, wiederholte Frau Hobbs resolut.

»Gewiss«, sagte ich.

Herr Gerome schlenderte aus dem Salon und warf die Tür hinter sich ins Schloss.

Schweigend räumte ich das restliche Geschirr vom Tisch, fegte mit einem kleinen Tischbesen die Krümel zusammen. Ich spürte, wie Herr Hobbs mich beobachtete, immer noch amüsiert? Nachdenklich? Hatte er die Augen leicht zusammengekniffen?

Die Augen leicht zusammengekniffen, Gott, Gösch hätte mich geohrfeigt für so eine Plattitüde. Ich vermied es, zu Herrn Hobbs hinzusehen, sammelte die leeren Saftgläser der Kinder vom Teppich und trug alles in die Küche.

Tatsächlich, das nur am Rande, stand in einem von Göschs Briefen an Olli wortwörtlich: *Ich mag Krischi, ehrlich, aber sein Hang, die deutsche Sprache zu malträtieren wie der letzte Simpel macht mich vollkommen fertig. Das Problem ist, dass er nicht nachdenkt, nie, er schwatzt vor sich hin, ohne zu überlegen: »Ich habe Hunger wie ein Löwe«, oder: »Da ist mir das Herz in die Hose gefallen«, es kommt ihm nicht auch nur ansatzweise in den Sinn, dass er daherredet wie ein ausgemachter Tölpel.*

Ich fühlte mich getroffen, als ich es las, und musste trotzdem lachen, Gösch hatte einfach ein Ohr für so was.

17 Angelika Kauffmanns Familie väterlicherseits stammte übrigens wirklich aus der Gegend, eine Malerin, die von Goethe wie Herder und vielen anderen Zeitgenossen hochgeschätzt wurde und eine der beiden einzigen Frauen, die damals durch den englischen König Aufnahme in die Royal Academy fanden. Wir sind nicht einmal über sieben Ecken verwandt. Abgesehen davon, das sagte ich ja schon, hat sich keiner aus meiner Verwandtschaft je durch künstlerische Fähigkeiten hervorgetan, ich möchte sagen: im Gegenteil.

Nicht wenig verblüffte es mich – trotz Kauffmanns unbestrittener internationaler Anerkennung –, im Hobbs'schen Haushalt auf ein Porträt aus ihrer Hand zu stoßen, sie passte nicht so recht zwischen die klassische Moderne und die Moderne, die hier ansonsten die Wände schmückte. Vielleicht gab es einen dezenten Schweizer Schwerpunkt in der Kunstauswahl? Hodler, irgendwie natürlich auch Kirchner mit seinen helvetischen Jahren, die ortsansässigen Kunstschaffenden, klar, und Angelika Kauffmann mit ihrer gekonnten Grätsche zwischen Österreich, der Schweiz und dem Rest des alten Europa? Erst hinterher, als ich es erneut betrachtete, dachte ich, dass diese Angelika Kauffmann mich an jemanden erinnerte, dass es vielleicht weniger ein Selbstporträt war als das Bildnis einer ganz anderen Frau.

Ich komme, kurzum, nicht umhin, mich erneut diesem Vorarlberg zuzuwenden in meinem Bericht, ich komme nicht umhin, vom *Zanona* zu reden und von Rosl Fraxner, von meiner ersten Freundin Zizi Gehr, vor allem aber komme ich nicht umhin, von uns zu sprechen. Irgendwann geriet ja alles ins Rutschen, irgendwann brachte eine Handvoll Schnee zu viel diese Lawine in Bewegung. All dies, alles, was ich hinter mir gelassen und für abgeschlossen gehalten hatte, kam an die Oberfläche, da ein Ski, dort ein Stock, da drüben eine sinnlose Mütze, ein Handschuh. Der Schnee wühlte alles um, verschüttete die einen und beförderte das andere an die Oberfläche.

18 Es war mir klar, dass es gar nicht so einfach werden würde, an Karten zu kommen, und ich überlegte, wer aus meinem Bekanntenkreis auf irgendeine Art eine Verbindung zur Festivalleitung haben könnte. Ich rief Olli an, es war Mittag, er war nicht zu Hause, und ich erreichte ihn übers Mobiltelefon, er war in seinem Büro im *DroNeiDa*.

»Schubertiade?«, ich hörte ihn in einem Papierhaufen wühlen, irgendwas fiel um. »Scheiße«, sagte er, »warte mal kurz.« Er legte das Telefon weg und ich lauschte, man hörte ihn durchs Büro stapfen, und es klang, als werfe er Aktenordner durch die Gegend.

»Bist du noch dran?«

»Ja klar. Was machst du denn da? Wieso bist du überhaupt im Büro, es ist Samstag.«

»Ich sortiere alte Akten. Oder vielleicht sortiere ich auch nicht alte Akten, mal sehen.«

»Alte Akten?«

»Noch aus der Zeit von Charly und Bärbel, aus den Gründungsjahren, es ist Kraut und Rüben, ehrlich, meine Eltern haben, so siehts aus, jeden einzelnen Papierfetzen abgeheftet, aber ohne Sinn und Verstand.«

»Olli, ich lasse nichts auf deine Eltern kommen, Charly ist mein Held, aber natürlich hat er keine Akten geschreddert. Ich meine, es war Charly! Der Mann, der in einem Döschen aus Hirschhorn noch seine Milchzähne aufbewahrte, als unsere gerade anfingen, rauszufallen, Charly, der Mann, der noch fünfzehn Jahre nach deiner Geburt deine Plazenta im Tiefkühlfach lagerte, ›zum später mal unter einem Holunderbusch vergraben‹.«

»Ja ja, schon klar, aber verstehst du, diese Plazenta ist eine Sache – ich werde sie später irgendwann übrigens mal vergraben –, aber das hier sind Steuererklärungen aus der Zeit, als hier noch die Römer das Sagen hatten, Klientenakten der allerersten Giftler überhaupt auf diesem Planeten, dazu Tickets für die Seilbahn auf den Muttersberg, als die Verschiebung der Erdplatten hier noch gar keinen Berg gebaut hatte. Und das alles neben meinen ersten Kopffüßern.«

»Verstehe. Aber warum in aller Welt sortierst du den Plunder? Wirf doch das Zeug weg, was interessieren einen die Steuererklärungen vor dem Euro.«

»Hast du was gegen meine Kopffüßer? Dazwischen Briefe von mir an meine Mutter, zum Beispiel zu ihrem Geburtstag, da steht: *Häpi Börschti schuju, häpi Börschti schuju, häpi Börschti, häpi Börschti, häpi Börschti schu-ju.*«

»Grauenhafte Orthografie.«

»Mag sein, aber weißt du noch, woher ich den Text

hatte? Das ist hier nämlich auch drin, eine dieser singenden Klappkarten, erinnerst du dich? Man bekam sie auf dem Postamt, und auf meiner stand groß: *Happy Birthday*, und Marilyn Monroe beugte einem ihr gefeiertes Dekolleté entgegen, hör mal.«

Er klappte die Karte auf und durch den Hörer tönte, in der schleppenden Akustik einer sehr, sehr müden Batterie, Marilyn Monroes Geburtstagsständchen für John F. Kennedy. *Häpi Börschti schu-ju.*

»Ich erinnere mich«, sagte ich, »ich hätte alles gegeben, diese Karte selbst zum Geburtstag zu bekommen, man kann zusammenfassend sagen, in unserer Kindheit war ein Geburtstag ohne singende Karte eigentlich kein Geburtstag.«

»Es gibt auch Briefe vom Nikolaus an mich, ich erkenne die Handschrift meines Vaters, weiters ein Bild – ich muss es nach dem Unfall meiner Mutter gemalt haben –, ein zerdeppertes Auto, meine Mutter in ihrem indischen Kleid, die Augen sind geschlossen und in den Händen hält sie Sprühdosen und sprüht damit Blut.«

»Oh Gott, Olli, das tut mir leid.«

»Ich heule nicht.«

»Ich weiß, Olli. Es tut mir leid, wirklich.«

»Schubertiade also. Sir Simon. Herrgott, du bist spät dran.«

»Ich weiß, hat sich erst gerade so ergeben.«

»Du hättest vor ungefähr zehn Jahren welche kaufen müssen.«

»Ja, hab ich schon befürchtet, ich dachte nur, du kennst vielleicht wen, jemanden an der Quelle.«

»Du kennst jemanden an der Quelle.«

»Ich kenne jemanden an der Quelle?«

»Du kennst jemanden an jeder Quelle.«

»Du überschätzt mich.«

»Nein, du unterschätzt Zizi.«

»Zizi Gehr? Meine alte Klavierliebe? Ich erinnere mich dunkel und ungern.«

»Ernsthaft, sie hat ihre Finger überall, sie ist die Mafia.«

»Ich hörte neulich, sie habe inzwischen fünf Kinder.«

»Eben, es ist die Mafia, sie baut ihren Clan aus. Sie ist übrigens wieder schwanger. Jedenfalls sitzt sie meines Wissens neben tausend anderen Schlüsselstellen auch in der Festivalkommission. Ruf sie an.«

»Auf keinen Fall.«

»Was solls, sie ist bei uns im Förderverein, ich ruf sie an. Zwei Karten?«

»Drei. Außer du kommst auch mit, dann vier.«

»Bloß nicht, bei Schubert heul ich schon, wenn die Musiker sich einspielen.«

»Verstehe. Lass von dir hören.«

»Komm mal wieder vorbei. Ich sah neulich deine Mutter auf dem Markt.«

»Ja, und?«

»Ich weiß nicht. Sie ist irgendwie alt geworden.«

»Seit wann sind wir gegens Alter?«

»Komm schon, Krischi.«

»Ja.«

»Ich würde lieber meine alt gewordene Mutter täglich besuchen als keine zu haben.«

»Ich weiß, Olli. Du bist ein guter Mensch.«

»Red nicht so einen Senf daher. Besuch deine Eltern. Sie freuen sich.«

»Mach ich, Alter, bis dann.«

19 Es war geplant, zwei Nächte in Feldkirch zu verbringen – im Bregenzerwald war, wie ich es schon vermutet hatte, über die Zeit des Festivals alles ausgebucht – und zwei Konzerte in Schwarzenberg zu besuchen. Für die Tage hatte ich ein vielgestaltiges Programm erstellt, es umfasste den Besuch des Kunstmuseums in Bregenz mitsamt Stadtbesichtigung und kleinem Imbiss im *Falstaff*, am frühen Nachmittag einen Spaziergang am See und hernach einen Abstecher zum Jüdischen Museum in Hohenems, dann die Rückkehr ins Hotel zwecks Kleiderwechsel und ein frühes Abendessen im *Adler* in Schwarzenberg, bevor das Konzert losging. Ich plante für den folgenden Tag eine Gondelfahrt auf den Karren für den Panoramablick, eine kurze Kaffeepause auf der Terrasse und eine kleine Rundreise durch den Bregenzerwald, er ist aufgrund der modernen Architektur, die sich kongenial an die althergebrachte Bauweise anschmiegt, zu einigem Ansehen gekommen. Wir würden im *Schwanen* einkehren – ich hatte mich für das Mittagsmenü zwei entschieden, Rinderbrühe mit Flädle, Kässpätzle in der Holzgebse und Apfelstrudel –, und Frau Hobbs würde anschließend im Hotel *Post* zwei Stunden im Spa zubringen, und wir könnten uns im Anschluss direkt vor Ort für den Abend fertig machen. Am Montag nach dem Frühstück würde die Abreise erfolgen.

Die Kinder würden die Tage mit ihrer Babysitterin verbringen – oder nennt man das ab einem gewissen Alter nicht mehr Babysitterin? Sie war eine sympathische Australierin, Typ Pfadfinder mit Pferdeschwanz und dickem Hintern, sie sprach mit den Kindern Englisch und kam, wenn das Ehepaar Hobbs an den Abenden ausging. Raphael und Aurelia liebten sie abgöttisch, sie buk mit ihnen Stockbrot und röstete Marshmallows am Feuer und brachte ihnen die Riffs zu *House of the rising sun* bei. Sie planten, im Garten zu zelten, und freuten sich auf Nächte mit wenig Schlaf und vielen Süßigkeiten.

Herr Gerome konnte es sich nicht verkneifen, da und dort seine kleinen, spitzen Bemerkungen zu machen. Er las beispielsweise im Programmheft der Tonhalle und sagte: »Ah, Sir Simon dirigiert die Neunte von Mahler – na, das kann ja nichts sein, Mahler? Nie gehört – und dann in Zürich? Da kommt bestimmt kein Mensch.« Oder: »Ich habe gerade Karten besorgt, nur für den ganz kleinen, ausgewählten Kreis, Schubert, *Der Tod und das Mädchen* – aber sicher habt ihr keine Lust dazu, ist nur in Wien, in der Wohnung, in der er gestorben ist.« Und so weiter.

Einen Tag vor unserer Abreise kam Herrn Hobbs ein Geschäftstermin dazwischen – irgendeine diffizile Angelegenheit mit einem seiner amerikanischen Kunden –, er bedauerte es zutiefst, uns nicht begleiten zu können.

»Es tut mir so leid, dass du Sir Simon verpasst.«

»Mir tut es leid, dass ich die pulsierende Metropole Feldkirch verpasse. Es hätte mein Leben verändert.«

Ich verstaute das Gepäck und schloss den Kofferraum. »Keine Sorge, Frau Hobbs, wir werden in Feldkirch wirklich nur die Nächte verbringen, und das Hotel ist ganz passabel.«

»Nur die Nächte? Das wäre ja noch schöner, nun bin ich einmal in Feldkirch, da werde ich mir wohl alles ansehen!«

»Das ist nicht viel. Wir sehen es abends auf unserem Weg zum Hotel.«

»Ich sage doch, da ist was im Busch«, Herr Hobbs schloss die Wagentür seiner Frau, sie ließ das Fenster herunter, und er küsste sie, »halte Ausschau nach verdächtigen Objekten, oder müsste ich sagen, *Subjekten,* Robert?«

»Weder das eine noch das andere, glauben Sie mir, ich möchte Sie einfach nicht enttäuschen. Feldkirch ist die Stadt der Durchfahrt. Wiewohl es natürlich das ein oder andere reizvolle Detail gibt.«

»Hervorragend«, Frau Hobbs legte ihrem Mann die Hand auf die Wange, »diesen Details werden wir uns ausführlich widmen, wir berichten dir dann, mein Lieber. Arbeite nicht zu viel.«

Herr Hobbs verzog gespielt gequält das Gesicht. »Ich beneide euch«, sagte er, dann trat er einen Schritt zurück, Frau Hobbs drehte den Schlüssel und löste die Handbremse, winkte noch einmal aus dem Fenster und rollte den Hang hinab Richtung Autobahn.

20 Wir brausten über die Straßen, Frau Hobbs chauffierte ihren Jeep Cherokee mit der Souveränität einer englischen Landadeligen, die schnell in die Gummistiefel steigt, sich ins Auto schwingt und effizient auf die Tube drückt, um auf ihren ausgedehnten Ländereien irgendwas zu richten.

Mir ist eigentlich nicht ganz klar, wieso gerade diese Gesellschaftsschicht so ein ausgeprägtes Faible hat für ein Gefährt, das, soweit ich weiß, für Jäger und Förster gebaut wurde.

Gösch hatte natürlich auch darauf eine Antwort, keine Ahnung, wie wir darauf kamen, es war an dem Abend auf der Terrasse, wir sprachen ganz allgemein über Geld, über Status, die Villen hier oben am Zürichberg, all diese Themen, die er so gerne anschnitt, um sich an meiner Befangenheit zu weiden.

»Die fahren doch einen Jeep, oder?«, sagte er. »Was sonst.«

»Wieso ›was sonst‹, ich finde das überhaupt nicht logisch.«

»Total logisch. Es hat damit zu tun, dass altes Geld so oft an ausgedehnte Ländereien gebunden ist, die die Herrschaften sich ganz gerne ab und zu ansehen oder gar selbst Hand daran anlegen, sodass also diese Kombination aus finanziellen Mitteln und Praktikabilität den Ausschlag gibt für die Entscheidung Jeep, die Barbour-Jacke und die Wolverine-Schuhe anstelle eleganterer Alternativen. Die Hobbs sind neues Geld, korrekt?«

»Ich weiß es nicht.«

»Zumindest verhältnismäßig neu, so wie ich das sehe, jedenfalls kann von Ländereien keine Rede sein. Der Neureiche hat zwei Möglichkeiten: Entweder, er imitiert die landadeligen Gepflogenheiten und beweist durch eine gewisse Liebe zum Detail das, was man Stil nennt, oder aber er bleibt kenntlich als Neureicher, umgibt sich mit den üblichen Statussymbolen und ignoriert die Regeln des kalkulierten Understatements. Er kann sich sodann alles erlauben, statt des Jeeps fährt er Jaguar, seine Kleidung ist bei Frauen meist zu eng und bei Männern zu fancy, der Neureiche an sich ist ganz allgemein einen Tick overdressed und demzufolge mangelt es ihm an Selbstbewusstsein.«

Zugegeben, das Fahrgefühl war nicht schlecht. Frau Hobbs fuhr gut, souverän und trotz der hurtigen Manöver völlig entspannt, und von einem Moment auf den anderen veränderte sich unser Verhältnis. Es war schwierig, so stellte ich etwas unbehaglich fest, als Beifahrer seinen Status als Angestellter angemessen zu wahren, plötzlich fühlte ich mich wie ein Sohn, ein jüngerer Bruder bestenfalls, auf jeden Fall aber in gefährlicher Nähe zur Kumpelhaftigkeit, und ich beschloss entschieden, auf der Hut zu sein.

Es war ein schöner Tag mit klarer Sicht auf die Berge und dieses verheißungsvolle Grün, das allenthalben aus den Bäumen und Büschen brach, das die Wiesen verjüngte und die Hügelzüge, die die Straßen säumten, zu übermütigen Begleitern machte.

21 Ich verstehe wirklich nicht, was sie damals ritt. So sehr Großstädterin war man, in Zürich lebend, nun auch wieder nicht, dass man dringend der Erholung in der Provinz bedurfte. John Wray, okay, dieser Mann kämpfte sich täglich durch den Sumpf von New York, klar, dass er danach lechzte, den Sommer unter seinem Marillenbaum irgendwo in Kärnten zu verbringen, klar, dass er Feldkirch für den Gipfel der Beschaulichkeit hielt. Aber Bernadette Hobbs? Ich bin nicht sicher, wie geläufig Ihnen die Zürcher Stadtgeografie ist, vielleicht machen Sie sich aufgrund des internationalen Rufs, den diese Stadt genießt, irgendwelche Illusionen. Tatsächlich fällt mir keine vergleichbare kleine Stadt ein, die den Nimbus einer Metropole hat. Ich vermute, eine Stadt wird zur *City* entweder durch Geld oder durch Größe oder durch beides. Zürich jedenfalls ist allenfalls eine etwas größere Stadt, aber sie hat Geld. Ist ja auch egal, wie komme ich dazu, Frau Hobbs' freundliches Interesse für meine Ursprünge zu hinterfragen, sie wollte sich Feldkirch ansehen, sie wollte einen Ausflug machen, ich sollte ihr ein bisschen was von Vorarlberg zeigen, warum nicht.

Sie warf jedenfalls alles über den Haufen. Wir checkten im *Gutwinski* ein und anstatt nach einer kurzen Erfrischung die erste Etappe meiner wohlüberlegten Agenda abzuarbeiten und Bregenz einen Besuch abzustatten, beschloss sie, durch die Altstadt zu schlendern.

»Mit Verlaub, in zehn Minuten sind wir fertig geschlendert.«

Aber nein, sie, ansonsten nur im gut gelaunten Stechschritt unterwegs, paddelte gemütlich durch die Gassen, trat hier und dort in die Geschäfte, beispielsweise ins *Schokomüüsle,* eine Konditorei. *Muus,* die Maus, *Müüsle,* das Mäuschen – der Verkleinerungswahn des Vorarlbergers schreckt auch vor dem Kleinsten nicht zurück, nichts, was schon klein ist, kann man nicht noch kleiner machen, beispielsweise die Kapelle, im allgemeinen Verständnis eine kleine Kirche, aber dem Vorarlberger nicht klein genug, nein, es muss ein *Kapellile* sein. Wir jedenfalls standen hier im *Schokomüüsle* und erwarben Pralinen und besuchten dort einen kleinen Laden für Devotionalien, sie kaufte hausgemachte Tiroler Knödel und ließ sie sich zum Mitnehmen vakuumieren, während sie hoch motiviert diverse italienische Olivenöle verkostete, sie schlüpfte in eine Unzahl von Röcken, Hosen und Kleidern im *Garzon,* ließ sich die Hälfte davon einpacken und vereinbarte für den kommenden Montag einen Friseurtermin bei Herrn Otto im *Haargenau.*

Ich warf einen Blick auf die Uhr, laut Plan nahmen wir gerade in Bregenz den kleinen Imbiss zu uns, de facto hatten wir noch nicht einmal die halbe winzige Altstadt hinter uns gebracht, und ich war filmreif beladen mit Tüten aus jedem zweiten Geschäft, das auf unserem Weg gelegen hatte. Ich überlegte, wo wir alternativ das Mittagessen zu uns nehmen könnten, aber Frau Hobbs lauschte in den Wind, vernahm das Stimmengewirr und strebte schon der Hauptgasse zu, es war Markttag, und es verlangte sie sofort nach einer Portion Kässpätzle aus der Eisenpfanne und einem Glas Gespritzen.

Mir war klar, dass es, so man durch die Feldkircher Innenstadt schlenderte, unvermeidlich wäre, auf bekannte Gesichter zu stoßen, ich persönlich vermied diese Gelegenheiten seit Jahren. Ich fuhr regelmäßig nach Feldkirch, das ja, ich besuchte Olli und sporadisch meine Eltern, aber ich umschiffte die innere Stadt weiträumig. Selbst wenn John mich begleitete, weigerte ich mich standhaft, mit ihm seine geliebten Destinationen aufzusuchen, und er musste das *Zanona* und *Haargenau* alleine absolvieren. Auf dem Markt hätte ich ebenso gut »Hier bin ich« rufen und anfangen können, Hände zu schütteln.

An einem Samstag den Feldkircher Gemüsemarkt aufzusuchen, glich dem Besuch eines Volksfests und hatte die Effizienz eines Klassentreffens, bekannte Gesichter lächelten mir von Kaffeehausstühlen in der Sonne zu, Kindergartenfreunde kamen mit einem Glas Bier herüber und boxten mir gut gelaunt in den Bauch, Skateboard-Tschüss hatte sich eine Wampe angefressen und schleppte ein kleines Mädchen hinter sich her, das er mir als seine Tochter vorstellte, aus dem unsortierten Palaver, den er sofort vom Stapel ließ, glaubte ich herauszuhören, dass er das Brett an den Nagel gehängt hatte und nun als irgendwas in der Werbung arbeitete. Oliven-Angelo hinter seinen Salamis brach in südliche Laute der Freude aus und umarmte mich überschwänglich, schob mich eine Armlänge von sich, erfreute sich wortreich an meiner eleganten Garderobe, tätschelte mir väterlich die Wange und lobte mich nachdrücklich dafür, vom Bart endlich Abschied genommen zu haben. Meine Einwände ignorierend füllte er eine Papiertüte mit Tomaten, eingelegten Artischocken im

Plastiksäckchen und kleinen Portionen des ganzen anderen Zeugs, das ich vor Jahren an den Samstagen für ihn über die Theke des Marktstandes geschoben hatte, brach eine Stange Ciabatta entzwei und stopfte die Hälften obendrauf.

Während er noch in diesem italienischen Fanatismus auf mich einredete, sah ich das Blitzlicht, Rosl Fraxner hatte mich von rechts erwischt und mitsamt der vielen Einkaufstaschen, Angelos Fresspaket und der Miene des Verzweifelten auf ihr Foto gebannt.

»Frau Fraxner«, sagte ich, »es ist gerade wirklich nicht der Moment für ein Bild.«

»Aber was, ich muss die rare Gelegenheit ja beim Schopf packen, man sieht dich ja kaum einmal mehr, ich muss als Künstlerin schon an eine gewisse Chronologie denken in meinem Schaffen, oder.«

»Was für eine Chronologie?«, ich ließ den Blick über die Menge schweifen, ich hatte Frau Hobbs längst aus den Augen verloren.

»Ja, du musst dir halt einmal meine Bilder anschauen kommen, gell, suchst du jemanden?«

»Nein.«

»Weil du so herumschaust, als ob du jemanden suchst. Was hast du denn da alles eingekauft?«

»Nichts. Ich muss jetzt auch los. Ciao, Angelo.«

Ich ließ Rosl Fraxner stehen und schob mich durch die Marktbesucher, immer auf der Suche nach Frau Hobbs. Ich fand sie, zwei weitere, gut hörbare Krischirufe ignorierend, mit ihrem Pappteller voller Spätzle vor einem Stand mit allerlei Broschüren, sie blätterte in einem Heft, auf dessen Cover sich zwei Herren in Ledergarnitur innig küssten, und aus den Augenwinkeln sah ich direkt neben ihr eine junge Frau mit Bauchladen Gratiskondome verteilen.

»Wir suchen uns eine ruhige Ecke, Frau Hobbs, hier ist ja die Hölle los. Wir müssen jetzt natürlich umdisponieren, Sie können ja nicht gut an zwei Tagen hintereinander Kässpätzle essen, ich rufe gleich im *Schwanen* an und schaue, ob sie dort –«

»Ich habe gerade ein sehr informatives Gespräch geführt«, sie nahm einen Schluck von ihrem Wein und stellte das Glas wieder auf den Tisch, »der nette junge Mann war so freundlich, mich umfassend in die Historie des Präservativs einzuführen, wirklich hochinteressant, Sie sollten sich auch einmal damit beschäftigen.«

Ich blickte auf, Olli grinste mich an, er trug sein ausgewaschenes *DroNeiDa*-T-Shirt und Schmuddeljeans, die roten Haare waren wie immer zu lang und sahen so aus, als habe er sie sich mit der Gartenschere geschnitten.

»Ich kann Ihnen gern ein paar Faltblätter mitgeben«, sagte er, »aber vielleicht verlangt es den Herrn eher nach praktischen Informationen? Womöglich ist Ihnen die Funktionsweise eines handelsüblichen Parisers nicht ganz klar, ich hätte für diesen Fall ein Wiener Würstchen parat, um –«

»Olli«, sagte ich, »was für eine Überraschung.« Ich deutete peripher auf die Präservative und die Knutschenden in den engen Höschen, »Was treibst du denn da?«

»Das nennt sich Aufklärung. Du dürftest dich daran erinnern, in der Schule hinreichend damit Bekanntschaft geschlossen zu haben.«

»Hinreichend, hinreichend, danke, ich fürchte, wir sind total in Eile und –«

Er reichte Frau Hobbs leutselig die Hand über den Tisch. »Oliver Batlogg«, sagte er, »im Namen der Aufklärung – also ganz harmlos, namenstechnisch natürlich –, Krischi ist nicht besonders gut darin.«

Frau Hobbs schüttelte ihm begeistert die Hand, »Wie nett, ein alter Schulkamerad? Ich wusste gar nicht, dass Sie so gut aussehende Freunde haben, Robert.«

»Ich habe keine gut aussehenden Freunde.«

»Ach, Sie sind gar keine Freunde?«

»Doch. Doch, doch, Freunde schon.«

»Sie sind ein Witzbold. Wie schön, Sie kennenzulernen, Oliver, Bernadette Hobbs, Ihr Freund arbeitet für uns, wir machen gerade einen Heimatbesuch, es ist herrlich.«

Olli kam hinter dem Stand hervor, ich umarmte ihn ein wenig linkisch. »Ist dein Büro abgebrannt?«

»Das nennt man Öffentlichkeitsarbeit, du Idiot«, er ließ den Arm auf meiner Schulter liegen, schaute sich suchend um und winkte dann erfreut in die Menge, »Isi!«, rief er mit seinem rauen Orgelbass, er stellte sich auf die Zehenspitzen und deutete von oben mit dem Zeigefinger auf mich. »Der Krischi ist da!«, brüllte er quer über den Markt. »Hallo, Krischi!«, kam es vereinzelt von allen Seiten, die Feldkircher lachten.

»Isi ist auch da«, sagte Olli, wieder gut gelaunt zu mir gewandt, »er kauft am Samstag immer die Blumen fürs Kloster, jetzt weiß er, dass du da bist.«

»Die Frage ist eher, wer es jetzt noch nicht weiß«, ich war definitiv knallrot geworden, mir war das alles wahnsinnig unangenehm. Mir schien diese Vermischung von Privatem und Geschäftlichem, von Gegenwart und Vergangenheit, nein, ganz einfach das Zusammentreffen von Bernadette Hobbs und meinen alten Freunden höchst unpassend. Wie sollte die seriöse Distanz gewahrt werden, wenn sie quasi mein inneres Freizeitdress kennenlernte? Ich würde Isi kurz begrüßen und dann dafür sorgen, dass wir hier schleunigst wegkamen; wenn wir uns beeilten, könnten wir uns einfach direkt für den Abend umkleiden und auf dem Weg in den Bregenzerwald noch im Jüdischen Museum in Hohenems vorbeischauen.

Ich hatte mich über die Jahre nie so recht an Isis klösterlichen Habit gewöhnen können, für einen, an dem die Zwanzigerjahreanzüge vom Flohmarkt derart eins a saßen und der Manschetten selbstverständlicher trug als den gemeinen Knopf, war der Weg zum weinroten Rock meines Erachtens ganz schön lang.

Ich sah ihn schon von Weitem, er bahnte sich den Weg durch die Menge und kam strahlend auf uns zu, er trug ein lachsrotes Einkaufsnetz mit einer roten Omabörse darin und einen Haufen Blumensträuße, er legte alles auf Ollis Broschüren, um mich herzlich in die Arme zu schließen, ich kam mir reichlich albern vor mit den ganzen Tüten. In seinem Fahrwasser tauchten weitere Rotröcke auf, drei fröhlich lächelnde alte Tibeter und ein schüchternes Grünohr westlicher Prägung mit Flaum am Kinn, Hände wurden geschüttelt und unverständliche Freundlichkeiten gewechselt, es war ein großes Hallo.

Natürlich lief uns Rosl Fraxner noch einmal über den Weg, sie hatte sich vermutlich an Angelos Stand an meine

Fersen geheftet und schoss nun ein grässliches Foto von mir und Frau Hobbs, wie wir mit Isi und Olli zusammen vor seinen Kondomplakaten standen. Sie kämpfte sich zwischen den Mönchen zu uns durch. »Hast du uns Besuch mitgebracht?«, sagte sie, während sie witternd Frau Hobbs inspizierte. »Willst du uns nicht vorstellen?«

Zähneknirschend machte ich die beiden miteinander bekannt, Frau Fraxner war sich nicht zu schade, Frau Hobbs sofort als große Mäzenin und Kunstkennerin zu preisen: »Ah, Frau Hobbs! Dass ich Sie einmal persönlich kennenlernen darf! Meine Künstlerfreunde in Zürich sind voll der warmen Worte für Sie, ganz warme Worte, so ein Gespür haben Sie für die Kunst, so einen Verstand, ich selbst würde ja liebend gern einmal –«

»Wir müssen leider los«, sagte ich, während ich versuchte, Frau Hobbs vor weiteren Fraxnerangriffen zu schützen und dezent Richtung Hotel zu dirigieren.

»Kommen Sie doch einmal vorbei und schauen Sie sich meine Bilder an«, rief Rosl Fraxner uns nach.

»Eine Fotografin, wie spannend«, sagte Frau Hobbs, »vielleicht sollten wir sie in diesen Tagen einmal besuchen, das ist gewiss hochinteressant.«

»Ich fürchte, wir haben überhaupt keine Zeit«, sagte ich, und wiewohl ich entschlossen das *Gutwinski* ansteuerte und mehrfach betonte, dass wir nun wirklich losmüssten, schien es allgemein beschlossene Sache zu sein, dieses glückliche Zusammentreffen noch glücklicher werden zu lassen, und ohne dass mir irgendjemand zuhörte, bewegte sich die bunte Gruppe Richtung Reichenfeld auf einen Kaffee.

Ich gab auf. Es lief auf eine Festivität der besonderen Art hinaus, offensichtlich würde sich alles versammeln, was mein altes Feldkirch hergab, nicht genug, dass Olli seine löchrigen Hosen neben Frau Hobbs spazieren trug und ihr weiß der Himmel was für weitere grauenhafte Details über die Wunder der Verhütung anvertraute, nein, wir hatten ein paar krachend gut gelaunte Mönche im Schlepptau, die kein Deutsch sprachen, sich aber dennoch für ihr Leben gern mit uns unterhielten, Isi hatte sich liebevoll bei mir eingehakt und fragte mich ausführlich nach meinem Wohlbefinden, nach John und dem Gedeihen seines Werks, und wir näherten uns dem nächsten Hotspot der pulsierenden Metropole Feldkirch und würden im *Element* nicht nur meinen Bruder nebst Frau, sondern, sofern sie ihre Gewohnheiten nicht völlig von rechts auf links gekehrt hatten, auch meine Eltern antreffen.

Wie es dann allerdings dazu kam, dass wir abends, nachdem wir uns im Anschluss an diesen ausgedehnten Nachmittag »im Kreise Ihrer Lieben«, wie Frau Hobbs das so schön formulierte, hastig umgezogen hatten, mitsamt Olli im Gepäck in den Bregenzerwald fuhren, war mir ein Rätsel. Ich vermutete, Frau Hobbs hatte ihm während ihres offensichtlich sehr einnehmenden Gesprächs, in das sie über Stunden hinweg vertieft gewesen waren – über was in aller Welt hatten sie bloß gesprochen? Hatte er ihr von jedem einzelnen historisch verbürgten Moment, in dem ein Kondom zur Anwendung gekommen war, berichtet? Ein tolles Gespräch musste das gewesen sein, wirklich, Olli hatte es einfach drauf – jedenfalls hatte sie ihm vermutlich die übrige Karte von Herrn Hobbs angeboten, was allerdings noch keineswegs erklärte, warum er sie angenommen hatte.

»Ich denke, du musst bei Schubert immer heulen«, zischte ich ihm zu, als wir das Café verlassen hatten und auch er sich Richtung Auto begab, um sich zu Hause rasch in Schale zu werfen. Frau Hobbs stand noch mit meiner Mutter zusammen und notierte sich das Rezept für Laugenbrötchen

»Heute nicht«, sagte er fröhlich, »heute heule ich nicht.«

»Und warum nicht?«

»Lieber Krischi, wem wäre denn neben einer so lustigen Frau wie Bernadette Hobbs zum Heulen zumute? Heute höre ich lachend Schubert.«

»Untersteh dich, wehe, du blamierst mich. Hast du überhaupt was zum Anziehen? Ich meine, was Richtiges?«

»Aber sicher, ich werde todschick sein.«

»Ich ahne Schreckliches. Zieh doch einfach einen von deinen alten Dreiteilern an, die sahen gut aus. Ich habe nie verstanden, warum du vertragsbrüchig geworden bist und uns alle an *Levis* verraten hast.«

Er machte eine wegwerfende Bewegung. »Die alten Dreiteiler, ach was, für heute Abend habe ich was viel Schöneres, du wirst schon sehen.«

»Das klingt wie eine Drohung. Wir holen dich in anderthalb Stunden ab, untersteh dich, dann noch unbekleidet im Haus herumzuspringen. In anderthalb Stunden, abfahrbereit.«

Er boxte mich in die Seite. »Was ist denn los mit dir? So kenne ich dich gar nicht, du bist ja total verspannt.«

»Sie ist immerhin meine Arbeitgeberin.«

»Schwer in Ordnung, wirklich, eine irre nette Frau.«

»Mag schon sein, aber ich übe nun mal einen Beruf mit einem gewissen hierarchischen Gefälle aus, ich kann nicht mit Bernadette Hobbs im Bierzelt schunkeln und auf den Tischen tanzen, das passt einfach nicht zu meinem Jobprofil.«

Olli lachte, er hob seinen Autoschlüssel und ließ die Türverriegelung aufploppen. »Hierarchisches Gefälle, Jobprofil, was redest du für einen Bockmist zusammen? Vergiss nie«, er kam zu mir und legte mir vertraulich den Arm um den Hals und zog mich nah zu sich heran, ich roch von einem Moment auf den anderen seinen guten, dichten Olligeruch, »vergiss nie, dass wir es sind, die mit dir zusammen in die Ill gebrunzt haben.«

»Olli, du bist ein Saubär, ehrlich. Um halb sechs, pünktlich, vor dem Haus.«

Es war alles, wirklich alles so gekommen, wie ich es partout nicht gewollt hatte. Als wäre durch einen perfiden metaphysischen Mechanismus jeder einzelne Programmpunkt auf meiner Liste, durch den Frau Hobbs das Vorarlberger Kulturleben kennenlernen sollte, ersetzt worden durch unpassende Einblicke in Christian Kauffmanns Privatleben. Mir schien, jeder Versuch, etwas zu vermeiden, führte es genau herbei – und es war ja nicht so, dass ich irgendwelche Schändlichkeiten verbergen wollte, wie Herr Hobbs das offenbar vermutete, überhaupt nicht.

22 »Ganz ehrlich, es war schrecklich, eine unschöne Situation, und was hätte ich tun können?«, fragte ich John später und gab mir gleich selbst die Antwort: »Nichts. Ich konnte rein gar nichts tun, ich war gefangen in einer ausweglosen, furchtbaren Situation.« Ich hatte den Beamer installiert und wartete auf das Signal, John tippte noch ein bisschen auf der Tastatur seines Laptops herum und ging dann in die Küche und holte die Getränke und eine Schale mit Chips.

»Ist doch nichts dabei«, er schenkte ein Glas Wein ein und reichte es mir herüber, »ihr seid drei people, die Musik horen gehen, wo ist das Problem?«

»*Hören*«, sagte ich gereizt, »es heißt hören, ich verstehe eigentlich gar nicht, warum dir die Umlaute solche Probleme machen, ihr sagt doch beispielsweise auch ›hat‹. Und ›mad‹. Oder ›Dad‹. ›Sad‹. ›Glad‹, ›bad‹.«

»You name it, *ä*. It's not an *o*.«

»Na, meinetwegen. Aber wieso, wenn das gar kein Problem war, wieso, wenn so überhaupt nichts dabei war, wieso bist du dann nicht mitgekommen, das frage ich mich.«

»Ja, warum eigentlich nicht?«

Ich drehte mich wieder dem Beamer zu und drückte ärgerlich auf meinem Computer herum, warum nicht? Gewiss nicht, weil John sich gesträubt hätte, er wäre mitgekommen und hätte Schubert gelauscht, genau so, wie er den Hobbs oben in der Villa gerne seinen Besuch abstattete – so ich ihn je dazu einlud.

Das Beamerlicht fiel auf die Wand, ich setzte mich zu ihm aufs Sofa und schaltete den Ton aus. »Du kannst ja nicht wissen, was das Problem war«, sagte ich affektiert. »Du bist ja kein Diener.«

Vor uns an der Wand erspielte sich der junge Leonardo DiCaprio seine Schiffspassage nach Amerika, und ich lehnte mich zurück und erklärte John die Materie.

»Ich bin ein Diener. Ich bin – zwangsläufig, man muss sich da keine Illusionen machen –, ich bin in einer untergeordneten Position. Es kann, das ist wirklich so, auf Dauer demütigend sein. Mir war das schnell klar, schon während meiner Ausbildung. Ich weiß aber auch, dass es sich nicht für jeden demütigend anfühlt. Ich überlegte schon damals in den Niederlanden, was wohl dagegen helfen würde, was es leichter machte, und nach einem privaten Gespräch mit Robert van der Velden glaubte ich, eine ganz gute Lösung gefunden zu haben. Es muss einen unangetasteten Bereich in meinem Leben geben. Es ist so: Als Butler bleibt einem nichts verborgen, nichts. Man lebt mit einer Familie zusammen und weiß alles, es ist nicht zu vermeiden. Man hat dieses Wissen, das erhebt einen über sie, aber man verrichtet niedere Dienste, das gleicht die Sache wieder aus. Dadurch, dass ich mein Geheimnis wahrte, so uninteressant es tatsächlich auch sein mochte, war ich niemals vollständig ergeben, im Gegenteil, ich spürte ein Gefühl der Überlegenheit. Ich war ihr Geheimnisbewahrer. Aber sie waren es nicht. Nach diesen drei Tagen in Vorarlberg hat sich, kaum merklich, aber doch, die Gewichtung verändert.«

»Ich denke, du nimmst alles zu schwer«, sagte John, er trank einen Schluck Wein, »du bist zu –«, er machte eine kurze Pause und sagte dann langsam und konzentriert: »verköpft.«

»Verkopft.«

»Verkopft.«

»Ich bin nicht verkopft, ich bin ein ganz unverkopfter Mensch, verkopft sieht ganz anders aus.«

»These«, er sprach es konzentriert und langsam aus, aber so, als wäre es ein amerikanisches Wort: »Kleinteiligkeit.«

»Bitte?«

»Du bist im Denken wie mit lauter kleinen Teilen, zu viele details, zu viele worries.« Er schenkte uns Wein nach und schaltete den Ton an, er tätschelte mir das Knie, »Aber das ist suss, really.«

Ich starrte stumm auf den Film, Leonardo war so wahnsinnig smart, ich wäre auch gerne so smart gewesen. Vielleicht hatte John recht. Was hatte Isi damals gesagt? »Grenzbahnhof, so was nennt man einen wichtigen Grenzbahnhof, ist aber auch egal, was regst du dich denn immer über so alberne Details auf.«

Ich rege mich wirklich gerne über Details auf. Noch heute, wenn ich diesen Bericht niederschreibe, fällt mir die auffällige Häufung von womöglich nichtigen Nebensächlichkeiten auf. Manches bleibt beim erneuten Hervorholen und Betrachten unverändert, anderes erscheint in völlig neuem Licht, und ich bin genötigt, diesen Spielstein anders zu platzieren und zu hoffen, die Geschichte dadurch verstehbar zu machen. Ich mag es, wenn Dinge »aufgehen«, ich mag es, wenn jede einmal getroffene Aussage ihren Sinn im Gesamtzusammenhang hat, ich mag es, wenn jeder lose Faden wieder aufgenommen wird, oder, wie die alte Screwballregel besagt: Jedes geladene Gewehr wird auch gefeuert.

Nun, da ich versuche, mich zu erinnern, merke ich, dass es nicht so einfach ist. Je länger ich über diese Dinge nachdenke, desto mehr hege ich die Befürchtung, mir verschimmle das Pulver im Magazin. Oder verschimmelt Pulver nicht im Magazin? Ist ein einmal geladenes Gewehr immer schussbereit, auch, wenn es erst Jahre später wieder zur Hand genommen wird? Kann sein.

»I love Kate.«

»Wie bitte? Was denn für eine Kate!«

»You know, ich liebe sie nicht wirklich. She's just great. So naturlich, so freundlich, eine Schonheit, a true beauty, isn't she.«

Ich aß eine Handvoll Chips und schaute mir Kate Winslet an, gut gekleidet schlenderte sie auf dem Schiff herum, wie nur Reiche gut gekleidet auf Schiffen herumschlenderten. Tatsächlich hatte ja auch Kate Winslet einen ziemlich guten Haaransatz.

Ich muss sagen, schöne Frauen haben immer schon einen ganz besonderen Reiz auf mich ausgeübt, auch wenn meine ersten, vorsichtigen Versuche, mich dem weiblichen Geschlecht zu nähern, zum Scheitern verurteilt waren.

»Schöne Frauen ertrage ich nur theoretisch«, sagte ich zu John, »im Praxistest bin ich an der schönen Frau gnadenlos gescheitert.«

»Vielleicht das liegt nicht an der Schonheit der Frauen.«

»Woran denn sonst?«

»Come on, denk einmal scharf nach.«

Ich schaute wieder auf die Leinwand und aß unzufrieden eine weitere Handvoll Chips. War es wirklich so einfach? Hätte mich jede Frau überfordert, einfach, weil ich nicht auf Frauen stand?

Ich entsinne mich sehr gut der verschiedenen Versuche, unseren Viererbund, dem es ganz augenscheinlich an Weiblichkeit fehlte, durch Freundinnen zu vervollständigen. Jeder, der einmal Teil einer verschworenen homogenen Freundesgruppe war, wird wissen, dass es ein heikles Unterfangen ist, sich aus einer solchen Konstellation heraus in wildfremde Mädchen zu verlieben, oder gar zu versuchen, sie in die Gruppe zu integrieren. Isi probierte es gar nicht erst, aber Olli war für geraume Zeit liiert mit einer Art jüngeren Ausgabe Rosl Fraxners, sie hieß Sybille, genannt Bibi. Augenscheinlich nähte sie ihre Klamotten selbst, es sah aus, als legte sie sich hierfür auf ein großes Stück Packpapier, malte ihre Umrisse ab und fertig war das Muster. Die diversen Latzhosen und Kleider, die auf diese Weise entstanden, sahen aus wie bunte Seesäcke, und sie selbst war ihr fröhlicher Inhalt, dazu trug sie jeweils zwei verschiedene, immer aber einschüchternd opulente Ohrringe aus zarten Mäuseknöchelchen oder Kieselsteinen, wusch ihre Haare mit Lavaerde, dass es beim Kämmen nur so staubte, und buk hartnäckig ihr eigenes Brot, ohne vom Brotbacken die geringste Ahnung zu haben. Sie ging von Mai bis Oktober barfuß und hatte neben gewitterschwarzen Füßen vermutlich alles in allem einen esoterischen Knacks, wer sonst kannte sämtliche Mondphasen beim Vornamen und tätowierte sich, wie Olli uns wissen ließ, ein Hexagramm auf den Steiß – klar kriegten wir hysterische Lachanfälle, sobald sie auf den Plan trat, und ich muss sagen, ich lachte am lautesten. Nach anfänglichen Versuchen, die Treffen mit ihr und uns zusammenzulegen, ließ er es bleiben und traf sie nur noch allein und irgendwann gar nicht mehr. Was genau er an ihr fand, wusste ich nicht, vielleicht war es ihr ehrliches Interesse für Kräuterkunde, das ihn, als Spross einer Gärtnerei, für sie einnahm, dabei begeisterte sie sich für den Kram vermutlich nur, um eine Flugsalbe daraus zu kochen und dann Abend für Abend mit einem Besen über die Altstadt zu brausen oder so.

Ich selbst traf, rein äußerlich betrachtet, eine deutlich bessere Wahl. Zizi Gehr sieht auch heute noch atemberaubend aus, und damals hat mich ihr athletischer, geschmeidiger Leib, diese leicht schräg gestellten Katzenaugen und diese quasi kirgisischen Wangenknochen, alles in allem eine Mischung, als stammte sie von einem marodierenden asiatischen Reitervolk ab, völlig umgehauen. Ich kannte Zizi aus der Musikschule an der Stella Matutina. Sie besuchte wie ich den Klavierunterricht bei Frau Professor Sperger und haute virtuos in die Tasten, wo ich seit Jahren gramvoll herumstümperte und über *Die dicke Ente* nicht hinauskam. Ich erschien immer etwas früher, um ihrem glanzvollen Spiel ein wenig zu lauschen und ihr die Tür aufzuhalten, wenn sie mit ihrem energetisch-federnden Gang hinausstürmte. Zäh arbeitete ich an meiner schüchternen Annäherung, ich trug mich beim Volleyball ein, weil sie eine gefeierte Volleyballspielerin war, ich besorgte mir den Job bei Angelo auf dem Samstagsmarkt, weil ich wusste, dass sie dort die Besorgungen für ihre Familie machte, und spionierte ihre alltäglichen Gänge aus, um ihr zufällig da und dort über den Weg zu laufen und erstaunt und seelenvoll aufzublicken. Toller Höhepunkt meines Freiens war die Einladung zum gepflegten Kaffeetrinken im *Zanona*, und als es mir irgendwie gelungen war, diesen gefährlichen, gespannten Scannerblick auf mich zu ziehen, der alles in mir einstürzen ließ, und, noch viel verblüffender, sie davon zu überzeugen, dem Treffen zuzustimmen, war ich gleichermaßen enthusiasmiert wie entsetzt. Meine Tage drehten sich fortan wahnhaft um die komplizierte Frage, wie ich dieses herrliche Geschöpf an meiner Seite bei Laune halten sollte. Ich arrangierte weitere Kaffeejausen im *Zanona*, kleine Abendspaziergänge im Ried und überreichte ihr samstags bei Angelo feierlich ein sorgfältig mit Prosciutto belegtes Brot.

Unermüdlich versuchte ich, ihr gerecht zu werden. Im Verlauf unseres knappen Beisammenseins schlug ich – auf ihren dezidierten Wunsch hin, miteinander auszugehen – beispielsweise vor, zum Kloster hinaufzuspazieren.

Wenn die anderen drei mit dabei waren – und sie waren praktisch immer mit dabei –, saßen sie stumm vor ihr und starrten sie an, ab und zu redeten sie über den *Demian* oder *Siddharta*. Fuhren wir zum Baggersee, kraulte Zizi mit kräftigen Zügen, köpfelte in einer Tour und spielte ihre legendären Sprungaufschläge im knappen Bikini übers Netz, wir hingegen saßen voll bekleidet am Ufer und kämpften mit den flatternden Zeitungen, nacktes Bein zu zeigen hielten wir für ordinär, unsere bleichen Brustkörper der Öffentlichkeit preiszugeben, war absolut undenkbar, und uns in einer kunterbunten Badehose zu präsentieren, ein Ding der Unmöglichkeit.

»Schwimmen«, sagte Isi gerne, »ist irgendwie retro und futuristisch zugleich, fangen wir gar nicht erst damit an.«

Zizi hat mich verhältnismäßig schnell fallen gelassen, O-Ton: »Krischi, ohne Scheiß jetzt, Hesse ist doch abgefrühstückt, ihr vier zusammen seid eine Katastrophe ohne Pointe und du allein eine Schlaftablette, die nicht richtig wirkt – viel Glück noch.«

Sie hat es geschafft, innerhalb der letzten zehn Jahre fünf Kinder in die Welt zu setzen, die Baufirma ihres Vaters zu übernehmen und im Vorstand sowohl der Flüchtlingshilfe als auch des Programmkinos zu sein, Zizi hatte immer Energie für zwei, bloß nicht für mich.

Gösch, das muss man sagen, bewerkstelligte auch das heikle Thema Freundin mit der ihm eigenen Souveränität, hatte er eine, ließ er uns entweder links liegen oder brachte sie so selbstverständlich mit, dass keiner von uns das irgendwie bemerkenswert fand. Über beziehungstechnische Interna verlor er kein Wort, ging das Ganze in die Brüche, sagte er immer noch nichts und fing an zu trinken wie ein Loch, bis er sich irgendwann wieder einkriegte.

Göschs Frauen waren allesamt und hundertprozentig patent. Sie rechneten die verwegensten mathematischen Schweinereien im Kopf, waren auf diese faszinierende Weise gut aussehend, die so hingeworfen und mühelos wirkte, dass wir Jungs, die wir unsere Bärte täglich mit ausgewählten Pflegeprodukten wuschen und besorgt unseren Pickelgarten begutachteten, uns fragten, ob es einen Gott gebe (»Eben nicht« – für Olli war spätestens da die Sache klar). Es waren diese typischen Frauen mit Locken, Gösch erläuterte ja an anderer Stelle dieses Thema in aller Ausführlichkeit, ich glaube fast, es war sein eigentliches Lieblingsthema, aber im Grunde erörterten wir es alle vier nicht ungern. Es bestätigte sich unserer Meinung nach überdurchschnittlich häufig: Frauen mit Locken hatten diese umwerfende natürliche Schönheit, klar, da waren einerseits die Locken, die diese prächtige, lebendige Strudelung erzeugten, in die man mit beiden Händen tüchtig umrührend hineinfassen wollte, andererseits aber hatten sie zumeist eine gnadenlos klare Haut, einen wunderbaren Teint und dazu große Zähne, was sowieso super war. Dazu Augenbrauen wie ein Mann und kräftige Hände, einen kompakten Körper, kurzum, eine Mischung aus jungem Pferd und Flamencotänzerin – umwerfend. Sie ließen den Witz rennen, dass wir brüllten vor Lachen, sie lasen Bücher, von denen wir noch nie gehört hatten, und gingen mit einer Selbstverständlichkeit in Clubs (damals natürlich *Diskos,* sagt man das eigentlich noch? Vermutlich nicht und das ist auch besser so, schon dieses Wort ließ uns schamhaft erröten mit seinen Assoziationen von zu Palmen gebundenen blonden Haaren und popoengen Jeans), sie gingen also in Clubs zum Tanzen, sodass wir an unserer Maxime zu zweifeln begannen, nach der »intellektuell sein und tanzen sich gegenseitig abstößt wie Kaugummi und Raider in einem Mund«.

Warum es immer wieder in die Brüche ging zwischen Gösch und seinen sensationellen Frauen? Ich kann es nicht genau sagen. Es lag aber meiner Meinung nach nicht daran, dass sie zu kompliziert waren, manchmal sind Frauen ja zu kompliziert. Das war das Erstaunliche an seinen diversen Freundinnen, sie waren klug und kein bisschen herablassend dabei, sie waren schön, ohne diese enervierende Eitelkeit, Göschs Frauen waren cool, allesamt. Nein, es lag nicht an einer Kompliziertheit ihrerseits, man könnte sagen, und das klingt so lächerlich einfach, sie waren integer, während Gösch nur aus Bruchstücken bestand, sie waren so berückend bei sich, während sich in Gösch eine stete Unruhe wälzte, sie waren, kurzum, glücklich, während bei ihm immer die Verzweiflung lauerte. Ihn zu verlassen, war einem gesunden Instinkt geschuldet, und wenn er sie verließ, war es ihr Glück, Gösch hätte ihnen nicht bekommen, er bekam ja nicht mal sich selbst.

Ich seufzte, manchmal kam mir mein Kopf wirklich vor wie ein Kaleidoskop, mitunter allerdings wie eines, in dem nicht vorsichtig ein Steinchen nach dem anderen verrückt wurde, sondern eines, das irgendjemand – jedenfalls nicht ich – immer wieder mal schüttelte, und ich war dann gezwungen, mir das entstandene Tohuwabohu anzuschauen. Sicher, es bestand aus immer den gleichen kleinen Steinchen, aber die jeweils neue Anordnung brachte mich vollkommen durcheinander.

Ich schaute auf und bemerkte, dass John nicht mehr neben mir saß, er hatte sein Glas und die Weinflasche mitgenommen. Vorne an der Wand lief der Film und aus dem Nebenzimmer hörte ich das zierliche Tröpfeln von Johns Fingern auf der Tastatur. Vermutlich hatte er wenig Lust verspürt, neben mir, gereizt und stumm wie ich war, einem Film zu folgen, den er nur meinetwegen immer wieder anschaute.

Ich aß noch ein paar Chips und schaute mir an, wie Kate und Leonardo so leichtfüßig auf ihr trauriges Ende zusteuerten. Ich liebte diesen Film, und ich hasste ihn zugleich, ich hasste ihn dafür, dass Leonardo am Ende absoff und dieser Film durch meine unablässigen Bemühungen, durch mein immer wieder und wieder Schauen, nicht einfach mal gut ausging.

23 Aber zurück zu Feldkirch.
Frau Hobbs hatte Kässpätzle gegessen, und mit ihrem Smartphone hatte ich ihre Interpretation des Kauffmann'schen Bildes fotografiert, das sie gut gelaunt an ihren Mann geschickt hatte. Später hing es, vergrößert und gerahmt, neben dem Original von Kauffmann im Salon.

Herr Hobbs schrieb postwendend zurück und drückte die Hoffnung aus, sie möge einen gelungenen Aufenthalt in Feldkirch haben, sie zeigte mir auf ihrem Display das Bild seines vollgepackten Schreibtischs. Ich dachte später sehr anders über seine Absage an diesem Wochenende, ich glaube nicht mehr an diesen Geschäftstermin, der kurzfristig alles über den Haufen warf. Ich glaube, dass er nie vorhatte, mit uns zusammen nach Feldkirch zu fahren.

Frau Hobbs aber kannte nun meine Samstage auf

dem Feldkircher Wochenmarkt. Sie hatte Olli getroffen und Isi die Hand gedrückt und sich die Haare machen lassen bei *Haargenau* und trug fortan Strumpfmode von *Wolford*.

Sie hatte sich im *Element* mit hausgerösteten Kaffeebohnen eingedeckt und mit meinem Bruder gescherzt, sie hatte meinen gerührten Vater kennengelernt, der seine Hand gar nicht mehr von meiner Schulter genommen hatte, und meine Mutter, die ihr erläutert hatte, wie man Laugengebäck ganz einfach in der eigenen Küche herstellte, man brauche dazu nur Haushaltsnatron.

Sie wusste jetzt, dass »Einzelhandel« ein etwas starkes Wort war für den Brezelverkauf und das Geschirr, und dass Kafka mich langweilte. Sie aß im Verlauf dieser zwei Tage Japonaistorte im *Zanona* und Angelos Liebesgaben auf einer Wiese im Bregenzerwald, bevor Sir Simon die Provinz mit starker Hand anhob, mit Schubert potenzierte und verzaubert wieder absetzte, sie verzehrte ein gigantisches Schnitzel in der Schattenburg und ohne mit der Wimper zu zucken die dazu gereichten Erbschen und Möhrchen aus der Dose, sie saß vor der Stella Matutina in der Sonne und ließ sich von Olli Conan Doyles empfindsame Erinnerungen an seine Schulzeit dort vorlesen, sie spazierte mit uns durch den Hohlweg hinauf zum Kloster, umrundete die Stupa und erwarb bei *Devotionalien Loacker* einen dreihundert Jahre alten Engel aus einer Barockkirche in der Steiermark, den sie, warum weiß ich nicht, Olli schenkte. Er hängte ihn danach in sein Büro.

Sie kannte nun übrigens auch die Gärtnerei, weil wer

natürlich nicht schön pünktlich draußen vor dem Tor stand, war Olli.

Ich bat sie, mit dem Auto an den Straßenrand zu fahren und kurz zu warten, ich drückte das Tor auf und überquerte den Hof, nahm die paar Stufen zum Haus hinauf und klingelte.

Ich wartete, drehte mich um und sah, dass Frau Hobbs ebenfalls ausgestiegen war und mit ihren komplizierten Manolos vorsichtig über das Katzenkopfpflaster zu mir herüberkam, ich fluchte leise.

Als Olli öffnete, war ich sprachlos. Er trug einen Anzug wie John Travolta in *Grease,* bloß war er selbst no, na, eher der Travolta aus *Pulp Fiction.* Er hatte einen Teil seiner schulterlangen Haare zum kupferglänzenden Knopf gebunden und den Rest unten zu drei lockeren Zöpfen geflochten, eine Mischung aus Samurai, indischem Guru und Wikinger, eine Frisur, die er aus der *Vogue* für Aliens haben musste. Um seinen Hals hatte er eine Krawatte von der Größe eines Geschirrtuchs geknüpft. Er hatte wahnsinnig gute Laune, in den Händen trug er ein Tablett mit Sektgläsern, einer Einmachflasche mit Bügelverschluss und einem Teller mit Gebäck.

»Apéro!«, rief er fröhlich, stellte das Tablett auf den Treppenabsatz, sprang in einem großen Satz die Stufen hinunter und in drei weiteren zu Frau Hobbs, hob sie kurzerhand hoch und trug sie über den Hof.

Etwas geriet in Schieflage, ich spürte es in diesem Moment, ich spürte, dass eine Disposition zur Unruhe entstanden war, eine Unwucht.

Frau Hobbs hingegen war so entspannt wie eh und je.

Sie hatte die beneidenswerte Gabe, eine Art Wohlgefühl auszustrahlen, eine heitere Ungeniertheit, mit der sie sofort den Eindruck erweckte, dazuzugehören und mehr als das: als hätte sie bislang gefehlt.

Wir saßen auf dicken Kissen auf der Treppe in der Abendsonne, Frau Hobbs hatte ihre Schuhe abgestreift, wir tranken hausgemachten Holdersekt vom letzten Jahr und aßen kleine, im Fett ausgebackene Holderküchlein. Olli richtete uns Grüße aus von seinen Großeltern, sie waren zum Abendessen bei ihrer Tochter in Schruns, er erklärte ausschweifend die diversen Gebäude um uns herum und erläuterte seine positiven Erfahrungen mit Brennnessel-jauche und redete ganz allgemein wie ein Buch. Olli liebte es immer schon, unter Leuten zu sein, er war eigentlich ein Partytiger.

Plötzlich hörte ich hinter mir ein Geräusch, ich drehte mich um und blickte zur offenen Tür und zu dem Mann hoch, der zu uns getreten war. Ich brauchte einen Moment, um ihn zu erkennen, wie man eben einen Moment brauchte, wenn jemand ganz unerwartet wieder ins Leben platzte.

Etwa zwei Jahre zuvor war in der Original-Jugendstil-Toi-lette der Hobbs im ersten Stock der Wasserkasten von der Wand gekracht, eine Art Tsunami hatte sich in den Toilet-tenraum ergossen, die Kloschüssel war entzweigebrochen. Es war, man kann es sich vorstellen, ein Desaster, und ich hastete sofort in den Keller, um das Wasser abzudrehen, und wartete, mit Eimer und Gummistiefeln gegen die Saue-rei ankämpfend, ungeduldig auf den von mir georderten

Klempner. Als es an der Tür klingelte und ich nach unten eilte, um zu öffnen, starrte ich den vor mir stehenden Mann mehrere Sekunden lang an, ohne zu begreifen, wer er war. Nur, dass es sich nicht um den Klempner handelte, so viel verstand ich.

»Indeed«, sagte John damals, »ich freue mich auch, dich zu sehen.«

Er hatte die unerquickliche Idee gehabt, mich zu überraschen und mit einem Glas Champagner auf meinen Geburtstag anzustoßen, ich war derart perplex über sein Auftauchen und das Ausbleiben des Klempners, dass ich ihn mit der Begründung abwies: »Ich trinke nicht im Dienst.« Noch Monate später zitierte er diesen Satz, den Kopf bedächtig hin und her wiegend und mit ernstem Gesicht (»He's not drinking when he's in service, you know«), und rief mir peinvoll in Erinnerung, wie ich ihn hektisch mitsamt seiner Champagnerflasche aus dem Haus geschoben und ihm die Tür vor der Nase zugemacht hatte.

Ich hatte mich von meinem Kissen erhoben, wir standen uns gegenüber.

»Berlin bekommt dir nicht«, sagte ich.

»Ja«, sagte Gösch, »ich freue mich auch, dich zu sehen.«

»Entschuldige, so war das nicht –«

»Nein«, sagte Gösch, »ich fürchte, du hast recht. Schlechtes Klima da oben. Du kriegst eine Wampe.«

Ich zog den Bauch ein. »Seit wann haben wir was gegen Wampen.«

»Zeiten ändern sich.«

Ich musterte ihn. Er hingegen war mager geworden und trug eine neue Brille, entweder sie stand ihm wirklich nicht, oder ich war einfach gegen Veränderung. Wie nennt man diesen Zug um den Mund? Verhärmt? Hart? Bitter? Spöttisch? Oder einfach nur müde? Er war wie Isi und ich glatt rasiert und trug den üblichen Fassonschnitt. Er sah trotz allem gut aus, Gösch hatte immer gut ausgesehen. Er war mir völlig fremd.

Ich drehte mich um, Olli blickte mich mit seinem entwaffnenden, um Verzeihung bittenden Gesicht an, Frau Hobbs fand alles wunderbar und streckte Gösch von unten herauf ihre Hand entgegen: »Noch mehr Freunde von Robert! Und was für attraktive, bildhübsche junge Männer Sie alle sind!«

Gösch, hörte ich nun, sei vor vier Tagen völlig unerwartet mit Sack und Pack in Feldkirch aufgetaucht, er wohne fürs Erste bei Olli und seinen Großeltern.

Er setzte sich mit seinen langen, schlanken Beinen, mit seinen insgesamt so langen und eleganten Gliedern zu Frau Hobbs' Füßen auf die Treppe, und war vorher das Gefüge zwischen Frau Hobbs und mir in Schräglage geraten, kippte es nun vollends. Gösch brachte etwas mit ins Spiel, etwas Dichtes, Aufgeladenes oder Konzentriertes, etwas, das der eben noch gelösten und beschwingten Atmosphäre einen völlig anderen Unterton gab. Ich hatte noch nie sagen können, was es eigentlich war. Gösch wirkte sozusagen immer irgendwie rätselhaft, vielleicht sogar, ohne es überhaupt zu sein. Er wirkte einfach so. Knisternd.

Olli holte ihm ein Glas aus der Küche. Ich entschuldigte mich, ging ihm hinterher und fing, noch bevor wir die Küchentür hinter uns schlossen, mit diesem kindischen Gewisper an.

»Tut mir leid, Krischi, ich bin echt nicht dazu gekommen, dich anzurufen.«

»Wie steh ich denn jetzt da?«

»Verstehe ich nicht, wieso denn, ist doch schön, dass wir jetzt alle wieder zusammen sind oder nicht?«

In der Diele blieb er vor dem Garderobenspiegel stehen und rückte seinen Dutt zurecht. »Wie gefällt dir eigentlich meine Frisur? Hat mir Herr Otto vorhin schnell gemacht. Scharf, oder?«

Ich schaute ebenfalls in den Spiegel, und ich muss sagen, die Frisur sah wirklich irgendwie scharf aus. Überhaupt. Seit wann sahen eigentlich alle so verdammt gut aus?

Er zwinkerte mir zu und klopfte mir brüderlich auf den Rücken, dann gingen wir zurück nach draußen. Frau Hobbs schien gerade ihr Informationsgespräch mit Olli wiederzugeben, ich hörte das Wort »Nahkampfsocke« fallen – eindeutig eine Wendung aus Ollis Repertoire, sicher verwendete er sie für seine trotteligen Gymnasiasten, die beim Wort Präservativ dachten, es handle sich um die Bezeichnung für eine grammatische Grausamkeit, Ablativ, Adjektiv, Imperativ, Präservativ – und Gösch lachte, gelöst, jungenhaft und unbekümmert, als hätte er in Berlin nicht verbrannte Erde hinterlassen. Er lachte, in dieser unbehauenen und hypnotischen Art, in der Gösch immer schon lachen konnte, und gab ihr das Glas zurück, offensichtlich hatte er von ihrem Holdersekt getrunken.

»Wir müssen los«, sagte ich irgendwann, ich schaute auf die Uhr, das Abendessen konnten wir sowieso schon vergessen. »Du solltest«, sagte ich zu Olli gewandt, »dir noch was Passendes anziehen.«

Frau Hobbs hielt mir das Glas hin, ich schenkte ihr noch einmal nach. »Ich finde, Sie sehen fabelhaft aus, sehr *seventies*.«

»Unbedingt«, sagte Gösch, er hatte sich eine Zigarette angezündet und sog den Rauch mit diesem heroischen und dabei gleichgültigen Gestus ein, der mich als popeligen Korinthenkacker dastehen ließ, »Olli sieht hammerscharf aus, total *seventies*, Betti hat völlig recht.«

Ich zuckte kurz zusammen. »Eben«, sagte ich, »die *Seventies* sind vorbei, sogar das Revival der *Seventies* ist vorbei.«

Olli lachte glücklich, er räumte die anderen drei Gläser und den leeren Teller aufs Tablett und trug alles in die Küche. »Der ist noch von Charly«, sagte er über die Schulter.

Ich stapelte die Kissen und schleppte sie ihm hinterher. »Dein Vater in Ehren«, sagte ich, »aber der Anzug sieht verboten aus, und ich bin mir sicher, er hatte damals schon deswegen Scherereien mit der Sittenpolizei, wirklich, das ist ein Zuhälteranzug«, er nahm mir den Stapel ab und verräumte die Kissen in der Kammer neben der Diele. »Du bist doch nur neidisch.«

Frau Hobbs war hinter mir ins Haus getreten, trank aus ihrem Sektglas und betrachtete die Bilder von Doppelmastern an den Wänden, die blank gewetzte Schiffstreppe in den oberen Stock und warf einen Blick durch die offene Tür in den Wintergarten. »Wie hübsch!«, rief sie, »das ist ja wie eine Zeitreise, war Ihr Großvater Kapitän? Vor ungefähr zweihundert Jahren?« Sie deutete auf das alte Steuerrad, das Messingbesteck zum Bestimmen des Sonnenstands, die Schiffsglocke, die Ollis Ana gongen ließ, wenn das Essen parat stand, und das dicke Tau, welches das Geländer nach oben ersetzte.

»Nur so eine Marotte – wenn Sie wollen, zeige ich Ihnen das Esszimmer, es ist die Originaleinrichtung einer Offiziersmesse, sie gehörte einem holländischen Kauffahrer.«

»Ich möchte keinesfalls drängen, wenn wir jedoch nicht in dieser Minute aufbrechen, muss Sir Simon ohne uns klarkommen.«

Frau Hobbs drückte Olli bedauernd ihr Glas in die Hand und lächelte. »Ein andermal«, sagte sie.

»Jederzeit«, sagte er.

Wir verließen das Haus und stiegen die Stufen hinab. Gösch war draußen geblieben, er saß auf der Treppe und rauchte seine Zigarette, als Frau Hobbs hinaustrat, stand er mit einer panthergleichen Bewegung auf, sie reichte ihm die Hand und sagte, sie habe sich wahnsinnig gefreut, ihn kennenzulernen, »Gerald«, und er schaute zu ihr hinunter, er schaute direkt in ihre Augen und sagte mit dieser angerauten Stimme, die er wer weiß wo hervorzauberte: »Ich mich auch, Betti, auf bald.«

»Hey«, sagte Olli zu Gösch, und die beiden klatschten die Hände aneinander. »Hey«, sagte Gösch zu ihm, es klang sanft und wahnsinnig zärtlich, zwei, die sich verstanden.

Ich sagte auch »Hey«, als ich an ihm vorbeiging, lahm wie eine Schnecke mit Sprachfindungsschwierigkeiten, und als ich die Hand hochhielt, war er dabei, sich eine neue Zigarette anzustecken, und beugte sich über ein Streichholz.

Olli nahm Frau Hobbs wieder ohne zu zögern auf den Arm und trug sie zum Auto. Gösch stand auf der Treppe und schaute uns hinterher, er hatte das eine Bein auf die Steinbrüstung gestellt und die lange, feine Hand mit der Zigarette locker aufs Knie gestützt, die andere steckte in der Hosentasche. Wie ein Hemingway'scher Gutsbesitzer in der afrikanischen Steppe, der seine Gäste vor einer Safari verabschiedete, auf die er nicht mitfuhr, weil er alles schon tausendmal gesehen hatte und wusste, dass sie schlussendlich alle wieder zu ihm zurückkommen würden.

Frau Hobbs holte den Schlüssel aus ihrer Handtasche und reichte ihn mir. »Sie hatten nur einen«, sagte sie, »ich drei, das wird nichts.«

Sie drehte sich um, sie strahlte, winkte noch einmal zum Haus hinüber. Gösch winkte zurück und ließ die Hand dann langsam sinken, selbstvergessen und versunken in den Moment des Hinterherschauens. Ich kannte das. Ich kannte diesen Gösch. Er war wie ein Tier, das etwas witterte, den Kopf hob. Und die Fährte aufnahm. Frau Hobbs war sein Typ. Sie war der Typ Frau, für den er immer schon alles liegen und stehen gelassen hatte, uns und den Rest der Welt, um sich Hals über Kopf in sie hineinzustürzen. Mir war schlecht, ich hielt mich am Autodach fest und schaute zu Olli hinüber, aber er war vollauf damit beschäftigt, sein Jackett für die Fahrt zusammenzufalten, er kriegte nichts mit.

Frau Hobbs setzte sich nach hinten, Olli nahm auf dem Beifahrersitz Platz, ich atmete ein paarmal tief ein und aus, dann stieg ich ebenfalls ein.

Ich fuhr durch die Stadt und auf die Autobahn Richtung Unterland, es war wenig Verkehr. Ich musste aufpassen, nicht zu schnell zu fahren, mühelos erreichte das Auto ein schwindelerregendes Tempo.

Ich blickte in den Rückspiegel, Frau Hobbs lehnte mit geschlossenen Augen an der Türfüllung, sie schien ein wenig zu dösen. Olli hatte die Schuhe ausgezogen und einen Fuß gegen die Armatur gestemmt, leise unterhielten wir uns.

»Was soll das mit Gösch?«

»Er hat mit Isi telefoniert.«

»Ja, und?«

»Es ging ihm nicht gut.«

»Wundert uns das?«

Er schüttelte den Kopf, »Ich weiß schon, aber diesmal gings ihm richtig dreckig. Isi machte sich Sorgen und wollte, dass er für ein paar Wochen herkommt, eine Zeit lang im Kloster oben wohnt.«

»Er wohnt nicht im Kloster«, flüsterte ich wütend. »Offensichtlich.«

Olli zuckte mit den Schultern.

Ich schnaufte. »Was ist mit dieser Frau, wie heißt sie?«

»Antje. Sind getrennt.«

»Und das Kind?«

»Ben. Kein Kontakt.«

»War ja klar, Gösch hinterlässt eine Spur der Verwüstung, ist doch immer schon so gewesen.«

»Also wirklich Krischi, du übertreibst, was denn für eine Verwüstung?«

»Die ganzen Freundinnen?! Erinnere dich, das war doch jedesmal ein Hauen und Stechen und ein Haufen zerschlagenes Geschirr. Ich meine, er hat ja nie davon erzählt, aber jeder konnte es sehen!«

»Ich weiß nicht. Ich glaube, die Frauen stehen auf so was, intensive Gefühle und so. Seine ganzen Exfreundinnen reden jedenfalls nicht schlecht von ihm, ist auch nicht so, dass er die zerstört hätte, denen gehts prima.«

»Na lassen wir das. Aber jetzt, was tun wir jetzt?«

»Wie meinst du das, was wir jetzt tun?«

»Na mit Gösch, er kann ja wohl nicht hierbleiben.«

»Ach, eilt ja nicht, bei uns ist doch Platz.«

»Darum gehts nicht«, flüsterte ich erbost, »er muss doch irgendwann, einfach irgendwann mal auf die Beine kommen.«

Olli klopfte leise mit den Fingerknöcheln gegen das Autofenster. »Wir müssen einfach Geduld haben, warten.«

»Auf was denn bitte warten?«

Olli schwieg, er strich die Anzughose glatt, schaute hinaus in die Dämmerung. »Keine Ahnung. Es ist Gösch. War immer schon gefährdet. Und ich glaube, je älter er wird, desto schwieriger wird es.«

»Was meinst du damit?«

»Es wird enger. Er hatte Freunde, er hatte Frauen, er hatte eine Familie, er war hier, er war in Berlin, er hat studiert, er hat nicht studiert, er hat was gearbeitet und wieder damit aufgehört, er ist gereist, er ist vor Ort geblieben, er hat alles gemacht, was man so machen kann. Ich glaube, er ahnt langsam, dass es nichts gibt, das hilft.«

»Es gibt immer etwas, das hilft.«

»Ich glaube, das ist ein Irrtum.«

»Er könnte eine Therapie machen. Ich glaube an Therapien.«

»Sicher. Ich auch. Aber Gösch kann keine Therapie machen.«

»Wieso nicht, jeder kann eine Therapie machen.«

»Nein, eben nicht. Er kann einfach nicht.«

»Wieso sollte er nicht können? Das ist doch Quatsch.«

»Angst, vermutlich. Die Angst ist zu groß oder die Scham oder was weiß ich. Jedenfalls bin ich mir sicher, dass er das nicht machen wird. Eher gibt er irgendwann auf.«

»Was gibt er auf?«

»Na alles halt«, Olli deutete nach draußen.

»Eine schlechte Option.«

»Ich glaube es ist eine, die Gösch am Leben hält.«

»Versteh ich nicht.«

»Das Gefühl, einen Ausweg zu haben.«

»Gott, Themenwechsel, sonst heul *ich* nachher bei Schubert, und zwar schon beim Einspielen.«

Olli lachte, er zog das Bein herunter und nestelte am Radio, schaltete sich durch die Sender, lauschte und drehte die Lautstärke höher. »Uhh, Leonhard Cohen, *I'm your man!* Der Hammer, oder?«

Ich drehte leiser, »Menschenskind, du weckst noch Frau Hobbs.«

»Keine Sorge«, ich sah durch den Rückspiegel, wie sie

sich aufrichtete und die Spange aus den Haaren nahm, »ich habe nur ein wenig vor mich hin geträumt, schalten Sie hoch, Olli, ein großartiges Lied, nicht wahr? Und so passend.«

»Passend? Ich wüsste nicht, was an Cohen zu Schubert passt, wenn ich mir die Bemerkung erlauben darf.«

»Dieses Lied passt zu allem. Es ist die Antwort.«

»Auf was?« Olli drehte sich nach hinten.

»Auf jede Frage natürlich.«

»Klingt gut«, er drehte sich wieder nach vorne, er lächelte, »das merk ich mir.«

24 Erinnert sich noch jemand an diese kleinen Geräte zur Bildbetrachtung? Sie sahen aus wie winzige Fernseher, man nannte sie Plastiskope. In diesen zwergenhaften Kästen befand sich ein Rad mit Dias. Man blickte durch den Sucher ins Licht und konnte sich von Bild zu Bild klicken, meistens waren es die Illustrationen zu Märchen oder die Fotografien von Sehenswürdigkeiten.

Ich frage mich wirklich, was es wohl bedeutet, dass sich diese Gerätschaften in meinem Bericht so häufen, Kaleidoskop, Teleskop, Plastiskop – wieso nur lande ich über kurz oder lang immer bei diesen Apparaturen? Wenn ich die Wörter nachschlage, komme ich zu Ergebnissen, die mir Unbehagen bereiten. Die griechischen Wörter, die in der Bezeichnung »Teleskop« stecken, τῆλε, *téle*, und σκοπεῖν, *skopéin*, bedeuten *fern* und *beobachten, ausspähen*, Kaleidoskop: *schöne Formen sehen,* und Plastiskop, nun ja, *skopéin* bleibt sich natürlich gleich, also *das Beobachten,* vielleicht das *plastische Beobachten,* das *anschauliche Beobachten?*

Alles in allem bereitet mir diese gehäufte Beobachtung Unbehagen.

Und trotzdem passen sie alle, das Fernrohr und das Kaleidoskop, und es ist eben auch das wahr: Die Bilder ziehen an mir vorüber wie in einem Plastiskop. Klick um Klick schaue ich mir diese festgefrorenen Szenen an und erinnere mich an die Tage und Situationen, an die Gespräche und die Gefühle und versuche, sie in einen Zusammenhang zu bringen. Anders als bei den kolorierten Märchentafeln meiner Kindheit scheinen die Bilder sich nicht logisch zu einer Geschichte zu fügen, nein, ich sehe auf dem einen Bild einen Wolf mit Haube im Bett liegen und auf dem nächsten Brotkrumen, die von Tauben gefressen werden, auf dem übernächsten zertanzte Schuhe, die mir überhaupt nichts sagen. Und trotzdem kehren alle diese Abbildungen immer wieder, ich klicke sie weg, und es kommt die nächste und die nächste, und irgendwann schaue ich wieder die Ballschuhe an oder eine kleine goldene Spule und frage mich, wohin sie gehören und was sie bedeuten.

Eine dieser rätselhaften Tafeln zeigt Christian Chappuis, kurz nachdem sein Schwiegersohn an die Öffentlichkeit ging. Gewiss, damals wurde peripher Mitleid bekundet für die Angehörigen, und die großformatigen Bilder von Bernadette Hobbs' Vater in den diversen Zeitungen – ehemals ein harter, stolzer Mann, aufgebläht in seiner unangefochtenen Selbstgefälligkeit und nun gebrochen vor Scham und mit welken, hängenden Backen – weckten, so darf ich hoffen, nicht nur bei mir ein unangenehm mulmiges Gefühl. Ich habe eine sentimentale Ader, traurige alte Männer erwischen mich immer.

Ich betrachte heute sein Bild und denke, soweit ich das beurteilen kann, damals in der Öffentlichkeit übertönte eine latente, schnatternde Lüsternheit nach Sensation noch jegliche zartere Regung.

Jean-Pierre Hobbs, der durch das Teleskop blickt. Er sieht etwas durch sein Fernrohr, und ich sehe ihn in meinem Plastiskop, ich bin der Beobachter des Beobachters. War es das, was ihm den Rest gab? War das, was er da sah, eine Beobachtung zu viel?

Die nächste, die letzte Neuigkeit jedenfalls pflanzte sich mit der für derartige Neuigkeiten üblichen Geschwindigkeit fort wie tödliche Mikroben, *big news,* die hurtig weitergegeben wurden, sodass innerhalb eines Tages von Signor Panucci inmitten seiner Dosen feinsten Belugakaviars in seinem wohlsortierten Feinschmeckerladen bis zum hippen Barkeeper hinterm Tresen der Plüschbar jeder Stadtbewohner von diesem unerwarteten Finale Kenntnis erlangte.

Man erinnert so vieles und mitunter so Abwegiges, anderes wiederum scheint wie ausgelöscht und auf immer verloren in den Untiefen des Vergessens, das eine wie das andere wirkt ganz wahllos.

Es kann sein, dass beispielsweise dieser Tag im September, der mir so deutlich in Erinnerung geblieben ist und als Bild in meiner kleinen Diashow immer wiederkehrt, wichtig ist. Falls ja, wüsste ich nicht, wieso. Ich betrachte immer wieder das Tableau und suche nach einem Hinweis oder einem Fehler, ich suche nach dem Grund für diese hartnäckige Wiederholung in meinem Kopf, ein kleines Detail womöglich.

Wir saßen im *Element* im Reichenfeld draußen in der Sonne und aßen heiße, mit Zwetschgen gefüllte Blätterteigtaschen. Es war mild, aber recht windig, und alles war getaucht in dieses schräge, intensive Licht einer tief stehenden Sonne, die auf Ollis verschnittenen roten Haaren erstaunlich bezaubernde Reflexionen bildete. Wir schwatzten über dies und das, ich lieferte eine ausschweifende und wichtigtuerische Zusammenfassung eines Films, den Olli und ich kürzlich gesehen hatten, »*Nouvelle Vague*, das sagt euch vermutlich nichts, Jean-Luc Godard und so, wahnsinnig wichtige Filme, super gut«, Gösch beschwerte sich nicht weniger ausschweifend, dass wir den Film ohne sie, ihn und Isi, gesehen hatten, dann ging es um das Dafür und Dawider des Tragens von Jeanshosen, ein Thema, das wir mit gebührendem Engagement immer wieder erörterten, ohne zu einem zufriedenstellenden Ergebnis zu kommen. Zur Sicherheit trugen wir sie nicht. Irgendwann kam mein Bruder raus, brachte frischen Tee und weitere Kolatschen, Olli saute sich mit der tropfenden Zwetschgenfüllung das Hemd ein und zog es fluchend aus, wir lachten über seinen weißen Bauch und die noch sehr spärliche Brustbehaarung, ich lieh ihm meinen Pulli, und Isi erzählte uns etwas, was uns gut gefiel, er wiederum hatte es von einem der Mönche, die weiter oben am Berg in dem buddhistischen Kloster lebten.

Falls Sie übrigens einmal vor Ort sein sollten, nehmen Sie sich die Zeit und steigen Sie hinauf – ganz ehrlich, ich hatte Zizi einfach missverstanden, sie hatte *ausgehen* wollen und, da wir vier nie ausgingen, hatte ich gedacht, sie wolle irgendwie *hinausgehen*, hinaus in die Natur. Und dabei hatte sie einfach ihre Haare zur Palme binden und meinen Hintern in eine knatschenge Hose stecken und eine Diskothek besuchen wollen zum Zweck der abendlichen Freizeitgestaltung, stattdessen schleppte ich sie nachmittags zwischen Kühen und ihren Hinterlassenschaften hinauf zu einem Kloster, dessen Insassen den lieben langen Tag in so was wie bunten Badelaken verbrachten und Birkenstock-Latschen trugen.

Na ja, lassen wir das. Zizi ist heute übrigens treue Besucherin der klösterlichen Veranstaltungen und putzt regelmäßig den Tempel, ich glaube allerdings, nicht aus religiösen Gründen. Ich würde ja gerne behaupten, ich hätte sie an den Buddhismus herangeführt, wahrer ist vermutlich, dass es in Feldkirch kein Ehrenamt gibt, das Zizi nicht innehat.

Man geht hinter dem hübschen, schmiedeeisernen Pavillon des Reichenfelds durch das Gatter über die Weide, vorbei am heiligen Antonius – er hat nur noch einen Arm –, spaziert unter geduckten Apfelbäumen in sanften Serpentinen über die Wiese nach oben, bis das kleine Sträßchen in einen Hohlweg mündet, der steil bergan führt. Es ist ein schöner Weg, schattig, ja, es ist sogar immer etwas dämmrig wegen der dichten Bäume, die sich von beiden Seiten darüberbeugen und ihn beinahe tunnelartig umschließen. Mir schien immer, es müsse ein uralter, vielleicht noch von

den Römern angelegter Pfad sein, verwunschen und friedlich, traumartig und immer leicht feucht, tiefgrüne Farne,
Moos und ein stetes kleines Rinnsal am Wegesrand, Quell-
wasser, das irgendwo aus einer Spalte tritt und bergab eilt.
Es ist eines dieser Areale, die es einem leicht machen zu
glauben, man könne beim Durchqueren die Zeit wechseln, vielleicht ganz unfreiwillig, wie diese bedauernswer-
ten Gestalten in Märchen, die ein paar wenige, aber amüsante Tage bei den Feen zubringen und bei der Rückkehr
ins Tal einen solchen Hohlweg nehmen müssen. Unten
angekommen sind alle Zurückgebliebenen steinalt, oder
es hat sie schon ganz dahingerafft, Jahrzehnte sind vergangen. Meiner schwärmerischen These der Hochpubertät
nach passiert dieses erschreckende Auseinanderdriften der
Zeiten nicht bei den Feen selbst, vielmehr ist es der Hohlweg, die Achse dazwischen, die wie eine Art Wurmloch
funktioniert. Wie alle Jugendlichen hatte ich viel übrig
für Wurmlöcher. Wie alle Jugendlichen hatte ich wenig
Ahnung davon. Das war egal. Hesse, Frisch, Wurmlöcher,
ich denke, Sie verstehen, was ich meine. Kurzum, ich hätte
absolut nichts dagegen gehabt, wenn eines davon sich in
unserem kleinen Feldkirch befunden hätte, auf dem Weg
hinauf zum Kloster. Es ist auch der Effekt nicht ganz so
anders, wenn man von unten, von der Stadt heraufkommt,
und schließlich aus dem Wald heraustritt und vor dem
Kloster steht, man fühlt sich in einer seltsam abgekoppel-
ten Welt. Ohne je selbst in Tibet gewesen zu sein, würde
ich sagen, hier ist man Tibet sehr nah, hier oben könnte
man genauso gut auch in Tibet sein, hier oben ist Tibet
ein weiteres österreichisches Bundesland. Die klassische

Tempelanlage liegt gebettet in Streuobstwiesen, ausgewaschene Gebetsfahnen hängen kreuz und quer zwischen den Bäumen, noch weiter oben glänzt der goldene Stupa. Das Panorama ist herrlich, und besonders im Winter, wenn die Berge ringsum tief verschneit sind, verstärkt sich der Eindruck, weniger in den Vorarlberger Alpen als irgendwo im tibetischen Gebirge zu sein. Die Mönche wandern gemächlich in ihren rot-gelben Kutten mit rutschenden Socken in Gesundheitslatschen herum, und wenn es hier oben ein neues Gästehaus zu bauen gilt oder einen größeren Speisesaal, sitzen sie mit sichtlicher Begeisterung hinter dem Steuer des Baggers, bedienen gut gelaunt eine Mischmaschine oder rasen in einem Affentempo mit dem Traktor über die Wiesen.

Isi jedenfalls nahm damals, ohne sich selbst explizit als Buddhist zu bezeichnen, regelmäßig an den dort stattfindenden Unterweisungen des Meisters teil, er pflegte in Religionsdingen ein recht unbekümmertes, aber ehrliches, weiträumiges Interesse. So, wie er sich von den Buddhisten in ihren Lehren unterweisen ließ, ging er auch gern sonntags in die Frühmesse und schmierte Buttersemmeln für die Rorate, pflegte zum Mullah der hiesigen Moschee ein wirklich kollegiales Verhältnis und wurde oft zu türkischen Hochzeiten eingeladen, er besaß unfassbare Schallplatten mit Hare-Krishna-Gesängen, die er in Mußestunden mit kraftvollem Bariton intonierte, und diskutierte mit den Zeugen Jehovas stundenlang die Auslegung der Heiligen Schrift. Er ist sicher einer der wenigen, der irgendwann in den ehrenvollen Besitz der *Goldenen Bibel* gekommen ist, quasi der Ritterschlag der Himmelssoldaten, ich nehme an, weil er sämtliche je gedruckten Faltblätter des *Wacht-turm* und *Erwachet!* schon hatte. Sie besuchten ihn hart-näckig immer weiter, ich vermute, es war ihnen zu einer Frage der Ehre geworden, diesen ebenso hartnäckigen Bibelkenner einzugemeinden; ihn auf ihrer Seite zu haben, wäre natürlich der Joker schlechthin gewesen, schick Isi-dor Wurz in die Feldkircher Haushalte, und der Papst hat ausgeläutet, der Katholizismus wäre im Ländle nicht mehr zu halten. Ich kann nicht sagen, ob sie wöchentlich kamen, monatlich gewiss. Jeder normale Mensch hätte versucht, sie schnellstens wieder von der Backe zu kriegen und sie unter plumpen Ausflüchten (»Bin schon bei den Zeugen Jehovas«, »I'm just a guest in this house«, »Hare Krishna!«) seines Hauses zu verweisen, Isi nicht. Er hatte das gar nicht nötig, nein, sie gingen irgendwann immer freiwil-lig, tief erschöpft, unter fadenscheinigen Ausreden (»Noch weitere Brüder und Schwestern freuen sich über unseren Besuch« – ich hätte daraufhin laut gelacht, Isi benickte so was mit verständnisinniger Miene) und sicherlich darüber grübelnd, wozu dieser Mann sie eigentlich bekehren wollte.

Aber wo war ich? Ach so, die Szene im Plastiskop. Der Nachmittag im *Element,* wir aßen Kolatschen und tranken Tee, es war Herbst. Isi war am vorangegangenen Freitag-abend oben im Kloster beim wöchentlichen Religions-unterricht gewesen, er lernte dort Tibetisch und diverse Gebete und erhielt eine Einführung in die Geschichte des Buddhismus. Für einen dummen Laien wie mich waren die Vorgänge um Karma und Reinkarnation natürlich schwer zu durchschauen und Buddhismus war Buddhismus, wie ich es aber verstand, war der hiesige Zweig sozusagen eine

Splittergruppe des offiziellen Dalai-Lama-Buddhismus. Die Abspaltung war wegen des Streits um einen bestimmten Beschützergott erfolgt, die Details waren, übrigens nicht nur für mich, hochgradig undurchschaubar, kurz gefasst: Die einen erkannten ihn an, die anderen nicht – im Grunde, so sah das Ganze zumindest für mich aus, ging es wie überall um machtpolitische Interessen. Heikel wurde die Sache, als eine wichtige Inkarnation, nämlich die eines Lehrers des amtierenden Dalai Lama, gesucht und gefunden wurde. Welcher der beiden Zweige durfte ihn für sich in Anspruch nehmen? Warum es so ausging, wusste ich nicht, Tatsache war: Diese Inkarnation lebte nun in Feldkirch und wurde gehandelt als Nachfolger des hiesigen spirituellen Oberhaupts.

»Sie haben ihn«, so Isi, »das hat uns der Mönch, der damals dabei gewesen ist, gestern erzählt, gesucht, weil sie allerlei Hinweise darauf gehabt haben, dass er sich inkarniert hatte. Unter anderem hatte ebendieser Mönch, Klaus, einen Traum – sie nehmen Träume sehr, sehr ernst, müsst ihr wissen, es ist –«

»Freud auch«, sagte Gösch dazwischen, »wir sollten daraus folgern, dass Freud entweder Buddhist war oder aber die Buddhisten Freudianer sind.«

»Ich vermute, Zweiteres«, Isi fegte die Kolatschenkrümel zusammen und warf sie hinter sich, »allerdings muss man zu bedenken geben, dass Mönch Klaus eine Zahl träumte, natürlich dachten sie sofort an Koordinaten. Bei Freud wäre das vertrackter, vielleicht eher eine Penislänge in Millimeterangabe, wegen des buddhistisch verpönten Neides und der gefürchteten Konkurrenz durch den kleinen Jungen, der in seinem zarten Alter schon wichtiger war als die alten Haudegen. Unser Suchtrupp sah das, wie gesagt, pragmatischer, und sie hielten Ausschau nach jemandem, der mit besagten Koordinaten in Verbindung stand, aber sie passten nie. Man muss dazu wissen, dass es für so eine Inkarnation immer viele Bewerber gibt. Sie besuchen viele Familien, legen weite Strecken zurück, und mitunter gehen Jahre ins Land, bis sie endlich fündig werden. Die infrage kommenden Kinder werden einer Reihe komplizierter Tests unterzogen, um herauszufinden, welches das richtige ist. In diesem Fall hatten sie sich für einen Jungen entschieden, bei dem einfach alles stimmte, er war es, dessen waren sie sich ganz sicher. Nur diese blöden Koordinaten, die völlig andere waren, die wurmten sie natürlich gewaltig. Aber gut, sie hatten dann so weit alles geklärt, der Kleine würde in absehbarer Zeit ins Kloster eintreten und dort unterrichtet werden, nun rüsteten sie zum Aufbruch.«

Mein Bruder kam heraus und zündete sich eine Zigarette an. Er lehnte sich an unseren Tisch, die weiße Kellnerschürze bauschte sich im Wind, und in diesem klaren, nüchternen Licht des Herbsts fiel mir einmal mehr das jungenhafte Blau seiner Augen auf, ein irritierender Kontrast zu den fast schwarzen Haaren. Er aschte ins Gras, meine Schwägerin rief etwas aus der Küche, er warf einen Blick auf die Uhr und drückte Isi neben sich die angefangene Zigarette in die Hand und lief wieder nach drinnen.

»Und?«, fragte ich, »was war mit der Zahl, wie ging die Geschichte aus?«

Isi stand auf, streckte sich und goss sich den letzten Rest Tee in seine Tasse, er nahm einen Zug und blies gemächlich den Rauch aus. »Als sie gingen«, sagte er, »tauschten sie die Kontaktdaten aus. Sie hätten sich die mühselige Suche sparen können.«

Wir warteten, starrten ihn an.

»Sie hätten nur anzurufen brauchen.«

»Er hat die Telefonnummer geträumt?« Olli nahm ihm die Zigarette ab und drückte sie aus, war schlecht für die Lunge.

»Er hat die Telefonnummer geträumt.«

Wir lachten, das gefiel uns. Es war genau dieser Tick Unerklärlichkeit, den wir in unserem Leben so schmerzlich vermissten.

Sie hätten bloß anzurufen brauchen.

Das wars. Das war das Bild. Wir saßen in der Sonne, aßen Kolatschen, schwafelten daher über Jeanshosen und Karma, es war windig. Mehr nicht. Dann zieht das Bild vorbei, mit einem satten Klicken in meinem kleinen Bildbetrachter kommt das nächste. Immer wieder strande ich dort und grüble, warum.

Was noch?

Wenn ich diesen Tag nicht völlig falsch datiere, verblieb uns noch ein knappes Jahr, dann machten wir Matura und das war das Ende. Nicht das Ende unserer Freundschaft, aber es war das Ende einer Zeit. Wenn von vier Leuten zwei blieben, konnte man dann überhaupt vom Zerstreuen reden? Falls ja, zerstreuten wir uns, Isi ging nach Wien und studierte zu unserer allgemeinen Verblüffung Jus –

ehrlich, ich hätte auf alles getippt, dass er Herrenausstatter wird und Pullover in Pastelltönen unters Volk bringt, eine Agentur gründet für die Ausrichtung türkischer Festlichkeiten oder einen Managerposten bei den Zeugen Jehovas übernimmt, aber Jus? Und damit nicht genug, er verblüffte uns noch viel mehr.

»Jus? Wieso in aller Welt Jus?«

»Wieso nicht«, Isi zuckte unbekümmert mit den Schultern, »nachher steige ich als Mönch im Kloster oben ein, die können einen Juristen sicher genauso gut gebrauchen wie einen Ingenieur für den Bau weiterer Gebäude.«

»Wieso Ingenieur?! Du wolltest nie Ingenieur werden! Und du ›steigst als Mönch im Kloster oben ein‹, bist du sicher, dass man das so formuliert? Und wenn ›nachher‹, warum nicht gleich?«

»Gleich geht nicht.«

»Wie, geht nicht, wieso geht das nicht?«

»Sagt der Meister.«

»Aber nachher schon!«

»Genau.«

»Wieso? Wieso gleich nicht, aber nachher?«

»Sagt der Meister.«

»Machst du jetzt alles, was der Meister sagt?«

»Das ist so, wenn man Buddhist ist.«

»Heißt das, du bist jetzt Buddhist?«

»Genau.«

»Und wieso wissen wir nichts davon? Wieso erzählst du uns das nicht?«

»Ich erzähle es euch doch jetzt«, sagte Isi freundlich, er tätschelte mir die Schulter. Olli rollte sein Maturazeugnis zusammen und steckte es in seine Hosentasche, wir waren auf dem Weg zum *Element,* und er zog die Tür auf, ließ Isi, Gösch und mich vorgehen, er lächelte. »Also ich finds gut«, sagte er.

25 Und dann ist da ein Tableau in dem kleinen Plastiskop, das immer wieder kommt und sich zwischen die anderen Bilder drängt, eine böse Erinnerung, die mich verfolgt: Was mich damals aufblicken ließ zum Haus und noch höher hinauf zum Dachstock, keine Ahnung. Sobald ich Herrn Hobbs ansichtig wurde, blieb ich jedenfalls stehen, verbarg mich unter den tiefen Ästen.

Er stand am Fenster, reglos. Dann bewegte er sich, beugte sich etwas hinunter, ich lehnte mich gegen den Baum und schloss die Augen. Ich wusste, was geschah, auch wenn ich es nicht sah: Er stellte die Schärfe ein und blickte durch Raphaels Teleskop. Er blickte ganz ruhig hinüber zum Pavillon.

26 Olli war, das wurde mir viel später erst bewusst, trotz seines robusten Äußeren, den flapsigen Sprüchen und Albereien, ein feinfühliges Kind und später auch ein feinfühliger junger Mann, definitiv sensibler als wir anderen drei. Sicher, seine voraussehbare Reaktion, wenn es um Sprechstunden und Mütter generell ging, erschien uns entsetzlich peinlich, sogar uns, seinen Freunden, man konnte sich denken, wie so was beim Rest der Klasse ankam. Ich entsinne mich einer weiteren mathematisch desaströsen Stunde bei Herrn André und seiner beinahe schon chronisch gewordenen Aufforderung, irgendjemandes Mutter möge in seine Sprechstunde kommen, »und zwar zack«, Ollis umgehend folgenden Heulens, des obligatorischen, hämischen Gekichers der Flunzen rundherum und Göschs entnervter, halblaut geäußerter Aufforderung, er möge sich verdammt noch mal endlich zusammenreißen.

»Ich bring dich um!«, schrie Olli mit hochrotem Kopf, er nahm Göschs Federtasche und warf sie umstandslos aus dem Fenster, Olli neigte zu Ausbrüchen dieser Art, immer schon. Einmal – ein paar Jahre vor dieser legendären Mathestunde, hatte er ein T-Shirt mit der mysteriösen Aufschrift *Sun for fun* getragen, ausgeleiert und verwaschen und angesichts der unverhältnismäßigen Reaktion vermutlich ein Erbstück seiner Mutter oder so –, einmal hatte Mitzi Knurr, semmelblond und »mit einem Gesicht wie ein Parkplatz«, wie Isi es ausdrückte, »aber ein kleiner«, Mitzi Knurr hatte das T-Shirt gesehen, unüberlegt, aber lauthals gelacht, und Olli hatte ihre wie immer umsichtig von Mutterhand gefüllte Brotdose genommen und platt getrampelt. Ich sehe Mitzi noch vor mir als wärs gestern gewesen, diese angebissene Banane in der Hand und mit absolut leer gefegtem Gesicht wie ein im Zweikampf unterlegener Totenkopffaffe. »Oder«, so fasste Isi, der immer liebevoll Wert darauf legte, Äpfel nicht mit Birnen zu verwechseln, es im Nachhinein zusammen, »wie ein Parkplatz, den ich nicht nehme, auch wenn ich dringend einen brauche.«

»In meinem Unterricht, niemand wird umgebracht!«, Herr André hatte gerade besagte Sprechstunde eingetragen und haute jetzt mit dem Klassenbuch auf den Tisch.

»Das war metaphorisch!«

»Auch nicht metaphorisch, Dummkopf! Aufpassen, sonst deine Mama ich bestell auch in Sprechstunde, und dann ich erzähl ihr was!«

»Meine Mutter ist tot, Sie Arsch!«

»Das«, Herr André deutete mit seinem Stift auf ihn, »du hast Glück, für den Arsch sie würde sonst kommen täglich bis Jüngstem Gericht.«

»Ich bring ihn um«, sagte Olli, leichenblass jetzt, er flüsterte es vor sich hin, »ganz in echt jetzt und ohne Metaphern und Scheiß.«

Keine Frage, wir liebten Metaphern, aber sie hatten ihre Grenzen. Dieses Beispiel ist, fällt mir gerade auf, womöglich etwas ungünstig, um Ollis Sensibilität zu unterstreichen, ich fürchte, ich habe ihn als Choleriker dargestellt, tatsächlich würde ich aber behaupten, das Cholerische ist oft nur eine zwangsläufige Begleiterscheinung einer enormen Empfindsamkeit.

Wie schon gesagt übernahm er direkt nach der Schule das *DroNeiDa*, er ging nicht nur nicht weg von hier, er wohnte auch nach wie vor in der alten Gärtnerei seiner Großeltern und machte auch sonst alles wie gehabt, einfach ohne Herrn André, es war also eine hundertprozentige Verbesserung seiner Umstände.

Und ich?

Ich habe noch nie dazu geneigt, mir allzu viele Sorgen um meine Zukunft zu machen, ich vermute, das macht mich im Umgang so angenehm und zugleich so fad. Ich hing ein wenig herum, besuchte Olli, schaute Filme – eher weniger *Nouvelle Vague*. Insgeheim musste ich sagen, dass ich der *Nouvelle Vague* irgendwie nichts abgewinnen konnte, für mich war das wie Kafka und Musik von Stockhausen, sie machte mich ratlos und verdross mich unendlich, da konnte doch was nicht stimmen damit.

Über meine Mutter erhielt ich das Angebot, Herrn Dr. Thaler in der Villa oben am Margarethenkapf ein wenig zur Hand zu gehen, als eine Art Sekretär, hieß es, oder Hausmeister – meine Mutter war äußerst talentiert darin, Brezeln zu buttern und nebenbei ihren Kunden diverse Nöte und Sorgen aus der Nase zu ziehen. Dr. Thaler, neuerdings verwitwet, klagte ihr von seinem Leid, mausallein in dem riesigen Haus zu hocken und der Verrichtung der alltäglichen Dinge nicht mehr gewachsen zu sein, und meine Mutter meinte frisch, sie habe da genau den richtigen Kandidaten.

Und Gösch? In einem der Briefe an Olli formulierte er es so: *Ich fühlte mich im Stich gelassen. Nicht von euch dreien, oder sagen wir, nicht nur, das weitaus Entsetzlichere war: Ich fühlte mich vom Leben im Stich gelassen. Warum wusste anscheinend jeder, wo er hingehörte und hatte Pläne? Warum breitete sich auch vor einer Witzfigur wie Zipfl Schlumpf die Zukunft aus wie eine Blumenwiese, und er musste nur losgehen und seinen Strauß pflücken? Sicher, es war, meiner persönlichen Meinung nach, ein eher kleiner Strauß, er ging nach*

Innsbruck (nach Innsbruck gehen nur Schneebrunzer, die sich nicht bis nach Wien trauen, ist doch so, oder?).

Ich konnte das bestätigen, das stimmte, so dachten wir jedenfalls über die Sache.

Zipfl also ging nach Innsbruck und studierte Ingenieurswesen, irgendwas mit erneuerbaren Energien, ein boomender Markt im energietechnischen Musterbundesland Vorarlberg, er hatte einen Job, noch bevor er seinen Abschluss machte. Ja, er pflückte einen kleinen Strauß, wie ich damals befand, aber heute würde ich ihn nehmen. Ich würde ihn nehmen und glücklich sein, in meinem kleinen Energiebüro kleine Einsparungen im Energieverbrauch erreichen und ein kleines Energiesparhaus bauen, eine kleine Frau haben, eine kleine Familie gründen und mein kleines Leben leben, mein Radius wäre klein, sicher, mein Hirn wäre klein, ich wäre ja Zipfl Schlumpf, aber dementsprechend klein wären auch meine Probleme. Damals hätte ein solcher Satz aus meinem Mund zynisch geklungen, heute im besten Fall neutral, ich fürchte aber, eher sehnsüchtig. Ich beneide Zipfl Schlumpf um seinen kleinen Strauß, sein kleines Hirn, vielleicht ist es gar nicht kleiner als meines, nur hat er alles Überflüssige ausgemistet. Ich beneide ihn um sein wohlsortiertes kleines Hirn, um seine Blumenwiese.

Gösch brachte die Sache im Grunde auf den Punkt. Auch Olli hatte seine Wiese, er hatte das Lilienfeld. Er würde, wie weiland sein Vater Charly, zu jedem seiner Schützlinge sagen: »Wenn du hier wieder rausspazierst, wirst du so sauber sein wie die Heilige Jungfrau persönlich«, er würde auf sein Feld gehen und jedem cleanen Giftler eine symbolträchtige Blume in die Hand drücken.

Alles war klar für Olli. Seine Eltern waren tot, sein Gott war tot und fuck the Beatles, aber er hatte sein wundervolles Zuhause, seine liebevollen Großeltern, er hatte die Lilien auf dem Felde.

Isi hatte seine Streuobstwiese, oben beim Kloster. Er musste nur den Hohlweg hinauflaufen, er musste nur durch das Wurmloch schlüpfen und die Welt wechseln, irgendwann. Für ihn war alles schon lange klar, egal, ob er in Wien Jus studierte oder Ingenieurswesen in Linz, er tat das, was gebraucht wurde auf der Streuobstwiese, dort gehörte er hin.

Und ich? Wie sah Gösch mich, mein Dahintreiben nach der Gymnasialzeit?

Und was braucht der Krischi denn eine Wiese. Er wird immer einen kleinen Garten haben, was sag ich, ein Fensterbrett, und sich freuen über den Krokus im Topf, den Basilikum im Substrat. Krischi ist ein anspruchsloser Charakter.

Ich dachte kurz nach, ob es sich lohnte, deswegen beleidigt zu sein, aber vermutlich hatte er recht. Sicher, eine gewisse Neigung zum Luxus kann ich mir nicht absprechen, ich lebe durchaus gerne in seriösen Verhältnissen, aber man könnte sagen, damals reichte mir der Basilikum auf dem Fensterbrett und heute ein wohlgepflegter Garten vor dem Haus, der nicht mir gehört.

Sogar eine schulische und persönliche Null wie Tschüss aus dem Jahrgang über uns hatte seine verdammte Wiese. Er war immer ein begnadeter Skateboardfahrer gewesen.

Ein Fakt übrigens, den wir natürlich niemals anders als großväterlich belacht hatten.

Und was passierte? Er wurde, als wäre das logisch, pro-

fessioneller Skater. Er skatet jetzt über die Pipes des gesamten
Globus, pflückt da und dort eine schöne Blume, metaphorisch
gesprochen, und weiß gar nicht wohin mit seinem vielen Geld.
Ob er glücklich ist, weiß ich nicht, ich würde es ihm raten, weil
ich wäre es an seiner Stelle. Es ist mir ein Rätsel, warum die
einen, also offensichtlich fast alle, vor einer Blumenwiese stan-
den und die anderen, konkret ich, vor einer Eisfläche, von der
nicht mal sicher war, ob sie tragen würde. Sie tut es übrigens
nicht.

27 Mitzi Knurr. Wenn ich an Mitzi denke, stehe
ich vor einem Problem: Zeugt das Bild, das ich
von ihr im Kopf behalten habe, nur von meinem Hang,
mich auf Details zu fokussieren, die sich als nebensächlich herausstellen? Oder ist es eher so, dass Mitzi Knurr
mich eines gelehrt hat: Dass ich meiner Erinnerung nicht
trauen kann?

Ich hatte, rein interessehalber, vor ein paar Jahren, als
ich an einem Wochenende in Feldkirch war, mal Olli nach
ihr gefragt. Nicht, dass Sie denken, es hätte mich wirklich beschäftigt, wo sie ihren Parkplatz aufgeschlagen hat,
aber ab und zu überkam mich so eine Anwandlung, und
ich tratschte gern über diesen und jenen, einfach, um im
Bilde zu bleiben. Gösch war schon lange weg, und Isi war
diesbezüglich inzwischen leider ein eher unbefriedigen-
des Gegenüber. Die Buddhisten sind schon der Meinung,
Musik zu hören wäre eine Art Tratsch, man kann sich
vorstellen, was sie über Tratsch an sich denken. Ja, er ist

Mönch geworden, wir sind ihm auf dem Markt ja schon begegnet, er hat alles so gemacht, wie geplant, hat Jus in Wien studiert, ist im Kloster oben als Mönch eingestiegen und kümmert sich in dieser Funktion um allerlei juristische Belange. Isi macht immer, was er sagt. Er schrieb mir damals treu seine Mails, das ja, er berichtete wertneutral und informativ aus dem Feldkircher Alltag, aber er redete nicht um des Redens willen.

Ich jedenfalls mag Musik und auch jede andere Form von Tratsch. Tatsächlich aber blieb mir kurz die Spucke weg, als Olli meinte, Mitzi Knurr züchte jetzt Wölfe in Kanada.

Mitzi Knurr? Meinetwegen, der Name war vielleicht Programm, aber: Wölfe? Unsere Mitzi, der die Mutter noch in der Oberstufe hingebungsvoll die Brotdose ausgerichtet hatte mit Fruchtzwergen, Knabber Nossi und Gurkensticks und die, wie die anderen Mädchen uns ehrfürchtig berichtet hatten, ihre semmligen Haare sogar auf der Skiwoche mit Kamillentee gespült hatte, damit sie schön blond blieben? Meines Wissens hatte sie direkt nach der Schule eine Lehre im Autohaus Lins angefangen.

»Im Autohaus Lins?«, Olli grub hinter der Gärtnerei gerade ein Stück Feld um, wenn ich das richtig interpretierte, hob er eine schmale Rinne aus, um hernach irgendwelche Sämereien einzupflanzen. Er sah schludrig aus, wie immer. Die ausgebeulte Jeans (Olli hatte die Jeansfrage für sich persönlich irgendwie mit der Maturaprüfung entschieden und trug nichts anderes mehr, so wie es aussah, könnte man sogar so weit gehen zu sagen: Er trug keine andere mehr) hing zu weit unten, das Hemd lampte ihm aus der Hose, und wenn er sich bückte, sah man ein Stück seines nackten Hinterns. »Wieso in aller Welt sollte sie im Autohaus Lins eine Lehre machen, wieso eine Lehre, Mitzi hatte das beste Maturazeugnis des ganzen Jahrgangs, die konnte alles machen.«

»Also das erinnere ich ganz anders, Mitzi war immer schwach in Sport.«

»Dann hatte sie halt in Sport ihre einzige Zwei. Ist ja nicht so, dass sie einen dann nicht auf die Uni lassen. Jedenfalls hat sie Maschinenbau studiert.«

»Schon wieder Ingenieur, wieso werden denn heutzutage alle Ingenieur!«

Olli zuckte mit den Schultern, er knöpfte das verschwitzte Holzfällerhemd auf und zog es aus, hängte es über einen Himbeerstrauch. Ich betrachtete seinen verbrannten Rücken, wild bespuckt mit Abertausenden von Sommersprossen, dazwischen rote, borstige Haare, die da und dort böse hervorstachen, er drehte sich um, und in dem Moment fiel mir auf, dass ich ihn seit Jahren nicht mehr mit freiem Oberkörper gesehen hatte, diese ungeheure Brustwolle war mir völlig neu, genau genommen sah man überhaupt keine Brust mehr. Der immer noch weiße Bauch darunter schlappte über den Hosenbund, er war nicht dicker geworden, er war nicht dünner geworden, nein, er sah jünger aus denn je, definitiv jünger als ich, bei ihm schien die Taktik des frühen Alterns voll aufgegangen zu sein.

»Ist einfach eine sichere Sache«, sagte er, er wandte sich ab und verschwand hinter dem Haus, ich setzte mich auf die Bank unter den Birnbaum, betrachtete die saftig schwarzen Erdschollen, die er neben der Rinne sauber aufgehäufelt hatte. Hinter den Gewächshäusern klopfte jemand unendlich langsam irgendwas in die Erde, immer zwei, drei Schläge, dann eine lange Pause, wieder ein paar Schläge. In den Birnbaumblüten über mir summte es wichtig, Ollis Ana trat aus der Hinterür des Wohnhauses, warf ein paar Grünabfälle in die Tonne neben der Treppe und verschwand wieder nach drinnen, die Katze rannte mit konzentrierter Miene an mir vorbei. Alle waren beschäftigt. Das störte mich keineswegs – ich neigte generell nicht dazu, ein schlechtes Gewissen zu haben – ; wenn andere arbeiteten und ich nicht, erhöhte das vielmehr mein Behagen.

Olli kam zurück, er schob eine Schubkarre vor sich her, stellte sie neben dem Acker ab und holte eine eklige Figur daraus hervor, legte sie in die vorbereitete Rinne und schippte Erde darüber.

»Was ist denn das? Hoffentlich nichts zum Essen.«

»Das sind vorgekeimte Kartoffeln«, er reichte mir eine herüber. Die Kartoffel war als solche kaum noch zu erkennen, riesige Wurzeln ragten in alle Richtungen, weiß und dabei fleischig, als wären es Maden. Widerlich. Ich bückte mich hinunter und legte sie in die Erde, Olli schüttete sie zu.

»Aber immerhin«, ich lehnte mich wieder zurück, klopfte den Staub von meinem Hosenbein, »ich hatte recht, sie hat – das Parkplatzgesicht hat schon in die entsprechende Richtung gewiesen – was mit Autos gemacht, Maschinenbau.«

»Wieso Parkplatzgesicht?« Olli schritt die ganze Länge des Beetes ab, warf Keimkartoffeln in die Rinne und schaufelte Erde hinterher.

»Na, Mitzi Knurr! Ein Gesicht wie ein Parkplatz!«

»Ich fand Mitzi eigentlich immer ganz hübsch. So verträumt. Sie sah oft so aus, wäre sie mit ihren Gedanken ganz weit weg. Aber das hat getäuscht, ich habe nie erlebt, dass sie, egal wie unvorbereitet eine Frage sie getroffen hat, mal irgendwas nicht gewusst hätte. War extrem schlau, die Mitzi, das sah man ihr, trotz der Verträumtheit, ja immer an.«

»Bist du wahnsinnig? Mitzi Knurr hatte ein Gesicht wie ein Parkplatz! Aber ein kleiner! Das hat doch Isi immer gesagt! Und wir haben ›Ja‹ gesagt! ›Ja, stimmt!‹ Haben wir gesagt!«

»So was hätte Isi niemals gesagt, der war doch damals schon irgendwie Buddhist, das wäre ja gemein gewesen.«

»Olli.« Ich lehnte mich zurück, breitete die Arme aus, »wir *waren* gemein! Verstehst du? Ich meine, du hast ihre Brotdose platt gemacht!«

»Ihre Brotdose?«

»Olli, das kannst du nicht vergessen haben, der Fruchtzwerg spritzte in alle Richtungen! Wir waren extrem radikal und extrem gemein! Das war unsere Jugend!«

»Ich kann mich daran nicht erinnern.« Olli hatte die gesamte Rinne mit den Ekelkartoffeln bestückt und stellte die Schubkarre ab, er ließ sich neben mir auf die Bank fallen und holte eine Wasserflasche darunter hervor, hielt sie mir hin, ich schüttelte den Kopf. Er setzte an und trank in einem Zug die Hälfte aus, stellte sie auf seinem Schenkel ab, er verschnaufte. »Soweit ich weiß, war Isi, bevor er dann richtig Buddhist wurde, immer in Mitzi verliebt, aber die ging ja schon seit Jahr und Tag mit Alex Tschabitschner.«

Ich war sprachlos, was sollte ich dazu sagen? Isi verknallt in Parkplatz-Mitzi? Und sie soll »seit Jahr und Tag mit Alex Tschabitschner« gegangen sein? Was für ein Tschabitschner?

»Vor ein paar Jahren«, fuhr Olli fort, er trank das restliche Wasser aus und langte nach dem Hemd hinüber, zerrte es über den Kopf und stopfte es da und dort in den Hosenbund, »sind sie jedenfalls zusammen nach Kanada ausgewandert, sie und der Tschabitschner. Ich sehe ab und zu seine Mutter, sie kauft ihre Stauden beim Eni, hat sich in der Zwischenzeit einen ganz hübschen Garten angelegt, mit einem Teich.«

»Was interessiert mich denn der dumme Teich von der Frau Tschabitschner, ich kenne keine Frau Tschabitschner!«

»Klar kennst du sie, die Tschabitschners. Den Teich erwähne ich auch nur, weil der Alex Tschabitschner da in Kanada dreißigtausend Hektar Wald übernommen hat, von seinem Onkel, das ist dieser Peppi Tschabitschner, er war ein alter Freund vom Charly. Der, der nach dem Entzug in den Achtzigerjahren in Kanada neu angefangen hat, er war, glaub ich, früher sogar Arzt. Er war auch bei der Beerdigung, er war der Einzige außer uns mit Bart, kam mit seiner indianischen Frau. Ich glaube, das Land gabs damals einfach total billig da drüben, da hat er zugegriffen. Das hat der Alex dann übernommen, nicht, weil der Peppi gestorben wäre oder so, er lebt immer noch da und hilft mit, aber zu viel wurde es ihm alleine mit der Bewirtschaftung, das sind dreißigtausend Hektar, mit allem Drum und Dran, Bären, Biber, Wölfe. Und Seen, sechzig Seen, aber nur, weil alles unter fünfzig Hektar Wasseroberfläche seiner Rechnung nach kein See ist, so seine Mutter, sonst wären es noch ein paar Hundert mehr. Unter fünfzig Hektar ist es bei dem ein Teich. Frau Tschabitschner hat sich dann eben auch einen Teich angelegt, ein bisschen kleiner halt.«

»Ich kenne keine Tschabitschners.«

»Der Tschabitschner und Mitzi haben da dann eine Wolfsfarm gegründet, man kann die Rudel anschauen, mit U-Booten durch die Seen tauchen und die Natur genießen, Flug der Vögel, Wechsel der Jahreszeiten, Ahornsirup einkochen und Nainamo Bars backen.«

»Nainamo Bars? Und wer ist dieser Tschabitschner?!«

Olli stand auf, er legte die leere Wasserflasche in die Schubkarre und schob sie Richtung Schuppen, ich ging ein paar Schritte neben ihm her, »Alex Tschabitschner«, sagte er, »Alex. Der dir damals auf dem Heimweg von der Schule mal eine gelangt hat.«

»Wieso hat mir der Tschabitschner eine gelangt?«

Olli warf mir einen Blick von der Seite zu, er stellte die Schubkarre im Schuppen ab und kam mit der Flasche heraus, »Er hat dir eine gelangt, weil einer aus der Oberstufe ihm den Sattel vom Fahrrad geschraubt, dir winzigem Zehnjährigen in die Hand gedrückt und gesagt hat, du sollst ihn in einen von den großen Glascontainern werfen.«

»Und dann?«

»Hast du das gemacht. Buntglas. Alex kam stehend angeradelt, kletterte in den Container, holte seinen Sattel raus, langte dir eine und radelte weiter.«

»So ein Arschloch. Und mit so einem ist Parkplatz-Mitzi nach Kanada? Na viel Spaß.«

Olli seufzte, er umarmte mich, »Machs gut Alter, ich hab versprochen, ich helf dem Eni noch mit dem Zaun, unter der Woche komm ich immer nicht dazu.«

»Klar.« Ich klopfte ihm auf die Schulter, er ging rüber und hielt die Wasserflasche unter den Hahn des Brunnens und ging dann zum Gewächshaus, verschwand in Richtung der Klopfgeräusche. Sie setzten kurz aus, Olli erzählte irgendetwas, was ich nicht verstand, ich hörte den Eni Batlogg so langsam lachen, wie er Pflöcke in den Boden schlug, dann hub das Klopfen wieder an, hurtig jetzt.

Alle waren beschäftigt, und plötzlich fand ich es unerträglich. Ich fühlte mich betrogen. Von allen, von allem, vor allem von meinen Erinnerungen. Was nützten sie mir, wenn keiner sie teilte? Ich klopfte mir diesen ganzen Gärtnereischrott aus den feinen Hosen und machte mich auf den Weg in die Stadt und zum Bahnhof.

Heute denke ich, mit meinem Gedächtnis stimmt vielleicht etwas nicht. Entweder, es sind zu viele unwichtige Details, sodass wichtige untergehen, oder mit meinem Gedächtnis stimmt einfach ganz gewaltig etwas überhaupt nicht.

Damals sah ich das allerdings anders. Dieses Gespräch gab mir ganz schön zu denken. War Olli verrückt geworden? War das schon Demenz? Oder redete er sich seine Jugend schön, hatte er das mit seinen Eltern einfach nicht verkraftet und verdrängte jetzt alles, was ihm nicht in den Kram passte? Ich kannte keinen Tschabitschner Alex, hatte nie einen gekannt und nach allem, was ich von ihm gehört hatte, wollte ich ihn auch nie kennenlernen.

28 *Von da an,* schrieb Gösch in einem der Briefe, *nachdem wir unsere Matura gemacht hatten, ging es für mich bergab.*

Oder, um nicht wieder das eine Bild mit dem anderen streiten zu lassen: Andere spazierten auf ihrer Wiese, Gösch aber trat aufs Eis, und es trug nicht.

So bitter das ist, es waren die Jahre, die ich so eng verbunden mit euch dreien verbrachte, diese unbeschwerten, bärtigen Jahre mit den sorgsam geknüpften Krawatten, die Jahre, in denen Hesse der größte je existierende Autor war und Herr André das Schlimmste, was uns passieren konnte, es waren diese Jahre, in denen ich glaubte, alles ginge erst los, meine beste Zeit.

Wie kam es, dass in dieser Phase der äußeren Struktur durch Familie und Schule es anderen scheinbar mühelos gelang, sich auch eine innere Struktur zu schaffen, eine Idee zu entwickeln, was zu tun sei, eine Vision? Wieso scheiterte ich daran, wieso gerade ich?

Tatsache ist: Ich geriet ins Schlingern, praktisch sofort. Ich denke heute, mir fehlte die Passion, ein wirkliches Interesse für etwas. Isi hatte es, und wie wir ja feststellen mussten, schon länger, als uns klar war. Du, Olli, hattest es, es war die Fortführung der Arbeit deines Vaters, deiner Mutter, das war dein Leben.

Jetzt kommt er gleich zu mir, dachte ich, mal sehen, was Gösch zu mir zu sagen hat. Aber zu meiner allergrößten Verblüffung schrieb er: *Und beispielsweise Rosl Fraxner. Ganz ehrlich, diese Frau hatte immer ein Feuer, einen echten Willen, sie setzte sich über alles hinweg, ignorierte das ganze hämische Gekicher, das praktisch sofort einsetzte, wenn sie auf den Plan trat, sie verfolgte ihren Traum. Sie fühlte eine Verpflichtung, alles zu fotografieren, die Bürde, es zu archivieren, und dafür gab sie alles, dafür nahm sie in Kauf, nicht für voll genommen zu werden. Ganz ehrlich, ich bewundere sie dafür.*

Bei Krischi, fügte er dann wie nebenbei hinzu, *ist es ja egal, was er macht, er wird immer zufrieden sein, eigentlich ist das genau der richtige Job für ihn, ohne Scheiß jetzt. Sein Bruder führt ein Café, er macht das auch gern. Ist es arrogant, wenn ich sage, dass mir das immer zu wenig war? Ja, das ist es. Es ist arrogant und eingebildet, und es ist aber genau so: Er und sein Bruder und ihre unbekümmerte Einstellung zum Geldverdienen und dazu, Karriere zu machen oder besser: keine Karriere zu machen, ihre Bereitschaft, eine törichte Angestelltenarbeit zu verrichten – diese Einstellung zum Leben habe ich immer verachtet. Es war mir zu wenig, weil ich mich für was Besseres hielt. Und dabei glaubte ich lange, auch Isi, du und Krischi hieltet sich für etwas Besseres. War es für euch drei nur ein Spiel und für mich aber ernst? Warum? Ich muss gestehen, dass mich eure Klarheit, diese Sicherheit, was eure Zukunft anging, seltsam verletzte. Anscheinend war ich selbstverständlich davon ausgegangen, dass wir auch darin zu viert sein würden, im Weggehen, im Anfangen, im Weiterkommen. Es wurde deutlich: Ich brauchte euch, aber ihr brauchtet mich nicht.*

*Ich denke, es war diese Gekränktheit, die mich weiter trieb,
als gut für mich war. Ich war kein Schneebrunzer und ging
nicht nach Innsbruck, ich ging auch nicht nach Wien, ich war
beleidigt, dass es für Isi gar keinen Unterschied machte, ob ich
etwa auch nach Wien ging, er würde nach Wien gehen, so oder
so, also ging ich nicht nach Wien. Du und Krischi würden
dableiben, das kam für mich sowieso nicht infrage, nein, ich
ging, wie alle, die nicht recht wissen, wohin mit sich, nach Berlin. Ich wusste weiters nicht, was ich werden sollte, ich hatte
nichts, wofür ich brannte, und war ein Pseudogebildeter, also
studierte ich Philosophie.*

Offen gestanden klingt das in seinem Brief wohlwollender,
als ich seine Haltung zu alldem in Erinnerung habe. Tatsächlich hat Gösch meinen Beruf immer verachtet. Später, nach seiner Rückkehr, als wir uns darüber unterhielten und ich ihm meine Sicht auf diese Arbeit vermitteln
wollte, sagte ich sinngemäß, ich selbst sei zwar ein völlig
unkreativer Mensch, jedoch sei ich es meinen Herrschaften gewissermaßen schuldig, mich in stetiger Weiterbil-
dung zu üben und über die aktuellen Trends in Kunst und
Kultur auf dem Laufenden zu halten.

Gösch schaute mich ungläubig an und lachte dann laut
und dreckig.

Ich ignorierte das und fuhr unbeeindruckt fort, zu diesem Zweck unterhalte ich beispielsweise das Samstag-
abonnement vierter Kategorie des Opernhauses und sähe
mir mit großem Interesse diverse Vorstellungen an. Ich
versetze mich dadurch in die Lage, meinen Herrschaften
einen kleinen Plausch über einen gelungenen Opernabend

anbieten zu können – zwar mit entsprechender Verspätung, sie pflegten selbstverständlich das Premierenabonnement A, dennoch ergebe sich dadurch immer wieder das ein oder andere angenehme Gespräch.

Am Ende meiner Erläuterung lachte Gösch nicht mehr. Er fragte, was ich da »für eine gequirlte Scheiße« redete.

Ich habe seinen Dünkel nie geteilt. Mein Bruder führte gerne ein Café, und ich war gerne Butler. Es stand für mich nicht mal im Widerspruch zu den »bärtigen Jahren«, irgendwie sogar ganz im Gegenteil. Heutzutage spricht man nicht einfach davon, »einen Beruf auszuüben«, nein, man »macht Karriere«, es geht um mehr Geld, Selbstverwirklichung und darum, das alles mit einer Familie unter einen Hut zu bekommen. Ich machte einfach nur meinen Job.

Gösch ging nach Berlin, und dann verlor sich für die nächsten Jahre seine Spur – zumindest für mich stellte es sich so dar. Wie ich später erst verstand, war er über all die Zeit mit Olli in Kontakt, er schrieb ihm unaufhörlich diese Briefe, und ich vermute, auch Olli schrieb ihm unaufhörlich – er sagte mir nie was davon.

Bei uns, Isi und mir, meldete er sich nicht, er hatte keine uns bekannte Telefonnummer und ganz offensichtlich kein Verlangen danach, mit uns in Verbindung zu sein. Ich muss sagen, mich traf dieser radikale Kontaktabbruch, nachdem wir jahrelang praktisch jeden Tag zusammen verbracht hatten, völlig unerwartet. Ich glaube, ich kann auch für Isi sprechen, wenn ich sage, dass wir in unserem Gedächtnis geforscht, aber keinen Grund für diese deutliche Absage an uns gefunden haben. Es galt für uns und Gösch, was immer schon für Gösch und seine Frauen gegolten hatte: Gösch war kompliziert, wo wir simpel waren, er war verletzlich, wo wir pragmatisch waren, er war, kurz gesagt, unglücklich, wo uns nur langweilig war.

29 Frau Hobbs sprach nach unserer Feldkirchfahrt etwas an, das mir sehr bedrückend war und von dem ich fürchten musste, dass es stimmte. Jedenfalls führte ihre Bemerkung zu einem höchst unerfreulichen Dialog, für den ich mich heute noch schäme.

Sie sah mir dabei zu, wie ich ihren Koffer auspackte und das Kleid, das sie zum Konzert getragen hatte, auf einen Bügel hängte, ich ging hinüber ins Ankleidezimmer und räumte es in den Schrank. Sie saß an ihrem kleinen Schminktisch im Schlafzimmer und sah von ihrem Wochenplan auf, als ich wieder ins Zimmer trat.

»Ich hoffe«, sagte sie, als ich begann, die restlichen Kleider aus dem Koffer zu holen. »Ich hoffe, es ist Ihnen nicht unangenehm, Robert, wenn ich mir diese Bemerkung erlaube, aber es war sehr amüsant festzustellen, dass sich Ihre, wie soll ich sagen, Ihre Sprache, Ihre ganze Tonalität, vollkommen verändert, sobald Sie sich in den Ihnen bekannten Kreisen bewegen.«

Ich hatte einen ihrer Schuhsäcke in der Hand und hielt inne. »Wie darf ich das verstehen, Frau Hobbs?«

»Nun ja, flapsiger, Sie werden irgendwie flapsiger, jünger

sozusagen, gerade so, als würden Sie wieder zu dem Teenager, der Sie einmal waren.«

»Das ist mir äußerst peinlich, Frau Hobbs, es ist erschütternd. Ich werde künftig darauf achten.«

»Ich bitte Sie, das muss Ihnen doch nicht peinlich sein, ganz im Gegenteil, es macht Sie umso sympathischer.«

»Äußerst peinlich, wirklich, sehr erschütternd.«

»Sie haben mich vollkommen missverstanden, es macht Sie ja regelrecht menschlich, total sympathisch.«

»Menschlich?«

»Na ja, Sie wissen schon, was ich meine. Das ist wie mit diesen deutschen Auswanderern in den USA, die immer noch schwäbeln, so wie man heutzutage gar nicht mehr schwäbelt.«

»Wie meinen Sie das, man ›schwäbelt nicht mehr so‹?«

»Sie wissen schon, diese Auswanderer aus dem 19. Jahrhundert, sie haben dort einfach weitergeschwäbelt, so, wie sie immer geschwäbelt haben, ungeachtet der Tatsache, dass in Deutschland schon längst kein Mensch mehr so schwäbelt.«

»Ich verstehe nicht ganz, warum schwäbelt man in Deutschland nicht mehr so?«

»Nun, ich bin ja kein Linguist, aber ich würde sagen, Sprachen unterliegen ganz natürlichen Veränderungen, gehen mit der Zeit, äußere Einflüsse machen sich bemerkbar, Worte gehen verloren, andere kommen dazu, irgendwas schleift sich ab, solche Dinge eben, ganz natürlich.«

»Ich verstehe. Aber nicht in den USA.«

»Das liegt selbstverständlich nicht an den USA.«

»Selbstverständlich.«

»Es fehlen nur die äußeren Einflüsse, das Schwäbeln existiert dort abgekapselt und für sich, es überdauert sozusagen ohne Verunreinigungen die Zeit.«

»Und, nur um sicherzugehen, dass ich Sie nicht missverstehe, ich schwäble, als wäre ich in die USA ausgewandert. Dort, wo ich herkomme, schwäbelt man nicht mehr so.«

»Lieber Robert, ich fürchte, mein Vergleich ist denkbar ungeeignet für den angesprochenen Sachverhalt, ich wollte nur sagen, dass Sie in Feldkirch plötzlich viel jugendlicher gesprochen haben, wie ein Teenie.«

»Wie ein Teenie?«, ich presste den Schuhsack an mich. »Das ist wirklich äußerst erschütternd. Und Sie meinen auch: im Gegensatz zu meinen Freunden. Meine Freunde schwäbeln schon lange nicht mehr so, wie ich schwäble.«

»Du liebe Güte, Robert, es tut mir wirklich leid, dass ich Sie in ein derart konfuses Gespräch verwickelt habe, lassen wir es gut sein, nicht wahr?«

»Aber nicht doch, ich bin froh um Ihre konstruktiven Rückmeldungen. Ich muss Ihnen für Ihre Erläuterungen danken, ich habe viel daraus gelernt.«

Frau Hobbs lachte, sie legte ihren Plan weg und ging aus dem Zimmer. »Sie sind mir eine Nummer«, sagte sie im Hinausgehen, dann hörte ich sie, immer noch lachend, die Treppe hinuntergehen.

30 Und wieder spielt mein Plastiskop verrückt, Bilder reihen sich an Bilder, Charlys offenes, zartes Gesicht kurz vor seinem Tod, Olli im tief stehenden Licht einer Herbstsonne, Mitzi Knurr mit einer Banane in der Hand und ich, wie ich einen Fahrradsattel in einen Container werfe, Dr. Thaler vor einem belegten Brot mit Essiggurken, Robert van der Velden, wie er sacht das Kinn eines angehenden Dieners anhebt, an mir ziehen klickend unzählige Momente vorbei, Gesichter, Stimmungen, ein Tschabitschner-Teich, den ich nie sah, einfach alles.

Frau Hobbs und Gösch auf den Stufen vor Ollis Haus, Sir Simon in einem Moment der Stille, alle halten den Atem an, sein konzentriertes Gesicht, heiter.

Nach unserem Besuch in Feldkirch ging mehr oder weniger alles dahin wie üblich. Ich nahm neuerdings wieder Klavierunterricht. Es hatte mich mein damaliges Stagnieren neben Zizis Bravourleistungen immer gewurmt, und als ich hörte, Zizi Gehr sitze nicht nur nach einem gelungenen Konzertabend Seite an Seite mit Sir Simon bei einer gemütlichen Portion Marillenknödel, sondern begleite bei ausgesuchten Gelegenheiten einfühlsam ihren Bruder beim Absingen der Schubertlieder, erwarb ich per Occasion ein gebrauchtes E-Piano mitsamt Kopfhörern und stellte es in mein Zimmer.

Als ich zwei Wochen nach unserem kleinen Ausflug an einem Freitagabend von meiner ersten Unterrichtsstunde zurückkam, hörte ich, dass die Familie im Garten sein musste. Ich ging durch den Salon und trat auf die Terrasse. Frau Hobbs war mitsamt den Kindern draußen, sie hatten Besuch. Ich dachte zuerst, es wären Freunde von Herrn Gerome, dann erkannte ich auf dem Rasen groß und breit Olli, er trug sein übliches, fürchterliches gelbes Uralt-T-Shirt und Hosen aus der Mülltonne, hatte die Schuhe ausgezogen und spielte mit den Kindern Fußball. Gerade hielt er Raphael mit beiden Händen hoch in die Luft, als er mich aus der Tür treten sah, winkte er mir kurz zu, Raphael versuchte nach Leibeskräften, sich zu befreien, und Olli knallte den Ball ins Tor. Der Junge kreischte empört und begeistert zugleich, sobald er wieder auf dem Boden stand, warf er sich auf Olli, Aurelia hängte sich an seine Beine und schon kugelten sie über den Rasen. Ich ging die Treppen hinunter, Herr Hobbs war übers Wochenende verreist, und natürlich kasperten auch nicht Herr Geromes Freunde über den Rasen, er war für einige »Lichtstudien« in Südfrankreich und würde erst Ende nächster Woche zurückkommen. Beim Näherkommen erkannte ich, dass es Gösch war, der mit Frau Hobbs am Tisch saß.

Er stand nicht auf, als er mich kommen sah, und hob nur lässig die Hand.

Ich trat zu ihnen, offensichtlich hatten sie zusammen zu Abend gegessen, Reste von Marthas Vichyssoise und dem Tiramisu standen auf dem Tisch, zerpflücktes Baguette und zerlaufener Brie. Es war eine dieser unangenehmen und unklaren Situationen, die ich hasste. Wiewohl nicht im Dienst, hatte ich einen diffusen Widerwillen gegen diese Art von Fraternisierung mit den Hobbs.

»Setzen Sie sich doch, Robert«, sagte Frau Hobbs, »Sie haben sich sicher eine Menge zu berichten, ich wusste ja nicht, dass Sie beide sich vor unserem kurzen Beisammensein in Feldkirch so lange nicht gesehen hatten.«

Gösch und ich schauten uns an, wie lange eigentlich, waren es sieben Jahre? Acht? Oder mehr?

Er und Olli hätten heute, wie mir Frau Hobbs vergnügt erläuterte, spontan entschieden, einen kleinen Ausflug zu machen und mich zu überraschen.

»Und wann fahrt ihr wieder?«

Gösch grinste, er schlug die Beine übereinander und sagte: »Krischi hasst Überraschungen, musst du wissen.«

»Ja, ja«, sagte Frau Hobbs, sie lachte, »die Unwägbarkeiten des Lebens, nicht wahr Robert, erinnern Sie sich? Unser allererstes Gespräch? Ich habe Sie damals schon durchschaut, nicht wahr? Sie sind nicht jedermanns Sache.«

»Gewiss«, sagte ich.

»Wir wollten eigentlich nachts wieder zurück, aber Betti war so nett, uns die beiden Gästezimmer anzubieten.«

Olli kam herüber, Aurelia saß mit zerzausten Haaren auf seinen Schultern und tätschelte liebevoll seine bärtigen Backen, Raphael hing verschwitzt an seinem Arm, er hatte sie, so schien es, innert Kürze geknackt. Aber vermutlich war das ganz falsch, und es gab bei ihnen gar nichts zu knacken, vermutlich war ich es, der nicht zu knacken war. Jedenfalls wirkten sie so glücklich, so ausgelassen wie lange nicht.

»So, Kinder«, sagte Frau Hobbs, sie stand auf, und Gösch erhob sich ebenfalls, langte nach ihrer Stola und legte sie ihr wie nebenbei um die Schultern. Ich war nicht mehr als drei Stunden außer Haus gewesen, und sie schienen allesamt schon gute Freunde geworden zu sein, und Gösch legte ihr fürsorglich den Schal um die Schultern, weil ich offensichtlich zu langsam dafür war.

»Gösch ist den ganzen Weg von Berlin nach Österreich zu Fuß gegangen«, sagte Raphael zu mir, er lugte durch das kleine Fenster zwischen Ollis Armbeuge und Hüfte und schmiegte sich an ihn, »und geschlafen hat er in einer Hängematte.«

»Hast du auf Robert Walser gemacht?«, ich wandte mich zu Gösch. »Und, abgesehen davon: Findet man zwischen Berlin und Feldkirch immer zwei Bäume?«

»Nein, war eine bescheuerte Idee. Keine Ahnung, wie Walser das gelöst hat, so aber sicher nicht.«

Alle lachten, ich nicht.

»Also Kinder, sagt gute Nacht«, Frau Hobbs streckte ihrer Tochter auf Ollis Schultern die Hände entgegen, Aurelia kämmte ihm seine Haare übers Gesicht. »Olli soll uns ins Bett bringen«, sagte sie.

»Genau!«, rief Raphael, »Olli soll uns ins Bett bringen!«, er schlang die Arme um Ollis Bauch und blickte strahlend nach oben. »Du bringst uns ins Bett, oder?«

Olli schüttelte sich die Fransen aus dem Gesicht. »Sicher, Kumpel, aber vorher räumst du noch den Tisch ab und nimmst das Tablett mit hinein.«

Ich klappte den Mund auf und machte ihn wieder zu. Raphael hatte im Leben noch nie einen Tisch abgeräumt, geschweige denn ein Tablett sonstwohin getragen, aber anstandslos räumte er das Geschirr und das restliche Brot zusammen und trug die schwere Last konzentriert über den Rasen. Olli hob die Hand zum Seemannsgruß an die Stirn: »Ich empfehle mich«, sagte er, dann packte er Aurelia an den Beinen und galoppierte in großen Sprüngen unter ihrem entzückten Juchzen hinter Raphael her. Frau Hobbs warf mir einen heiteren Blick zu und zog die Augenbrauen hoch, Gösch rückte ihr den Stuhl heran, und sie setzte sich wieder. Ich ging ebenfalls hinüber ins Haus, um mir einen Pullover zu holen, und nahm mein Abendessen mit hinaus.

Olli tauchte gar nicht mehr auf, vermutlich war er beim Vorlesen eingeschlafen, und Frau Hobbs verabschiedete sich bald darauf. Gösch und ich setzten uns irgendwann hoch auf die Terrasse, unten auf dem Rasen kroch schon eine frühe Kälte aus dem Boden, die den Herbst ankündigte, ich brühte uns eine Kanne Tee, zündete die Kerzen in den Laternen an und reichte ihm eine Decke.

Ich fand es schwierig, mit ihm ins Gespräch zu kommen, ich verspürte eine ungenaue Unsicherheit, er hatte etwas Abgebrühtes an sich oder vielleicht besser: etwas Abgeklärtes, an das zu rühren ich mich scheute, er rauchte eine Zigarette nach der anderen, alleine das schüchterte mich ein, ich fühlte mich irgendwie uncool, also so, wie ich mich – wie wir uns –, in der Schulzeit immer gefühlt hatten, aber plötzlich empfand ich es als Manko.

»Was macht ihr hier?«

»Dich besuchen, was sonst.«

»Seit wann rauchst du eigentlich?«

»Seitdem rauchen wieder cool ist.«

»Wir haben nie geraucht.«

»Wir sind ja auch vorbei.«

»Warum? Warum sind wir vorbei?«

»Spielen wir hier *Wer bin ich* oder was, wo nimmst du denn die ganzen Fragen her, ist da irgendwo ein Nest?«

Ich schwieg, wir schauten in den dunklen Garten.

»Dir gehts nicht so gut, oder?«, fragte ich.

Er lachte, streckte die Beine aus, ich blickte ihn von der Seite an, er sah aus wie der junge Dylan Thomas, wenn er gerade eine lyrische Eingebung hatte. »Nein«, sagte er, »mir gehts nicht gut. Andererseits ging es mir auch schon schlechter, insofern gehts vielleicht aufwärts. Und dir?«

Ich erzählte dies und das, hielt mich länger als es interessant war bei meinem Tagesablauf auf, erwähnte das eine oder andere Theaterstück, das ich gesehen hatte, meinen Abendschulkurs zur Geschichte der Malerei, der sehr interessant sei, und die Oper mitsamt den verschiedenen Abonnements, und Gösch sagte irgendwann, dass ich eine gequirlte Scheiße redete.

31 Als ich früh am nächsten Morgen nach unten kam, stand die Tür zur Terrasse schon offen, Olli hatte sich in aller Selbstverständlichkeit eine Tasse Kaffee gemacht und lehnte im Türrahmen, blickte in den dunstigen Garten, die Dämmerung hing noch seidig in den Crysanthemen. Als er sich zu mir umdrehte, dachte ich flüchtig, dass er, irgendwann in den ganzen Jahren, die ich ihn nun schon kannte, erwachsen geworden war und ich hatte es nicht mitgekriegt.

Hatte ich praktisch ein halbes Leben gebraucht, bis ich

mich getraut hatte, bei ihm zu Hause auch nur die Milch aus dem Kühlschrank zu nehmen und mir einen Kakao zu mischen, hatte er sich bei seinen wenigen Besuchen bei mir sofort pudelwohl gefühlt. Er setzte sich unbekümmert in den Fernsehsessel und lächelte nur freundlich, wenn mein Vater kam, um seine unausgesprochenen Rechte an Sessel und Fernbedienung einzufordern. Schlussendlich saß mein Vater auf dem Sofa und schaute mit Olli zusammen Pan Tau. In der Küche guckte er meiner Mutter dabei zu, wie sie Schnitzel panierte, krempelte sich die Ärmel hoch und sagte: »Die nächsten mache ich!«

Auch hier ging er nun herum, als kannte er das Haus wie seine Westentasche, machte Schränke auf und zu auf der Suche nach den nötigen Zutaten und briet mit Raphael zusammen Pfannkuchen zum Frühstück. Später baute er mit Aurelia eine Höhle in ihrem Zimmer und pflanzte unter der geschäftigen Mithilfe beider Kinder den Rosenstock ein, der seit Tagen schon auf der Terrasse stand und auf den Gärtner wartete, der vergrippt im Bett lag.

Gösch saß den Vormittag über mit Frau Hobbs in den Liegestühlen unter einer flachen Sonne, sie sprachen über Bücher oder auch nicht über Bücher, einmal langte sie hinüber und legte ihm in ihrer lebhaften, zugewandten Art die Hand auf den Arm.

Ich kam mir vor wie bestellt und nicht abgeholt und räumte die Küche auf und tigerte danach sinnlos im Keller herum und sortierte die Nudelpackungen in der Speisekammer. Spät am Nachmittag fuhren die beiden los, die Kinder winkten ihnen leidenschaftlich hinterher, bis Ollis alter Volvo um die Ecke bog und entschwand.

Als ich später aufräumend durch die Zimmer ging, stellte ich fest, dass verschiedene Bilder verschwunden waren, nicht die der ortsansässigen Kunstschaffenden, nein, die Bilder der Familie waren verschwunden. Auf dem Sims des Kamins, auf der Kommode, in der Diele, sie waren weg. Verwundert stand ich im Salon und überlegte. Ich öffnete diverse Schränke und Schubladen, und tatsächlich fand ich sie im obersten Fach einer Kommode. Ich blickte hinunter auf die Bilderrahmen. Darin waren verschiedene Aufnahmen vom Ehepaar Hobbs, lachend Arm in Arm, vor dem illuminierten Christbaum, von Herrn Gerome, wie er Frau Hobbs an ihrem Geburtstag in einer lustigen Anwandlung von hinten die Augen zuhielt, während Herr Hobbs die Kerzen auf der Torte anzündete, eine Aufnahme von Herrn Hobbs allein, einer der raren privaten Momente von ihm, die fotografisch festgehalten worden waren, er saß mit einem Glas Wein im Sessel am Fenster, seine Akten lagen unbeachtet neben ihm auf dem Boden, und er schaute hinaus, er wirkte friedvoll, ja, glücklich.

Leise schob ich die Schublade wieder zu und verließ das Zimmer. Am Abend hingen die Bilder wieder an ihrem Platz.

32 *Wohlhabende,* schrieb ich Isi mal in einer meiner Mails, *neigen ja gerne dazu, ihr Personal konsequent zu übersehen, wenn sie nicht gerade etwas von ihm wollen – meiner Meinung nach ein kapitaler Fehler.*

Was ich damit meinte? Herr Hobbs ließ die heikle

Korrespondenz mit seinem Vater überall herumliegen (es ging natürlich ums Erbe), er pinkelte bei offener Badezimmertür und interessierte sich nicht dafür, dass ich bei dem Gespräch mit seinem Bruder gerade die Salonpflanzen abstaubte. Gerechterweise muss ich allerdings sagen: Vielleicht sah er mich wirklich nicht, er war für seine Verhältnisse in der Tat recht aufgewühlt.

Jean-Pierre Hobbs sagte gern, sein Bruder sei ein großer Künstler. In Wahrheit dachte er wohl die ganze Zeit, er sei ein krikelkrakelnder Waschlappen, der sich ohne seine Unterstützung mit dem Porträtieren von Passanten auf belebten Plätzen über Wasser halten müsste. Aus Bruderliebe hatte er ihm darum damals, als er die Villa gekauft hatte, großzügig den Pavillon im Garten für sein trauriges Gepinsle angeboten.

Als ich meine Stelle antrat, herrschte dort noch malerische Unordnung, soweit ich das aus der Ferne beurteilen konnte, und Gerome Hobbs, gewandet in üppige Kittel im Demiurgen-Stil Gustav Klimts, arbeitete von früh bis spät. Ich selbst bezog den Pavillon erst nach seinem Fortgang und hatte von meinem Zimmer unter dem Dach eine ganz ordentliche Übersicht über den Garten und die dortigen Gebäude. Bei Gerome Hobbs war immer Licht. Wenn morgens um kurz nach fünf mein Wecker klingelte, war er schon wach und stand – das vermutete ich zumindest, da er die dünnen Gazejalousien immer zugezogen ließ – an seiner Staffelei. Er malte, mit kleinen Pausen, den ganzen Tag über, und es brannte noch Licht, wenn ich mich abends zurückzog. Hin und wieder schlenderte er in seinen weiten Gewändern durchs Haus, spielte ausführlich mit den

Kindern, setzte sich zum Essen dazu oder las, ausgestreckt auf den Kissen vor dem Kamin im Salon, mitunter kam er hereinspaziert, wenn die Familie beim Frühstück saß, dann wieder sahen wir ihn ein paar Tage überhaupt nicht. Er ging im Haus ein und aus, wie es ihm passte, niemand rechnete mit ihm und keiner wunderte sich, wenn er da war. Er gehörte auf eine familiäre, selbstverständliche Art dazu, die ich sehr mochte, immer wieder erinnerte ich mich an den allerersten Eindruck, den ich von der Familie gewonnen hatte, die Fotografie in Rosl Fraxners Mappe, und das Gefühl von Zugehörigkeit, das diese drei Erwachsenen und das Kind mir vermittelt hatten.

Ab und an war er auf Reisen – er betätigte sich anscheinend nicht unerfolgreich nebenbei als Vermittler von hoch gehandelten Kunstwerken, auch die Hodlers und der Kirchner, die Modiglianis, der Marc und die Kauffmann gelangten über seine Kontakte in den Hobbs'schen Besitz – und besuchte Galerien und Sammler.

Dieser Pavillon, es ist wichtig, diese architektonische Besonderheit zu erwähnen, verfügte über riesige, äußerst praktische Oberlichter. Genau genommen war das gesamte Dach, das sich, einem opulenten Zwiebelturm gleich, über dem Rest des Gebäudes wölbte, verglast. Diese baulichen Maßnahmen seien, wie mir Frau Hobbs einmal erzählte, bei ihrem Einzug extra verfügt worden, um Gerome Hobbs das Maximum an Licht zu verschaffen, das er für seine Arbeit benötigte. Jeder Maler würde sich alle zehn Finger abschlecken angesichts eines derart oberlichtlastigen Ateliers. Ich wusste dieses ungeheure Glück selbstverständlich gar nicht hundertprozentig zu nutzen. Ich bin, wie gesagt, künstlerisch völlig talentfrei, und jede Kuh, die ich hinmale, sieht aus wie ein abgehalfterter Frosch. Dennoch zog ich nach seinem Fortgang nicht ungern dorthin, es war ein hübscher Raum und hatte die Großzügigkeit eines Lofts. Die Gaze gegen das allzu grelle Sonnenlicht ließ ich entfernen, ich mochte den Blick in den Himmel und hatte einen gesunden Schlaf, die Helligkeit störte mich nicht.

Bis zum Tag des Eklats lebten wir in trauter Eintracht. Gerome Hobbs war eine angenehme Erweiterung des Familienkreises, zwar bautechnisch die exakte Kopie, was den Charakter betraf, aber die fidele und ein bisschen saloppe Ausgabe seines Bruders, was automatisch dazu führte, dass dieser um einiges saturierter wirkte, als wäre er der Erwachsene und sein Bruder steckte in einer ewigen Pubertät.

Ich glaube, Jean-Pierre Hobbs neigte dazu, seinen Bruder nicht ernst zu nehmen. Stoischen Gemüts lauschte er seinem eloquenten Gequassel und verbuchte es vermutlich mitsamt den nachthemdartigen Arbeitskleidern und den etwas dubiosen Freunden, die Gerome Hobbs dann und wann zu Dinnereinladungen ins Haus bat, unter »typisch Künstler«. Er mischte sich nicht ein, interessierte sich aber auch nicht sonderlich für das Leben seines Bruders. Frau Hobbs mochte ihn, so viel war mir klar, im Nachhinein denke ich, sie hatte einfach ein Faible für diesen Typus, den des leichtfertigen, unbeschwerten und romantischen ewigen Jugendlichen, auch wenn sie, kam es hart auf hart, mit einem wie ihrem Mann auf Nummer sicher ging.

Herr Hobbs, so könnte man sagen, betrachtete das Werkeln seines Bruders freundlich amüsiert und aus einer gewissen Distanz. Er ließ ihn einfach gewähren, wie Geschwister sich einfach gewähren ließen und Zwillinge vielleicht in einem viel höheren Maße. Das änderte sich allerdings schlagartig nach besagtem Gespräch. Ich staubte die Monstera ab, verborgen hinter einer gesunden Kentiapalme und einem gigantischen Pfeilblatt, aus den Lautsprechern dudelte Vivaldis Winter – erst später fiel mir auf, dass schon die dritte Woche hinweg unverändert die gleichen paar Stücke gespielt wurden, als hätte Frau Hobbs völlig das Interesse daran verloren –, und Herr Hobbs kam herein, er hatte seinen Bruder drüben im Pavillon gesucht, dabei saß er hier gemütlich auf dem Sofa, süffelte einen Martini, verzehrte Marthas Cremeschnitten und schmökerte in einem Buch. Ich hatte den Pavillon bis zu diesem Zeitpunkt nur einmal betreten – ganz zu Beginn, als er mir die Bilder der Schlafenden gezeigt hatte –, und ich musste davon ausgehen, dass es sich tatsächlich um eine ganz außerordentliche Ausnahme gehandelt hatte, niemand von uns ging dort ein und aus, nicht einmal Ewa und Karol, die beiden Reinigungskräfte, niemand putzte dort die Fenster oder etwas anderes; was an Reinigungsarbeiten nötig war, schien Gerome Hobbs selbst zu erledigen.

Was seinen Bruder an diesem Tag dazu brachte, hineinzugehen, weiß ich nicht, Tatsache ist, dass er es tat. Ob Frau Hobbs ihn hingeschickt hatte, ob sie ihm irgendeinen Hinweis gegeben hatte, ob sie die Dinge in Bewegung hatte bringen wollen? So was überlegte ich erst viel später, und das alles war reine Spekulation, ich hatte keinerlei Indizien für solche Vermutungen. Es war nur denkbar.

Ohne von seinem Buch aufzublicken sagte Herr Gerome: »Mein Gott, Jean, wo denkst du hin, das sind einfach Fingerübungen, nicht der Rede wert.«

Ganz ehrlich, selbst wenn ich es gewollt hätte: Ich hatte den geeigneten Zeitpunkt verpasst, den Salon zu verlassen. Ich stand mit meinem kindischen Straußenfederfeudel halb verborgen zwischen üppigen Farnen, einer gut eingelebten Kamelie und Vivaldi, staubte stoisch weiter die Blätter ab, allerdings mit einem Minimum an Bewegung. Jeder jetzt erfolgte Weggang meinerseits hätte nur unnötig Aufmerksamkeit erregt, und ich hielt es für ratsam, mich einfach möglichst unauffällig zu verhalten und »keinen Mittelpunkt aus mir zu machen«. (»Never, never make yourself the center point!« – so sagte immer sehr richtig Robert van der Velden.)

»Willst du mich für blöd verkaufen? Da steht ein Trockenofen, uralte Leinwände und Bilder mit allen möglichen prominenten Unterschriften, nur eine sehe ich da nicht: Gerome Hobbs.«

Gerome Hobbs winkte ab, »Trockenofen, du hast doch keine Ahnung, das ist ein Brennofen, zum Töpfern.«

»Du hast noch nie getöpfert. Lass die Faxen. Hast du überhaupt eine Ahnung, in was für eine Situation du mich damit bringst? Du erklärst mir jetzt haargenau, was du da drüben treibst.«

Es ging eine Weile hin und her, irgendwann jedenfalls, nach einem zermürbenden Dialog (»Das bildest du dir ein.« – »Für wie naiv hältst du mich eigentlich?« – »Bitte, mein Lieber, beruhige dich doch.« – »Machst hier auf Schweizer Beltracchi und denkst, ich bin zu dumm, es zu durchschauen?«), irgendwann seufzte Gerome Hobbs theatralisch auf, klappte schwungvoll das Buch zu, lächelte seinen Bruder an und sagte: »Du hast recht. So ist es. Wirfst du mich jetzt raus? Redest du nicht mehr mit mir? Gehst du damit an die Öffentlichkeit?«

»Ja«, sagte Herr Hobbs, »und ja und nein. Unsere Zusammenarbeit ist hiermit jedenfalls beendet. Da ist die Tür.«

Gerome Hobbs stand auf, er nahm einen Schluck von seinem Martini, die beiden Brüder standen sich gegenüber, musterten sich.

»Ich bezweifle«, sagte Gerome Hobbs leise, »dass *du*, gerade du es dir erlauben kannst, mich zu verurteilen.«

»Was soll das heißen?«, fragte Herr Hobbs, es klang schneidend, und ich persönlich hätte an seines Bruders Stelle hier schleunigst das Gespräch beendet, Gerome Hobbs allerdings, und das verwunderte mich nicht unerheblich, hatte in diesem Moment nichts, rein gar nichts von dem ewig herumkaspernden Luftikus, arschkalt sah er seinen Bruder an, und arschkalt blickte der zurück, ich verstand plötzlich, dass sie sich ebenbürtig waren, dass sie nur mit anderen Mitteln arbeiteten, dass sowohl hinter der Fassade des untadeligen Geschäftsmanns als auch hinter der des tändelnden Sprücheklopfers ein gefährlicher und schneller Verstand arbeitete.

Gerome Hobbs setzte sich wieder hin, er rührte müßig seine Olive im Glas herum, »Was das heißen soll«, wiederholte er langsam und amüsiert, wie es schien, »das soll heißen, dass ich weiß, was der Grund für unsere Zusammenarbeit ist, ich weiß, woher dein Geld kommt.«

»Du weißt überhaupt nichts.«

»Ach nein? Wie sagtest du vorher so treffend: Für wie naiv hältst du mich eigentlich?«

»Ich bin Anwalt. Und ich verdiene gut, weil ich ein guter Anwalt bin, ein sehr guter.«

Sein Bruder schlug die Beine übereinander und legte den Arm gatsbymäßig entspannt über die Sofalehne, er lächelte: »Fehlt nur noch, dass du von der ›renommierten Kanzlei‹ sprichst, für die du arbeitest.«

»Da du es erwähnst: Ja. Ich arbeite für eine renommierte Kanzlei.«

»Ich möchte nur wetten, dass diese renommierte Kanzlei ihren guten, ihren sehr guten Anwalt innert Sekundenbruchteil fallen ließe wie einen stinkenden Lappen, wenn gewisse Dinge ans Licht kämen.«

»Du warst immer schon ein Dummkopf. Du hast keine Ahnung, wovon du redest. Du bist Maler geworden, weil du zu blöd warst für irgendwas anderes.«

»Ich verstehe, now we are talking. Ist es das, was du von mir hältst? Du denkst ernsthaft, du wärst der Kluge, der Gescheite von uns, du wärst der mit der Superkarriere, und dein dummer Bruder? Was machen wir bloß mit dem, damit er uns keine Scherereien macht? Ach komm, wir parken ihn im Pavillon, soll er vor sich hin pantschen, dann fällt er wenigstens nicht unangenehm auf, ist es so, ja? Immerhin, als Kunsthändler ist er nicht völlig unbrauchbar, wickeln wir ein paar schöne Deals über ihn ab, das passt hervorragend ins Geschäftskonzept.« Er war aufgestanden und immer lauter geworden, jetzt setzte er sich wieder hin, beruhigte sich augenscheinlich, lächelnd sagte er: »Immerhin bin ich nicht unerfolgreich.«

»Mit Betrug. Weil du so blöd bist, dass du nur kopieren kannst.«

Sein Bruder nahm den Zahnstocher mit der Olive aus seinem Glas und steckte sie in den Mund, er kaute. »Ich wäre an deiner Stelle vorsichtig mit dem Wort Betrug. Ich wäre einfach vorsichtig. Abgesehen davon ist es natürlich gut, einmal in dieser Klarheit von dir zu hören, was du von mir hältst. Ich merke es mir. Ich behalte es im Kopf, solltest du irgendwelche Schritte unternehmen. Allein deine ›Zusammenarbeit‹ mit mir würde dich schon zur Strecke bringen, aber das weißt du ja selbst. Ich verspreche dir eines: Unternimm einen Schritt gegen mich, einen nur, und es wird im selben Moment, ohne Verzögerung, bei den Behörden etwas eingehen, das wir ›Hinweis aus der Bevölkerung‹ nennen könnten. Entsprechende Beweise werden vorliegen.«

Er stellte das Glas weg und erhob sich. Die beiden standen sich wieder gegenüber, wie – ich hatte vorher schon überlegt, an was, an welche Zeit, an welches, nennen wir es: genealogische Programm sie mich erinnerten –, sie standen sich gegenüber wie Hunderte Jahre zuvor ihre schottischen Vorfahren sich gegenübergestanden haben mochten, zwei verstrittene Clanführer mit der luziden, sommersprossigen Haut der Wikinger, dem gespannten, kampfbereiten Körper, dem Körper der Krieger, der unter Maßanzug und Malerkittel nur verborgen war. Sie waren schöne Männer, alle beide, und ich dachte das erste Mal, dass manche Schönheit sich erst in der Gefahr zeigte, dass ihre nordischen Wurzeln nicht sichtbar waren, außer man störte sie auf, außer, man provozierte den Highlander in ihnen, der, ohne Rücksicht auf Verluste, einen Krieg vom Zaun brach und dem anderen einen Dolch in die Brust jagte, einfach, um im Zweifelsfall der Schnellere zu sein.

Herr Gerome ging, sich mit dem Zahnstocher die Olivenreste heraußtochernd, aus der Bibliothek. Ich hörte ihn ruhig die Treppe hinuntergehen.

Herr Hobbs blieb für einen Moment im Raum, ich linste zwischen den Palmblättern zu ihm hinüber, er hatte das Buch hochgehoben, in dem sein Bruder gelesen hatte, er betrachtete mit unergründlicher Miene das Cover, dann legte er es auf den kleinen Tisch und verließ ebenfalls den Raum.

Ich wartete noch einen Moment und eilte dann leise ins Nebenzimmer und feudelte ein bisschen, als hätte ich die ganze Zeit schon gefeudelt.

33 Gerome Hobbs räumte daraufhin innerhalb einer Woche den Pavillon. Eine offizielle Erklärung für seinen Weggang gab es nicht, Frau Hobbs erwähnte beiläufig, ihr Schwager brauche für seine künstlerische Arbeit einen Tapetenwechsel, Herr Gerome selbst begegnete mir in seinen letzten Tagen im Haus wie immer liebenswürdig, aber deutlich distanziert und schien nicht gewillt, unsere seit acht Jahren andauernde, fast freundschaftliche Verbundenheit, die an einem frühen Morgen bei der Betrachtung seiner *Skizzen einer schlafenden Familie* ihren Anfang genommen hatte, fortzuführen.

Nach dem doch recht hitzigen Gespräch in der Bibliothek gab es keine weiteren Auseinandersetzungen, die Trennung wurde in vollendeter Kultiviertheit und unter Wahrung einer tadellosen Form vollzogen, ich entsinne mich eigentlich nur einer einzigen Szene, die mir ein gewisses Unbehagen einflößte, nicht aber, weil etwa ein lautes Wort gefallen wäre.

Ich kam nachmittags in den Salon, um den kleinen Tisch für den Tee einzudecken, womöglich war ich etwas früher dran als üblich. Frau Hobbs saß auf dem Sofa, Herr Gerome lehnte neben dem Flügel an der Wand, sie schauten sich an. Ich bat um Verzeihung und zog mich rasch zurück, wiewohl ich nicht das Gefühl hatte, sie bei einem Gespräch gestört zu haben, ganz im Gegenteil. Vielmehr hatte die Situation den Eindruck erweckt, als sei nichts, gar nichts geredet worden, ja, ich war mir fast sicher, dass sie geschwiegen hatten. Sie hatten sich angeschaut und geschwiegen.

Er räumte den Pavillon und dampfte ohne viel Federlesens stracks nach Frankreich ab, er kaufte sich ein hübsches Anwesen und ausgedehnte Ländereien und schlämmte dort, wie ich zufällig vernahm, bald darauf sein neu gepflastertes Atrium, es sehe buchstäblich genau so aus wie das von Wolfgang Beltracchi, wie ich Herrn Hobbs eines Abends zu seiner Frau sagen hörte: »Er fälscht sogar noch Fälscher«, sie lachte.

Tatsächlich schien er nicht unerfolgreich zu sein, wie er selbst es ausgedrückt hatte, irgendwann schickte er ein paar Aufnahmen, Frau Hobbs reichte mir ihr Smartphone, und ich schaute mir die Bilder an, wie ein Malerfürst herrschte er dort über ein schmuckes kleines Schlösschen und sanfte Hügel und Felder.

Was mich überraschte, war, wie pragmatisch Frau Hobbs seinen Auszug hinnahm, wie wenig sentimental sie war nach diesem langjährigen und herzlichen Zusammenleben. Nicht nur das, sie schien regelrecht erleichtert, erfrischt und tatendurstig, als wäre er ihr ein Klotz am Bein gewesen – was meinem Eindruck der letzten Jahre rundweg widersprach. Ich hatte immer das Gefühl gehabt, sie, gerade sie, sei um seine muntere Anwesenheit, die so viel eher ihrem Wesen entsprach als die Ernsthaftigkeit ihres Mannes, froh und dankbar. Nun schien sie außerordentlich bestrebt, das leidige Kapitel schnell abzuschließen. Ganz anders die Kinder, sie waren fassungslos, und ihre Irritation hielt lange an, Aurelia nässte wieder das Bett wie ein kleines Kind, und Raphael hatte nachts Anfälle von *Pavor Nocturnus*, dem sogenannten Nachtschreck, mörderisch brüllend, als hätte er den Leibhaftigen gesehen, saß er aufrecht in seinem Bett und war dabei nicht einmal richtig wach, reagierte nicht auf Ansprache und erinnerte sich am nächsten Morgen an nichts.

Ich frage mich, ob dieser Hang zum Doppelleben in der Familie lag, dieser Wunsch nach einem sichtbaren Leben und einem geheimen. Ist es nicht bemerkenswert, dass diese beiden Brüder, die tief verstrickt in illegale Machenschaften waren, nach außen hin aber ein höchst erfolgreiches und scheinbar ehrenwertes Leben führten? Oder liegt in uns allen verborgen der Wunsch, ein Geheimnis zu haben und Verbotenes zu tun und so ein Stück weit verborgen zu sein?

Ich hatte jedenfalls, sozusagen aus einem natürlichen, ich möchte sagen: beruflichen Interesse heraus, angefangen, ein wenig zu recherchieren – »Es ist nie falsch, zu wissen Bescheid«, wie Herr André dies so trefflich immer wieder betont hatte, allerdings hatte sich sein »Bescheid wissen« natürlich ausschließlich auf die mathematische Welt beschränkt – und trug Material zusammen, ich weiß tatsächlich einfach gerne Bescheid. Ich kratzte gewiss nur an der Oberfläche, aber mir wurde völlig klar: Sollte jemand diese Lawine lostreten, wäre es besser, sich nicht in der Zielgeraden zu befinden, im Risikogebiet, ja, es wäre besser, sich überhaupt nicht in den Bergen aufzuhalten.

Der Pavillon wurde für mich hergerichtet, und ich sollte umziehen, sobald die Renovierung abgeschlossen war.

Herr Hobbs hängte übrigens kurz nach seines Bruders Auszug die Bilder ab, die über »dessen Vermittlung« erworben worden waren, Hodler, Kirchner, Modigliani, Franz Marc und, ja, das Kässpätzlebild von Angelika Kauffmann. Ohne das gemalte Pendant hing an dieser Wand eine Zeit lang nur die gerahmte Fotografie von Frau Hobbs auf dem Feldkircher Wochenmarkt. Ich persönlich fand es schade, dass die Kässpätzlekauffmann nicht echt war, es schien mir eine wirklich konsequente und sonnige Vervollständigung ihres Werks, es war genau das Quäntchen Volksverbundenheit und Sorglosigkeit, das sicher nicht nur ich in ihrem Schaffen so dringend vermisste.

Auch die Nackedeis hätten ruhig hängen bleiben können, ich fand die besagten Bilder später in einer der ehemaligen Dienstbotenkammern, ungefähr da, wo nach meinem Dafürhalten die Wolf-Rotkäppchen-Gruppe aus gutem Grund hingehörte. Die frei gewordenen Wände füllte Frau Hobbs mit Werken der ortsansässigen Kunstschaffenden, da sag ich mir: Lieber ein falscher Hodler als ein echter Urs Jäggi.

34 Oben am Margarethenkapf war ich nach der Matura etwa ein Jahr. Ich bedauerte es, sozusagen »nach der großen Zeit« dort zu arbeiten, die Ära des Hauses war vorbei. Dr. Thaler klackerte in dem riesigen Haus noch ein paar Monate herum, aber es hatte etwas Unheimliches, wie er in diesem ehemaligen Heim einer großen Familie die stillen Treppen auf und ab ging, um einsam in einem der vielen Zimmer zu nächtigen und in einem anderen ein Buch zu lesen. Wenn man mich fragte, sagte ich: »Ich arbeite oben am Margarethenkapf als Butler«, in Wahrheit aber kam ich morgens mit frischen Semmeln und der Zeitung, saugte ab und an mal die Teppiche oder jätete Unkraut im Garten und wärmte ihm mittags die Gerichte auf, die das *Zanona* heraufschickte. Die Nachmittage verliefen schleppend, ich lauschte seinen Exkursen zu historischen Themen wie der Christianisierung des Walgaus oder der Industrialisierung der Textilwirtschaft und der damit verbundenen Einwanderung italienischer Gastarbeiter, gegen vier jassten wir eine Runde, ich richtete ein paar belegte Brote für den Abend und mein Arbeitstag war zu Ende. Nach etwa sechs Monaten wickelte ich Dr. Thalers Auszug in eine kleine Wohnung über der Ill und die Aufteilung des Erbes ab.

Aus dem *DroNeiDa* schickte mir Olli für diese Aufgabe etliche Arbeitskräfte – so was lief unter »Resozialisierung«, und er stellte die Giftler vor die Wahl: entweder Häuser räumen, Wohnungen entrümpeln und auf Bauernhöfen Misthaufen umstechen oder mit ihm *Klausur und Wandern in den Bergen*. Ich weiß nicht, für wen es sich als härter erwiesen hätte, ich denke mal, *Klausur und Wandern in den Bergen* wäre für entzugswillige Drögeler zwar schlimm, aber vermutlich genau das Richtige gewesen, für Olli wäre es wiederum ganz sicher eine Herausforderung gewesen, so was ohne Drogen zu überstehen. Ich vermute, Olli machte ihnen die Arbeit entsprechend schmackhaft, jedenfalls kam es in dieser Zeit nie zu *Klausur und Wandern in den Bergen*, dafür aber zu etlichen Einsätzen bei mir und anderswo.

Nachdem der Thalertross durchs Haus marschiert war und die sieben Söhne sämtliche Gegenstände verhandelt und in der ihnen zugedachten Farbe beklebt hatten, sortierten wir die ganzen Dinge und verpackten sie. Die Giftler räumten den Keller, den Dachboden und die Geräteschuppen im Garten, die Wandschränke und Kammern, während ich den Papierkram erledigte und potenzielle Käufer durchs Haus führte, die dann doch nicht kauften. Ich hatte keine Ahnung, was aus der Villa werden sollte, dieserorts existierte eine Klientel nicht, die ein solches Haus bespielen konnte.

Ich hatte natürlich wenig Lust, länger als nötig bei meinen Eltern zu wohnen, ich zog in der Zeit zu den Batloggs in die alte Gärtnerei, aß abends bei meinem Bruder im *Element* und verbrachte meine freie Zeit mit Olli. Ich fühlte mich wohl.

Wahrscheinlich bin ich wirklich, wie Gösch das so schnörkellos zusammenfasste, ein einfaches Gemüt. Ohne wirklich Butler zu sein, hatte ich Geschmack gefunden am Butlersein.

Nach Dr. Thalers Umzug und der Räumung des großen Hauses lieh ich mir die vierzehntausend Euro für die Ausbildung von meinem Bruder und bewarb mich für den nächsten freien Kurs an der Dienerschule in den Niederlanden. Ich packte meinen Koffer und fuhr mit der Bahn über Aachen nach Valkenburg.

35 Nach dem Auszug von Herrn Gerome dauerte es eine Weile, bis das Leben im Hobbs'schen Haushalt sich wieder einpendelte, doch es war nicht dasselbe wie zuvor.

Es wurde kälter, der Herbst vertiefte sich. Herr Hobbs war viel auf Reisen, war er zu Hause, saß er im Arbeitszimmer und sichtete Unterlagen, die Kinder kämpften mit lustlosen dunklen Schulmorgenden, Raphael zog sich zum Verdruss seiner kleinen Schwester mehr und mehr vor ihr zurück, genervt verneinte er sämtliche Vorschläge, mit ihr zu spielen, er las in seinem Zimmer, malte Sternkarten oder beobachtete mit seinem Teleskop oben im Dachstock den Himmel. Frau Hobbs bewunderte Marthas Kunstfertigkeit, Äpfel und Zwetschgen zu köstlichen Pasteten zu verarbeiten und anschließend die Erzeugnisse der Weihnachtsbäckerei, sie legte die Rezepte in die Schublade, die ich regelmäßig leerte, die Rezepte heftete ich ab. Unter der Woche war sie von früh bis spät unterwegs im Zeichen der Wohltätigkeit – wie sie mir berichtete, verteilte sie kleine Tüten mit Keksen in Krankenhäusern und schöpfte Suppe aus riesigen Töpfen für Obdachlose –, an den Wochenenden fuhr sie zum Skifahren oder in ein Wellnesshotel mit ihren Freundinnen. Die patente Australierin rückte an, ging mit den Kindern Schlittschuh laufen oder ins Hallenbad oder ins Kino. Es war selten, dass alle anwesend waren, ich lief mal dem einen über den Weg, mal dem anderen, und ging, unabhängig von den familiären Strömungen, meiner Arbeit nach und verbrachte meine freie Zeit bei John, Weihnachten kam, John schenkte mir eine Schweinsledertasche, es wurde Januar, dann kam das Frühjahr, dann ein neuer Sommer.

36 Immer, wenn ich eine der beiden Badehosen trage, denke ich an diesen einen Parisaufenthalt.

Wie gewohnt war Frau Hobbs um halb fünf Uhr in aller Frühe aufgestanden und fuhr mit dem Auto zum Flughafen, um die Sechs-Uhr-Maschine zu nehmen, sie würde für zwei Nächte bleiben, um sich abends Aufführungen im Theater anzusehen, ich hatte sämtliche Flüge und Tickets und Hotels für sie gebucht und erwartete sie zurück am Sonnntagabend.

Ich selbst hatte an diesem Wochenende frei und fuhr zusammen mit John nach Feldkirch. Wir schauten auf einen Sprung bei Gunni im *Element* vorbei, kauften Kaffeebohnen für die Hobbs und spazierten dann bei fabelhaftem Wetter die große Runde über den Schellenberg, um Olli zu besuchen. Es war klar und strahlend hell, die Blätter rauschten im Wind, einer dieser herrlichen Vorarlberger Wandertage.

John ging gleich hinein, seit geraumer Zeit ließ er sich von Ana Batlogg in die Zubereitung authentischer Seemannskost einweisen, er plante ein neues Buch, eine Art Seefahrergeschichte. Aus den spärlichen Informationen, die er mir diesbezüglich zukommen ließ, schloss ich, dass sein Protagonist darin, mit schweren Depressionen rangelnd, durch die Welt- und Zeitgeschichte reiste, es handelte sich also um so was wie *Forrest Gump*, aber mit Piraten.

Ich hörte die Sägemaschine hinter dem Haus und bog um die Ecke. Eni Batlogg stand in Unterhemd, Cordhosen, Sonnenhut und schweren Schuhen hinter dem Gerät und zersägte meditativ langsam große Klötze zu Brennholz. Er hörte mich nicht und blickte erst auf, als ich vor ihm stand. »Na so was!«, rief er erfreut und schaltete die Sägemaschine aus, er kam hinter dem ganzen Holz hervor und umarmte mich fest, und ich umarmte ihn, es tat gut, ihn zu sehen, und er roch klar und sicher nach frischem Sägemehl und Großvaterschweiß, er klopfte sich den Staub von den Klamotten.

Olli sei, so teilte er mir mit, in den Bergen. Klausur. Und Wandern. Mit den Giftlern.

»Seit wann macht er denn das?«, fragte ich völlig verblüfft, ich hätte schwören können, Olli malte diese Wanderklausuren in derart düsteren Tönen, dass jeder drogengebeutelte Aussteiger lieber täglich ganz allein einen Misthaufen umstach, als diesen Tagen des Grauens zuzustimmen.

»Unser Olli mausert sich«, sagte Eni Batlogg, sichtlich zufrieden, ließ sich auf die Bank sinken, er streckte die Beine aus und setzte seinen Sonnenhut ab. »Ehrlich, er war bei *Haargenau*, und ich glaube sogar«, er beugte sich übertrieben verschwörerisch zu mir herüber und flüsterte laut, »ich glaube fast, er hat abgenommen.«

Wir saßen einträchtig im Garten unter dem Birnbaum, so, wie ich immer mit ihm und Olli zusammen hier gesessen hatte, und schauten in den vertrauten Garten, auf das herumliegende Holz, die reifen Himbeeren und Brombeeren an den Sträuchern.

»Und Gösch?«

»Gösch ist immer auf Achse, er ist schon seit zwei Tagen interwegs«, er erhob sich und fing an, das Brennholz, das in einem ungeordneten Haufen unter der Säge lag, an der Scheunenwand zu stapeln, ich ging zu ihm hinüber und half ihm. »Als er von Berlin hierhergelaufen ist, hat er Geschmack daran gefunden, er läuft überall hin, in die Stadt zum Einkaufen, nach Bregenz in eine Ausstellung, nach Schnifis, weil er noch nie in Schnifis war.«

Ich nickte, als fände ich das einleuchtend. »Und sonst?«

»Wenn ich ihn frage, ob er dabei viel nachdenke und

wenn ja, worüber, sagt er, ein bisschen, aber eher nicht, das Nachdenken bekomme ihm nicht.«

Ich nickte wieder.

Drinnen im Haus ertönte die Schiffsglocke und kurz darauf öffnete Ollis Ana ein Fenster des Speisezimmers: »Backen und Banken!«, rief sie im wohltönenden Damenbass, Eni Batlogg und ich schauten uns an, er sagte anerkennend: »Das ist eine Stimme! Die würde man auch noch auf dem obersten Tau von einer reputablen Slup hören.«

Frau Hobbs kam von ihren Trips in die »schönste Stadt der Welt« eigentlich nie ohne einen beachtlichen Stapel Pariser Chic aus exquisiten Boutiquen nach Hause, hübsche Kleider und Schuhe für Aurelia, Pullunder und Hemden für ihren Sohn und eine Krawatte oder ein Parfüm für ihren Mann, Schuhe, die ein Schuhmacher nach Herrn Hobbs' Leisten fertigte, dazu Packungen voller Naschereien und Delikatessen aus allerlei Feinkostläden und ab und zu ein dekoratives Stück aus einem Antiquitätengeschäft.

Dieses Mal aber brachte sie zwei halb leere Koffer zurück, offenkundig achtlos hatte sie drei schmucke Leinenhosen gekauft für Raphael, von denen ich wusste, dass er sie nicht würde tragen wollen, und ein paar Unterwäschegarnituren für Aurelia – sie waren jetzt schon zu klein –, sie hatte zwei Badehosen für Herrn Hobbs erworben und statt der Schachteln voller bretonischer Butterkuchen und Macarons von *Hermé* zogen die Kinder ein altes, in Seidenpapier gewickeltes Teeservice aus dem Koffer.

»Geschirr?«, sagte Raphael, »wir haben die Schränke voll mit Geschirr.«

»Das ist ein vollständiges, wunderschönes Teeservice, ganz einmalig«, sagte Frau Hobbs.

»Und was sollen wir davon essen, wenn du nichts mitbringst?« Raphael pflügte in der Hoffnung auf die eine oder andere Packung Kekse durch den Koffer. »Du warst in Paris und bringst ernsthaft rein gar nichts mit außer dummes Geschirr?«

»Ich hatte dieses Mal einfach keine Lust, in Geschäfte zu gehen«, sagte Frau Hobbs aufgeräumt, sie saß in ihrem Schlafzimmer auf dem Bett und wickelte mit Aurelia die kleinen, mit zierlichen Ankern verzierten cremefarbenen Tellerchen aus dem Papier und wischte sie mit einem weichen Tuch ab. »An dem hier bin ich zufällig vorbeigelaufen, ich war den ganzen lieben langen Tag im Museum, ich glaube, ich werde künftig aufs Einkaufen ganz verzichten oder zwei Tage dranhängen, ich merke richtig, wie mir die Kultur fehlt.«

»Wir leben hier nicht gerade unter Barbaren, Bernadette, vergiss das nicht«, Herr Hobbs hatte das Jackett und seine Hose abgelegt und schaute zweifelnd an Hemd und Krawatte vorbei hinunter auf die lindgrüne Badehose, kleine Elefanten waren darauf gedruckt, sie marschierten um den Saum der Hosenbeine. »Ich glaube nicht, dass ich diese Elefantenhose tragen kann, meine Liebe, sie scheint mir ein wenig extravagant.«

»Sie ist von *Dolce & Gabbana*.«

»Mag sein, aber es sind Elefanten.«

»Du musst das Hemd ausziehen, natürlich sieht das mit Hemd und Krawatte merkwürdig aus.«

»Selbstverständlich ziehe ich nicht das Hemd aus.«

»Hemd aus!«, riefen die Kinder begeistert, »Hemd aus, Hemd aus!«, Frau Hobbs klatschte in die Hände und rief ebenfalls lustig: »Hemd aus!«

Herr Hobbs ließ sich nichts anmerken, aber ich sah, dass er wütend war, ich gab mich geschäftig, drehte mich diskret zur Seite und räumte umständlich die restlichen Dinge aus dem Koffer.

Er lockerte die Krawatte, knöpfte das Hemd auf und legte die Sachen mitsamt seinem Unterhemd auf einen Schemel.

Er stand da, nach wie vor in Socken und mit den Elefanten, er blickte seine Frau hart an, hob die Arme und drehte sich langsam. »Es sind Elefanten«, sagte er.

»Darling, du musst sie ja nicht unbedingt zu einem deiner Geschäftstermine tragen.«

»Du hast völlig recht, ich weiß nicht, was ich mir dabei gedacht habe«, er nahm das Unterhemd vom Hocker, ging zu ihr hinüber und küsste sie auf den Scheitel, dann wandte er sich zu mir um – ich legte gerade umsichtig die Kinderkleider zusammen, die Raphael auf der Suche nach dem Gebäck aus dem Koffer gezerrt hatte –, er breitete wieder die Arme aus und drehte sich. »Was meinen Sie dazu, Robert? Die kleinen Elefanten? Nicht zu gewagt?«

»Nun ja«, ich warf einen flüchtigen Blick auf ihn, er hatte einen straffen und kompakten Körper, eine haarlose Brust und muskulöse, sehnige Arme, ich sagte diplomatisch: »Es sind sehr elegante Elefanten. Und nicht zu viele. Es scheint mir genau die rechte Anzahl Elefanten, weniger wäre geizig.«

Frau Hobbs lachte, sie stand vom Bett auf, legte den zwölften Teller auf den Stapel und stellte ihn zu den Tassen und Untertassen auf die Frisierkommode. »Nehmen Sie das nachher bitte mit nach unten, Robert, und räumen Sie das Papier weg. Lieber«, sie warf ihrem Mann die andere Badehose zu, »schlüpf hier noch kurz rein, sie ist dezent gestreift, mit korrespondierender Krawatte kannst du damit am *Casual Friday* bei deinen New Yorker Klienten gewiss punkten, die haben doch so einen Sinn fürs Modische.«

Herr Hobbs warf einen zweifelnden Blick auf die Hose und kehrte zurück ins angrenzende Bad. »Vielleicht«, rief er herüber, »vielleicht einigen wir uns einfach darauf, die Bademode in meinem Kompetenzbereich zu belassen.«

»Als ob du dir selbst jemals auch nur ein Stecktuch besorgen würdest, im Besitz einer angemessenen Garderobe bist du nur, weil ich dich einmal im Jahr zu deinem Schneider schleppe.«

»Ganz recht. Und genau der schneidert fortan auch meine Badehosen.«

»Nein, tut er nicht, ein seriöser Schneider fertigt keine Bademode, du bräuchtest dafür einen ausgewiesenen Schneider für Badehosen.«

»Und warum waren dann bisher meine Badehosen elefantenfrei und auch fern davon, zu einer meiner Krawatten zu passen?«

»Das ist mal was anderes. Lass das Hemd aus, sonst wirkt sie nicht richtig. Diese steht dir auch hervorragend.«

Herr Hobbs warf das Unterhemd zurück auf den Stuhl, »Nein, tut sie nicht. Ich will gar nichts anderes, ich möchte einfach nur eine schlichte, dunkelblaue Badehose tragen wie all die Jahre zuvor in meinem Leben.«

»Es ist *Dolce & Gabbana*.«

»Es ist mir egal, wer das ist, und wenn es, sagen wir, Prinz Charles wäre, ich bezweifle, dass ihn sein Händchen für Hund und Ross dazu befähigt, eine Badehose anzufertigen. *Dolce & Gabbana* hat meiner Meinung nach immer schon Kleider für Jungs gemacht, die nie erwachsen werden wollen, oder für Homosexuelle. Ich kann so was in meinem Alter jedenfalls nicht tragen, ohne mich völlig lächerlich zu machen.«

»Immerhin gibt es Shortbread aus dem Getreide von Prinz Charles Highgrove.«

»Er backt es nicht selbst, dessen bin ich sicher.«

»*Dolce & Gabanna* sind nicht eigentlich Bäcker und haben versehentlich eine Badehose genäht.«

»Wie auch immer«, Herr Hobbs stieg nebenan wieder in seine Klamotten und kam mit den beiden Badehosen zurück, er drückte mir die Sachen in die Hand, »Probieren Sie doch die Hosen mal an, Robert, ich vermute, an Ihnen sehen elegante Elefanten, nicht zu geizig verteilt, hervorragend aus.«

Ich errötete, und es rutschte mir einfach so heraus: »Sie meinen, weil ich so unerwachsen bin oder aber so homosexuell?«

Es war das erste Mal, dass er kurz die Contenance zu verlieren schien, er blickte mich an und sagte: »Oh Gott, nein, so war das nicht gemeint, du lieber Himmel, was für ein Fauxpas, Sie müssen dieses Zeug natürlich überhaupt nicht tragen, ich dachte nur, in Ihrem Alter kann man sich so was erlauben, und es sieht noch gut aus – ich habe nur so dahergeredet, verzeihen Sie mir bitte.«

»Ich habe nur gescherzt, es war dumm von mir, was für wunderschöne Badehosen, wirklich, aber die kann ich doch niemals annehmen, das ist –«

»Das ist die einzige Lösung, lieber Robert, Sie müssen die Hosen einfach nehmen, bestimmt sehen Sie fabelhaft darin aus, oder wollen Sie, dass mein Mann und ich uns das Service der *Royal Navy* um die Ohren werfen?« Frau Hobbs hatte sich bei ihrem Mann untergehakt, sie lächelte zu ihm hinauf »Und dabei hatte es so etwas Dynamisches, wie diese kleinen Elefäntchen um deine Beine spazierten.«

»Gott, seid ihr peinlich«, Raphael rutschte vom Bett und verließ das Zimmer, Aurelia legte das Seidenpapier weg und schlurfte hinterdrein.

»Vielen Dank«, mir war das schrecklich unangenehm, »das ist wirklich sehr großzügig, ich weiß gar nicht, was ich sagen soll.«

»Wirklich, Robert«, Herr Hobbs knöpfte sich, wieder hundertprozentig gelassen und beherrscht, gerade das Hemd zu, er kam zu mir herüber und senkte die Stimme, »Ich bin es, der zu danken hat, Sie retten meinen Ruf als seriöser Anwalt, nicht auszudenken, wenn ich mit diesen Hosen irgendwo gesichtet worden wäre.«

»Wenn Sie das so sehen.«

»Absolut. Und meine Frau hat völlig recht, Sie werden fantastisch darin aussehen, Sie sind jung genug dafür.«

»So weit, so gut!« Frau Hobbs klatschte energisch in die Hände. »Lassen wir Martha nicht länger warten, Kinder! Essen!«

Ich trug das Service nach unten und verräumte es in einem der Küchenschränke. Ich kann mich nicht erinnern, dass es je benutzt wurde.

Die Freude über die beiden Badehosen (ich habe sie übrigens noch heute, *Dolce & Gabbana*, das muss ich sagen, fertigen in unverwüstlicher Qualität) lenkte mich davon ab, dass zwischen beiden, zwischen Herrn und Frau Hobbs, eine Spannung entstanden war, die ich zuvor noch nicht wahrgenommen hatte. Der Blick, mit dem Herr Hobbs sie fixierte, als er, hemd- und schutzlos in Badehosen, vor ihr stand, war mir neu, zumindest: ihr gegenüber. Kalt, vollkommen distanziert, abschätzend, verächtlich. So schaute er seinen Sohn an, wenn er wegen einer Lappalie kindisch heulte und der Rotz ihm die Backen verschmierte, Aurelia, wenn sie sich hysterisch an ihre Mutter klammerte, wenn die Eltern abends ausgehen wollten, so hatte er seinen Bruder angesehen, als er ihm gesagt hatte, dass er immer schon ein Idiot gewesen sei.

37 Woher ich wusste, dass sie wieder schwanger war? Schwer zu sagen. Details. Ich glaube übrigens nicht, dass, noch bevor das Ergebnis auf einem Teststreifen sichtbar wird, sich Frauen praktisch ab Verschmelzung von Ei und Spermatozyt »nach innen kehren« oder weinen, wenn sie kleine Katzenbabys sehen, ich bezweifle, dass irgendeine Frau just in dem Moment den dringenden Impuls verspürt, ein Moseskörbchen zu erwerben oder Cheeseburger mit Nutella zu verzehren, ich halte das für sentimentale Männerfantasien.

Es war auch nicht so, dass ich es vor ihr wusste. Aber ich wusste es vom Zeitpunkt an, da sie es wusste, immerhin war ich ein treuer Leser ihrer Temperaturtabelle.

Es war halb zehn, ich hatte die Betten gemacht, im Haus war es still. Die Kinder waren in der Schule, Herr Hobbs in seiner Kanzlei, Frau Hobbs spielte Tennis im *Hotel Dolder*, niemand war da. Ich hörte nur draußen das Schnippschnapp des Gärtners.

Ich saß auf dem großen Bett im Elternschlafzimmer und hirnte über dieser Tabelle. Ich rechnete und überschlug ein paar Daten, dann ging ich nach unten und konsultierte die Terminkalender.

Ich nahm mein Telefon zur Hand scrollte durch meine Kontakte und drückte auf seinen Namen, dann hielt ich inne. Was sollte ich sagen? Ich legte auf. Es gab nichts zu sagen. Ich konnte nur abwarten.

Ich weiß nicht, ob es seinem Scharfblick zu verdanken war, seiner ungemeinen Gescheitheit, die John Jahr für Jahr dieses meiner Meinung nach absolut unlesbare Buch mit Genuss wiederlesen, vorbeigaukelnde Vögel nebst ihrer lateinischen Bezeichnung korrekt identifizieren und ihn überhaupt mit einer bewundernswerten Unaufgeregtheit sämtliche Themen von Interesse erörtern ließ. John war schnell, in seinen Reaktionen wie im Denken, und das auf eine liebenswert uneitle Art und Weise, wie ich sie später nie wieder an jemandem erlebte.

Er war derart uneitel, dass ich lange unterschätzte, wie erfolgreich er mit seinen Büchern in den USA tatsächlich war. Mitunter flog er für ein, zwei Wochen nach New York und traf seine Agentin, er verhandelte Vorschusssummen, die mich sprachlos machten, oder er besuchte, so er gerade vor Ort war, einen sorgfältig bestückten Autorenstammtisch, ich glaube, er trank mit so Leuten wie Philip Roth und Zadie Smith extravagante Schnäpse und aß Austern und, wenn ich es recht verstand, beriet er Paul Auster in Frisurfragen, aber es schien ihm alles nicht besonders erzählenswert.

Er war klug, ohne ein Gewese darum zu machen, er war, wie die meisten besonders klugen und begabten Menschen, bescheiden. Als ich ihm Jassen beibrachte, gewann er praktisch von Anfang an Runde um Runde. Er sprach konsequent von »Anfangergluck«; las ich etwas in der Zeitung, das ich nicht begriff, leitete er seine sachverständige Erklärung stets mit den Worten ein: »Das ist wirklich sehr merkwurdig, ich verstehe es auch nicht. Vielleicht damit ist gemeint ...« John war ein zutiefst freundlicher und umgänglicher Mensch, er prahlte nicht, er neidete nicht, und er trug einem nie etwas nach. Es war leicht, mit John zu reden, es war leicht, mit ihm zusammen zu sein.

Vielleicht war es seiner liebenswürdigen Geduld geschuldet, die mich allzu sehr ins Plaudern brachte oder schlicht der Tatsache, dass ich nie zuvor in dieser Ausführlichkeit jemandem über die Hobbs Auskunft gegeben hatte, vielleicht war es die nagende Kraft der beständigen Heimlichkeit, die mich schwächte und empfänglich machte für ein lauschendes Ohr. Jedenfalls wurde ich nachlässig und, ja, ich brach die unmissverständlichen Regeln meines Berufs und erzählte ihm Dinge, die ich nicht hätte erzählen sollen.

»Ich habe keine Ahnung, was ich tun soll, ich habe einfach keine Ahnung«, sagte ich.

Er krempelte sich ebenfalls die Hosenbeine hoch und setzte sich neben mich, tauchte behutsam seine weißen, irgendwie sehr amerikanischen Füße ins Wasser. Es war Samstagnachmittag, auf dem See dümpelten Boote und Möwen, das Wasser war samtig warm.

»Nichts«, sagte er, »it's none of your business.«

Seit einiger Zeit begann das Amerikanische in Johns Sätzen interessanterweise wieder Raum zu gewinnen, es wucherte, man hätte denken können, es wäre umgekehrt, und es verließe ihn, je länger er hier weilte, aber es war genau umgekehrt: Er war amerikanischer denn je. Womöglich war es auch die Gewissheit, bald wieder zurückzukehren, zurück nach Brooklyn, es beschäftigte mich, aber wir sprachen nicht darüber.

»It's none of your business«, wiederholte er.

»Doch«, sagte ich, »ist es wohl, er ist mein Freund, sie ist meine Arbeitgeberin, ich habe sie bekannt gemacht, ich stecke mit drin.«

»Sie haben sich kennengelernt, ohne deine engagement. Und sie sind erwachsen. Sie tun what they want.«

»Und ich soll zuschauen, wie sie Hals über Kopf ins Unglück rennen?« Ich stand auf und schüttelte das Wasser von den Füßen und ging ein paar Schritte. Ich stemmte die Hände in die Hüften und schaute auf den See, ich war immer hingerissen von dem zarten Schweben der Möwen auf den Wellen, wie mühelos diese schweren Körper auf und nieder wogten.

»Sure. Ist aber nicht sure, dass es Ungluck ist. Vielleicht ist alles ganz easy.«

»Nichts ist easy«, ich stieg über die Steine zurück. »Ich

habe zum Beispiel einen gar nicht easy Loyalitätskonflikt.«
Ich setzte mich auf einen der Felsbrocken am Ufer und
legte die Hände auf die Knie, »Was sag ich nämlich zu
Herrn Hobbs?«

»Nichts. Ist nicht your business.«

»Aber ich weiß etwas, das ihn betrifft.«

»Kann sein. But who are you to tell him?«

»Was soll das heißen? Weil ich nur ein Diener bin?«

»Nein. Weil dein Job ist loyalty. Allen gegenuber. Du
lebst mit secrets, always. Das Schwierige in your job ist, to
own them.«

Ich dachte darüber nach, es klang einfach, aber ich war
nicht überzeugt.

38 Ich rechnete mir aus, dass Olli bei der Arbeit war,
und fuhr an einem Freitagnachmittag nach Feldkirch und wartete in der Gärtnerei auf Gösch. Ana Batlogg
hatte mir eine Tasse Tee gemacht und arbeitete nun drüben im Gewächshaus. Ich saß wieder unter dem Birnbaum,
die Früchte waren schon deutlich größer geworden. Ich
schaute aufs buschige Kartoffelfeld. Wie viele Kartoffeln
waren gepflanzt und wieder geerntet worden seit unserem
Gespräch damals? Alex Tschabitschner. In Kanada mit
Mitzi Knurr. Er hatte mir also eine runtergehauen. Ob er
immer noch so ein Arschloch war?

Mir flog etwas ins Gesicht, und ich schreckte zusammen,
irritiert hielt ich einen blauen Pullover in der Hand.

»Na, schläfst du grad ein?« Gösch ließ sich neben mich auf die Bank fallen, nahm mir seinen Pullover ab und wischte sich damit übers Gesicht, dann legte er ihn sich auf den Kopf.

»Wo kommst denn du her?«, ich musterte ihn, er war völlig verschwitzt.

»Aus Gurtis.«

»Ach so.«

Ich schaute wieder auf die Kartoffelpflanzen, ich sagte nicht, dass ich es bescheuert fand, nach Gurtis zu laufen, vielleicht lief er therapeutisch, vielleicht konnte Gösch keine Therapie machen, aber nach Gurtis laufen, und womöglich hatte es den gleichen Effekt, nur war es billiger. Er sah, das musste ich sagen, definitiv besser aus, irgendwie gesünder, friedvoller, ohne diesen Hang zur lyrischen Depression.

»Gösch, du wirst wieder Vater.«

Er nahm den Pulli vom Kopf und legte ihn weg, er schwieg, ich merkte, wie er in Habachtstellung ging, ich schaute in meinen Tee.

»Hm«, sagte er.

Ich wartete, er sagte nichts.

»Also ich denke, du wirst Vater.«

»Von wem?«

»Das ist nicht witzig.«

Wir schwiegen wieder, er schien in tiefes Nachdenken verfallen zu sein.

»Also ich bin mir ziemlich sicher.«

»Wie sicher?«

»Ziemlich.«

»Wie darf ich das verstehen?«

Ich stellte den Tee weg und stand auf, ich ging ein paar Schritte und blickte auf meine fein polierten Schuhe im Gras, das blöde Kartoffelfeld, ich murmelte etwas.

»Was?«

»Die Tabelle«, sagte ich, diesmal lauter, »ich kenne ihre Tabelle.«

»Wessen Tabelle? Und überhaupt: Was für eine Tabelle?«

»Ist doch egal.«

»Du kennst also die Tabelle. Und was sagt die Tabelle?«

»Die Tabelle sagt, dass sie an den Tagen um ihren Eisprung herum in Paris war.«

Er sagte lange nichts, ich schaute lange den kleinen Acker an.

»Verstehe. Also ist es sicher.«

»Was ist sicher?«

»Dass ich der Vater bin.«

»Warst du in Paris?«

Wir schauten uns an, er schwieg.

»Ziemlich sicher«, ich ging einen Schritt auf ihn zu, er hatte meine Teetasse genommen und steckte seinen Finger hinein, ließ eine Fliege daran hochklettern.

»Ich verstehe nicht, was daran ›ziemlich‹ ist. Wenn ich in Paris war und sie auch und sie nun schwanger ist, dann ist es ja wohl sicher.«

Ich drehte mich um und ging ein paar Schritte über die Wiese, durch die Scheiben des Gewächshauses sah ich Frau Batlogg, sie hatte eine Reihe kleiner Tontöpfchen vor sich, in was hatte ich mich da bloß hineinmanövriert? »Ich sage ›ziemlich sicher‹«, sagte ich in Richtung der Kartoffeln, »weil sie am Tag nach ihrer Rückkehr aus Paris mit ihrem Mann geschlafen hat.«

Gösch sagte nichts, ich wartete kurz, dann wandte ich mich um und setzte mich wieder neben ihn auf die Bank.

»Das war die Fliege.«

»Verdammt«, ich stand auf und klaubte das zerquetschte Insekt vom Hosenstoff.

»Eben gerettet, schon hinüber.«

»Es war keine Absicht.«

»Ich weiß nicht, ob das karmatechnisch etwas ändert, wir sollten Isi fragen.« Er machte eine Pause, dann fuhr er fort: »Das kannst du nicht wissen.«

»Ich weiß es.«

»Wie willst du das wissen?«

»Ich mache die Betten. Ich weiß, wann sie miteinander schlafen.«

»Das ist lächerlich.«

»Hör zu«, ich holte tief Luft und legte den Kopf in den Nacken, schaute in die schwer behangenen Zweige des Birnbaums. »Frau Hobbs schläft in seidenen Nachthemden von *Derek Rose* und Slip. Immer. Wenn sie Sex haben, streift sie sich das *Derek-Rose*-Hemd sowie den Slip ab, er klemmt dann irgendwo zwischen den Matratzen, oder ich schüttle ihn morgens aus der Bettdecke.«

»Wie oft?«

»Was meinst du?«, ich kippte den Kopf wieder nach vorne und schaute ihn an. »Ach so«, ich schaute wieder weg, »nicht oft.«

»Mein Gott, hast du einen Scheißberuf«, sagte Gösch langsam.

Ich antwortete nicht darauf. Ich hasste dieses Gespräch, ich hasste mich darin, und ich hasste Gösch dafür, dass ich es führen musste.

Wir saßen noch eine Weile im Garten, es wurde kühler, aber keiner von uns machte Anstalten, ins Haus zu gehen. Ab und zu schaute ich Gösch von der Seite an, aber er schien wieder mystisch versunken in seine Gedanken.

Irgendwann hörten wir den Volvo auf den Hof fahren, ich schaute auf die Uhr, Olli kam früh aus dem Büro.

»Ich denke«, sagte ich zu Gösch, »das sollte unter uns bleiben.«

»Das klingt wie aus einem Agentenfilm.«

»Kann sein«, sagte ich, »Fontane wäre sicher passender, eine von diesen ergreifenden Szenen aus *Effi Briest*, aber ich hab ihn grad nicht zur Hand.«

»Es klingt, genau genommen, gar nicht wie aus einem Agentenfilm«, fuhr Gösch fort, ohne auf das Gesagte einzugehen, »es klingt wie aus *Johnny English.*«

»Wer ist Johnny English?«

»Mr Bean, der denkt, dass er ein Agent sei.«

»Ach so.«

»Krischi, du bist ein Idiot.«

»Okay«, sagte ich, »Mr Bean ist einfach nicht so mein Humor.«

Olli kam um die Ecke geschlendert, er warf seine Ledertasche in ein Gebüsch. »Du hier?«, rief er erfreut, aber ich war völlig perplex.

»Da staunst du, oder?«, er fuhr sich über das nackte Gesicht und tätschelte sich die Wangen, »alles ab.«

»Ich weiß gar nicht, was ich sagen soll.«

»Sag einfach, wie gut ich aussehe.«

»Du warst der Letzte, der die Fahne hochgehalten hat.«

»Zeiten ändern sich.«

»Wieso bloß sagt mir das derzeit jeder?«

»Ist einfach so.«

»Muss mans dann noch extra erwähnen?«

»Kommt drauf an, ob du damit klarkommst. Wenn du sagst, dass ich gut aussehe, erwähn ichs nie wieder.«

Ich musterte ihn noch mal, er sah gut aus, ja. Und völlig verändert. War das bei uns allen so gewesen? Olli sah ohne Bart hundert Jahre jünger aus, aber auch männlicher, irgendwie gelassener.

»Olli«, sagte ich, »du siehst nicht nur gut aus. Du siehst so aus, als würden dir *Klausur und Wandern in den Bergen* irrsinnig gut tun. Ich bezweifle, dass der Effekt bei den Giftlern auch nur annähernd so beeindruckend ist, ich glaube, die kommen völlig fertig wieder und sehnen sich nach ihrem Stoff, und du spazierst runter, hast abgespeckt, traust dich das erste Mal im Leben zum Haareschneiden zu *Haargenau* und bist ein neuer Mensch.«

Gösch war aufgestanden, er und Olli klatschten die Hände aneinander. »Hey«, sagten sie zärtlich.

»Du gehst schon wieder?«, fragte Olli.

»Ja«, sagte Gösch, er tippte etwas in sein Smartphone und wartete kurz. »Wenn ich jetzt loslaufe, bin ich in sechs Tagen in Paris, keine Ahnung, ob diese Onlinekarten eigentlich Pausen einrechnen oder meinen, man laufe vierundzwanzig Stunden durch. Na, mal sehen, ich nehme jedenfalls meine Hängematte mit. Paris«, sagte er zu mir, »da wollte ich nämlich immer schon mal hin.«

Er steckte sein Telefon ein und ging Richtung Haus, verschwand.

»Hä? Hab ich was verpasst?«, fragte Olli, er ließ sich neben mich auf die Bank fallen und trank von meinem Tee.

Ich sagte nichts, mir war flau. Irgendwas in mir zerbrach, hart, lautlos und endgültig.

»Was will er denn in Paris?«

Ich räusperte mich. »Er läuft ja auch nach Schnifis und Gurtis.«

»Stimmt auch wieder.«

Auf Ollis Unterhosen watschelten Pinguine und kämpften zwei Triceratops gegeneinander, auf seinen Unterhemden hielt die gesamte Tier- und Comicwelt Aufmarsch und verblasste über die Jahre, Olli fand so was schön. Elefanten, die auf Badehosen spazierten, klar. Die *Royal Navy* mit ihren kleinen Ankern auf dem Teegeschirr. *Klausur und Wandern in den Bergen* mit den Giftlern, macht doch kein Mensch, Olli liebte Gesellschaft, wieso sollte er in Klausur gehen, er hasste die Berge, warum sollte er sie bewandern. Ich war ein Idiot.

39 »Wie oft?«, fragte er.
»Was meinst du? Ach so. Nicht oft«, sagte ich, ich schaute weg.

»Meinst du, sie verlässt ihn?«

»Olli«, ich drehte mich wieder zu ihm um, ich zögerte, er schaute mich an, sehr direkt. Er sah wirklich gut aus. Er sah aus wie ein Mann, den ich von ganz woanders her kannte und nicht wie der Olli, den ich in seinen dunkelsten Momenten auf einem Idiotenhügel gesehen hatte, als er sogar bei der Pizzatechnik versagt hatte. »Olli«, sagte ich. »Sie wird ihn nicht verlassen.«

»Sie kriegt mein Kind.«

Ich erwähnte nicht, dass »nicht oft« nicht ganz stimmte, dass es mehr geworden war in der letzten Zeit, als hätte die Affäre ihrer Ehe neuen Aufwind gegeben. Ich erwähnte nicht die neu entflammte Intimität zwischen ihnen, gegen die er chancenlos war, auch nicht alles andere, weil er wusste es. Haus, Geld, die Kinder, Familie, Stellung, Prestige, mein Gott, ich hätte ewig diesen Schwachsinn aufzählen können, der Ruf, Gerede, der Zürichberg, ein ganzes Leben. In der einen Waagschale lag alles, in der anderen – keine Ahnung. Eine Liebelei, eine Unvernunft, ein Geruch, eine Anziehung, ein Verlangen, ein Olli, ein Kind. Nichts, was ins Gewicht fiele.

Er lächelte und wandte den Kopf ab. »Natürlich nicht«, sagte er, »ich weiß das, Krischi, ich weiß es. Und dennoch, das macht die Sache kompliziert, sie kriegt mein Kind.«

»Vermutlich. Aber es ändert nichts. Es ist nur für dich kompliziert. Du musst –«

Er nickte. »Versteh schon«, sagte er. »Ist schon klar. War mir immer klar. Ist nur schwer.«

»Ich weiß, Olli. Es tut mir so leid.«

»Du wolltest sagen: ›Du musst sie vergessen‹, nicht wahr? Ein saublöder Satz, Gösch hätte dir den Mund mit Seife ausgewaschen. Gott sei Dank ist er auf dem Weg nach Paris. Wie kam er eigentlich auf Paris?«

»Keine Ahnung, ist doch egal, Gösch ist verrückt. Aber

es stimmt. Es ist kein guter Satz. Ich weiß wirklich nicht, was ich sagen soll.«

»Schon okay. Ist okay.«

»Olli –«

»Lass uns ein andermal reden«, er stand auf, ich stand auch auf, wir umarmten uns.

»Kommst du klar?«

»Immer. Brauch nur ein bisschen Zeit. Ich melde mich.«

Er ging über die Wiese und verschwand durch den Hintereingang im Haus.

Ich stand noch eine Weile unter dem Birnbaum. Ein Bild war es, das sich vor meinem inneren Auge scharfstellte, ohne dass ich es verhindern konnte: Frau Hobbs, wie sie leise, sehr sehr leise durchs Haus ging und sacht an die Tür eines Gästezimmers klopfte und eintrat, während Gösch und ich draußen auf der Terrasse saßen und uns belauerten. Mein Gefühl sagte mir, dass es so gewesen sein musste.

Dann holte ich Ollis Ledertasche aus dem Buschwerk, leerte den Tee ins Gras und stellte beim Gehen Tasche und Tasse auf die Treppe.

40 Er rief mich drei Wochen später an, es war Sonntag, und ich war gerade dabei, den Apfelkuchen auf die Etagere zu schichten. Er klang ruhig, wie immer, eigentlich fast heiter.

»Du willst was?«, ich schaute mich um und ging aus der Küche, die Hobbs saßen im Salon, sie hatten Besuch von einer befreundeten Familie und warteten darauf, dass ich den Kaffee servierte, Aurelia klampfte gerade etwas auf der Gitarre und verbreitete Lagerfeuerstimmung, alle lauschten gerührt. Ich lief die Treppe ins Erdgeschoss hinunter und zog mich ins Arbeitszimmer zurück.

»Keine gute Idee«, ich wechselte das Ohr und setzte mich in Frau Hobbs' Schreibtischstuhl, drehte mich leise, »lieber ohne Abschied, meinst du nicht?«

»Nein, meine ich nicht. Ich will noch eine Nacht mit ihr.«

»Das ist mindestens ein genauso saublöder Satz wie –«

»Kann sein. Vielleicht gehören solche Sätze zusammen. Jedenfalls werde ich sie danach vergessen, das willst du doch so.«

»Wieso überhaupt sagst du mir das?«, ich warf einen Blick auf die Tür, *Blowin' in the Wind* lag in den letzten Zügen, ich musste gleich wieder hoch. »Ich habe damit nichts zu tun, du hast mich ja bisher auch nicht um Erlaubnis gefragt. Leider.«

»Schon klar. Aber du musst mir mit einer Sache helfen.«

Ich servierte Kuchen und Schlagsahne und goss den Kaffee ein. Es war ein langsamer Septembertag, der Regen klatschte in Zeitlupe gegen die Scheiben, und ich knipste zwei weitere Lampen an. In den letzten Tagen war es deutlich kühler geworden, ich hatte vor zwei Stunden den Kamin angezündet. Ich mochte den Geruch von frischem Kaffee und Kaminfeuer, ich mochte es, wenn dieses träge Herbstlicht alles sanft wirken ließ und ein bisschen fragil, ich fand – ganz im Gegensatz zu Göschs Beschreibung –, ich fand, es war ein trauliches Licht, das machte, dass einem die Welt ein wenig entrückt schien, das einen ein bisschen melancholisch stimmte, aber es überwog das Behagen.

Herr und Frau Hobbs saßen nebeneinander auf dem großen Sofa, er hatte den Arm um sie gelegt und streichelte sanft ihren Nacken, ihr Bauch war, obwohl die Schwangerschaft noch nicht weit vorangeschritten war, schon zu sehen, und steckte in feinster gelber Rohseide, die ihren Teint besonders gut zur Geltung brachte. Raphael und Aurelia schaufelten mit den drei anderen Kindern den Kuchen in sich hinein, um möglichst schnell verschwinden zu können, die beiden Paare plauderten, und ich schöpfte Sahne nach. Ich betrachtete sie alle. Hier saßen sie, an einem gemütlichen Sonntagnachmittag, aßen Marthas Kuchen, tranken meinen Kaffee, hier saß Frau Hobbs inmitten ihrer Brokatvorhänge, Biedermeiermöbel und verpackt in gelber Seide, inmitten günstigen Lichts, fern von allem, was hässlich und schwierig war. Nichts war kompliziert, für sie. Sie hatten alles.

Und ich dachte an dieses Geräusch, das nur ich gehört hatte, in Ollis Garten, dieser trockene, harte Laut, als kurz und glatt mein Herz brach.

Am Abend schickte ich Olli eine Fotografie von Herrn Hobbs' Terminkalender, er würde in ein paar Wochen für einige Tage verreisen, ich schrieb ihm, ich wäre ab Samstagmittag bei John.

Nachdem ich die Nachricht abgeschickt hatte, saß ich da, schaute hinaus in den versunkenen Garten, hinüber zum beleuchteten Haus. Ich sah Frau Hobbs wie ein stolzes Seepferdchen in ihrem Schlafzimmer umhergehen. Ich überlegte, was noch zu tun wäre. Die Kinder? Fürs Zelten mit der dicken Pfadfinderin war es zu kalt. Verabredungen mit ihren kleinen Freunden? Zu anfällig für Kalamitäten, was, wenn nur eine Vereinbarung klappte, die andere nicht, was, wenn Aurelia dann Heimweh hatte oder Raphael Bauchweh?

Ich möchte dieses Bild von ihm wieder loswerden, das sich festgesetzt hat, wie mit feuchten Farben in meinen weichen Kopf gemalt, unauslöschlich wie ein Fresko: Herr Hobbs steht oben am Dachfenster, schaut hinüber zum Pavillon. Eine Erinnerung wie ein Schlag ins Gesicht.

41 Ich hörte seine Nachricht erst abends. Ich starrte mein Handy an und legte es dann behutsam auf den Tisch, John trug gerade das Huhn auf. Ich fühlte mich, als wäre ich gegen eine Tür gelaufen, ich stand auf und verschüttete den Wein, John stellte den Bräter ab und reichte mir eine Serviette, ich hielt sie nutzlos in der Hand und starrte den Fleck auf meinem Hemd an, dann schaute ich auf. »Er kommt zurück«, ich flüsterte, ich räusperte mich. »Er kommt früher zurück«, wiederholte ich.

Wir schauten uns an. Ich hatte ihm nicht viel erzählt, aber John war John, er las den verdammten *Ulysses* und verstand ihn, er checkte solche Dinge innerhalb von Sekunden.

»When did he send it?«

Ich schaltete das Handy wieder ein und suchte nach seiner Nachricht. »Heute Mittag. Er wollte gegen zwanzig Uhr dreißig zu Hause sein«, ich schluckte leer und legte, wie man zur Beruhigung die Hand auf einen Hundekopf sinken ließ, die Hand auf das Brathuhn. »Es sollte eine Überraschung sein«, sagte ich mit einer Stimme wie perforiert.

Wir blickten beide auf die Küchenuhr, es war kurz vor neun, eigentlich fühlte ich mich gar nicht, als wäre ich gegen eine Tür gelaufen, ich fühlte mich, als hätte man mit einer Tür nach mir geworfen, ich fühlte mich, als werfe man nun unablässig mit Türen nach mir, ich nahm die Hand vom Huhn und wischte sie an der Serviette ab.

John rief ein Taxi, er brachte mir meinen Mantel. »Soll ich mitkommen?«

Ich schüttelte stumm den Kopf.

Er betrachtete mich für einen Moment und schlüpfte ebenfalls in eine Jacke, warf einen Blick in die Küche, dann setzten wir uns unten ins Taxi, er würde, so meinte er, bei den ortsansässigen Kunstschaffenden auf mich warten.

Ich stieg aus dem Auto und umrundete hastig das Haus, vielleicht, dachte ich, wenn ich rasch genug hinüberliefe zum Pavillon, wenn sein Flug Verspätung gehabt hatte, wenn er sich im Haus erst mal einen Bissen aus dem Kühlschrank geholt hatte, wenn er die Zeitung aufgeschlagen oder den Fernseher kurz angeschaltet hatte, wenn er erst mal unter die Dusche gestiegen oder sich umgezogen, wenn er sich einen Drink gemixt oder noch telefoniert hatte, wenn irgendwas, einfach irgendwas diese filigrane halbe Stunde überbrückt hatte, wäre noch Zeit genug, einer blind suchenden Hand knapp zu entwischen.

Was war es, das mich innehalten ließ unter der Gleditschie, was brachte mich dazu, mich unter den Zweigen zu verstecken und nach oben zu schauen, zu den Fenstern des Hauses hinauf und höher und bis zum Dach, was ließ mich hinaufschauen zum Dachfenster?

Warum er damals auf den Dachboden ging, ich habe keine Ahnung, aber ich denke es mir so: Er stieg aus dem Taxi. In der Diele legte er sein Gepäck ab, seinen Mantel. Er warf einen Blick in die unteren Räumlichkeiten, in Frau Hobbs' Büro, ins Bügelzimmer, ins Nähzimmer, niemand da. Er ging die Treppe hoch, schaute ins Wohnzimmer, in den Salon und die Küche – keiner. Das Esszimmer: leer, der lange Tisch, die vielen Stühle, alles wirkte unbehaust. Er schaute auf die Uhr, es war halb neun, wie angekündigt. Er wunderte sich, wo waren denn alle? Ihm fiel ein: Es war der lang geplante Samstag, die Kinder übernachteten bei seiner Schwägerin, die Köchin hatte vielleicht frei. Er rief nach Bernadette. Er rief den Butler. Kein Butler. Er schaute abermals auf die Uhr und ärgerte sich ein wenig, weil er keine Ahnung hatte von meinen Arbeitszeiten, er dachte, der Butler hat doch nicht Feierabend und schon gar nicht seinen freien Tag, der Butler sollte auf dem Posten sein und butlern, was das Zeug hält. Er stieg wieder hinab, seine Frau war nicht im Gemüsekeller und steckte nicht zwischen den Weinflaschen, sie sichtete nicht die Skiausrüstung, wieder oben suchte er sie im Wintergarten beim Blumengießen, er suchte in der Speisekammer und im unteren Bad. Er stieg ein Stockwerk höher,

Schlafzimmer, Teezimmer, Bibliothek, er suchte sie schlafend, Tee trinkend oder lesend, im Ankleidezimmer beim Ankleiden, im Bad beim Baden, noch höher: die Kinderzimmer, noch mehr Bäder, eins ging noch: Dachstock. Ich sah ihn nie dort oben, was sollte er da wollen, an diesem Tag aber stieg er hinauf. Vier ungenutzte Dienstbotenzimmer, mein ehemaliges Zimmer und ein Raum mit dem üblichen Dachbodenplunder, Hodler und Kirchner. Schnaufend nach diesem unerquicklichen Marathon lugte er schwermütig aus dem großen, runden Giebelfenster. Er war so wahnsinnig erschöpft, sowieso und nach dieser vergeblichen Suche erst recht. Er erfreute sich kurz, aber ehrlich der exzellenten Aussicht, der Wipfel der Linde wiegte leise im Wind. Er hatte einen elegischen Moment, er hatte ein Gespür für die Poesie dieses Augenblicks, doch was war das? Der Pavillon war fröhlich erleuchtet, wie eine unberührte Schneekugel glitzerte er aus der tiefen Dunkelheit des Gartens. Ist das denn die Möglichkeit?, dachte er sich. Der Butler, wohl informiert über seine verfrühte Rückkehr, lungerte faul im Bett herum? Er griff sich das Teleskop seines Sohnes Raphael, stellte es scharf, und glasklar sah er durch die praktischen Oberlichter der Kuppel die nackte und sichtbar schwangere Mutter seiner Kinder in einem wüst zerwühlten Bett und das mit einem Mann, den er noch nie gesehen hatte.

Ich stand unter der Gleditschie und schaute nach oben, ich lehnte mich an den Stamm, schloss die Augen, unfähig, irgendetwas zu tun. Was sollte das auch sein. Es gab nichts zu tun. Da draußen flogen Türen, ich konnte nur noch geduckt nach ihnen Ausschau halten.

»Ich bin bei John«, hatte ich zu Olli gesagt. »Ich meine nur. Falls du lieber im Pavillon bist als im Haus.«

»Klar«, hatte er gesagt. »Danke, Kumpel.«

Ich atmete kurz durch und trat vorsichtig wieder einen Schritt nach vorne. Ich sah ihn noch immer am Fenster stehen, hoch aufgerichtet neben dem Fernrohr, unbewegt schaute er hinunter. Die Zeit kroch, als hätte sie jemand getreten. Er schaute und schaute, als würde sich irgendwas klären, als würde er irgendwas verstehen dadurch, als würde es dann besser. Dann drehte er sich um und verschwand.

Ich lehnte mich gegen den Baum. Ich hatte dieses schwammige Gefühl wie kurz vor dem Erbrechen, der Mund wurde seltsam wässrig, die Wärme zog sich aus den Gliedern zurück, als würde eine große Woge sich aufbauen, um alles zu überfluten. Ich erinnerte mich an ihn und seinen Bruder, ich hatte dieses Bild vor Augen, wie sie sich gegenüberstanden, die Hand am Schwert.

Ich jedenfalls verlor die Nerven. Ich drehte mich um und lief rasch aus dem Garten, hinaus auf die Straße und ging so zügig wie möglich, ohne unsittlich zu wirken. Ich stockte kurz, fein gekleidete Leute standen mit Sektgläsern in der Hand auf dem Vorplatz der Kirche, plauderten gepflegt und rauchten, ich ging langsam durch die Menge, schloss meinen Mantel über dem befleckten Hemd und strich mir die Haare glatt, es war irgendeine Vernissage, ich grüßte mechanisch nach rechts und links und suchte nach John.

Wir saßen im Seitenschiff, dem Ort unseres ersten Gesprächs, und schwiegen. Wir warteten einfach.

42 Ich kehrte erst am Sonntagnachmittag, regulär zum Beginn meiner Arbeitsschicht, ins Haus zurück. Ich schloss leise die Haustür hinter mir, lauschte. Von oben ertönte Musik, die Wochenauswahl, irgendwas Flottes mit Streichern, langsam stieg ich nach oben und trat in den Salon. Aurelia lungerte mit Olli gemütlich in den Sesseln in der Erkernische, sie spielten eine Partie Schach, Frau Hobbs saß auf dem Sofa, sie trug ein fliederfarbenes Leinenkleid und hatte die Beine angewinkelt und strickte an einem gemusterten Strampler, Raphael platzte hinter mir zur Tür herein, warf einen Blick aufs Schachbrett, offensichtlich wartete er darauf, an die Reihe zu kommen. Alle lächelten mir glücklich zu, ich schaute mich nach Herrn Hobbs um, Frau Hobbs hielt mir eine Packung Pralinen hin, ich erkannte das Etikett des Feldkircher *Schokomüüsle.* »Wo ist denn Herr Hobbs?«, fragte ich, ich flüsterte, niemand hörte mich, ich wiederholte meine Frage.

Frau Hobbs schaute verwundert hoch, er käme doch, sagte sie, sie schaute wieder auf ihr Strickzeug, zählte lautlos und hob ein paar Maschen für den Zopf ab, erst heute Abend, ob ich das vergessen hätte, das wäre, sagte sie freundlich neckend, doch so gar nicht meine Art, ich hätte, fuhr sie fort, in all den Jahren noch nie einen Termin durcheinandergebracht. Geistesabwesend nahm ich mir eine Praline und danach gleich noch eine, ich aß der Reihe nach alle Pralinen, ich nickte langsam. »Stimmt«, sagte ich, »heute Abend, natürlich, ich habe da wohl was durcheinandergebracht.« Ich ging hinüber in den Pavillon, um mich umzuziehen. Das Bett war gemacht, das Fenster leicht geöffnet, es war kühl im Raum. Ich schaute mich um. Nichts war zu sehen, keine kleine Veränderung, es war nur das geöffnete Fenster und das Wissen darum, dass Olli in meinem Bett geschlafen hatte.

Er fuhr gegen fünf, ich war nicht dabei, als sie sich verabschiedeten, ich wusste nicht, wie sie verblieben waren, für den Moment und für die Zukunft. Es hatte alles in allem vollkommen heiter gewirkt, wie sie zusammmen so entspannt im Salon gesessen hatten, unbeschwert war Olli mit den Kindern über den Teppich gekrochen und hatte Frau Hobbs den Strampler aus den Händen genommen, um selbst ein paar Reihen zu stricken. Alles an diesem Nachmittag hatte selbstverständlich gewirkt. Oder hatte ich mich täuschen lassen? War diese Harmonie gar nicht echt gewesen, war sie durchädert gewesen von einer Traurigkeit, für die ich einfach kein Gespür hatte?

43 Als Herr Hobbs abends eintraf, pünktlich um sieben zum Abendessen, war ihm nichts anzumerken. Ohne Hast trank er einen Aperitif, gelassen verzehrte er die Kalbspasteten und ließ sich von mir eine zweite Portion Salat auftun, mit liebenswürdiger Miene lauschte er beim Eis den knappen Antworten seiner Kinder auf die Frage, wie es denn bei ihrer Tante gewesen sei und den umso schwelgerischeren Ausführungen über Olli, freundlich meinte er, nun müsse er diesen geheimnisvollen Olli doch wirklich einmal kennenlernen, scherzend fragte er seine Frau, ob sie ihn wohl vor ihm verberge, da er wie durch Zufall immer dann zu Besuch komme, wenn er nicht da sei, ebenso scherzend antwortete sie: »Ganz recht, Darling, ich halte ihn vor dir verborgen« und küsste ihn liebevoll auf die Wange, er berichtete ruhig von seinem Londoner Treffen und Geschäftlichem, die Kinder gingen sich umziehen und kletterten danach noch im Schlafanzug auf seinen Schoß, Frau Hobbs ging nach oben, um sich ebenfalls etwas Bequemeres anzuziehen, und er schickte kurz darauf die Kinder zu Bett.

Er saß alleine auf dem Sofa. Er hatte das Jackett abgelegt und schaute ins Feuer. Ich ging mit der Weinflasche hinüber und schenkte ihm nach, ich räusperte mich.

»Herr Hobbs«, sagte ich, »Sie müssen verzeihen, ich habe Ihre gestrige Nachricht erst heute gesehen. So etwas passiert mir normalerweise nicht.«

»Kein Problem, Robert, es war ganz falscher Alarm. Ich dachte, ich könnte meine Frau überraschen, und dann kam mir doch noch was dazwischen«, er lachte und trank sein Glas leer, hielt es mir noch einmal hin. »Geschäfte mit Amerikanern sind völlig unkalkulierbar, man steigt im einen Moment in den Flieger und sitzt im nächsten schon wieder am Verhandlungstisch.«

»Ich verstehe«, ich zitterte nur unmerklich, als ich das Glas erneut füllte, »ich bin froh, dass mein Fauxpas in dem Fall keine Folgen hatte.«

»Aber gar nicht, es ist meine Schuld, ich hätte wissen sollen, dass es Ihr freier Tag war, ich bin in diesen Dingen ein hoffnungsloser Fall. Sie haben Ihren Freund somit gar nicht persönlich angetroffen?«

»Nur heute kurz, nach meiner Rückkehr.«

»Nur heute«, Herr Hobbs nickte langsam, »ach so.«

»Ich meinte, nur heute Nachmittag, ich habe ihn heute Vormittag nicht gesehen, ich war auswärts.«

»Verstehe. Sie könnten langsam eifersüchtig werden.«

»Eifersüchtig, Herr Hobbs?«

»Sie könnten den Verdacht haben, er besuche eher meine Familie als Sie.«

»Olli liebt Kinder, Herr Hobbs, ich fürchte tatsächlich, er würde für Kinder seine besten Freunde verraten.«

»Wer verrät wen?«, Frau Hobbs kam herein, sie hatte sich einen gütig grünen Kimono angezogen, Äste voller rosafarbener Kirschblüten überzogen ihren Babybauch.

»Niemand, Liebling, niemand«, er zog sie zu sich auf den Schoß, strich mit seiner großen Hand über ihren Rücken und küsste sie in die Halsbeuge, ich zog mich zurück. Als ich die beiden Flügel der Tür zuzog, sah ich sie, die Köpfe aneinandergelehnt, die Augen geschlossen, sie lächelten, Frau Hobbs war ein gesegneter Mensch, das Leben deckte ihr reich den Tisch, und sie bediente sich großzügig, das Gemüt sonnig, und Herr Hobbs war ein Mann des Erfolgs. Er wusste, welche Kämpfe es zu fechten galt und welche es gar nicht wert waren.

In den Tagen darauf schien es so, als hätte ihre Liebe neuen Aufwind erfahren, sie waren glücklicher denn je, regelrecht verschwörerisch wirkten sie und völlig unbeschwert, wie sorglose Teenager, unbeleckt vom Leben und glücklich Hand in Hand radelnd auf dem Weg ins Schwimmbad, im Gepäck nichts als Bier und Rumkugeln. Sie tauchten ab in lange, intime Blicke, er umfing sie von hinten, wenn sie einen pastellfarbenen Blumenstrauß arrangierte, wiegte sie verträumt in den gebügelten Armen, sie lag auf dem Sofa, den Kopf malerisch gebettet auf ein hübsches Kissen, und er las ihr unter ausgelassenem Gelächter aus den Büchern von P. G. Wodehouse vor, sie steckte ihm beim Frühstück kleine Stücke gebutterten Toasts in den Mund, und er küsste ihre Fingerspitzen, er setzte sich an den Flügel und stimmte mit unerhört geschulter Stimme irgendwelche Zwanzigerjahreschmonzetten an und sie lehnte sich bewundernd an ihn, strich durch sein energisches Komponistenhaar. Nachts tanzten sie eng umschlungen zur Musik vom großen Manitas, und ich stand in der Diele und schaute ihnen zu.

Ich muss sagen, es widerte mich an. Wir hatten eine offen ausgestellte Verliebtheit noch nie leiden können, aber das hier war vollends geschmacklos – von den peinlichen Situationen, in die es mich brachte, mal ganz abgesehen. Wir verachteten schon in jungen Jahren zutiefst dieses öffentliche Knutschen, dieses Gebaren, mutierten fleischfressenden Pflanzen gleich, das konvulsische Zittern verliebter Pärchen am hellen Tageslicht, es rangierte für uns in der allgemeinen Werteskala der unmöglichen Dinge vor der Jeanshose und direkt nach nackten Beinen und dem Bebaden diverser Freizeitbecken, und ich für meinen Teil sehe noch immer nicht ein, wieso ich – abgesehen vom Tragen geeigneter Badebekleidung im Rahmen der sportlichen Ertüchtigung – von dieser Liste abweichen sollte. Ich bade, das ja, ich schwimme, aber ich wüsste nicht, wieso ich ansonsten durch das Tragen kurzer Hosen meine Beine der Lächerlichkeit preisgeben sollte. Und genau so denke ich auch nach wie vor über die romantischen Gefühle. Die Liebe ist natürlich eine wunderbare Sache, Diskretion jedoch ihr bester Freund. Ihre Zurschaustellung zeugt meiner Ansicht nach davon, sich ihrer versichern zu müssen. Es ist erbärmlich. Und die Hobbs in ihrer Erbärmlichkeit zu sehen, war mir regelrecht unerträglich.

44 Es muss eine knappe Woche später gewesen sein, als alles anfing, in sich zusammenzustürzen.

Irgendwas war vorgefallen. Herr Hobbs kam an einem Freitag ungewöhnlich früh aus der Kanzlei, er sah nicht gut aus und ging grußlos am Salon vorbei, wo seine Frau und die Kinder sich mit dem Fertigen von buntem Fensterschmuck vergnügten, ging die Treppe nach oben und verschwand sofort in der Bibliothek.

Ich erstarrte. Ich war selbst gerade auf dem Weg nach oben, ich transportierte einen Stapel Tischwäsche auf den Armen, er lief auf der Treppe an mir vorbei, als wäre ich gar nicht da. Ich kämpfte zu dieser Zeit immer wieder gegen eine Art Übelkeit, ein fahles Gefühl, das sich in meinem ganzen Körper festsetzte. Es hatte begonnen, als ich die Temperaturtabelle mit Frau Hobbs' Kalender abgeglichen hatte, als ich zu wissen geglaubt hatte, dass Gösch mit ihr in Paris gewesen war, es hatte sich ausgebreitet, als ich verstanden hatte, dass es Olli gewesen war, nicht Gösch, der dieses Kind gezeugt hatte, und es hatte seinen vermeintlichen Höhepunkt erklommen, als ich Herrn Hobbs oben im Dachstock gesehen hatte, regungslos über das Fernrohr gebeugt. Nun merkte ich, dass die Übelkeit durchaus steigerbar war, mir war total schlecht, hundeelend, und ich musste zugeben, ich hatte Angst. Was war passiert, was noch schlimmer war? Welche Information war ärger als die Tatsache, dass die eigene Frau einen betrog, während man selbst geschäftemachend um die Welt jettete?

Was wohl, dachte ich, während ich langsam die Treppe hochstieg und die Wäsche in der Diele im zweiten Stock in den Wandschrank räumte.

Ich schloss leise die Schranktür und lauschte, es war mucksmäuschenstill. Ich trat an die Tür zur Bibliothek und legte das Ohr an die Tür. Nichts zu hören. Ich klopfte vorsichtig und fragte flüsternd: »Ist alles in Ordnung, Herr Hobbs?«

Kein Laut. War er überhaupt in der Bibliothek?

»Ja«, hörte ich ihn dann von drinnen, »alles in Ordnung.«

Ich zögerte. »Brauchen Sie irgendwas, Herr Hobbs, vielleicht einen Tee?«

»Keinen Tee, gar nichts. Danke.«

Ich stand noch eine Weile vor der Tür, was machte er denn da? Stand er am Fenster, am Schreibtisch, vor dem Bücherregal, saß er in seinem Sessel? Auch jemand, der dasitzt und liest, macht irgendein Geräusch, auch jemand, der die Buchrücken anschaut auf der Suche nach Lektüre, jemand, der Akten sichtet, ja, sogar jemand, der aus dem Fenster sieht, macht irgendein Geräusch, zumindest, wenn es ein heiteres Rausschauen ist, ein entspanntes Lesen und eine geschäftige Büchersuche, jede Normalität macht ein Geräusch, selbst eine ruhige Normalität. Die Sorge ist es, die Geräusche verschluckt, die Angst lähmt jede Bewegung, Traurigkeit, Melancholie, die Depression, sie sind es, die alle lebendigen Regungen einfrieren und zum Verstummen bringen.

Ja, was wohl. Ich bemühte mich darum, mich nicht auf der Stelle auf den Teppich zu übergeben, und zog mich ins Badezimmer gegenüber zurück. Was wohl, du Idiot, sagte ich zu mir, als ich mein dummes Gesicht im Spiegel betrachtete und die Hände aufs Waschbecken stützte und ein paarmal tief ein und aus atmete. Ich stieß mich vom Becken ab und ordnete die ordentlichen Handtücher und verrückte die Flakons um ein paar Millimeter. Ich ging im Kopf alles durch, jede Einzelheit. Es gab keine undichte Stelle, es konnte keine geben.

Er konnte nichts wissen. Ja, dachte ich, fast erleichtert, er konnte es nicht wissen, es waren nur Ahnungen, unklare Verdächtigungen, die sich zerstreuen ließen. Ich straffte die Schultern, ordnete mein Haar und ging resolut in die Diele und die Treppen hinunter. Es war nur eine Ahnung, ein Misstrauen, es würde sich wieder legen.

In den folgenden Tagen sah es allerdings nicht danach aus. Er stand zur gewohnten Zeit auf, kleidete sich in gewohnter Manier an, frühstückte wie gewohnt mit den Kindern und seiner Frau, doch anstatt sodann wie gewohnt mit seinem Aktenkoffer aus dem Haus zu eilen, ließ er das nur pro forma angebissene Brötchen auf dem Teller liegen und ging nach oben in die Bibliothek. Dort verbrachte er den Tag. In Hemd und Krawatte, polierten Schuhen und scharfer Bügelfalte saß er, wenn die Kinder nach dem Frühstück das Haus verlassen hatten, in der Bibliothek und tat meines Wissens gar nichts. Nur manchmal hörte ich ihn murmelnd telefonieren, ich verstand nie, worum es ging. Ich fragte mich mit Unbehagen, ob er nicht Probleme bekommen würde, mit seinen Klienten, mit seinem Chef, immerhin war er ein gefragter Anwalt, immerhin konnte er ja ansonsten kaum Urlaub machen, geschweige denn in den Krankenstand gehen, jeder Schnupfen wurde sofort hektisch bekämpft, jedes Halsweh mit Penizillin beschossen, auf dass er bloß keine Sekunde seiner wichtigen Arbeitszeit verlöre, nun lungerte er zu Hause herum, als wäre er in Pension. Er ging, genau genommen, überhaupt nicht mehr aus dem Haus, kein Spaziergang, kein Golf, keine Veranstaltung, kein Gremium, nichts. Er saß in der Bibliothek. Saß er ausnahmsweise einmal nicht in der Bibliothek, lief er herum wie ein Zombi, er strahlte etwas Grimmiges aus, etwas Hartes, Gefährliches. Ich machte sehr routiniert keinen *center point of me* und drückte mich, bemüht um Unauffälligkeit, an ihm vorbei.

Wenn Frau Hobbs morgens herunterkam, hatte sie verquollene Augen, sie schien auf eine Art fassungslos, die ich bei ihr noch nie erlebt hatte. War sie vorher eine leichtfüßige, ätherische Schwangere und trug ihren Bauch mit der Eleganz der pilatesgestärkten Oberschicht, hatte sie nun plötzlich die Schwerfälligkeit einer trächtigen Milchkuh, vorher das blühende Leben in bestens sitzender Schwangerschaftsgarnitur, glich sie nun einer erschöpften Bäuerin, die in Gottes Namen halt auch noch einem zehnten Kind das Leben schenkte und jedes Mal einen Zahn einbüßte.

Es war nicht so, dass die beiden beispielsweise die Speisen nicht mehr anrührten oder der gesamte Tagesablauf durcheinander geriet, ich vermute, sie wahrten der Kinder zuliebe die Contenance. Herr Hobbs schmierte sich morgens Brote, die er gekonnt zerteilte und den Anschein erweckte, mit gesundem Appetit zu essen, auch, wenn er faktisch den größten Teil einfach nur auf dem Teller herumschob, er ließ sich die üblichen Portionen auftun und kaute ewig lange darauf herum, um dann das zerpflückte Fleisch und Gemüse wieder zurückgehen zu lassen, und ich schwöre, einmal sah ich ihn eine Tasse Tee in die Zimmerlinde gießen, als vermutete er Gift darin. Den Kindern war das alles sehr suspekt, sie schlichen durch die Flure und lachten nur verhalten.

Ich selbst fragte mich mit wachsender Unruhe, wie sie aus der Sache wieder herauskommen wollten. Auf was warteten sie denn? Es war eine unerträgliche Situation, und ich rechnete stündlich damit, selbst ins Spiel gebracht zu werden, ich wartete darauf, dass sich die Aggression, die geballte Wut gegen mich richtete, dem feurigen Auge Saurons gleich, das seinen kleinen Feind auf der weiten Ebene suchte und irgendwann auch ortete. Ich schrieb meine Kündigung. Ich trug sie drei Tage lang mit mir herum, ohne den Mut zu haben, sie den Hobbs vorzulegen. Wäre das Überreichen meiner Kündigung nicht verdächtig? Würden sie, es war denkbar, dadurch erst misstrauisch? Ich hatte die Sorge, es wäre womöglich ein ähnlich fataler Fehler wie die Flucht des berühmten Bombenattentäters

Franz Fuchs, der, als er zufällig in eine Verkehrskontrolle geriet, glaubte, er sei entlarvt worden und eine Rohrbombe entzündete in dem Versuch, sich selbst zu töten. Es misslang, aber er verlor beide Hände, und das, wie man sagen muss, ohne Not. Er hatte einfach die Nerven verloren. Er hatte seine Kündigung eingereicht und dabei hatte sich niemand mit ihm beschäftigt.

45 »I still don't understand it«, John ging mit der Gießkanne durch die Wohnung und wässerte die Pflanzen, »wieso sollte er sich freiwillig dem Gericht stellen. It makes no sense.«

Ich hatte das Frühstücksgeschirr weggeschoben und blätterte durch die Zeitungen. Die *NZZ*, wie immer unterwegs im Namen der Aufklärung – kochten irgendwo in Ägypten die Wogen hoch, verorteten liebevolle kleine Landkarten den Herd des Geschehens, ging es um den Nahostkonflikt, erklärten sie einem lang und breit den Grund für die pro-israelische Haltung der USA, und wenn in Fukushima ein Reaktor in die Luft flog, lieferten sie einen Schnellkurs in Sachen kommerzieller Nutzung radioaktiver Energien –, die *NZZ* erläuterte dementsprechend umsichtig und detailwütig, wie auf dem internationalen Kunstmarkt Geldwäscherei und Steuerhinterziehung im großen Stil betrieben werde. Seit gut zehn Jahren, so entnahm ich es den wohlrecherchierten Artikeln, helfe Herr Dr. Hobbs von der Kanzlei *Schärer, Bahr und Grundmann* reichen amerikanischen Geschäftsleuten, durch den steten Weiterverkauf von Kunstwerken über irgendwelche Fantasiefirmen auf den karibischen Inseln Geldwege zu verschleiern. Sein Kundenstamm war beeindruckend und es ging hier nicht mehr um Millionenbeträge. Die Bilder selbst lagerten meist unversteuert in Zollfreilagern in der Schweiz.

Die Staatsanwaltschaft habe, vor allem wegen des Verdachts der Geldwäscherei, Ermittlungen gegen ihn und eine Vielzahl seiner Kunden eingeleitet. Man überprüfe nicht nur die Herkunft der Gelder, sondern versuche auch die Handelsgeschichte der Gemälde zu rekonstruieren, um auszuschließen, dass es sich um Raubkunst handelte.

Herr Dr. Hobbs habe sich zu einer Kooperation mit den Behörden entschieden, wie ich las, er hoffte wohl auf ein vermindertes Strafmaß. Er wollte sich dem Gericht stellen, ja, auspacken, er wollte als Kronzeuge aussagen.

Ich fühlte mich wie neugeboren, leicht, schwerelos, unfassbar glücklich, befreit von der Last der Schuld, die mir seit Tagen auf die Schultern gedrückt hatte.

»Er muss sich dem Gericht stellen? Und wann?«

Ich überflog noch einmal den Artikel. »Steht hier nicht.«

John hatte die Gießkanne weggestellt und sich neben mich an den Tisch gesetzt, er zog eine der Zeitungen zu sich herüber. »Was ist das reduced Strafmaß? Five years? More or less? Wie viel wurde er denn bekommen, if he wouldn't face the court?«

»Es geht hier um Milliarden. Es geht hier darum, dass ein reicher Anwalt dabei behilflich war, über Jahre hinweg – Jahre! – gigantische Summen aus dubiosen Geschäften verschwinden zu lassen, und das alles, um selbst noch reicher zu werden. Ich möchte nicht wissen, was er da für Provisionen kassiert hat.«

»Ich schon.«

»Ja. Ich auch. Das würde ich wirklich gerne wissen.«

»Das erklärt immer noch nicht, wieso er als Kronzeuge auftritt.«

Ich tippte auf die Zeitung. »Es ist doch seine einzige Chance, er wurde ja angeklagt, den Behörden wurden Dokumente zugespielt, die seine Schuld beweisen.«

»Von wem?«

»Keine Ahnung. Von jemandem aus der Bevölkerung – sagt man doch so, oder?«

»Aber wer sollte das sein?«, John legte die Zeitungen nebeneinander und betrachtete die drei verschiedenen Fotos von Herrn Hobbs, die die jeweiligen Artikel begleiteten. Er runzelte die Stirn und schaute mich an, prüfend, oder doch erstaunt? Heute denke ich eher: erstaunt, vielleicht perplex. Er schaute mich an, fachmännisch, könnte man sagen, und dann wandte ich den Blick ab. Ich sah aus den Augenwinkeln, wie er mich eine weitere Sekunde betrachtete, den Kopf wieder senkte und die Fotografien in der Zeitung studierte. Eines davon war ein Bild von der Webseite der Kanzlei, eines war aufgenommen worden während eines Vortrags auf einem internationalen Wirtschaftsgipfel in Australien, das letzte zeigte ihn in der Pause einer Opernaufführung, ich erkannte die Wandverkleidung der Loge. Des Weiteren war auf einem Bild die Bahnhofstraße zu sehen, in einem der Gebäude befand sich die Kanzlei, es war ein Winterbild, Schneeflocken turnten durch die Luft. »Who knows such things?«, fragte er nun, er schob die Zeitungen von sich weg, »und was für einen Grund hat jemand, if he knows, es den Behörden zu melden?«

»Es ist illegal. Es geht um wahnsinnig viel Geld. Verstehst du, wir zahlen Steuern von unseren ehrlich verdienten, vergleichsweise mickrigen Löhnen und diese Leute lassen ihre schmutzigen Millionen einfach so verschwinden, das ist doch nicht korrekt, oder siehst du das anders?«

»Come on«, sagte er, »seit wann so kommunistisch? You sound like a teen who wears T-Shirts mit Che Guevara darauf und denkt, der Kommunismus nur ist untergegangen wegen the wrong spirit.«

»Das hat mit Kommunismus natürlich überhaupt nichts zu tun, aber was nicht gerecht ist, ist nicht gerecht.«

Er wirkte nachdenklich und fast so, als wäre er nicht recht bei der Sache. »No«, sagte er, »of course not.«

Wir schwiegen. Ich hörte in der Küche den Espresso in der Kanne auf dem Herd hochsteigen und stand auf. Als ich zurückkam, saß er immer noch am Tisch und betrachtete die Fotografien von Herrn Hobbs.

Ich trank den Kaffee und hing meinen Gedanken nach, irgendwann schaute ich auf, er sah mich an, ich weiß nicht, wie lange schon, langsam ging es mir auf die Nerven.

»Und was machst du now?«

»Wie meinst du das?«

»Well, kann gut sein, du bist deinen Job los.«

Ich zuckte mit den Schultern. Ehrlich gesagt hatte ich gerade gedacht, ich könnte nun meine Kündigung vernichten, ich hatte gerade gedacht, dass sich für mich alles wieder einrenkte durch diese Neuigkeiten.

Er wartete noch ein wenig, aber ich antwortete nicht. Irgendwann stand er auf und ging hinüber ins Arbeitszimmer und setzte sich an seinen Schreibtisch, schaltete den Laptop an.

Ich nahm mein Buttermesser vom Teller und wischte es an einem Brotrest ab, dann trennte ich die Artikel aus den Zeitungen und steckte sie in ein Kuvert, beschriftete und frankierte es, ich wollte es später in den Briefkasten werfen, aber ich vergaß es.

46 Es war ein schlampiger Tag. Dies ist eine einfache Geschichte.

Ich fand ihn drüben im Pavillon. Und es war der Moment, in dem sich das Licht veränderte. Ich hatte den Herbst immer gemocht. Ich hatte nie empfunden wie Gösch. Städte machten mir keine Angst, die Ahnung von Winter an einem Novembertag wirkte auf mich nicht bedrohlich, ich fand nicht, dass der fahle Himmel schmutzig aussah oder die laublosen Bäume eine Verlorenheit erzeugten im Herz, ich war nicht der Meinung, dass die Schwermut ein Wetter war oder eine Jahreszeit oder eine Atmosphäre, Melancholie war nichts, was mein Gemüt jemals besetzt hatte.

Aber mein Bett, das Schreibpult und die von mir so geliebte Chaiselongue, die hübsche blassblaue Perserbrücke, alles war voller Blut, ich trat in den Pavillon und in diesem Moment kippte etwas, draußen oder in mir oder wir beide zusammen, die Welt und ich, und ich sah auf und dachte:

Es ist ein schlampiger Tag. Und weiter, als könnte ich mich daran festhalten, als würde es wahrer, je öfter ich es wiederholte: Dies ist eine einfache Geschichte.

Herr Hobbs hatte sich im Pavillon, inmitten all meiner Dinge, erschossen.

Die Tage und Wochen danach sind mir nur noch schemenhaft in Erinnerung, es wundert mich selbst, wie unfähig ich bin, mein Gedächtnis übersichtlich zu sortieren und die Fakten so zu rekonstruieren, dass alles irgendwie einen Sinn ergibt. Die Bilder im Plastiskop werden weitergedreht, und ich schaue einfach zu.

Frau Hobbs und ich sprachen kaum in diesen Tagen. Sie hatte dem restlichen Personal Urlaub gegeben, allein kämpfte ich gegen das anfallende Chaos und bestellte das Essen in der *Delicatessa*, buk Käseküchlein auf oder warf die frischen Eiernudeln ins Wasser. Anwälte gingen ein und aus, Journalisten belästigten uns am Telefon, Freunde und Verwandte rückten an, und nachdem die Kinder für zwei Wochen zu Hause geblieben waren, fingen sie wieder an, die Schule zu besuchen. Anstatt sie wie üblich dorthin zu fahren, setzte Frau Hobbs sie ins Taxi, unser gemütliches Heim hatte die Atmosphäre eines Flughafens angenommen, mitunter machte ich die Betten abends um sechs und irgendwann machte ich sie gar nicht mehr, die Ermittler nahmen sämtliche Computer und Akten mit, sie räumten das Arbeitszimmer leer. Ich zog die Schublade auf und sah, dass sie sogar die über das Jahr gesammelten Martha-Rezepte eingepackt hatten.

Frau Hobbs blieb so lange wie nötig, dann reiste sie mit den Kindern ab. Ich brachte sie zum Flieger nach Paris, eine behäbige Frau inmitten einer Schwangerschaft, die ihr wie ein Fluch vorkommen musste. Sie verschwanden hinter der Sicherheitskontrolle, keiner von ihnen drehte sich noch einmal um.

47 Ich begann, den aufgeräumten Keller aufzuräumen. Dann das Erdgeschoss, ich machte Großreine, aber da war nichts groß zu reinigen, ich mistete aus, aber es gab nichts auszumisten.

Sein Tod hatte mich erschüttert, ja, regelrecht aus dem Konzept gebracht. Ich hatte damit nicht gerechnet. Nach außen hin aber ließ ich mir nichts davon anmerken.

»Es ist eine einfache Geschichte«, sagte ich mehrfach zu John, ich sagte es am Telefon zu Olli, ich sagte es zu Gösch, der mich besuchen kam, es ging ihm nicht gut, er sah hager aus und gehetzt und fahrig, rauchte hektisch und ohne Genuss, aber ich vermutete, Herrn Hobbs' Freitod sorgte seinem moralischen Wertekanon zufolge für eine gewisse Gerechtigkeit, er habe »reiche Arschlöcher«, wie er mich einmal wissen ließ, »immer schon verachtet«. Es ist im Grunde ja eine einfache Geschichte, sagte ich zu meinen Eltern, ich schrieb es Isi in einer Mail.

»Er hatte das Gesicht verloren«, sagte ich beispielsweise, oder: »Was blieb ihm anderes übrig?«, oder: »Er war doch für seinen Beruf verbrannt.« Es schien ihnen einzuleuchten.

John schwieg, meine Eltern seufzten, Gösch sog den Rauch ein und stieß ihn langsam wieder aus, Isi schrieb nicht zurück.

Olli nicht, ihm leuchtete gar nichts ein. »Solche Leute kommen immer wieder auf die Füße«, sagte er immer wieder, »in diesen Kreisen geht man nicht unter, nicht wegen so was.«

Ich wunderte mich, wie er zu so einer Einschätzung kam, woher denn bitte kannte Olli »solche Kreise«, hatte die kurze Zeit an Frau Hobbs' Seite ausgereicht, um zu verstehen, wie dieses System funktionierte? Dass man nicht unterging, wie auch ein Theodor zu Guttenberg nicht untergegangen war, dass man einfach nur ein bisschen abtauchte, um hernach erfrischt und reingewaschen wieder an Land zu schwimmen. Und ich wusste, er hatte recht damit. Ihm gegenüber bestritt ich es wortreich, er fragte immer wieder, warum im Pavillon, ich sagte mal: »Um das Haus nicht zu kontaminieren«, mal, damit ich ihn fände und nicht seine Frau, damit keinesfalls die Kinder auf ihn stießen, oder: »Vielleicht verdächtigte er seinen Bruder, einen Hinweis gegeben zu haben.«

»Welchen Hinweis?«

»Den aus der Bevölkerung.«

Olli schnaufte, diese ganze Geldwäschereisache interessierte ihn im Grunde überhaupt nicht. »Was, wenn er es wusste?«

»Was wusste?«

»Wenn er es wusste, von mir und Betti.«

»Woher sollte er es wissen?«

Er schwieg, ich hörte, wie er in seinem Büro herumging,

sich schwer in den Drehstuhl fallen ließ. »Keine Ahnung. Kann ja sein.«

»Unsinn. Du weißt ja nicht, was hier los war, die Zeitungen waren voll davon, er trat eine Lawine los, das ganze Viertel wimmelte von Journalisten, sie befragten sämtliche Nachbarn bis hin zu den verpeilten ortsansässigen Kunstschaffenden nach irgendwelchen intimen Details der Familie, das war eine regelrechte Hetzkampagne.«

»Sie befragten die Nachbarn? Vielleicht hat uns jemand gesehen.«

»Sei nicht albern. Hier sieht man nichts, die Bäume sind zu hoch, die Hecken zu dicht, die Leute diskret. Niemand hat etwas gesehen. Es hat ihn einfach gebrochen, beruflich. Er war zu stolz für so was.«

»Wer wäre das nicht? Er tut mir leid.«

»Spar dir dein Mitleid. Er war ein Betrüger. Im ganz großen Stil. Und hat nach außen hin den perfekten Saubermann gegeben. Das ist widerlich.«

»Das ist widerlich, klar.« Er klang nicht überzeugt.

Wir legten auf, mir war nicht wohl. Olli hätte sich gut fühlen können, es war – eine einfache Geschichte. Und sein Tod machte es für ihn unkomplizierter, oder etwa nicht?

Ich entsann mich des Kuverts mit den Zeitungsausschnitten, ich trug es immer noch mit mir herum und warf es in den Briefkasten. Dann begann ich, auch im ersten Stock gründlich auszumisten.

Es war fünf Tage später, ich bekam den Anruf frühmorgens, als ich gerade dabei war, sämtliche gerahmte

Fotos aus der Bibliothek in Luftpolsterfolie zu wickeln und in Kisten zu verpacken. Frau Hobbs hatte mir am Tag zuvor eine kurze Nachricht geschickt. Sie habe, schrieb sie ohne weitere Einleitung, in Paris ein Haus gemietet. Sie sehe sich nicht in der Lage, weiterhin in der Stadt zu bleiben. Ich möge den Zürcher Haushalt auflösen und ein Umzugsunternehmen organisieren. Über alles Weitere, so bat sie mich, sollten wir später sprechen, nur, so viel wolle sie mir sagen, sie sei mir unendlich dankbar für meine unverbrüchliche Unterstützung, für meine Loyalität. *Danke,* schrieb sie, *lieber Christian. Darf ich Sie künftig so nennen? Und kann ich sagen: Auf bald? Ihre Betti.*

Ich hatte mich gefreut. Ich hatte die Karte weggelegt und mich endlich entspannt, Paris, hatte ich zufrieden gedacht, als Nächstes also Paris, nicht schlecht.

Es war neun Uhr, und mein Telefon klingelte, es war Isi.

»Isi?«, ich wusste sofort, dass etwas nicht stimmte, Isi rief nie an, treu schickte er mir seine Mails, ich schrieb immer seltener zurück. Isi informierte mich umsichtig über den Stand der Apfelernte und den Fortgang der Diskussion um eine Untertunnelung der Stadt, aber er rief nie an.

Vielleicht war es Herrn Hobbs' Tod, der dieses stete Gefühl der schlimmen Ahnung in mir evozierte, jedenfalls hatte ich im gleichen Moment das Bild von Gösch vor Augen, nicht den erotischen, mysteriösen Gösch am Abend des Schubertkonzerts oder des Besuchs mit Olli hier in Zürich, nein, ich hatte den Gösch des letzten Treffens vor Augen, zerfasert, fertig, und irgendwie verbraucht, in meiner Vorstellung lag er in einer gefüllten Badewanne und hatte sich die Pulsadern aufgeschnitten. Aber womöglich hatten Herr Hobbs und sein Tod damit gar nichts zu tun, ich merkte in dem Augenblick, dass ich ständig damit gerechnet hatte, im Grunde, seit er wieder da war, aber vielleicht auch einfach immer schon. Ich hatte Gösch aufgegeben, schon lange.

»Gösch«, sagte ich, ich setzte mich mitsamt dem Familienbild von 2010 in einen Sessel, »es ist etwas mit Gösch.«

»Es wäre gut, wenn du kommen würdest«, sagte Isi.

»Er hat sich umgebracht«, sagte ich, »so ist es doch, Isi.«

»Es wäre gut, wenn du kommen würdest«, wiederholte er.

»Es wäre gut, wenn du mir sagen würdest, was Sache ist«, sagte ich scharf, »du musst mich nicht schonend darauf vorbereiten.«

»Mir wäre es lieber, wir könnten direkt sprechen. Wenn du hier bist.«

»Hat er überlebt?«, fragte ich, »hat ihn jemand gefunden?«

»Gösch geht es gut.«

»Okay. Okay.« Ich lehnte mich zurück, betrachtete das Bild, Familie Hobbs stand unter Lampiongirlanden zwischen den Obstbäumen, alles war aufgebaut und gedeckt für das alljährliche Sommerfest, im Hintergrund spielte sich das Streichquartett ein. Ich war seltsam enttäuscht, und es erschreckte mich, dass es so war.

»Dann ist es gut«, sagte ich. »Wo ist er?«

»Gösch ist hier bei mir.«

»Okay. Okay. Da bin ich froh. Sag ihm, dass ich froh bin.«

»Krischi, es ist Olli.«

An den Rest des Gesprächs erinnere ich mich nicht

mehr. Vielleicht, weil es einfach vorbei war. Ich erinnere mich, dass ich dasaß, das verdammte Bild anschaute und nichts kapierte, das Streichquartett im Hintergrund war unheimlich, ich sah, dass sie alle gepunktete Socken anhatten, es war total unheimlich, und die Stille des Hauses packte mich in einen schweren, dunklen Sack.

Was mir an Bildern, an Erinnerungen aus dieser Zeit bleibt, ist irgendwie zerstückelt, es ist kein kohärenter Zusammenhang erkennbar. Ich hatte das Gefühl, ungeheuer weit hinterherzuhinken, wie ein vergessener Opa, um den sich keiner mehr scherte, latschte ich auf dem Bahnhof allen hinterdrein, und bevor ich auch nur wusste, von welchem Gleis wir losfahren würden, waren die anderen eingestiegen und der Zug abgefahren, die Bestattung vorbei und Olli unter der Erde.

Wir gingen viel spazieren, ich war froh, dass John da war, er lotste mich durch die Stadt, die mich abstieß, setzte mich im Reichenfeld in die dünne Wintersonne, die mich blendete, bestellte mir eine Suppe im *Zanona*, die ich nicht aß, und begleitete mich durch das Wurmloch nach oben ins Kloster, wo ich nicht sein wollte. Aber ich wusste auch nicht, wo ich sonst sein wollte. Es war, als gäbe es für mich keinen Platz mehr, als gäbe es keinen Ort mehr zum Verschnaufen und um der Zeit zu entschlüpfen. Ich hatte früher gedacht, das Wurmloch ermögliche einem das Überdauern, es sei das Kloster oben eine Insel, das parallele Universum, und halte einen jung, während alle anderen unten alterten. Nun hatte ich das Gefühl, als Greis oben anzukommen und als Greis wieder aufzubrechen, der Zauber war weg, die ganze Magie war zunichte. Ich spürte nun, dass es kein Entkommen gab, keine Sicherheit, kein Auge im Orkan, das, unbekümmert und unberührt vom Tosen da draußen, innerhalb des Sturms vor sich hin trieb.

48 Neben Isi und Gösch saß ich auf einer Bank auf der Wiese. John hatte sich, in den dicken und extravaganten Pelzmantel gehüllt, mit seinem Notizbuch unter einen der kahlen Bäume gesetzt, ich wusste nicht, was für Notizen er sich eigentlich machte, sein Buch war in Sack und Tüten, fertig und abgegeben, es konnte doch keine neuen Gedanken und keine verdammten Notizen mehr gebrauchen. Aber vermutlich war es der Piratenroman, der ihn schon völlig in seinen Bann gezogen hatte. Ich schaute den zwei Kolkraben zu, die in der klaren Luft segelten und sich Neuigkeiten zuriefen.

Ich redete, als wäre Olli nur irgendwohin abgehauen, einfach, weil er die Schnauze voll hatte, und nun rätselte ich, wo er wohl steckte.

Unzählige Male bat ich die beiden, mir zu erzählen, was ihnen einfiel zu den letzten Tagen, was ihnen merkwürdig vorgekommen war, aber es war ihnen nichts merkwürdig vorgekommen, als sie ihn vier Tage zuvor gesehen hatten. Alles war wie immer gewesen.

»Dann war es doch die Sache mit Frau Hobbs. Er hatte es nicht verwunden.«

»Glaub ich nicht«, sagte Isi. »Er war darüber hinweg.«

»Bist du sicher?«

»Ja. Er war Realist.«

»Olli war doch keine Realist! Olli war ein Träumer.«

»Er war ein realistischer Träumer. Oder ein träumender Realist. Jedenfalls konnte er die Sache richtig einschätzen, und er hat sie richtig eingeschätzt.«

»Die Frau bekommt ein Kind von ihm! Da nützt dir dein Scheiß mit dem Realismus auch nichts, ein realistischer Träumer, so ein Scheißdreck, sie bekommt ganz real ein Kind von ihm, und vielleicht hat er ganz richtig eingeschätzt, dass er das nicht wegsteckt.«

»Krischi.«

»Hör auf mit diesem salbungsvollen buddhistischen Tonfall, das macht mich wahnsinnig.«

»Tut mir leid. Ich wollte nur sagen –«

»Spars dir einfach, okay? Sie hat ihn nur benutzt, verstehst du? Sie hat ihn benutzt, wie man ein Geschirrtuch benutzt, nein, wie ein Stück Küchenkrepp. So ist sie. Ob Küchenkrepp oder Klopapier oder Olli, das ist in ihrer Welt total egal.«

»Hör auf damit.«

»Weißt du, was sie macht mit den Rezepten, die sie sich von Martha seit Jahren treu notieren lässt?«

»Was denn für Rezepte?«

»Rezepte halt! Kürbiskuchen, Forelle blau, Kartoffeln dauphine, Croque monsieur, scheißegal, sie wirft sie in die gleiche Schublade, in der ich die ganzen Quittungen sammle, am Ende des Jahres hefte ich sie ab. Jetzt liegen sie bei der Staatsanwaltschaft.«

»Ja, und?«

»Ich hefte sie ab, ohne dass sie es weiß, verstehst du, sie sagt nicht zu mir: ›Robert, bitte heften Sie die schönen Rezepte von Martha ab‹, sie denkt nicht mal mehr daran, sie bittet die dumme Martha inständig, ihr dieses wunderbare Rezept unbedingt aufzuschreiben, ›Die Forelle war wieder ein Gedicht, Martha, Sie müssen mir *unbedingt* das Rezept dafür geben!‹, und im nächsten Moment wirft sie es achtlos in die Schublade. Und dann die Kunstwerke.«

»Krischi?«

»Ich meine, jemand, der einen falschen Kirchner abhängt, obwohl er ihm immer gefallen hat, einfach, weil er nicht echt ist, jemand, der findet, wenn er nicht echt ist, ist er auch nicht mehr schön, so jemand – aber egal, anderes Beispiel, jemand, der –«

»Krischi. Worauf willst du hinaus?«

»Ist doch scheißegal. Alles ist scheißegal. Olli war ihr scheißegal.«

»Halt doch einfach mal die Schnauze«, sagte Gösch, »du redest daher wie ein pubertärer Rotzlöffel. Du kapierst überhaupt nichts.«

Es stimmte, es war furchtbar, wie mir alles entglitt, ich fühlte mich wie ein hysterischer Depp unter lauter Erwachsenen. Ich schwäbelte, wo hier schon längst niemand mehr schwäbelte.

»Und was gibt es daran bitte zu kapieren? Olli ist tot. Ist nicht schwer zu verstehen.«

»Nichts kapierst du, du hast noch nie was kapiert und wirst nie was kapieren, das ist dein Problem.«

»Im Gegensatz zu dir oder was? Gösch, der Superchecker,

Gösch, der in Berlin eine raketengleiche Karriere hingelegt hat, weil er so gut Bescheid weiß im Leben, Gösch, der Mann, der bedachtsam und umsichtig seine Entscheidungen trifft, zum Wohle aller Beteiligten, Gösch, der –«

»Jungs«, sagte Isi, »beruhigt euch doch, wir –«

»Ich will mich nicht beruhigen«, schrie ich, ich war aufgestanden und schrie diesen Satz, und dann brüllte ich, wie ich überhaupt noch nie gebrüllt hatte, während ich meine Teetasse auf die Wiese warf und dann alle anderen Teetassen auch, ich brüllte und merkte noch währenddessen, dass ich in meinem ganzen Leben bis hierher, bis zu diesem Punkt, ein verdammter Klemmarsch gewesen war, einer nämlich, der lieber erstickt wäre, als zu brüllen.

Das ganze Kloster war wie erstarrt ob dieses Ausbruchs, die Kolkraben hatten sich schleunigst verzupft, und sicher saßen die Mönche furchtsam in ihren Roben und lauschten mit großen Augen diesem menschlichen Gewitter, das so fern war von ihrem meditativen Geist, und ich hoffte, dass sie für mich beten würden, für meinen inneren Frieden, nein, eigentlich war es mir egal. Ihre Gebete waren mir egal, ich glaubte nicht an Gebete, ich glaubte nicht an einen inneren Frieden. Ich hatte bis hierher im schönsten inneren Frieden gelebt, und es war verlogener gewesen als dieses Gebrüll.

Zwischen uns hatte es wider Erwarten die Karten neu verteilt, Gösch wirkte seltsam belebt und sekundenschnell verjüngt, dazu fast freundschaftlich.

»Er hatte sich vollständig rasiert«, sagte er, als wäre nichts gewesen.

»Was soll das denn heißen, ›vollständig‹?«, fragte ich.

»Den vollständigen Bart oder was?« Ich winkte ab und setzte mich wieder auf die Bank. »Das habe ich gesehen, ist ja schon eine Weile her, erzähl mir was Neues.«

»Ich rede nicht vom Bart, ich meine *vollständig*.«

»Na und? Die Brust oder was? Und woher weißt du das?«

Er nahm einen letzten Zug von seiner Zigarette und warf den Stummel ins Gras, trat ihn aus, er zuckte mit den Schultern. »Keine Ahnung. Der Pathologe hat uns gefragt, ob die Schnittwunden am Kinn und auf der Brust unserer Meinung nach mit Absicht herbeigeführt wurden oder weil er sich so ungeschickt rasiert hatte. Ich vermute, Zweiteres, Olli hatte sich vor seiner Bartabnahme in seinem Leben noch nie irgendwo rasiert.«

»Ob das was zu bedeuten hat?«

»Was soll es bedeuten, nichts bedeutet es«, Gösch kippte von einem Moment auf den nächsten wieder zurück in seine fast feindselige Haltung mir gegenüber, die kurze Verbundenheit zwischen uns war vorüber. »Und hör auf, solche abgeschmackten Sätze zu sagen.«

»Wieso abgeschmackt, was ist denn daran –«

Er verzog das Gesicht zu einer Fratze der intellektuellen Unbedarftheit, in der ich mich sofort wiedererkannte: »Ob das was zu bedeuten hat?«, flüsterte er mit großen Augen. »Vergiss es. Ich hau ab«, Gösch stand auf, er zündete sich eine neue Zigarette an und zog den Reißverschluss seines Anoraks zu, er ging hinüber zum Gästehaus, Isi entschuldigte sich und ging auch. Ich sah seinem roten Rock hinterher, den roten Socken in den roten Birkenstock-Latschen, der Pudelmütze. John saß unter seinem Baum, er schaute nicht auf, er machte sich Notizen. Was schrieb er bloß? *Gebrüll. Dann Stille. Die Raben fliehen. Es ist ein düsterer Tag. Kein Wind. Der abgebrochene Mast steht sinnlos vor dem Horizont. Die Matrosen sind mutlos. Die Mönche beten.* So was?

Was war bloß los?

Ich hing seit Tagen herum und kam keinen Schritt weiter. Womit hätte ich auch weiterkommen können. Olli war tot. Es ging nicht weiter. Er hatte einen kurzen Brief hinterlassen, der nichts erklärte, nein, nicht nur, dass er nichts erklärte, er machte mich unendlich wütend. Die müßige Ruhe des Klosters ging mir wahnsinnig auf die Nerven, das ewige Lächeln und die unerschütterliche Heiterkeit der Mönche, die hartnäckige Frage des tibetischen Kochs, ob ich Hunger hätte und ob ich einen Tee wolle, ich wollte keinen Tee, und ich wollte ihr Essen nicht, ich hätte alles Essen und jeden Tee auf die Wiese werfen wollen, Isi konnte ich kaum ertragen mit seiner stoischen Hinnahme, mit seiner verdammten Akzeptanz von allem und jedem, mit diesem befriedeten Geist, John verwirrte mich mit seiner aufmerksamen Distanz und diesem ewigen Notieren, ich fühlte mich von ihm beobachtet, und Gösch regte mich auf mit diesen dauerqualmenden, stinkenden Zigaretten und seiner Aggressivität, die sich irgendwie hauptsächlich gegen mich zu richten schien. Hatte er mich immer gehasst? Hatte er mich einfach nur toleriert, in diesem Viererbund, der viel eher ein Dreierbund hätte sein müssen, bloß war da eben ich, der Langweiler Krischi, der an Olli klebte wie eine Briefmarke?

Gab er mir die Schuld? Woran? An der Verbindung

zwischen Frau Hobbs und Olli? War das überhaupt der Grund für Ollis Tod? Er hatte gesagt, er sei darüber hinweg, ich hatte ihm geglaubt. Isi hatte ihm geglaubt. War ich naiv? Isi? Waren wir naiv, weil wir die Liebe nicht kannten und ihre Untiefen? Isi war ein verdammter Mönch, er lebte im Zölibat, fernab von diesen komplizierten Gefilden, und ich? Ich kannte auch nichts, was kompliziert war, schon gar nicht in der Liebe. Ich war eine Schlaftablette, die nicht richtig wirkte, zufrieden und unbedarft segelte ich durch eine glatte See, ich kannte keine Stürme, keine Unwetter, kein Bermudadreieck der Emotionen, ich war ein simples Gemüt. Zizi Gehr hatte mich verlassen, und ich konnte mich nicht erinnern, traurig gewesen zu sein, nein, es war mir vielmehr irgendwie logisch erschienen, andere hatten mich verlassen, ich hatte es hingenommen, es hatte mich nie gewundert. Ich segelte auf keinem Meer, es war nur ein Teich, und kein Teich kanadischen Ausmaßes, nein, es war ein dummer Tschabitschner-Teich mit dummen Goldfischen darin, viel zu klein und erbärmlich für die großen Gefühle.

49 Ich schloss die Tür zum *DroNeiDa* auf. Es war Donnerstagnachmittag, aber keiner arbeitete, das Büro war seit Ollis Tod geschlossen. John war bei Ollis Eni und Ana, er bemühte sich seit Tagen rührend um sie, kochte Labskaus mit Hering und ging mit ihnen spazieren und versuchte, sie in nautische Gespräche zu verwickeln, weniger um seiner Recherche willen als um ihretwillen, es war das Einzige, was die beiden für eine kurze Zeit abzulenken vermochte.

Ich schaltete die Lichter im Flur an, es roch wie immer nach Kaffee und Keksen, meiner Meinung nach der typische Geruch jeder Sozialarbeiterinstitution. Ich war eine Weile nicht hier gewesen, das letzte Mal für eine kurze Stippvisite mit Frau Hobbs, Olli hatte ihr seine Wirkstätte zeigen wollen. Wir huschten direkt in sein Büro, es war Montag gegen Mittag, und es herrschte ein stetes Kommen und Gehen, keinesfalls wollten wir in eines der Besprechungszimmer oder das Wartezimmer latschen und den Eindruck erwecken, wir wähnten uns in einem pittoresken Zoo. Er wollte in ihrem Beisein den Barockengel aufhängen, sie sollte sehen, wie schön er über seinem Computer schwebte. Er stand auf seinem Schreibtisch und dübelte einen schweren Haken in die Decke, das Hemd war nach oben gerutscht, die Hose hing zu weit unten, vorne sah man seinen behaarten Bauch, hinten das, was ich John mal ein *Bauarbeiterdekolleté* habe nennen hören, er schnappte ständig solche Sachen auf.

Ich ging durch die Räume, schaltete überall das Licht ein, draußen war es schon dämmrig. Im Wartezimmer blieb ich in der Tür stehen, alles war tipptopp aufgeräumt, die üblichen Zeitschriften aufgefächert wie beim Kartenspiel, an der linken Wand die kleine Bibliothek, es fand sich darin alles von Quinceys *Confessions of an English Opium-Eater* bis Pitigrillis *Kokain,* mit Sicherheit auch der Klassiker *Wir Kinder vom Bahnhof Zoo.* Ich ging hinüber und fuhr mit dem Finger an den Buchrücken entlang, da war es, die zerfledderten Erinnerungen der Christiane F. Ich überflog die Titel auf den restlichen Buchrücken und stieß zu meiner Verwunderung auf die zwei Bände *Rosl-gruseln*. Olli und ich hatten damals, als wir zum Gegenangriff übergegangen waren und angefangen hatten, Rosl Fraxner auf ihrer Jagd nach Bildern selbst zu jagen, großen Gefallen gefunden an unseren Schnappschüssen von ihr, Olli noch mehr als ich. Nach der ersten Begeisterung machte ich eigentlich nur noch mit, weil er so eine diebische Freude daran hatte. Die entstandenen Fotografien verarbeiteten wir zu einer Art Daumenkino und ließen bei *Gössler* an die hundert Stück drucken. *Roslgruseln* wurde der totale Renner, wir verkauften es auf dem samstäglichen Markt und mussten mehrfach nachdrucken, mühelos bestückten wir mit unseren vielen Bildern auch Band zwei. Später fotografierten wir sie nur so aus Spaß, ab und zu mal überlegten wir die Herausgabe von Band drei, aber nicht mehr ernsthaft. Ich zog den ersten Band heraus, auf dem Cover sah man Rosl Fraxner in einem violetten Rock und einem glitzernden Oberteil mit einer Minnie Maus darauf. Breitbeinig saß sie mit ihrem schweren Leib halb zur Seite weggesackt auf einer Bank an der Bushaltestelle am Katzenturm, sie schlief, den Mund weit geöffnet, und die beiden dicken Hände schlapp auf ihre Kamera gebettet. Ich schlug das Buch auf und sah das Vorwort. Ich überflog es und war unangenehm überrascht. Hatten wir das wirklich geschrieben? Nach einer kurzen Einleitung stand da:

Leidest Du auch manchmal an derartigen Halluzinationen? Dann ist es Zeit für einen Entzug!

Ich schlug den zweiten Band auf: *Sobald eine solche Gestalt nicht nur Deine schlimmsten Träume heimsucht, sondern Dir am helllichten Tag über den Weg läuft, solltest Du den Drogen Adieu sagen!*

Ich klappte das Buch zu und schob die Bände mit unbehaglichem Gefühl wieder ins Regal. Ich konnte mich beim besten Willen nicht daran erinnern, dass wir *Roslgruseln* mit einem solchen Vorwort versehen hatten, es war natürlich furchtbar kindisch.

Ich sah mich weiter im Wartezimmer um.

Die Stühle mit den geflochtenen Sitzflächen waren völlig aus der Mode, sie erinnerten an die Zeit, als Kreta und Oliven und Schafkäse populär waren. Ich ging quer durchs Zimmer und blieb vor dem gerahmten Gruppenfoto von Charlys Beerdigung stehen, ich hatte es mir seit Ewigkeiten nicht mehr angesehen.

Ich musterte unsere vier bärtigen Gesichter. Ich spreche immer von ›unseren Bärten‹ und ›unseren bärtigen Gesichtern‹, dabei fiel mir in diesem Moment auf, wie mickrig und flaumig die Haare erst sprießten, wir sahen aus wie schlecht verkleidete Vagabunden.

Ich weiß sicher, wir waren alle traurig, sehr sogar. Wir hatten Charly vergöttert und mit ihm einen Mann verloren, dem wir blindlings vertraut hatten. Auf dem Bild aber strahlten wir eine fast tröstliche Gelassenheit aus, ich möchte sagen, aus unseren Zügen sprach fast so etwas wie visionärer Mut, unverhohlen blickten wir in Rosl Fraxners Kamera, und es war unter den rupfigen Bärten nicht gut zu erkennen, aber ich für meinen Teil lächelte damals, irgendwie zuversichtlich und so, als hätten wir Charlys

Tod etwas abgerungen, als hätten wir es geschafft, nicht nur nicht an diesem Drama zu verzweifeln, nein, als wäre es uns gelungen, stärker daraus hervorzugehen. Vielleicht waren es unsere Raumschiff-Enterprise-Anzüge, vielleicht der beamende Handgriff hinüber zum Sarg, vielleicht das Wissen um die Phalanx der Giftler hinter uns oder die Tatsache, dass Charly selbst seinem Tod offenen Auges und mit einer amüsierten Neugier entgegengegangen war, jedenfalls wirkten wir auf dem Foto ernst und zugleich schalkhaft und, vielleicht das erste Mal in unserem Leben überhaupt – wir wirkten cool. Erst jetzt fiel mir auf, dass das ganze Bild quasi ein Zitat eines anderen Bildes war, eine Reminiszenz, die ironische Adaption eines selbst schon ironischen Bildes. Ich zog mein Smartphone hervor und suchte im Internet, das Bild baute sich nur langsam auf, die Verbindung hier herinnen war schlecht. Ich wartete, bis die Pixel sich alle aufgeklart hatten, dann hielt ich es neben das Beerdigungsbild. *The Sgt. Peppers Loneley Hearts Club Band.* Es irritierte mich nicht wenig, dass ich das nie bemerkt hatte, auch, dass wir meiner Erinnerung nach nie darüber gesprochen hatten, am allermeisten aber brachte mich ein ganz blödsinniges Detail erheblich durcheinander. Ich trat näher heran, es war unzweifelhaft: Ich trug Gelb. Ich trug einen verdammten gelben Raumschiff-Enterprise-Anzug, Olli trug Rot und Isi und Gösch Blau. Und ich hätte schwören können, ich hätte bei allem, was mir lieb und teuer war, schwören können, ich hätte Blau getragen.

Ich steckte das Telefon ein, ich ärgerte mich. Ich ging hinüber in Ollis Büro und schaltete auch hier das Licht an.

Es war chaotisch und unaufgeräumt, nein, schlimmer, es war ein Saustall. Olli hatte scheinbar alles, was sonst in den zahlreichen Wandschränken verborgen war, herausgezerrt, umgestürzte Ordnerberge, konfuse Papierstapel, ein hässliches getöpfertes Kaffeeservice, es sah irgendwie türkisch aus, vergilbte Demonstrationsplakate (*Wir brauchen keinen Bahnhof, wenn es keine Bäume mehr gibt, zu denen wir reisen können!* – ich erinnerte mich an das Fällen der alten Platanen beim Umbau des Bahnhofs), ein Caritassack voller Altkleider. Es war ein kunterbuntes Tohuwabohu, lauter unbrauchbarer Schnickschnack, ein Sammelsurium von Dingen, die für mich in keinerlei Zusammenhang standen. Die Spurensicherung war da gewesen, ansonsten aber hatte sich noch niemand hier umgesehen, wir hatten uns alle davor gedrückt. Der Schreibtisch war verrückt, ich schob ihn zurück an seinen Platz. Ich setzte mich in Ollis Drehstuhl, das Kuvert, das ich ihm geschickt hatte, lag aufgeschlitzt auf dem Boden, die Zeitungsartikel sah ich erst später, er hatte sie in einem der Ordner abgeheftet. Die Aktenordner stapelten sich überall, es waren die aktuellen Patientenunterlagen, unterwandert von uralten Dokumenten, beim raschen Durchblättern stieß ich auf die von Olli erwähnten Zeichnungen aus seiner Hand, es gab Gruppenfotos von jungen Drögelern bei der Kirschlese oder beim Umgraben von Gärten, sie sahen immer so irre hungrig aus und mussten jetzt so um die fünfzig sein, dazwischen Reparaturbelege von Autos, die es nicht mehr gab, Tankquittungen in einer Währung, die nicht mehr existierte, und von Tankstellen, die nicht mehr standen. Ich habe keine Ahnung, was ich zu finden hoffte, einfach irgendetwas. Ich blickte hoch zur Decke, der Engel war weg. Ich erstarrte, als ich es verstand. Der verrückte Tisch, die Abwesenheit der Figur, Olli hatte sich an ebendiesem, sorgfältig verdübelten Haken aufgeknüpft. Ich stand wieder auf und schaute aus dem Fenster. Ich dachte an gar nichts, und ich fühlte nichts, es war, als wären sämtliche Nerven, sämtliche Kontakte in mir unterbrochen und verödet, es waren Schienen ins Nichts, den Bahntrassen aus alten Westernfilmen gleich, die dieses gigantische Amerika noch nicht erschlossen hatten, die ein paar Bahnhöfe bedienten und irgendwann einfach aufhörten.

Später ging ich in die kleine Küche, machte mir eine Tasse Kaffee und begann aufzuräumen. Ich packte die völlig veralteten Klientendossiers in eine Ecke und sichtete den Rest, seinen Terminkalender, seine Schubladen, die Stapel von Papieren, ich hörte die alten Nachrichten auf dem Anrufbeantworter ab und studierte die Anrufliste seines Telefons. Ich nahm alles auseinander. Ich fand diese Briefe von Gösch, sie hatten sich offensichtlich über all die Jahre, in denen Gösch verschollen schien, über all diese Jahre hatten sie sich geschrieben. Es traf mich, als ich es verstand, sehr sogar. Ich las da und dort rein und steckte die Briefe in meine Tasche.

Ich suchte den Engel und fand ihn nicht, ich durchwühlte den Altkleidersack: ein handgestrickter Pullover mit blau-weißem Norwegermuster, geschätzt Größe 38, dazu passende Fäustlinge, der John-Travolta-Anzug von Charly, Hemden in schreienden Farben und psychedelischen Mustern, diverse Kinderklamotten, vom Body bis zur

Cordlatzhose, ein Kleid mit braunen Flecken und unzählige uralte, verzogene T-Shirts, die Olli gern getragen hatte, eine Männerunterhose mit einem verwitterten Ottifanten darauf und sieben Paar Socken, ein Stirnband, wie es Tennisspieler benutzten und das Olli sich beim Turnen immer unangenehm platt über die Haare gezogen hatte, abgeschnittene Jeanshosen und ein Paar Jesuslatschen.

Als ich fertig war, als ich alles, wirklich alles umgewühlt und jede einzelne Quittung gelesen hatte, war es halb fünf Uhr morgens, eigentlich nicht die richtige Zeit, um die Telefonliste abzuarbeiten, die ich mir zusammengestellt hatte. In Kanada war es nachts um halb elf oder so, wenn ich mich recht erinnerte, gab es in dem riesigen Land mehr als eine Zeitzone. Konnte man mitten in der Nacht noch bei jemandem anrufen? Es war mir egal. Ich nahm das Telefon vom Schreibtisch und setzte mich hinüber aufs Sofa, ich ging die Liste der letzten Anrufe durch und drückte auf die Wahlwiederholung.

Es klingelte, irgendwo zwischen den ganzen Seen und Bären und Wölfen und Wäldern klingelte in den Weiten dieses Kanadas das Telefon, ein Meer und etliche Ahornbäume und Teiche und Gebirge und Schluchten entfernt. Ich zog die Schuhe aus und legte mich aufs Sofa, langte über mir nach dem Lichtschalter. Ich lag in der Dunkelheit, ab und zu fuhr draußen ein frühes Auto vorbei, die Lichter krabbelten über die Wände. Tausende von Kilometern entfernt klingelte das Telefon, und jemand legte seinen Nainamo-Bar aus der Hand und ging durchs müde Haus.

»Hello?«

Ich setzte mich auf, ich war hellwach, »Mitzi?«

Als ich auflegte, war es Viertel vor fünf. Ich stellte das Telefon auf den Boden, drehte mich auf die Seite und schlief sofort ein.

50 Ich ging durch die Stadt, es herrschte die gemächliche Geschäftigkeit eines Wochentages, ein trüber Schneeregen wurde auf dem Pflaster sofort zu Matsch. Meine Telefonate hatten im Großen und Ganzen nichts ergeben. Da war diese kanadische Nummer im Telefon gespeichert, und wen kannte ich schon, wen hatte Olli gekannt, drüben in Kanada? Mitzi Knurr, jetzt Mitzi Tschabitschner. Aber Olli hatte nicht mit Mitzi telefoniert, vielleicht, hatte sie gemeint, habe er mit dem Onkel gesprochen, Peppi Tschabitschner, sein Telefon sei derzeit zu ihnen umgeleitet, er befinde sich gerade auf einer Tour.

Ich hatte nicht gefragt, was sie mit »einer Tour« meinte, irgendwas Kanadisches, vermutete ich, Touristen durch die Wälder lotsen, nach den Waschbären sehen, die Ahornsirupproduktion überwachen und schneezelten in tiefen Canyons oder so, ich bat sie nur, ihm zu sagen, dass ich angerufen hätte, er solle mich möglichst bald zurückrufen.

Sie sprach mir ihr Beileid aus, wegen Olli, das fand ich auch nett. Sie sagte, er sei ein so lieber und feiner Mensch gewesen, sie habe nur positive Erinnerungen an ihn, sein Tod müsse für uns drei ein Schock gewesen sein, ein gewaltiger Verlust, eine Wunde, die, so hoffe sie inständig, mit der Zeit heilen werde.

Das waren so Phrasen, und ich hätte sagen können, typisch, dass Mitzi Knurr so Phrasen von sich gab, diese Sätze waren das, was die Knabber Nossi unter den Salamis waren, aber sie klang ehrlich, wirklich ehrlich betroffen, und als sie sagte, »Es tut mir so wahnsinnig leid, Krischi, ich weiß, wie sehr du ihn geliebt hast, gerade ihn, ich weiß, dass es etwas ganz Besonderes war, das euch verband«, da rannen mir die Tränen übers Gesicht, und ich sagte, das stimme.

Ich hatte sie gefragt, wie es ihr so gehe, aber ich war auf ihre durchaus freundlichen Bemerkungen nicht mehr eingegangen, ich hatte alleine an ihrem amerikanischen »Hello?« gehört, dass es Mitzi war, aber alles an ihr hatte sich verkehrt angehört, es hatte sich überhaupt nicht nach der Mitzi angehört, an die ich mich erinnerte, nach der Parkplatzmitzi mit den kleinen Tetrapacks mit Apfelsaft und den Duplos als Nachtisch, der Mitzi, die immer eine Regenjacke dabeigehabt hatte und Fahrradhelme getragen hatte, noch bevor sie erfunden wurden, und im Autohaus Lins eine Lehre gemacht hatte. Mitzi Knurr alias Tschabitschner klang nett. Sie war kein bisschen verärgert, dass ich so spät noch anrief, sie klang nicht einmal müde oder so, dabei wäre die Mitzi, die ich erinnerte, schon seit Stunden im Bett, die Haare eingepackt in ein Frotteetuch, damit die Pflegekur einwirken konnte. Mitzi Tschabitschner war der erste Mensch seit Ollis Tod, mit dem ich gerne über Olli gesprochen hatte. Vielleicht würde ich sie noch einmal anrufen, irgendwann. Vielleicht würde ich sagen – und ich würde sie bei ihrem vollen, nie benutzten Namen ansprechen –, »Aber Michaela«, würde ich mit neuer Ernsthaftigkeit sagen, »aber Michaela, damals, als er auf deiner Brotbüchse herumgehüpft ist, erinnerst du dich, als du dir den Fruchtzwerg vom Gesicht gewischt hast, man kann doch nicht sagen, dass das eine positive Erinnerung ist, oder?« Vielleicht würde ich irgendwann den Mut haben dazu, den Mut, mich zusammen mit Michaela Tschabitschner an Olli zu erinnern und zu merken, dass auch dieses Bild falsch war, dass es solch einen Vorfall womöglich gar nie gegeben hatte.

Die anderen Nummern auf Ollis Telefon, die ich am Morgen angerufen hatte, waren allesamt Kontakte des *DroNeiDa,* ein Neurologe vom hiesigen Krankenhaus, ein umstrittener Arzt aus Wien, der spezialisiert war auf Behandlungen mit Cannabis, diverse Klienten der Psychiatrie in Rankweil, die mir gegenüber ihre Leiden und Nöte sofort hemmungslos und ausführlichst ansprachen, als wäre ich ihr Arzt oder ihr Olli.

Ich stand in der Rathausgasse und überlegte, ob ich nach Hause fahren sollte, aber wo sollte das sein? Ich setzte mich unter den Bögen auf eine Bank und sah dem motivationslosen Schneetreiben zu. Ab wann war etwas Regen und ab wann Schnee? Wann überschritt entweder das eine oder das andere diese Grenze? Ab wann hatte der Regen gewonnen, ab wann der Schnee, was brauchte es, damit wir sagten, das Wetter sei schön oder schlecht, kalt oder warm? Seit wann dachte ich über solchen Blödsinn nach, war ich immer schon so gewesen? Mein Telefon klingelte, John erkundigte sich nach meinem Verbleib. Als ich auflegte, sah ich zu meinem großen Unwillen Rosl Fraxner auf mich zukommen. Es gab viele Leute, die ich jetzt nicht sehen wollte, aber sie war definitiv die Erste auf der Liste. Sie hatte ihre Canon auf dem Busen liegen, sie war auf der Jagd nach einem wichtigen Bild, und ich hatte instinktiv den Impuls, die Arme vors Gesicht zu halten, es war eine Geste, die ich nur aus der *Gala* kannte – ich lese sie übrigens nur, um informiert zu sein –, und plötzlich taten mir die sogenannten Celebritys unendlich leid.

Sie wollte mich aber gar nicht fotografieren. Sie war ein alter Hase im Geschäft, sie wusste vermutlich seit Langem, dass ich auch jenseits der öden Klassenfotos kein interessantes Sujet abgab. Sie wollte offensichtlich nicht einmal unsere alte Feindschaft aufleben lassen. Sie war noch ein bisschen dicker geworden, das Vogelnest war grauer, aber keineswegs lichter geworden, und statt der wogenden Hippieröcke à la Märchenfee trug sie nun gestreifte Leggings Größe 46 und dazu ein orangefarbenes Stretchkleid und einen peruanischen Poncho mit geometrischem Muster, sie hatte sich in der Wahl ihrer Bekleidung nicht verbessert, nur verändert. Sie war aber erstaunlich feinfühlig und wirkte ernsthaft geknickt. Anstatt mit zu lauter Stimme ihre hausgebackenen Ideen vom Goldenen Schnitt und künstlerischen Settings in die Welt zu posaunen, sprach sie mir sehr schlicht und dabei anrührend ihr Beileid aus, ich fragte mich, ob Frauen das einfach konnten. Oder aber, ob einfach alle Frauen in meinem Leben netter waren, als ich sie in Erinnerung hatte. Vielleicht, sagte John später, als wir uns darüber unterhielten, sei das eine tief sitzende Misogynie bei mir, die wegen meiner schwulentypischen Konfliktscheue überhaupt nie anders als im Untergrund wabern könne. Ich wollte mich über die provozierende und diskriminierende »schwulentypische Konfliktscheue« aufregen und merkte daran, dass ich mich nicht traute, dass sie zutraf. Ich hatte einmal in meinem Leben gebrüllt und hunderttausend andere Male den Mund gehalten, klar war ich konfliktscheu.

Aber zurück zu Rosl Fraxner, ungefragt setzte sie sich neben mich, ich merkte zu meiner allergrößten Verblüffung, dass es mich nicht nur nicht störte, nein, ich fand es seltsam tröstlich, sie neben mir zu haben. Sie hatte mich, griesgrämig und arrogant wie ich war, auf sämtlichen Kindergarten- und Klassenfotos festgehalten, ich wusste, sie besaß Aufnahmen von Isi als hoffnungslosem, aber enthusiastischem Fußballspieler und von Gösch bei seinem einmaligen und peinlich berührenden Intermezzo mit der Guggenmusik (Tschinellen), sie hatte Olli das erste Mal mit acht Wochen fotografiert, als seine Eltern eine Art heidnisches Tauffest veranstaltet hatten, mit Met aus Trinkhörnern und südamerikanischen Straßenmusikanten, die auf Panflöten Simon-and-Garfunkel-Songs gespielt hatten – die Fotos davon klebten in den Batlogg'schen Alben, ebenso wie die Bilder von ihm als kleines Häschen mit Puschl am Hintern bei seinem ersten Faschingsumzug – und ein letztes von ihm zeigte ihn beim Jubiläumsfest des *DroNeiDa* in diesem Jahr, die Institution hatte einen runden Geburtstag gefeiert, er stand auf dem Brunnenrand am Markt und sprach in ein Mikrofon, ich war nicht dabei gewesen. Das Bild hing, zusammen mit anderen Schnappschüssen der Festbesucher, im Empfangsbereich des *DroNeiDa*. Rosl Fraxner schwadronierte in einem uferlosen Sermon, der tatsächlich aufmunternd wirkte, sie wollte mir von Olli erzählen, von ihrer reichen Erinnerung an meinen Freund.

»Komm doch einmal vorbei, um dir die alten Bilder anzuschauen«, sagte sie wie immer, und anstatt sofort den Wunsch nach einem Visum für Argentinien zu verspüren, blieb ich kraftlos sitzen. Ich hatte keine Energie mehr, nicht mal für die Abwehr von Rosl Fraxner. Im Übrigen plagte mich ein leichtes schlechtes Gewissen, die beiden Bände *Roslgruseln* und das jeweilige Vorwort hatten ein schales Gefühl bei mir hinterlassen, ich hatte die Sache offen gestanden harmloser in Erinnerung, netter irgendwie, jungenhaft verspielt, ein kindlicher Scherz. Dass sie so wenig nachtragend zu sein schien, war ihr hoch anzurechnen, sie hatte die ganze Angelegenheit wirklich mit Würde über sich ergehen lassen, dafür war ich ihr dankbar.

»Ja ja«, sagte sie, ohne auf eine Antwort meinerseits zu warten, während sie wie immer gemütlich die verpummelten Hände auf der Kamera verschränkte, das sei in der Tat eine veritable Sammlung, ein wirklich einmaliges Archiv, eine künstlerische Fundgrube. Sie wisse schon gar nicht mehr, wohin mit den Massen an Aufnahmen, sie halte ja nichts von der steten Digitalisierung, sie habe analog begonnen und wolle auch analog zugrunde gehen, das Digitale, sagte sie, ändere ja auch nichts daran, dass alles endlich sei, oder, sie habe übrigens, das sei schon noch ein Zufall, kurz vor dem Tod »unseres armen Ollis« mit ihm ein ganz ähnliches

Gespräch geführt, und es habe sie unheimlich gefreut, dass er eine so hohe Meinung von ihrem Lebenswerk gehabt habe. »Komm doch einmal vorbei, um dir die alten Bilder anzuschauen«, habe sie zu ihm gesagt, und es habe sie dieses echte Interesse total gerührt und auch bewirkt, dass sie ihn mit ganz neuen Augen gesehen hatte, es sei ihr dadurch aufgegangen, dass sie sich richtig getäuscht hatte in ihm, dass er früher einmal ein nerviger Fratz gewesen war und nur Malätz gemacht hatte, aber dass er natürlich auch erwachsen geworden war und viel reifer, sie habe bei seinem Besuch bei ihr gemerkt, dass er für die Kunst wahnsinnig viel übrig gehabt hatte und insgesamt sensibler gewesen war als so manch anderer, überhaupt sei es schön, wenn die Jungen sich wieder für die alten Zeiten begeisterten, wer keine Wurzeln habe, könne keine Blüten treiben, oder, man müsse schon seine Wurzeln kennen und ab und zu lieb zu ihnen schauen, sonst gerate der ganze Untergrund in Vergessenheit, und was dann? Tja, dann könne es eben sein, dass der Baum von unten her verrottet, weil der Boden womöglich zu feucht geworden ist oder ganz umgekehrt vertrocknet, es könne, wenn keiner danach schaue, durchaus passieren, dass ein stattlicher Baum schon längst von innen her total verfault ist oder ausgedörrt, und wenn er dann umkippt, sage man zwar »plötzlich« und »einfach«, *plötzlich* sei der Baum *einfach* umgekippt, aber das sei ja ein Schmarren, nichts Stabiles werde auf einmal einfach so unstabil, das habe immer eine längere Geschichte: »So was hat einen Schwanz«, sagte Rosl Fraxner resolut.

»Olli hat Sie besucht?«, wiederholte ich zur Sicherheit, ich sah, wie John durch die Gasse langsam auf uns zukam, er sah aus wie ein kleines, elegantes Mammut auf einem Ausflug, er winkte von Weitem. »Wann denn?«

»Freilich«, sagte Rosl Fraxner hochzufrieden, sie hatte während des Gesprächs Aufwind bekommen und ihre untypische Trübsal, als plagte sie ein schlechtes Gewissen, völlig abgelegt. »Drei Mal ist er bei mir gewesen, der arme Bub, vielleicht vier, fünf Wochen vor diesem himmeltraurigen Ende, ich habe eh immer gewusst, dass er einmal kommen würde«, sagte sie vertraulich zu mir herübergebeugt. »›Komm doch einmal bei mir vorbei, um dir die alten Bilder anzuschauen‹, habe ich immer gesagt, aber er wollte ja nie kommen, und dabei hat er sich ja irgendwann seiner Vergangenheit stellen müssen, oder?«

»Seiner Vergangenheit?«

»No, die vielen Bilder von seiner armen Mama und dem armen Papa, da muss man schon ein starkes Gemüt haben, dass man da eintauchen kann in diese glücklichen Zeiten, wobei das ja ein Elend ist, so viele Tote. Gnade Gott, dass die alten Batloggs das überleben, sonst ist auf einen Streich die gesamte Familie ausgelöscht, einfach ausgelöscht, auf einen Streich.«

»Da ist doch noch die andere Tochter, Ollis Tante.«

»Ja ja, aber halt in Schruns.«

Sie sagte es so, als wäre das dreißig Kilometer entfernte Schruns schon ein exterritorialer Außenposten der NASA und die Tante damit für die Batlogger-Linie faktisch inexistent, ich erwiderte nichts darauf.

»Aber«, ich kapierte es trotzdem nicht ganz, »was genau hat Olli denn gesucht bei Ihnen? Wieso ist er gekommen?«

»Warum er gekommen ist? Ja also, das erstaunt mich

jetzt schon, ihr hättet alle längst einmal kommen und die Bilder anschauen sollen, längst. Ich hab ihn halt ein bisschen neugierig gemacht, sonst wär der ja nie gekommen, oder. Und gesucht«, sagte sie und schnaubte, »er hat selbstverständlich nichts Konkretes gesucht, man schaut sich meine Bilder nicht an, weil man etwas sucht, junger Freund, meine Bilder dienen der Ordnung, man schaut sie sich an und findet seine kleine Ordnung in der großen, man versteht, wo der eigene Platz ist.«

»Was heißt *neugierig gemacht*, wie haben Sie ihn neugierig gemacht?«

»Ja also! Das ist natürlich ganz privat, das kann ich dir natürlich nicht erzählen, gell, das war ja nur für den Olli.«

»Olli ist tot.«

»Herrgott, das ist sozusagen meine künstlerische Schweigepflicht, da kann ich überhaupt nichts dazu sagen«, sie kicherte albern.

»Aha. Und wo war Ollis Platz?«

»Was?«

»Sie sagten, ›dass man versteht, wo der eigene Platz ist‹. Ich weiß nicht, in der Welt oder in der Ordnung oder was meinten Sie?«

»Du liebe Zeit«, sie fasste mit beiden Händen in ihre Frisur und rührte wohlig darin herum, »das sind Fragen, also das weiß ich natürlich nicht. Das ist natürlich überhaupt nicht meine Aufgabe als Künstlerin, so etwas zu formulieren, ich bin ja eigentlich nur eine Dienerin des Augenblicks, Künstler sind immer Diener des Augenblicks, demütig im Dienst des Flüchtigen. Ich als Künstlerin sammle die Momente und mache meine kleinen Ordnungen, ganz für mich allein, ganz privat, oder. Wenn mich jemand besuchen kommt, kann er sich die Momente anschauen, all diese vielen kleinen Augenblicke, und sein Leben wird vollständiger dadurch, weil dafür, oder, sind wir Künstler da: um das Leben vollständiger zu machen.«

In mir hatte sich bei der hochtrabenden Formulierung »künstlerische Schweigepflicht« ein Schalter umgelegt, und die alte Feindseligkeit machte sich bemerkbar, ich hatte vergessen, wie wahnsinnig mir diese Frau auf den Senkel ging. Ich sah John an der kleinen Lokomotive geröstete Kastanien kaufen. Aber was solls, dachte ich mir, sie kannte uns alle und sie kannte auch alle anderen und Olli war bei ihr gewesen, das fand ich immerhin bemerkenswert. Diese Tatsache sorgte zwischen dem trüben Allerlei, mit dem mein Hirn gepflastert war, für eine Art Lichtblick, ich erkundigte mich bemüht freundlich nach ihren Bildern, nach ihrem »fotografischen Vermächtnis«, wie ich es heraushob, nach ihrer doch gewiss umfassenden Sammlung Feldkircher Zeitgeschichte.

In diesem Moment gesellte sich John zu uns, und ich stellte ihn vor, er drückte ihr die Hand und lächelte auf diese vielzahnige und einnehmende New Yorker Art, die so unverbraucht wirkte und so unbeschwert, klar wollte sie ihn sofort fotografieren. Er trug einen Pelzmantel wie weiland Oscar Wilde und sah aus »wie ein junger Gott aus Manhattan«, ich lenkte das Gespräch geschickt in eine andere Richtung, indem ich sie meinerseits um einen Einblick in ihr vielfältiges Schaffen bat.

»Ja, das wird jetzt aber auch Zeit, gell, aber freilich,

komm doch einmal vorbei, um dir die alten Bilder anzuschauen!«

Ich kündigte meinen Besuch für den Nachmittag an und zog John mit mir, Rosl Fraxner rief uns noch etwas hinterher, unter anderem hörte ich die Worte: »Hoffentlich alle beide!« – »Noch ein paar schöne Bilder« – »So ein herziges Paar« – »Gleich gesehen, dass ihr zwei verspatzelt seids« – »Heutzutage ja kein Problem mehr« – und »Pärchenfotostrecke«.

Ich hütete mich, ihr John auszuliefern, ich konnte mir lebhaft vorstellen, was für Porträts von ihm oder noch schlimmer: von uns, ihr vorschwebten – er, nackt unter dem Pelz, vermutlich vertieft in eine Erstausgabe des *Ulysses,* und ich, nur mit einer Fliege und einem Cocktailglas bestückt, Pralinen naschend zu seinen Füßen, besten Dank –, wir aßen zusammen im *Dezember* zu Mittag und verabredeten uns für den Abend.

51 Ich fragte mich, was Olli bloß dazu bewogen hatte, nach jahrelangem Kleinkrieg, verhunzten Klassenfotos und zwei erfolgreichen Bänden *Roslgruseln* auf einmal mit Rosl Fraxner zu paktieren und sich ihrem nervigen Steckenpferd zu widmen, ich fand das merkwürdig. Was konnte sie ihm gesagt haben, was könnte ihn »neugierig« gemacht haben, ich wusste es beim besten Willen nicht, bestimmt nur eine von ihren Wichtigtuereien. War es womöglich aber wahr, und er hatte sich »seiner Vergangenheit« stellen wollen, wie Rosl Fraxner das so dramatisch formuliert hatte? Vielleicht, weil er Vater wurde? Ich fand diesen Gedanken einleuchtend. Vielleicht hatte er seine eigene Geschichte vervollständigen wollen, vielleicht hatte er sehen wollen, wie eine andere Frau seine Eltern gesehen hatte, vielleicht war er nun erst bereit dazu gewesen, so viele Bilder seiner Mutter anzuschauen, ohne sofort loszuheulen.

Ich wanderte den Hang hinauf zu ihrer Adresse, es schneite und nieselte, meiner laienhaften Beobachtung nach in ausgewogenem Verhältnis.

Ich hatte mich entweder überschätzt oder Rosl Fraxner völlig unterschätzt. Sie war eine Verrückte.

Sie bewohnte ihr ehemaliges Elternhaus oben am Ardetzenberg, und wenn ich sage, es war gestopft voll, so trifft das den Sachverhalt nur annähernd. Sie hatte sämtliche Möbel, die aussahen, als stammten sie noch von ihren Eltern, ausgeräumt, das Geschirr, die Klamotten, den ganzen Kleinkram eines Lebens auf den Müll geworfen und die frei gewordenen Regalfächer und Schubladen mit ihren Fotografien gefüllt, dazwischen Büroschränke aus Metall gequetscht, die ebenfalls voller Fotos waren und alles, was weder da noch dort Platz hatte, verwahrte sie in Pizzakartons oder blauen Plastiktaschen von *IKEA*. Ihre obskure Garderobe hing an einer langen Reihe Nägel in ihrem Schlafzimmer, und ich hatte sie im Verdacht, von Wegwerfgeschirr zu essen, jedenfalls servierte sie den Tee in Plastiktassen und drückte mir ein Snickers in die Hand.

Es schien mir ein hoffnungsloses Unterfangen, wie sollte da jeder seine eigene kleine Ordnung herstellen, wenn er quasi tauchen musste, tauchen durch Tausende,

Abertausende von Bildern? Ich vermutete sofort, sie habe gewiss null Übersicht in diesem Kuddelmuddel, aber ich irrte mich. An Rosl Fraxners System hätte das FBI lange was zu kauen, aber sie hatte eines. Sie wusste ganz präzise, welche Jahre in welchem Küchenschrank lagerten, welche Epochen sie in den kindersargähnlichen Truhen im Flur verwahrte und in welcher Bettschublade das Feldkirch des Jahres 1998 vor sich hin dämmerte. In den Fluren stapelten sich hüfthoch abgenutzte Milkaschachteln zu je zwanzig Tafeln, nun bis zum Zerplatzen mit Fotos bepackt, ich fragte mich angelegentlich, ob sie die Tafeln alle selbst aufgegessen hatte, ob sie damals Milkaschokolade gegessen hatte wegen der Schachteln und irgendwann zu Snickers gewechselt hatte, weil es diese in zufriedenstellenderen Behältnissen zu kaufen gab. Sie und nur sie wusste, warum, chronologisch nicht nachzuvollziehen, gewisse Bilder eines Jahrgangs aus diesem ausgegliedert und einem anderen hinzugefügt worden waren, sie hatte über die Jahre und Jahrzehnte Zusammenhänge hergestellt und Themeninseln gebildet. Sie hatte, ich wand mich, es mir einzugestehen, sie hatte tatsächlich so etwas wie eine individuelle, womöglich sogar kreative Auswahl getroffen, mit dem ordinären ortsansässigen Kunstschaffenden in der Zürcher Kirche konnte sie problemlos mithalten.

Ich ließ mir in den ersten zwei Stunden geduldig ihre Ideen für das Konzept einer Ausstellung erläutern – sie erwähnte wie nebenbei, wie wunderbar sie sich zum Beispiel eine Werkschau in der Kirche der ortsansässigen Kunstschaffenden vorstellen könnte –, und schaute mir die entsprechenden Bilder an. Entweder war sie direkt nach unserem vormittäglichen Treffen nach Hause geeilt und hatte die Sachen zusammengestellt, oder aber, naheliegender, sie wartete seit vierzig Jahren schon auf diesen Moment und war vorbereitet, eine Kirche oder das gesamte MoMA zu bestücken.

Eigentlich war es ganz witzig. Man könnte sagen, sie stellte Gruppen zusammen, entweder zeigten sie die Veränderungen über die Jahre, oder sie zeigten, dass alles gleich blieb, ein zugegeben simples und oft angewendetes, nichtsdestotrotz sehr wirkungsvolles Konzept. Es gab diese grässlichen Hochzeitsbilder, die sie nach dem immer gleichen Schema aufnahm, die Paare küssten sich 1972 um den Laternenpfahl gewickelt, und sie taten es 2013, und es gab die gleichen Paare, die – offensichtlich nach der Scheidung – mit stereotyp steinerner Miene aus dem Bezirksamt kamen, Rosl Fraxner musste die Gerichtstermine herausgefunden und ihnen aufgelauert haben. Sie fotografierte ihre nackte Mutter, eine dralle, nachlässig frisierte Vierzigjährige mit dem traditionellen Fraxnerbusen Ende der Sechzigerjahre, dem schweren, nach unten drängenden Leib in den Achtzigerjahren und dem gelben krebsmageren Körper ein paar Jahre später, kurz vor ihrem Tod. Sie fotografierte Bauarbeiter, die in der einen Periode Italiener waren, in der nächsten Türken und in der anderen Jugoslawen und später Polen oder ehemalige Ossis, sie fotografierte die Schnitzelteller auf der Schattenburg, immer und immer wieder, mit Babykarotten und jungen Erbschen, seit Ewigkeiten unverändert. Im nächsten Moment allerdings erhielt meine neue Sympathie für Rosl

Fraxner einen gewaltigen Dämpfer. Ich erkannte uns auf einem der Bilder, Isi, Olli, Gösch und mich, komplett in unserer sorgfältig ausgewählten Wichtigtuermontur mit Bart, Anzügen und schnöseligem Gehabe, wir saßen an einem Tisch im *Zanona* und lasen die *Financial Times* – zumindest von mir konnte ich sagen, dass ich sie nicht verstand. Was mir den Schlag versetzte, war aber nicht das Bild von uns allein, damit war zu rechnen gewesen, ich wusste, dass Rosl Fraxner ungefragt und wie wild in der Gegend herumfotografierte, nein, was mich unangenehm berührte, war die Themengruppe, in die sie uns einsortiert hatte. Es waren etwa zwanzig Bilder, und alle zeigten sie unterschiedliche Cliquen, viele rein männlich, manche mit vereinzelten Frauen, und sie alle einte Folgendes: Sie fühlten sich als intellektuelle Überflieger. Sie lagen im Reichenfeld im Gras und lasen mit leerem Blick Marx, sie standen in der Rathausgasse, hatten sich Kartoffelsäcke über den Kopf gezogen und hielten Plakate, auf denen stand: *Wir sind die schweigende Mehrheit*, sie waren gerne bebrillt, sie trugen Hippieklamotten, als die Hippieära schon längst vorüber war, und stülpten ihre Tennissocken über die Karottenjeans, als auch dieser Trend seit hundert Jahren passé war, sie waren die Originale, sie waren die Elite, sie waren die, die auffielen. Und da offensichtlich jede Zeit, ja, jeder Jahrgang wieder neue hervorbrachte, waren sie weder originell noch elitär, sie waren nur, wie die traurigen Hochzeiter und die Gastarbeiter mit der wechselnden Hautfarbe, das Immergleiche im anderen Kostüm. Ich hatte es geahnt. Den Beweis nun vor mir liegen zu haben, machte es nicht besser. Wir waren naive Narren, so viele Pläne, so viel Selbstbewusstsein, so viel eitle Gewissheit und so wenig Ergebnis. Ich ließ meinen Blick über die restlichen Fotografien der Feldkircher Originale wandern und blieb an einem Bild hängen, es musste am Baggersee aufgenommen worden sein. Fünf Leute saßen oder standen mit dem Rücken zum See, die Frauen waren gerade dabei, sich auszuziehen, unter den Jeans kamen die Bikinihosen zum Vorschein. Ich erkannte den jungen Charly, er hatte lange, dunkle Haare und grauenhafte Koteletten, die ihm bis weit ins Gesicht hineinwucherten. Er trug einen dieser Badeanzüge für Männer aus den Zwanzigern und darüber ein offenes, besticktes Hemd, das ich aus dem Caritassack kannte, er beugte sich Keith-Richard-mäßig lauschend über eine Gitarre.

Rosl Fraxner sah, dass ich innegehalten hatte, und trat neben mich, sie tippte auf die eine der beiden Frauen: »Das ist die Bärbel!«, sagte sie, sie nickte energisch. »Die Mama vom armen Olli, so eine schöne Frau! Und«, sie kollerte regelrecht kokett und umkreiste Bärbel Batloggs Bauch, der unter dem Hemd zum Vorschein kam, »das wusste damals noch niemand, vermutlich nicht mal die Bärbel selber, das konnte ich aber später an einer Hand abzählen, oder, da war sie schon schwanger. Mit dem Olli. Da habe ich immer eine diebische Freude gehabt bei dem Foto. Eine wunderschöne Frau und lustig wie der Karl Valentin persönlich, die hat den Schmäh rennen lassen, besser als ein jeder Mann.«

Sie war wirklich eine schöne Frau, blonde, hüftlange Haare, ein zartes Gesicht mit einem großen, lachfreudigen Mund und leicht abstehenden Ohren. In meinen

romantischen Vorstellungen sahen attraktive Vampir-
frauen so aus.

»Charly erkennst du ja, ihn erkennt man immer, wobei,
gell, ein paar Jahre vorher, da hatten ihn diese ungesunden
Sachen also schon gezeichnet, das ganze Haschisch, was
der sich gespritzt hat, furchtbar, aber das war nach dem
Entzug, zwei Jahre gabs das *DroNeiDa* schon, das hat aber
nicht jeder gutgeheißen, das wollte nicht jeder haben hier
in der Stadt, das kannst du mir glauben.«

»Und die anderen drei?«

»Waldi, das war die Freundin von der Bärbel, sie hatte
einen Debattierclub, aber ohne andere Mitglieder, die lebt
heute in Rankweil, das ist eine Cousine von dem, na –«

»Und die beiden anderen?« Ich zeigte auf den Mann
neben Charly, er war gerade aus seiner Hose gestiegen und
faltete sie ordentlich zusammen.

»Das waren der Schouni und der Peppi, zu der Zeit die
besten Freunde vom Charly, der Schouni war auch einer
von denen, ursprünglich war der nämlich als Kunde gekommen, oder nein, als *Klient*, so sagt man, oder, ein feiner Spezi,
zugeschissen mit Geld von zu Hause, aber trotzdem so eine
Platzspitzfigur, einer von denen, die in ihren teuren Hosen
und handgenähten Schuhen in der Mittagspause hinüber-
gingen und sich ihren Schuss setzten oder wie man das
nennt, süchtig bis in die Ohrwaschel war der. Der kam hierher, damit man ihn nicht erkennt, der wollte ungestört seinen Entzug machen, so viele so Institutionen gabs ja noch
gar nicht, das *DroNeiDa* war ja quasi ein Pionier. Ganz enge
Freunde sind das dann gewesen, über die paar Wochen hinweg, ganz dick, und den Peppi Tschabitschner, den kennst

du ja, oder, er war ein paar Jahre älter als die anderen und arbeitete schon als Arzt, der hatte die Praxis von seinem Papa übernommen, er hat auch eine Zeit lang an der Nadel gehangen, ›als Arzt‹, hatte er mir einmal gesagt, wo ich mit meinem wehen Fuß zu ihm gegangen bin, da waren wir so ein bisschen ins Schwatzen gekommen, ›als Arzt kommst du an das Zeug leichter ran als an Zucker zum Kaffee‹, ich weiß nicht, ob das stimmt. Und die Waldi und die Bärbel waren immer mit von der Partie, die waren unzertrennlich, die waren nicht so eine reine Männerpartie wie ihr, wo keine Frau je einen Stich gemacht hat.«

Ich nickte. Die Fotografie rührte mich, die Tatsache von Ollis unsichtbarer Anwesenheit, von seiner noch ganz unbemerkten Ankunft in der Welt, die völlige Unbefangenheit seiner Mutter im Bikini, mit dem zu großen Mund und den zarten Vampirohren. Sie alle fünf waren so unbedarft, sie waren die intellektuellen Überflieger, sie trugen Schlaghosen und bulgarische Bauernhemden, dabei trug man die nicht mal mehr in Bulgarien, sie dachten, nichts wäre entschieden, das ganze Leben läge noch vor ihnen, und dabei waren zwei von ihnen schon bald eine Familie, und das winzige Reiskörnchen in Bärbel Batloggs Schoß sollte irgendwann dieses Trumm werden, das mein bester Freund gewesen war.

»Kann ich das Bild haben?«

»Aber wo, ich schenk nie, also wirklich nie eins her von meinen Bildern, nicht mal dem Olli habe ich welche gegeben, obwohl er so ein armes Würsterl war, ich muss mein Archiv geschlossen halten, oder, sonst ist die ganze Weltordnung hinüber.«

Weltordnung, wahrscheinlich war Rosl Fraxner überzeugt, von Feldkirch aus, hier, von ihrem rührigen fotografischen Gedächtnis aus zögen sich die Kreise tatsächlich über die gesamte Erde, hier sei der Mikrokosmos, dem der Makrokosmos nichts hinzuzufügen habe außer seiner Ausdehnung.

Aber da sie von Olli sprach, brachte sie mich zurück zu meinem eigentlichen Anliegen, ich wandte mich ab und bat sie, mir Bilder von ihm zu zeigen, von seinen Großeltern und seinen Eltern, von seiner kleinen Ordnung, und fast behände sprang sie die Leiter rauf und runter und wühlte mit sicherer Hand in den Jahren, kramte ein paar Bilder aus dem 1999er-Jahrgang und dort eins von 2001, ich war verblüfft, wie genau sie zu wissen schien, was sie besaß, es war fast schon unheimlich.

Sie musste bemerkt haben, wie ich sie von der Seite anstarrte, sie reichte mir wieder zwei Bilder, die sie aus einem der Pizzakartons geholte hatte, schübelweise hatte sie sie mit Gummiringen zusammengebunden und nebeneinander in dem flachen Paket einsortiert. »Ich hab einen Kopf wie ein Elefant«, sagte sie, »ein Hirn mein ich.«

»Kopf«, murmelte ich leise, als sie schon wieder mit fliegenden Haaren emsig durchs Zimmer gumpte, »Kopf trifft es auch, glaub mir.«

Als ich sie verließ, war es dunkel, und wettertechnisch war eine Entscheidung gefallen: Es schneite, klare, flaumige Flocken, die auf dem nassen Asphalt schmolzen. Kaum jemand war unterwegs, ich wanderte hinunter in die Stadt. Falls in irgendeinem der Fotos die Lösung lag für das Rätsel, das Ollis Tod mir stellte, so hatte ich sie nicht gesehen. Olli, seine Eltern, seine Großeltern, die Freunde, es waren die Bilder einer glücklichen Gemeinschaft, ich konnte es nicht anders sagen, vor allem, wenn ich mir im Gegenzug dazu die Fotoalben meiner eigenen Herde vergegenwärtigte: Langweilige, ungelenke und ernüchternde Beweise für unsere Mittelmäßigkeit. Würde ich in Rosl Fraxners Archiv nach mir und den Meinen fahnden, es würde an unserem deprimierenden Gesamteindruck rein gar nichs ändern. Wenn Ollis Familie Frank Zappa war, so war meine André Rieu, während seine Eltern sich auf einem der Bilder auf dem Markplatz über ein paar Cantaloupemelonen von Oliven-Angelo hinweg verliebt anschauten und sich die Strähnen ihres zausen Hippiehaars aus der Stirn strichen, hatten meine praktische Kurzhaarfrisuren und schliefen schon längst nicht mehr miteinander, während Charly sich seinen Sohn in einer damals noch völlig unorthodoxen Wickeltechnik aus den Anden vor den Bauch gebunden hatte und in der Apotheke Hustensaft erwarb, weigerte mein Vater sich, auch nur einmal den Kinderwagen zu schieben, und als den alten Batlogg der Hafer stach und er in seiner originalen Kapitänsuniform aus dem 18. Jahrhundert mit seinem Enkel neben sich als Kadetten ausstaffiert im Garten stand und mit seinem polierten Messingbesteck den Sonnenstand maß, werkelten meine Eltern in ihrem Hobbyraum, und alleine das Wort machte mich unendlich traurig.

Im Bekanntenkreis meiner Eltern gab es keine Freundinnen mit Debattierclub, weder mit noch ohne Mitglieder, geschweige denn ehemalige Giftler oder Allgemeinärzte, die sich den Kaffee mit Kokain zuckerten. Meine Mutter machte in Brezeln, und mein Vater sägte im Keller, das war alles, was es zu der Materie zu sagen gab.

Rosl Fraxner hatte mich verblüfft. Sie hatte mir eine Seite an sich gezeigt, die ich bewunderte. Sie hatte all die Jahre gearbeitet und gearbeitet und wollte doch nur eins: eine Werkschau. Und plötzlich wusste ich, ich würde alle Hebel in Bewegung setzen und dafür sorgen, dass sie ihre verdammte Ausstellung bekam, »ortsansässig« war ein dehnbarer Begriff.

Sie hatte sie verdient, fand ich. Nicht, weil ich irgendwas verstanden hätte nach der Sichtung ihrer Bilder, nicht, weil Ollis Tod nun in einem anderen Licht stünde. Sie hatte es einfach sowieso verdient. Dieses unermüdliche Schauen und Festhalten und Ordnen, dieses jahrzehntelange Protokollieren der Feldkircher Begebenheiten rührte mich mehr, als mir lieb war, es war so – neidlos. Mir schien, als hätte sie keine Meinung dazu, sie bewertete nicht, sie *machte* nichts aus ihren Beobachtungen, sie war neutral. Wir vier waren eingebildete Trottel, erbärmliche Wichte, die sich in den Weiten des Feuilletons verloren und Börsenkurse anstarrten, als hätten sie uns was zu sagen, wir waren Witzfiguren, aber ich glaubte nicht, dass sie je auch nur in die Nähe kam, so etwas zu denken, eine solche Haltung war ihr völlig fremd. Ich fand bulgarische Hemden in den Achtzigern ein absolutes No-Go, aber ich hatte das Gefühl, für sie gab es gar keine No-Gos – ihre eigenen ästhetischen Entscheidungen in Sachen Erscheinungsbild ließen so etwas natürlich vermuten. Weder machten sie die heiratenden und geschiedenen Paare zynisch, noch hatte sie eine Theorie zu den Entwicklungen in der Gastarbeiterszene, sie lachte nicht über Isi, der neben dem Ball herkugelte, anstatt ihn zu treten, und fand es nicht gut oder schlecht, wenn der Eni Batlogg bei stürmischem Wetter in Ölzeug an seinem Steuerrad im Garten stand und seine Brigg sicher durch das Unwetter lenkte. Sie wollte es nur fotografieren. Sie wollte es nur in ihren Kisten und Schränken haben und sich heimlich daran freuen, wenn auf einem Bild ein Kind schon in einem Bauch herumschwamm und noch niemand davon wusste, wenn Ende der Neunziger die ersten Ossischnäuze auftauchten auf den Baugerüsten und irgendwann eine Mehrheit bildeten, sie wollte nicht sagen, dass ihre Mutter früher eine dralle Frohnatur gewesen sei und am Schluss nicht mehr schön, sie wollte gar nichts aussagen. Es war einfach ihre Mama, sie hatte gelebt und sich nicht die Haare gekämmt und dann waren sie ihr nach und nach ausgegangen, und sie selbst war auch ausgegangen.

Rosl Fraxner schaute einfach nur. Wenn ich irgendetwas künstlerisch fand, dann das. Vielleicht gerade, weil ich so anders war. Vielleicht gerade, weil ich durch sie bemerkte, wie sehr ich ständig bewertete, wie viele Kategorien ich hatte und wie viele Vorstellungen, wie etwas zu sein hatte. Ich kam zu dem Schluss: Rosl Fraxner fällte vermutlich kein Urteil, war im Zweifelsfall aber gütig – aus buddhistischer Sicht vermutlich das Stadium kurz vor der Erleuchtung, aber ich wollte Isi nicht danach fragen.

Kurz vor der Erleuchtung – wenn ich heute daran denke, muss ich wirklich lachen, aber, ja, so sah ich es damals.

52 Am nächsten Tag kehrte ich ins *DroNeiDa* zurück und machte mich ans Aufräumen, wenn ich schon zu sonst nichts nütze war, das Aufräumen war mein Beruf. »Diener« klingt so verheißungsvoll, im Grunde bedeutet es einfach nur Aufräumen. Ich sortierte alles Persönliche heraus, holte beim Türken gegenüber ein paar Bananenkisten und räumte die alten Klientenakten hinein, die *DroNeiDa*-Mitarbeiter sollten selber entscheiden, ob sie die Sachen wegschmeißen oder in den Keller räumen wollten.

Gegen Mittag besuchte mich John mit Sandwiches vom Bäcker, ich ging in die Küche und holte eine Flasche Wasser.

Als ich zurückkkam, stand er vor dem Schreibtisch, er betrachtete das Bild vom Baggersee, das ich an die Lampe gelehnt hatte.

Ich deutete auf Ollis Mutter, seinen Vater, ich sagte, Olli sei schon im Anflug gewesen, er schaute überrascht und verstand aber sofort. »How lovely«, sagte er, er fragte, ob Rosl Fraxner es mir geschenkt habe, ich sagte Ja, er meinte, sie wirke nicht wie eine, die irgendwas weggebe, sie sei ja meinem Bericht zufolge eher der Typ Messi, er habe das, sagte er, bei seinen Interviews mit Künstlern des Öfteren feststellen können, sie lebten in der allergrößten Unordnung, man würde nicht meinen, dass sie auch nur im Entferntesten eine Ahnung hätten, wo sich was befände, aber wehe, irgendetwas komme abhanden: »Oh my god«, ich sagte: Stimmt, sie hätte, sagte ich, bei dem Bild eine Ausnahme gemacht, sie sei ja auch keine echte Künstlerin, vermutlich darum. Er betrachtete noch mal das Bild. »How lovely«, wiederholte er leise, dann legte er es behutsam zurück auf den Schreibtisch.

Wir saßen auf dem Sofa und aßen die Brote, und als ich später weiter Papiere bündelte und Schubladen leerte, spazierte John mit seinem Kaffee im *DroNeiDa* herum, vermutlich brüllte er eine Runde im schallgedämpften Raum, jeder, der das erste Mal in dieses amüsante Zimmer kam, zog die Tür hinter sich zu und schrie etwas in die Schaumstoffpyramiden. Ich hatte nie gefragt, aber vermutlich diente er den entzugsfreudigen Giftlern als Toberaum, sie konnten schreien, so laut sie wollten und ihren Therapeuten an die Wand werfen, außerhalb dieser vier Wände kriegte kein Mensch etwas davon mit. Ich selbst, fiel mir an dieser Stelle auf, hatte allerdings nie darin getobt. Nach meiner neuen Erfahrung des Rumschreiens betrachtete ich mein bisheriges Leben mit ganz anderen Augen. Jeder brüllte mal im Schaumstoffzimmer, ich nicht. Jeder verlor mal die Nerven, ich nicht. Das gab mir zu denken, aber ich kam zu keinem Ergebnis.

Er rief mich irgendwann zu sich, er war im Wartezimmer und stand vor dem großen Foto an der Wand. Ich gesellte mich zu ihm und nahm ihm die Tasse aus der Hand und trank einen Schluck Kaffee, ich erläuterte ihm das Sgt.-Pepper-mäßige Setting.

Er nickte zu allem, lächelte über Raumschiff Enterprise, sagte, »beamen was die beste Idee ever, ich warte every day, that it get's real«, dann deutete er auf die Klienten im Hintergrund.

»Das ist der Giftlerchor, also ehemalige Giftler, letzte Ehre und so.«

Er musterte die Gesichter, schaute sich auch alle anderen auf dem Bild an, nickte wieder. »Das ist dein Vater, das ist deine Mutter«, ich trat näher heran, ah ja, da standen meine Eltern, ein wenig unbehaglich mit den Lilien. »Das ist der from den lake«, er deutete auf einen der Giftler, ich trat näher heran und betrachtete den Mann, Peppi Tschabitschner, stimmt. »Und das is the staff vom *Zanona* und das ist Herr Otto, der Friseur.«

Wir standen noch eine Weile davor, ich betrachtete unsere jugendlichen Gesichter, einig in ihrer babyhaften Bärtigkeit und auch in allem sonst.

Ich steckte das Baggerseebild zu dem anderen in den Rahmen und nahm das Bild vom Haken, ich packte es zu den Dingen, die ich Eni und Ana Batlogg vorbeibringen würde.

Wir fuhren zurück nach Zürich. Ich meldete mich bei Robert van der Velden und bat ihn, mich wieder als stellungssuchend in seine Kartei aufzunehmen und mich an die nächste frei werdende Position im Ausland zu vermitteln, und mit Ausland meinte ich: Übersee. Ich wollte weg.

Ich weiß nicht, von wem Frau Hobbs von Ollis Tod erfuhr, von mir nicht. Ich sah auf meinem Telefon, dass sie mehrfach versucht hatte, mich zu erreichen, aber ich hatte kein Bedürfnis, mit ihr zu sprechen, schon gar nicht hatte ich vor, weiter für sie zu arbeiten, nicht in Paris und nicht sonstwo, ich hatte genau genommen überhaupt nicht vor, sie jemals wiederzusehen. Sie ekelte mich an. Sie, ihr Mann, diese ganze Klasse derjenigen, die sich nahmen, was sie wollten und das für ihr gutes Recht hielten, widerten mich an. Ich würde weiterhin für solche Leute arbeiten, was sollte ich auch anderes tun, aber ich würde mich hüten, jemals wieder mehr als ein professionelles Interesse für ihre Belange zu entwickeln.

Von Peppi Tschabitschner hörte ich nichts, vermutlich war Mitzi eben doch die Dumpfbacke, als die ich sie in Erinnerung behalten hatte, und hatte einfach vergessen, ihm meine Nachricht zu übermitteln.

In der ehemaligen Kirche sorgte mein Bestehen darauf, Rosl Fraxners Werk auszustellen, für einigen Aufruhr. Ich dachte, es würde reichen, Frau Hobbs, ihre jahrelange, treue Kundin zu erwähnen, das viele vergeudete Geld, das sie über die Zeit hier hatte liegen lassen, aber die Kunstschaffenden blieben eisern, entweder, weil sie von Frau Hobbs seit ihrem Weggang nichts mehr zu erwarten hatten, oder – oder nichts. Ich denke, genau darum: Sie hatten von ihr nichts mehr zu erwarten, wieso sollten sie ihr zuliebe einen fremden Fötzel in ihren Kreis aufnehmen. Es fielen oft die Worte »ortsansässig« und »Künstler« und ich war dankbar, als John das Ganze zwar snobistisch, aber wirksam löste, indem er seinen Freund aus Berlin, Simon Glaser, als Gründungsmitglied einschaltete und dieser nonchalant dafür sorgte, dass Rosl Fraxner ihre Werkschau bekam.

53 Ich sichtete die Angebote, die über die Vermittlungsagentur hereinkamen, nichts überzeugte mich wirklich, aber das lag natürlich nicht an den Jobs. John hatte die Arbeit an seinem Buch abgeschlossen, es würde innerhalb der nächsten Monate erscheinen, und er erwog zwar die Rückkehr nach New York, hatte aber, wie er mir zu meiner Verwunderung mitteilte, überhaupt keine Lust dazu, *good old Europe* hätte ihn ganz in seinen Bann gezogen.

»Aber wo willst du denn sonst hin?«

»Berlin.«

»Das ist peinlich. Alle gehen nach Berlin.«

»Excellent, dann komm doch mit.«

Es war keine große Sache. Leute wie wir verliebten sich ohne Spektakel, sie gingen ganz im Stillen wieder auseinander oder zogen zusammen nach Berlin, ohne dass es peinlich wäre, aber es war wiederum auch nicht romantisch. Alles ohne großes Trara.

Ich merkte, dass ich mir doch nicht vorstellen konnte, wieder in einen Privathaushalt zu gehen. Ich hatte Robert van der Velden gebeten, sich um mein Zeugnis und ein Empfehlungsschreiben von Frau Hobbs zu kümmern, und bewarb mich damit erfolgreich auf eine Stelle im *Grand Hyatt*.

Ich wohnte nicht mehr im Pavillon. Noch am Tag unserer Rückkehr aus Feldkirch hatte ich meine Sachen gepackt und das Haus dicht gemacht. Ich schrieb Frau Hobbs eine E-Mail, ich fühle mich derzeit außerstande, mich um die Abwicklung ihres Umzuges zu kümmern, ich hätte die Schlüssel dem Gärtner übergeben, sie antwortete nicht darauf. Ich wohnte bis zu unserer Abreise bei John, ging in diesen kalten und freudlosen Tagen am See spazieren und aß mittags in einer Genossenschaftsbeiz, es gab jeden Tag Kichererbsen. Es war keine gute Zeit, genau genommen hatte ich nie eine schlechtere erlebt.

Im Nachhinein kommt es mir vor, als wäre ich sediert gewesen. Ich kann nicht wirklich sagen, dass Ollis Tod mich besonders berührt hätte, mich berührte genau genommen gar nichts in dieser Zeit, ich lief irgendwie auf Sparflamme.

54 An einem Freitag im März war die Eröffnung der Fraxner'schen Werkschau, es war immer noch kühl, und die Knospen der Bäume und Sträucher waren noch fest geschlossen. Ich stand draußen auf dem Kirchhof und aß mechanisch Grissinis, ich fühlte mich absolut nicht in der Lage, mir ihre Bilder anzusehen, ich hatte genug davon, genug von Feldkirch, genug von einer Welt, zu der ich nicht mehr gehörte, eine Welt, die ich durch und durch kannte, und die ich dennoch nicht verstand.

»Krischi?«

Ich blickte auf, als er mich ansprach.

»Ja, bitte?«

Er lächelte mich an, aber ich hatte keine Ahnung, wer er war. Ich wusste, irgendwoher sollte ich ihn kennen, irgendwo gab es eine Verbindung, und aus dem Untergrund meines Gedächtnisses ruckelte sein Gesicht sagenhaft langsam auf mich zu, aber ich konnte es nicht einordnen. Um uns herum spazierten die Vernissagebesucher, Gläserklirren, gepudertes Gelächter, und ich schaute den Mann an und versuchte, ihn unterzubringen.

»Peppi Tschabitschner«, sagte er, er streckte mir die Hand hin, ich zögerte kurz und schlug ein.

Ich hätte heulen können, um alles, um Olli und um Charly und um Ollis Mutter und die ganzen Jahre und Zeiten, die dieser Mann zu umspannen schien, mühelos, so kam es mir vor, mühelos war er durch diese Auf und Abs geturnt, er war den Drogen entkommen und der Provinz, er hatte eine Praxis übernommen und sie hinter sich gelassen, er hatte am Baggersee Würstchen gegrillt und im Vergleich zu dem, wo er jetzt seine Würstchen grillte, war es nur ein Teich gewesen, er hatte sie alle gekannt und alle überlebt und trug immer noch seinen verdammten Bart, er rannte in seiner Freizeit mit den Wölfen und jetzt war er hier, um mir meine Fragen zu beantworten, aber ich hatte keine mehr.

An seiner Seite ging ich durch die Ausstellung, ich sagte, ich hätte mit Mitzi gesprochen, er sagte, ja, sie habe es ihm ausgerichtet.

»Ich wollte nicht anrufen. Ich wollte dich lieber direkt sprechen.«

Ich nickte, aber nicht, weil ich das verstand, ich fand eine Reise von den Wolfsrudeln zu einer Fraxner'schen Ausstellung eine Menge Aufwand für ein persönliches Gespräch. Als er sagte, er habe sich zudem die Ausstellung anschauen wollen, wurde es nicht verständlicher, wer kam denn wegen einer Rosl Fraxner aus dem kanadischen Urwald.

»Rosl hat mich eingeladen, wir kennen uns schon lange. Ich möchte nicht sagen, dass wir Freunde sind, aber vielleicht ist das genau der Punkt: Ich fühle mich ein bisschen schuldig, ihr gegenüber, sie ist ja eigentlich eine gute Haut, oder nicht?« Aber auch das sei natürlich kein Grund für eine solche Reise, vor allem, sagte er, habe er in Feldkirch Erbschaftsangelegenheiten zu regeln.

»Ach so«, sagte ich, wir schwiegen eine Weile. »Ach so«, sagte ich wieder.

Wir standen vor dem Bild eines ehemaligen Bürgermeisters, es war die Einweihung des neuen Speisesaals oben im buddhistischen Kloster, der Meister hatte ihm herzhaft den Arm um die Schultern gelegt, der Bürgermeister lächelte verängstigt.

»Du wolltest mich fragen, warum Olli mich angerufen hat, kurz vor seinem Tod.«

Ich starrte noch kurz auf das Bild, der Bürgermeister – er hieß laut Bildunterschrift Gerri Nikolussi – hatte einen dieser geweihten Gebetsschals um den Hals und wollte, seinem angespannten Gesichtsausdruck zufolge, dringend nach Hause. »Als du in Kanada angerufen hast«, sagte er, »das wolltest du doch wissen, nicht wahr?«

Ich sagte nichts. Es war egal. Es war zu spät. Es war nicht mehr interessant.

Peppi wandte sich ebenfalls wieder dem Bild zu. »Er wollte wissen, ob sein Vater bei mir in Behandlung war.«

»In Behandlung?«, ich drehte mich zu ihm, das verblüffte mich allerdings, wieso denn in Behandlung?

»Ich war Arzt.«

»Was für ein Arzt?«

»Ganz normaler Arzt, nichts Spezialisiertes.«

»Ja, und?«

»Sie waren alle bei mir in Behandlung.«

»Wer, alle?«

Er machte eine periphere Handbewegung und ein Kopfnicken in Richtung Rosl Fraxner, »Alle *from the dark side.*«

Ich schaute hinüber zu Rosl Fraxner und dann wieder zu ihm zurück, ich starrte ihn verständnislos an, »*From the dark side? Darth Vader? Rosl Fraxner?*«

»Darth Vader, na ja«, er lachte, »der wäre auch eher zu mir gekommen als zum Hubi Bertsch, das stimmt. Es war nicht besonders angenehm, als Giftler oder auch nur als ehemaliger Giftler zu einem konventionellen Arzt zu gehen, moralische Vorhaltungen waren da das Mindeste, was man zu erwarten hatte, es war immerhin Vorarlberg, die Volkspartei regierte, und die Grünen gabs noch nicht mal, glaub mir, das war ein hartes Pflaster für Leute wie uns.«

Ich dachte kurz nach, »Rosl Fraxner hatte einen wehen Fuß«, sagte ich dann resolut.

Er lachte wieder: »Den hatten wir alle!«

Ich kapierte das nicht, war das irgendwie ein Code? Ich wandte mich konsterniert den Bildern zu, wir schlenderten in diesem typischen Schlendertempo von gut besuchten Vernissagen mit der Masse mit, ich merkte, dass die Bilder Anklang fanden, die Leute sahen etwas darin, eine Erinnerung an eine verlorene Zeit oder die Veränderung an sich oder den Makrokosmos im Mikrokosmos. Ich wartete, dass Peppi Tschabitschner weiterredete, aber er schwieg, schaute sich die Bilder an, manchmal neigte er sich nach vorne und nahm seine Brille ab, studierte liebevoll die Gesichter.

»Und?«, sagte ich irgendwann, »Charly war bei dir in Behandlung, okay. Warum sollte Olli das interessieren?«

Er richtete sich auf, betrachtete weiterhin das Bild vor uns, dann wandte er sich zu mir. Um uns drängten sich die Leute, wir hielten den natürlichen Strom der Vernissage auf, wir waren ein störender Stein in einem trägen Fluss. Peppi Tschabitschner hatte die gleichen Augen wie sein Neffe. Just in diesem Moment erinnerte ich mich. An den Fahrradsattel, der in einen Buntglascontainer plumpste, an den surrenden Ton seines Mountainbikes, als er sportlich angeradelt kam, an seine geschmeidige Bewegung, als er in den Container sprang, an sein Gesicht direkt vor dem meinen, seinen schlanken und athletischen Körper – mit dem Teint und den mandelförmigen Augen glich er verblüffend dem jungen Tutanchamun –, an die harte Ohrfeige, die er mir verabreichte, an den surrenden Ton seines Mountainbikes, als er sportlich weiterradelte, diesmal sitzend und mitsamt Sattel, ich erinnerte mich an Alex Tschabitschner und – es war völlig nebensächlich, aber eine exotische Tatsache – daran, dass seine Großmutter väterlicherseits Ägypterin war und in der Stadtapotheke gearbeitet hatte.

Sein Onkel deutete mit dem Bügel seiner Brille auf das Bild vor uns. Es war die Aufnahme vom Baggersee, wie alle Bilder der Ausstellung nun großformatig und gerahmt, ich schaute sie noch mal genau an, das gleiche Bild. Nicht ganz. Es war der Schuss kurz danach, Bärbel und Waldi hatten ihre Hosen ausgezogen, sie standen nun im Bikini da, die Jeans verwurstelt zu ihren Füßen. Charly Batlogg schaute von seiner Gitarre auf, trank einen Schluck aus einer Bierflasche, Peppi arrangierte das Grillgut auf einem Rost und Schouni, auf dem letzten Bild halb verborgen hinter den anderen, war aufgestanden und hatte seine Brille neben sich gelegt und schlüpfte gerade aus dem T-Shirt.

»Ich kenne das Bild schon«, sagte ich, »also nicht genau das, aber die Situation da am Baggersee, eure Clique. Rosl Fraxner hat mir die Fotos davon neulich gezeigt.«

Peppi Tschabitschner nickte, er setzte seine Brille wieder auf, und wir schlenderten weiter und lösten den Stau auf. Wir schauten uns die gesamte Ausstellung an und redeten über dies und das, alte Zeiten. Ich wartete, aber Peppi Tschabitschner machte keine Anstalten, unser anfängliches Gespräch fortzusetzen.

Wir standen schlussendlich wieder auf dem Hof, ich stellte ihm John vor, sie schüttelten sich die Hände und hielten ein bisschen Small Talk über die politische Situation in Kanada und den USA, Trudeau, die kommenden Wahlen, ich aß weiter Grissini, seit ich nicht mehr arbeitete, las ich keine Zeitung mehr, für wen auch. Ich ging übrigens auch nicht mehr in die Oper.

Irgendwann stellte Peppi sein geleertes Glas auf eines der herumwandernden Tabletts und sagte, er wolle Rosl Fraxner Hallo sagen.

»Okay«, sagte ich, ich reichte ihm die Hand, ich sagte, es habe mich gefreut, und das stimmte, es hatte mich wirklich gefreut. Er erinnerte mich an Charly, sehr sogar, ich konnte gut verstehen, dass sie Freunde gewesen waren.

»Er konnte keine Kinder kriegen«, sagte er.

»Hm?«

»Charly«, Peppi Tschabitschner nahm die Brille wieder ab und steckte sie in seine Brusttasche, sein Blick schweifte unsicher über den Kirchhof, dann schaute er mich an. »Er war unfruchtbar.«

»Er war was?« Ich schaute John an, er betrachtete sein Glas. »Was war er?«

»Er wollte darüber Gewissheit haben – Olli. Darum der Anruf. Und was mich seither quält«, er fuhr sich durch die Haare und den immer noch vollen Bart, »was mich immerzu quält und nicht mehr loslässt, ist die Frage, ob ich es ihm hätte verschweigen sollen. Ob ich hätte lügen sollen. Es war nicht mein Geheimnis. Wer bin ich, es ihm zu erzählen? Andererseits: Es hätte nichts gebracht. Er ahnte es ja schon, und er wusste auch sonst schon zu viel. Er wollte nur meine Bestätigung. Er wollte das Wort von einem, der dabei gewesen war.«

»Wobei dabei?«

»In dieser Zeit. In dem Sommer.«

»Was ist mit dieser Waldi, sie war die Freundin seiner Mutter, die mit dem Debattierclub, sie lebt in Rankweil, hat Rosl Fraxner gesagt, warum hat er nicht sie gefragt?«

»Aus Waldi ist nicht mehr viel Vernünftiges rauszukriegen.«

»Was?«

»Zu viele Rückfälle, irgendwann kippt das System. Sie lebt ja in Rankweil.«

»Was?«

»In Rankweil. In der Psychiatrie.«

»Warte mal, nur, dass ich dich nicht missverstehe, du sagst mir, Charly war nicht sein Vater?«

»Natürlich war er sein Vater«, Peppi setzte sich ungeschickt die Brille wieder auf, hob die Hand und winkte kurz in Richtung Kirchentür, ich drehte mich um und sah dort Rosl Fraxner stehen, sie blickte zu uns herüber und schien uns schon eine Weile zu beobachten. »Natürlich war er sein Vater«, wiederholte er und wandte sich wieder mir zu, »er hat ihn nur nicht gezeugt.«

Ich starrte ihn an, ich merkte, dass ich schon wieder viel zu langsam war, die anderen winkten aus dem anfahrenden Zug, und ich hatte noch nicht mal ein Ticket gekauft, ich merkte, dass er mir kräftig die Hand drückte und sich von John verabschiedete, ich merkte, dass er mich zurücklassen wollte an einem öden Bahnhof irgendwo im Wilden Westen, an dem kein weiterer Zug mehr kommen würde, nie mehr. »Einen Moment noch«, sagte ich, ich griff nach seinem Arm und er drehte sich zu mir um, »und wer war dann sein Vater? Ich meine, gezeugt, wer hat ihn dann gezeugt?«

Er blickte mich an mit diesen herrlichen Tschabitschneraugen, sie konnten vernichten wie die vom alten Arschloch Alex oder einen zu Tränen rühren wie die von ihm, vermutlich aber waren sie wie die Augen der Sphynx völlig neutral, schön, aber unparteiisch.

»Ich habe keine Ahnung«, sagte er freundlich. Er löste meine Hand von seinem Arm, klopfte mir kurz auf die Schulter und ging dann zu Rosl Fraxner, die burgunderrot eingewickelt auf der Kirchentreppe wartete wie die Päpstin höchstpersönlich.

Ich merkte alles Mögliche in diesen paar Minuten und das Letzte, was ich erinnere, ist, dass ich ihm hinterherschaute wie einem Bären in der kanadischen Wildnis, der zufällig meinen Weg streifte und mich erschüttert, aber körperlich unversehrt zurückließ.

55 Zwei Wochen später, ich war gerade dabei, mit John unseren kleinen Haushalt zusammenzupacken, erhielt ich ein Paket aus Paris. Ich hatte bei der Post einen Nachsendeantrag gestellt, ich öffnete es. Haufenweise Luftpolsterfolie und zerknüllte *Le Monde* – natürlich *Le Monde,* es war affig – und mitten drin, unversehrt und pausbackig lachend und heiter der steirische Engel aus dem Barock. An seinem großen Zeh hing ein Zettel, Frau Hobbs' mir bekannte Schrift teilte mir mit, Olli habe ihr den Engel offensichtlich kurz vor seinem Freitod zugesandt, sie hoffe, ich fände einen schönen Platz für ihn, sie selbst sehe sich außerstande, ihn bei sich zu behalten. Sie sandte mir Grüße und wünschte mir: *Alles Gute für Deine Zukunft. Herzlich, Betti.*

Ich legte die Figur zurück in ihr Nest, ich wollte sie nicht sehen, ich wollte sie gar nicht haben. Ich kapierte nun, warum Frau Hobbs ihn Olli geschenkt hatte, ich kapierte es, als hätte man die Wolken, die scheinbar konstant in meinem Hirn hingen, kurz weggepustet. Der Engel sah aus, wie Olli vermutlich als Baby ausgesehen hatte, nein, nicht vermutlich, ich sah das Bild seiner Taufe vor mir, ein fetter, glücklich lachender Engel über einem Bach.

Ich wollte diesen Engel nicht. Ich wollte mich nicht erinnern, nicht an den sorglosen, sonnigen Tag in Feldkirch, an dem wir ihn gekauft hatten, nicht an den abendlichen Schubert, denn ich wusste, ich würde nie wieder Schubert hören können, ohne schon beim Einspielen zu heulen, ich wollte mich nicht daran erinnern, wie Olli den Engel fachmännisch an die Decke gedübelt hatte und nicht an sein hochgerutschtes Hemd, ich wollte mich nicht daran erinnern, wie er mit seinem Tablett voller Holunder aus der Tür gekommen war, nicht an den Travoltaanzug und nicht daran, wie er im Auto *I'm your man* gesungen hatte mit dieser unkultivierten und betörenden Ganovenstimme, ich wollte mich nicht an Olli erinnern. Ich spürte in diesem Moment, dass sein Tod noch gar nicht bei mir angekommen war, in einem kurzen, scharfen Moment spürte ich, dass die Verzweiflung über seine Abwesenheit, seine unendliche und unwiderrufliche Abwesenheit mich noch nicht erreicht hatte, es war eine Lawine, die sich aufbaute und nun unaufhaltsam auf mich zurollte, und ich stand am Berg und hatte das erste Mal den Kopf gehoben und sah, dass sie kam. Und ich kapierte, dass ich keineswegs danebenstand, nicht neben der Rampe und nicht neben der Lawine, ich stand am Berg, mitten im Lawinengebiet und würde nicht ausweichen können. Ich kapierte, dass ich nicht wegkomme, dass ich nicht aufrecht bleiben und nicht seitlich wegspringen konnte, dass ich keine Schwimmbewegungen machen konnte, nichts, ich kapierte, dass ich kein Rettungsmaterial dabeihatte und mir nicht sicher war, ob ich das mit dem Atemhohlraum richtig verstanden hatte. Ich verstand nur, dass Olli tot war und ich am Leben und dass diese Tatsache nicht zu ertragen war.

Ich fragte mich, wieso Olli den Engel nach Paris geschickt hatte, war es eine Anklage gewesen? Oder wollte er aufräumen, aufräumen mit ihnen beiden, wollte er ihr Geschenk loswerden? Und war das nicht eigentlich ein gutes Zeichen und stand aber damit völlig im Widerspruch zu der folgenden Tat? Er brachte sich um, weil sie ihn verlassen hatte, aber hatte sie ihn überhaupt verlassen? Und wenn ja, wann? Oder hätte sie das alles einfach durchgezogen und wäre munter und leicht über alle Schwierigkeiten, die nur in meinem Kopf existierten, hinweggetänzelt? Brachte er sich weniger wegen ihr um als vielmehr, weil er – der Himmel weiß, wie – herausgefunden hatte, dass sein Vater nicht sein Vater war, nein, ihn nicht gezeugt hatte?

Konnte er diesen Gedanken nicht ertragen? Diesen Gedanken, dass sein Vater, dass unser Charly, der sein Fels war in der Brandung, gar nicht sein eigener Fels war, sondern nur einer, der zufällig da war?

Daran, wie sehr mich das alles intellektuell überforderte, merkte ich, was für ein erbärmlicher Hanswurst ich war, ich war offensichtlich nicht in der Lage, die Dinge zu – denken. Ich wollte immer wieder John fragen, ob er dieses Gefühl kenne, den Kopf anzustrengen, anzustrengen, als würde man die Gedanken in Form von stattlichen Gewichten anheben, und noch bevor man sie kraftvoll hochstemmen konnte, versagte, und die ganze Last polterte wieder auf den Boden. Es war, als wäre mein gesamter Körpertonus nicht ausreichend dafür, es war, als hätte ich nicht genügend Kapazität im Hirn, und vermutlich war es genau das. Ich hatte nicht die Fähigkeit, es fehlte mir an der Übung, komplexe Sachverhalte zu durchdenken, es fehlte mir vielleicht einfach der IQ. Ich wollte John danach fragen, ich wollte die Bestätigung haben, dass er das auch kannte, dass es allen so ging, aber ich ließ es bleiben. Ich wusste, er kannte es nicht.

Ich traf Isi noch einmal kurz vor unserer Abreise, wir spazierten im matschigen Schnee um die Buddhastatue, er trug seine roten Leggings und noch rötere Moonboots und eine rosa Zipfelmütze auf der Glatze. Er sagte, Gösch ließe sich entschuldigen, aber das war natürlich Unsinn, Gösch hatte sich noch nie für irgendwas entschuldigt, und wäre ich ein pathetischer Mensch, hätte ich gesagt: »Ich weiß, wir werden uns nie wiedersehen.« Ich nickte nur und bestellte ihm schöne Grüße, die ihn nicht interessieren würden.

Ich fragte Isi, ob er gewusst habe, dass Charly nicht Ollis Vater gewesen sei, also nicht gezeugt, dass er ihn nicht gezeugt habe, er sagte Nein, aber so ohne Überraschung, nein, das habe er nicht gewusst.

»Ja, und weiter?«

»Was weiter?«

»Und weiter hast du nichts zu sagen. ›Nein, das habe ich nicht gewusst‹, ist das alles, interessiert es dich überhaupt nicht, wer der Vater war?«

»Gezeugt hat«, sagte er

»Dann eben gezeugt hat!«

»Ach, Krischi.«

»Was?«

»Ich muss los. Kommst du mit zu den Gebeten?«

»Nein.«

Er umarmte mich fest, wie Isi einen immer fest umarmte, fest und sicher und ohne Zweifel und stieg den Hügel hinunter, zu den Gebeten, andere rote Gestalten mit Zipfelmützen oder platzdeckchenartigen Kappen strömten gemächlich dem Tempel zu, ich blieb oben bei der Stupa stehen und schaute ihm hinterher und vielleicht war ich ein pathetischerer Mensch, als ich es von mir vermutet hatte, jedenfalls, ich hatte nicht das Bedürfnis, ihn je wiederzusehen, und das machte mich unendlich traurig.

56 Mein neuer Job war nicht gut und nicht schlecht, er war okay, wie eigentlich alles in Berlin okay war. Weder beschwingte mich der viel zitierte Berliner Sommer, noch ärgerte mich die unverbindliche Freundlichkeit der ganzen Amerikaner, die sich hier in Scharen niederließen und gerne in den angesagten Bars und Cafés kellnerten (»Have a great day!«, »I LOVE your shoes!« – dieses kontinuierliche Schwätzen im Exklamationsmodus kann einen aus der Alten Welt völlig fertigmachen, vor allem, wenn es sich mitten unter uns einnistet, ich aber fand es okay), ich fand den Sommer okay und die Unverbindlichkeit auch, ich fand alles okay, Schrippen, okay, der scharfe Ostwind von September bis Mai, okay, die schwachbrüstige Sonne im März, verbrannter Zupfkuchen, raunzige Urberliner, Bier trinken in der U-Bahn, ausfallende S-Bahnen, sobald der erste Herbstwind einmal pustete, billige Mieten, gutes Brot, alles, was die Leute so entzückte oder auf die Palme brachte an Berlin, das alles war okay. Berlin interessierte mich nicht, ich hatte beschlossen, die Stadt zu nehmen wie Celebritys mit aufreibenden Jobs es taten, beispielsweise ein berühmter Sänger oder ein Modefotograf, der von Location zu Location jettete und außer dem Set oder der Bühne und dem Hotel gar nichts mitkriegte von einem Ort, er sagte: »I had to work in Berlin but I didn't even realize it was Berlin, I was way too busy, it's so crazy, I never thought I would live like that, it's really crazy.« Man konnte von der *Gala* halten, was man wollte, ich für meinen Teil lernte aus der Lektüre viel fürs Leben, und es war die einzige Zeitung, die ich nach wie vor durchlas. Ich lebte in Berlin, es hätte immer noch Zürich sein können oder wieder Feldkirch oder gar New York, ich ging meine paar kleinen Wege, erledigte meinen Job und hob selten den Blick. Die Amerikaner, der Sommer, die S-Bahnen, das alles gehörte zu einer Kulisse, in der ich mich bewegte, ohne von irgendwas berührt zu werden. Ich versuchte einfach, zu vergessen. Die letzten zehn Jahre, alles. Olli. Ich wollte es vergessen, wie ich Alex Tschabitschner und seinen Fahrradsattel vergessen hatte, ich wollte es vergessen, wie ich vergessen hatte, dass Mitzi Knurr eine gute Schülerin war und *Roslgruseln* gar nicht so harmlos, wie ich es in Erinnerung hatte. Ich wollte einfach, dass Olli und sein Tod versanken, irgendwohin, tief in mir, wo es nicht mehr wehtat.

Die Wochen, die Monate gingen ins Land, das erste Jahr nach Ollis Tod, ich hatte die Stadt und den Job gewechselt, aber Isi hielt mich weiterhin auf dem Laufenden. Isi war eine treue Seele und kein bisschen pathetisch, hätte ich ihm gesagt: »Ich glaube, wir werden uns nie wiedersehen«, hätte er nur ungerührt erwidert: »Nanu, warum denn nicht?«

Wie in all den Jahren zuvor berichtete er mir in regelmäßigen Mails von den kleinen Begebenheiten in und um Feldkirch, das *Dezember* habe nun abends nicht mehr geöffnet, weil die Betreiber, hobbymäßige Synchronschwimmer, »mehr Zeit im Becken« bräuchten, die Mönche bauten einen Tara-Tempel, Rosl Fraxners Ausstellung sei ein Bombenerfolg gewesen, Tschüss habe einen Yogaclub gegründet, nur für coole Männer, und habe keinen fetten Bauch mehr, Oliven-Angelo habe einen Herzkasper gehabt und seine hasenäugige Tochter mache seither den Stand auf dem Markt, die österreichische Politik demontiere sich wie immer selbst, Gösch überlege sich die Übernahme des *DroNeiDa*.

Gösch würde das *DroNeiDa* übernehmen?! Ich war kurz erschüttert, ehrlich und ernsthaft erschüttert, ich dachte: Ich hätte das *DroNeiDa* übernehmen sollen. Ich war der Einzige, der das Recht hatte, das *DroNeiDa* zu übernehmen, ich war es, der Olli am nächsten gestanden hatte und damit auch dem *DroNeiDa*, von Charly ganz zu schweigen, mich hätte man fragen müssen, aber dann fiel mir ein, dass man mich ja gefragt hatte. Ollis Großeltern hatten mich gefragt, mir fiel ein, dass ich abgelehnt hatte, rundweg und ohne zu zögern, ich hatte es mir nicht eine Minute lang überlegt, es war nie infrage gekommen, aber seit Gösch die Übernahme des *DroNeiDa* überlegte, wusste ich hundertprozentig, dass ich nichts anderes wollte.

Seitdem man keine Briefe mehr verschickte, konnte man nichts mehr zerreißen, ich löschte die Mail, aber es war nicht dasselbe.

Überhaupt ging es mir auf die Nerven, wie man mich belangte und belagerte, war dieses Berlin nicht weit genug entfernt? Reichte es nicht, dass ich den Schwumm über die große Republik gemacht hatte, genügte es nicht, dass ich in der berühmten Berliner Anonymität verschwunden war, musste ich andauernd erinnert werden, dass es kein Entrinnen gab? Isi schrieb mir wöchentlich diese Mails, meine Eltern hatten sich tapfer ins Abenteuer Skype gestürzt, um mich nicht minder oft mit diesem bauchigen Unterwassergeräusch anzuklingeln, Rosl Fraxner schickte mir erschreckend häufig Einladungen zu immer neuen Ausstellungen in angesagten Galerien, Ollis Großeltern sandten mir die von mir selbst gepackte Bananenkiste mit Ollis persönlichen Sachen aus seinem Büro, *Sicher gehören sie eher zu dir als zu sonst jemandem,* ich wusste beim besten Willen nicht, was sie damit meinten, wieso sollten diese ausgeleierten T-Shirts zu mir gehören? Und dann bekam ich über Robert van der Velden zwei Jahre später schon wieder Post von Bernadette Hobbs aus Paris, es war zum Verzweifeln.

Ich löschte die Mails irgendwann ungelesen, ich sah den Anruf bei Skype und ging nicht ran, ich würde in meinem Leben keine Ausstellung von Rosl Fraxner mehr besuchen und die Bananenkiste hatte ich ungeöffnet in den Kleiderschrank unter meine aufgehängten Hosen geschoben, und da stand sie seither.

Ich fischte van der Veldens Umschlag beim Heimkommen aus dem Briefkasten und als ich sah, dass sich darin nur Frau Hobbs' Brief befand, steckte ich ihn in meine Jacketttasche, und da blieb er auch in den nächsten Tagen und Wochen.

57 Irgendwann öffnete ich ihr Schreiben dann doch, tatsächlich nicht aus wirklichem Interesse. Es war später Herbst, ich hatte zwei Wochen Urlaub und saß nach einem längeren Spaziergang durch das öde, völlig überbewertete Tempelhofer Feld im *Felix Austria* an unserem reservierten Tisch und wartete auf John. Es war ein Flughafen, einfach ein stillgelegter Flughafen, nichts, wo man mit Gewinn spazieren gehen konnte, aber das war okay, es war alles okay. Ich saß im Lokal, und John schrieb mir, dass er sich um unbestimmte Zeit verspäten würde, es war ein wenig kalt, und der Wind hatte einmal bedrohlich leise geflüstert, dementsprechend hatten die S-Bahnen Angst und trauten sich nicht raus. Es konnte Stunden dauern, bis er hier war, sobald die S-Bahnen den Verkehr aufgaben, war es in dieser Stadt absolut unmöglich, ein Taxi zu ergattern, aber das war okay, John würde einfach laufen, er würde quer durch die Stadt hierherlaufen, wie auch Gösch immer und überallhin gelaufen war, es war okay.

Ich hatte also nichts zu tun und nur ein Smartphone, auf dem ich Mails weglöschen musste von Isi und Anrufe ignorieren von meinen Eltern, ich öffnete den Brief aus meiner Jacketttasche einfach aus Langeweile.

Es war eine der Hobbs'schen *Season's Greetings*, zumindest standen sie in der Hobbs'schen Linie, wer die Aufnahmen jetzt machte, wusste ich nicht. Es war auch nur dem Prinzip nach eine der Hobbs'schen *Season's Greetings*, es mangelte an der ganz persönlichen Handschrift eines eigenen Fotolabors, aber sie erfüllte ihren Zweck.

Ich vermutete, dass in den letzten beiden Jahren der saisonale Gruß aus nachvollziehbaren Gründen ausgefallen war und mich persönlich deuchte es mutig, um nicht zu sagen pietätlos, dass sie die Tradition überhaupt wieder aufgenommen hatten, aber es konnte mir ja egal sein.

Ich las die versammelten Taten des vergangenen Jahres, alles in allem wie immer, eine bunte Mischung aus Häuslichkeit und Sport, Schulischem und Gesellschaft, nur mit französischem Touch und Pariser Chichi, sozusagen mit sympathischem Akzent, und ich kann nicht behaupten, dass es mich nicht seltsam anrührte, der leicht selbstironische Ton, die kleinen familiären Debakel, die neue, sorgsam dosierte Demut, die sich melancholisch durch die Zeilen zog, und vor allem das schlichte: *In Erinnerung an unseren geliebten Mann und Vater Jean* am Ende der Epistel.

Ich stopfte das Machwerk zurück ins Büttenhaus und nahm mir die Fotografie vor.

Die Familie, dezimiert um den Vater, angereichert durch das neue Kind – es war ein Mädchen –, posierte an einem sichtbar südfranzösischen, sommerlichen Strand. Bernadette Hobbs trug diese provenzalische Uniform aus gut gelauntem Rock und Leinenbluse und einem Strohhut für bestimmt tausend Euro über gekonnt *undone* geflochtenem Haar, die älteren Kinder steckten in Badekleidern von *Petit Bateau* und das Mädchen in einer rosa karierten, gerüschten Badehose und einem passenden Sonnenhäubchen, es stand auf stämmigen Beinen zwischen seinen Geschwistern, seine Mutter beugte sich gerade hinunter und wischte ihm lachend den Sand vom runden Bäuchlein. Es war – und darin durchaus eine Reminiszenz an Herrn Hobbs' fotografische Fertigkeiten – ein gekonnt locker inszenierter Schnappschuss, wie ich ihn oft selbst mit Hingabe vorbereitet hatte, es brauchte allerhand akribische Vorarbeit, um diese Zufälligkeit hinzukriegen.

Ich betrachtete das Bild, Frau Hobbs sah gut aus, jünger denn je, braun gebrannt, dezent trainiert, glücklich. Raphael war in die Höhe geschossen, ein schlacksiger, ein bisschen verwischter Junge mit diesen furchtbaren Attributen der Adoleszenz – eine Nase wie eine Landgurke auf freiem Feld und gigantische Extremitäten, planetengroße Pickel auf der Stirn und so einer Aura, als steckte er beständig in irgendwelchen Schwulitäten. Aurelia hatte immer noch das etwas verpummelte Aussehen dessen, was man einen »süßen Fratz« nannte, und ansonsten eher die Ausstrahlung eines guten Kumpels als die der jungen Dame, die sie wohl bald sein würde. Das Mädchen – es hieß laut Brief Theresa – war niedlich, wie die meisten Zweijährigen niedlich sind, es hatte ungewöhnlich dichtes Haar unter dem Sonnenhütchen und streckte dem Fotografen ein Sandförmchen entgegen, wenn ich es richtig erkannte, war es eine Schnecke.

Es erwischte mich völlig unerwartet. Und ich dachte, während ich wie betäubt vor meinem Aperitif saß und das Bild anstarrte, dass meine Einschätzung meiner selbst ganz und gar unzutreffend gewesen sei. Es war nicht so, dass ich die Gewichte nicht zu stemmen wusste, jeder Simpel kriegte ein paar Hanteln irgendwie über den Kopf gestemmt. Mein Problem war, dass ich sie keine einzige Sekunde halten konnte, mein Problem war, ich konnte Dinge andenken und kam dann nicht weiter, sie polterten nicht auf den Boden, nein, sie fielen mir auf den Schädel und auf die Füße. Ich sah das kleine Mädchen in seiner kleinen Badehose, und ich sah den kleinen Fleck. Ich rubbelte ein bisschen auf der Fotografie, ich beugte mich näher heran, ich hielt sie ans Licht. Der kleine Fleck ging nicht ab. Der kleine Fleck, der so klein gar nicht war, groß genug jedenfalls, dass er auf der Fotografie auftauchte, unsichtbar für jeden, der nicht danach suchte, und sichtbar für mich, der ich zwar nicht danach gesucht hatte, aber erwartet hatte ich ihn. Ich hatte die ganze Zeit gewartet. Nicht auf den Fleck, das wäre zu viel gesagt, ich hatte einfach gewartet. Auf irgendwas. Ich hatte gespürt, dass etwas kommen würde, eine linkische Geste oder ein unbehauenes Lachen oder ein Geruch nach Schweiß oder dann eben ein Fleck. Es war die letzte Verschiebung auf dem Schachbrett, mit der ein harmlos dahinplätscherndes Spiel plötzlich und wie aus dem Nichts im Schachmatt endete, plötzlich für mich zumindest, einem absoluten Laien in diesem Spiel. Nicht aber für einen Schachspieler. Niemand, der Züge weit im Voraus berechnete, niemand, der die Schachliteratur kannte und alle je gespielten Eröffnungen, niemand, der die relevanten Partien der letzten Jahre und Jahrzehnte abrufen konnte wie man einmal Telefonnummern abrufen konnte, zu der Zeit richtiger Telefone, meine ich, niemand, auf den das zutraf, wäre so naiv, so unbescholten und unvermutet in diese Falle getappt. Für einen Meister des Fachs wurde eine Partie nicht durch einen Zug ganz plötzlich entschieden, *als hätte ein erstaunlicher Schachzug die gesamte Spieldynamik verändert, ja, umgedreht.*

Ich sah den Fleck auf Theresas Brust, der größer werden würde mit den Jahren, groß wie eine Haselnuss etwa oder eine Babykastanie oder eine Brombeere, und das Gefüge, lose im Äther wie ein hampelig aufgehängtes Stück Quatsch, wurde von einer geschickten Hand genommen und verbunden und war auf einmal ein wunderbar austariertes Mobile, luftig und grazil schwebte es im Raum, drehte sich leise im Wind, aber kam nicht aus der Balance. Ich wusste plötzlich, wo ich ihn schon mal gesehen hatte, ausgewachsen, auf einer ausgewachsenen Brust und auch, warum mir dieser Nachmittag immer und immer wieder in den Kopf kam wie ein Ohrwurm. Der Nachmittag im *Element,* wir aßen Zwetschgenkolatschen, und es schien eine tief stehende Sonne. Ich hatte immer gedacht, es ginge in dieser hartnäckigen Wiederkehr meiner Erinnerung um diese Suche der Mönche, die Suche nach der Wiedergeburt. Um die Metapher, die darin steckte. Sie suchten und suchten und hätten nur anzurufen brauchen, sie hatten die Telefonnummer von Anfang an in der Hand. Und es stimmt auch, aus heutiger Sicht stimmt es. Wir hatten alles in der Hand, alle Informationen. Und wir wussten es nicht.

Aber darum ging es gar nicht. Es ging um Olli. Es ging darum, dass wir das Schwimmengehen verachteten, dass wir niemals, wirklich niemals, nacktes Bein gezeigt

hätten und auch niemals einen kümmerlichen Jungmän-
nerrumpf. Es ging darum, dass er sich die Zwetschgenfüllung aufs Hemd kleckerte. Und darum, dass er das
Hemd auszog und ich seit langer Zeit das erste Mal seine
nackte Brust sah, unbehaart, damals. Es ging darum, dass
er diesen Fleck auf der Brust hatte, immer schon gehabt
hatte.

Aber das war gar nicht das Wichtigste, es fiel mir nur –
nebenbei ein. Einfach nur, weil ich seine kleine Tochter
sah und der Nachmittag im *Element* nun plötzlich Sinn zu
ergeben schien.

Das Mobile gimpelte leichtmütig in der Luft und an
einem Fernglas wurde geschraubt, einem Fernglas, das
für den unendlichen Sternenhimmel eingestellt war und
für ganz andere Dimensionen, für den Kosmos und seine
Freuden, das Universum mit seinen zahlreichen Kome-
ten, an diesem Fernglas wurde geschraubt und gedreht, es
wurde ganz fein justiert, bis aus dem unscharfen Bild, bis
aus dem vage leuchtenden Kubus unten im Garten ein
einwandfrei erkennbarer Pavillon wurde mit einer nackten
und deutlich schwangeren Frau darin und einem Mann,
den Herr Hobbs zwar noch nie gesehen hatte, den er aber
doch erkannte. Nicht, weil das Mal auf der Brust zu sehen
gewesen wäre, denn Olli trug damals noch den feinsten
sogenannten »anatolischen Pullunder« – natürlich war es
John, der diesen Auswuchs deutscher Sprachkunst nach
Hause schleppte wie einen Leckerbissen, wir hatten so was
noch lahm »Brustwolle« genannt. Brustwolle, die er sich
erst kurz vor seinem Tod abrasierte, um ebendiesen Fleck

darauf zu finden, nein, Herr Hobbs erkannte ihn nicht am Muttermal. Er brauchte kein Muttermal.

Ich schrieb *Na, du Superchecker. Viel Spaß noch in deinem Leben* auf das Kuvert, winkte dem Kellner und bezahlte mein Getränk und bat ihn, John die kurze Notiz auszuhändigen, da ich unvermutet wegmüsse. Ich überreichte ihm den Hobbs'schen Brief und ging. »See you«, rief er mir hinterher, und das war nicht das, was man üblicherweise in einem österreichischen Lokal zu hören bekam, aber das war okay.

John war ein guter, ein sehr guter Schachspieler. Er spielte nicht einfach so nachmittagsfaul vor sich hin, nein, er war im Schachverein und hatte eine Elozahl von 1850, für jemanden wie John gab es keine erstaunlichen Schachzüge, für einen Spieler wie ihn gab es keine Spieldynamik, die sich ganz plötzlich umdrehte.

Ich winkte einem unerklärlicherweise freien Taxi und fuhr in unsere Wohnung. Ich zog den Karton unter meinen Hosen hervor und schüttete ihn auf dem Bett aus, ich vervollständigte alles mit dem steirischen Engel, dann setzte ich mich vor den Haufen Kleinkram und suchte.

58 Ich hatte das Nötigste in eine Tasche geworfen und das Haus hastig verlassen, nicht, weil ich gewusst hätte, wohin, ich hatte nur auf jeden Fall weg sein wollen, bevor John zurückkehrte. Und zurückkehren würde er, sobald er nach seiner Wanderung durch das herbstliche Berlin im *Austria* ankam und das Bild sah, er würde zurückkehren, so schnell er konnte, weil er wissen würde, dass ich verschwinden würde, so schnell ich konnte.

Warum hatte ich das Bild überhaupt dort gelassen, das fragte ich mich, als ich mit meinem Gepäck an der Spree am Ufer saß, was hatte ich damit bezweckt? Wollte ich ihm, nein: mir! – wollte ich mir eine Chance geben? Wollte ich, dass er kam, um mich zu beschwichtigen und zu beruhigen, dass er kam, um die Schuld zu zerreden, die mich plötzlich glasklar anschaute?

Ich saß irgendwo an dieser Spree, die auch nur ein Fluss war, und scrollte durch Listen, ich suchte nach Flügen.

Ich bekam noch einen Platz in der letzten Maschine und flog nach Zürich. Ich kam mitten in der Nacht in Feldkirch an, hier schneite es schon. Es war spät, aber ich hatte nicht vor, bis morgen früh zu warten.

Ich stand vor dem Haus, drinnen war alles dunkel, in den ehemaligen Praxisräumen war jetzt eine Töpferwerkstatt. Ich läutete einen antiquierten Glockenzug, den man in der völlig ausgestorbenen Straße vermutlich noch ein paar Häuser weiter hören konnte, und Peppi Tschabitschner öffnete mir im Pyjama die Tür und war kein bisschen verwundert, dass ich da war.

John mit seiner verdammten Elozahl ging mir auf die Nerven, keine zehn Stunden später saß er dick mit Mammutfell ummantelt neben uns auf der Terrasse im Garten und lauschte dem Vorarlberger Schneefall.

59 Kein Mensch besitzt heute noch eine Lupe. Die Lupe war das Attribut einer Generation, die noch keine Gleitsichtbrillen trug, mit der Lupe las eine wie meine Oma die Kronenzeitung, es wäre typisch gewesen für John und sein seniorenhaftes Wesen, ein solches Objekt im Haus zu haben, aber ich hatte keine gefunden.

Stattdessen hatte ich auf dem Bett gesessen, den Inhalt der Bananenkiste gesichtet und mit meinem Opernglas wie durch das gut eingestellte Fernrohr geblickt. Ich blickte auf das Bild vom Baggersee, das ich Rosl Fraxner entwendet hatte, und was mit bloßem Auge kaum zu sehen war, lag dank Opernglas deutlich vor mir: Das Wort *fun* auf einem T-Shirt, vor mehr als dreißig Jahren, auf einem T-Shirt, das, ich erinnerte es genau, in der Ausstellung ein Fraxnerfoto weiter ausgezogen wurde, und so wurde eine glatt rasierte Brust enthüllt mit einem Fleck darauf, groß wie eine feste, wilde Brombeere. Und es war nicht Charlys Brust, nein, es war die Brust von dem Mann im Hintergrund, und ich schaute Schouni an und sein T-Shirt und sein Gesicht, und es war Hobbs. Jean-Pierre Hobbs. Das T-Shirt, das mit all den anderen verwaschenen Ollishirts in meiner Kiste lag, zusammen mit einem grünen indischen Kleid, das blutverschmiert einen Unfall überstanden hatte, der seine Besitzerin das Leben gekostet hatte, es war das T-Shirt, das ich mit der Lupe erkannte, und ich erkannte den Mann, der es auszog. Ich erkannte das T-Shirt, wie Herr Hobbs es vielleicht damals erkannt hatte, als er mit seinem Sternenglas vom Dachstock aus in den Pavillon geblickt hatte wie in eine vergessene Galaxie. Ein T-Shirt, achtlos weggeworfen im liebesfreudigen Getümmel, womöglich nur das Wort *fun* eindeutig zu lesen, aber das reichte durchaus, und wenn er zurück zum Bett schwenkte, sah er darin seinen Bruder Gerome, die Statur passte doch, nicht wahr, die Ähnlichkeit war, so man es wusste, durchaus deutlich erkennbar, aber nein, es war nicht sein Bruder, er sah sich selbst, aber wie konnte das sein, er sah seinen Sohn. Er sah seinen Sohn.

Und es war wieder ebendieser Hobbs, den ich mit dem Opernglas auf dem nächsten Bild, auf dem Beerdigungsbild, nun gut erkannte, halb verborgen vom Chor der anderen Giftler in der hintersten Reihe, während er seinem Freund Charly die letzte Ehre erwies, und es war wieder der Fleck, den ich mit meinem eigenen kleinen Fernglas fand, winzig klein mit einem Filzstift gemalt auf den speckigen Engel, von Olli appliziert wie das böse Mal, und es war der Fleck, den ich erinnerte auf einem der hunderttausend Bilder der Rosl Fraxner, auf einem Bild nämlich von seiner heidnischen Taufe, wo er als nicht minder speckiger Nackedei zahnlos lachend über einen österreichischen Bach gehalten wurde, noch nicht haselnussig gut erkennbar, nein, es war nur ein Punkt, den man problemlos übersah. Es war nur ein winziger Punkt auf einem kleinen Jungen, den ich als Kind oft genug gesehen haben musste, immerhin machten wir zusammen das Seepferdchen, und auch Indianer gehen oben ohne, aber ich hatte nie darauf geachtet. Und es war nun ein Punkt auf einem kleinen, zweijährigen Mädchen. Er würde irgendwann größer werden.

Es war ein schlampiger Tag. Nicht draußen. In mir war ein schlampiger Tag.

»Es ist eine einfache Geschichte«, sagte Peppi Tschabitschner.

60 Gegenüber dem, was damals drogenmäßig in Zürich abgangen war, war, wenn ich Peppi richtig verstand, die Vorarlberger Provinzszene quasi ein Kindergeburtstag gewesen. Nachdem Charly qua spektakulärem Autoentzug clean geworden war, fuhr er regelmäßig hin und verteilte Flyer, er hatte mit Bärbel zusammen ein paar Jahre zuvor das *DroNeiDa* eröffnet.

Schouni war eine der eher ungewöhnlichen, aber nicht seltenen Figuren am Letten, schon damals ein reicher Typ.

»Er redete«, sagte Peppi, »immer von der Wahnsinnskarriere, die vor ihm liege, und ich bin mir sicher, er hat sie auch tatsächlich gemacht.«

Er war einer der Ersten, die das Entzugsprogramm, das noch in den Kinderschuhen steckte, absolvierte. Charly hatte ein völlig handgebasteltes Konzept und kaum Erfahrung außer der eigenen.

»Aber er war ein irrer Charismatiker, er sagte dir, ›Du wirst es schaffen und ich bin bei dir, wir stehen das zusammen durch‹, und so war es auch.«

Es war ein guter Sommer. Sie waren »ausgelassen wie die Kinder«, und fühlten sich unverletzbar, sie hatten die Drogen und das Ende der Welt hinter sich, ihnen konnte nichts mehr passieren.

Ob Bärbel wusste, dass Charly keine Kinder kriegen konnte?

»Ich weiß es nicht«, sagte Peppi. Er schwieg kurz. »Ich denke nicht. Es war die Provinz, dir muss ich das nicht sagen, aber du«, er wandte sich freundlich an John, »du weißt vielleicht nicht, wie das hier läuft. In der Provinz dauert es immer eine halbe Ewigkeit länger, bis ein Trend ankommt, und wir dachten noch, die freie Liebe wäre ein glänzendes Konzept, als alle anderen schon wieder in der neuen Sachlichkeit angekommen waren. Sie war sicher verliebt in Schouni, aber wir waren dem Tod von der Schippe gehüpft, wir waren in alles verliebt und in jeden und sahen diese Dinge nicht so eng. Sie war verliebt in ihn, das ja, aber sie war auch verliebt in Charly, und schlussendlich war Schouni nur eine Episode und Charly ihr Mann.

Worin ich mir ziemlich sicher bin: Sie wusste nicht, dass Charly wusste, dass Olli nicht sein Kind war. Sie konnte es ja kaum selbst mit letzter Sicherheit wissen. Und er war ein so glücklicher, stolzer Vater, kein leibliches Kind hätte ihn froher gemacht und angesichts seiner eigenen Unfruchtbarkeit war es wie ein wunderbares, unverhofftes Geschenk.«

Ich ließ mir nichts anmerken, aber ich regte mich wahnsinnig auf. Ich fand, dass dieser kanadische Tschabitschner das alles auf die leichte Schulter nahm, er tat so, als wären das alles Bagatellen, so wie für ihn, den Herren der Seen, alle Gruben mit Wasser hier nur Tümpel waren, nicht der Rede wert. Als käme es tatsächlich nicht darauf an, wer einen zeugte, und als wäre die freie Liebe ein Argument, er tat so, als wäre dieser ganze Scheiß nicht schuld daran, dass Olli tot war. Wobei. Ich stockte, ich schaute Peppi von der Seite an, er hatte sich den grauen Bart zu einem lottrigen Zopf geflochten, die Locken wucherten wild auf seinem Kopf wie bei Cat Stevens vor seiner Konversion, und er schaute sanftmütig in seinen gleichermaßen verwilderten Garten, ein zerfallenes Teehäuschen, ungeschorene Hecken und eine schiefe Laube, krakelige Obstbäume, dies alles nun bedeckt von gnädigem Schnee. Er weiß es nicht, ging es mir plötzlich durch den Kopf, natürlich weiß er es nicht. Er weiß nichts von Jean-Pierre Hobbs' Selbstmord, er kennt diesen Jean-Pierre Hobbs nicht, er kennt Schouni und nichts weiter, er weiß nichts von Ollis Verhältnis, er weiß nichts von Ollis Tochter, womöglich weiß er einfach überhaupt nichts.

»Wieso«, ich wechselte das Thema, »wieso hast du gesagt, dass ihr alle einen wehen Fuß hattet, ich meine, wegen Rosl Fraxner und ihrem wehen Fuß?«

»Weher Fuß«, er kraulte verträumt seinen Bart, »die Rosl hatte so wenig einen wehen Fuß wie ich oder Charly, heroinsüchtig war sie halt zu der Zeit, und an die fünfzig Kilo leichter, glaubs mir. Und irgendwie wollte sie immer dazugehören, die ist um uns herumscharwenzelt wie die Katze ums Bein, ehrlich.«

»Zu euch, zu eurer Clique, oder was?«

»Mir wärs egal gewesen, ernsthaft, aber der Charly hat die nicht gepackt, und dabei war der eine Seele von einem Mensch, aber bei der Rosl kam er an seine natürlichen Grenzen, sozusagen.«

»Und weiter«, fragte ich, »wie ging es weiter mit euch?«

»Mit uns? Eigentlich gar nicht. Wir haben Schouni

nach diesem Sommer nie wiedergesehen, er war clean, er ließ das alles hinter sich und damit auch uns, er kehrte zurück in die Bürgerlichkeit, und der Bruch war sauber, musste er auch sein. Er konnte keine Altlasten gebrauchen, keine Schmutzwäsche. Dass er zu Charlys Beerdigung kam, rechne ich ihm hoch an, aber wir grüßten uns nur kurz, wir hatten beide nicht das Bedürfnis, uns zu unterhalten, ich wusste zu viel und er zu wenig, ich kannte seinen Sohn, von dem er nicht mal etwas ahnte, er führte ein Leben, in dem unser gemeinsames notwendigerweise ausgelöscht worden war. Noch dazu waren wir irgendwann *die Übriggebliebenen*. Das hätte uns verbinden können, tat es aber nicht, im Gegenteil. Bärbel war tot, Charly war tot, Waldi kannte niemanden mehr, unsere damalige Gruppe hatte sich faktisch aufgelöst. Und wir beide waren die, die davongekommen waren. Mich zumindest machte das nicht froh. Keine Ahnung, wie es ihm heute geht. Es ist schon lustig, ich könnte dir nicht einmal mehr sagen, wie er eigentlich hieß, mit richtigem Namen, meine ich, Georg? Jeremias? Germain? Ist sicher auch besser so. Keine Verbindungen, nur ein paar versprengte Erinnerungen von einem harmlosen Peppi im kanadischen Outback, ich war keine Gefahr für seine saubere Weste.«

»Woher wusste er von der Beerdigung?«

Peppi zuckte mit den Schultern.

Ich schwieg. John schwieg. Er saß in seinem Steinzeitpelz neben mir, einem klugen, atavistischen Schatten gleich. Er war mir zwei Schritte voraus, immer. Seine Elozahl ließ ihm keine andere Wahl.

Peppi stemmte sich hoch und ging ins Haus, wir hörten ihn in der Küche, an der Kaffeemaschine röhren, es wurde langsam ungemütlich hier draußen, und wir gingen ebenfalls hinein, legten die Mäntel ab und setzten uns wieder ins Kaminzimmer ans offene Feuer.

Wiewohl ich fest dazu entschlossen gewesen war, hatten wir uns in der Nacht davor gar nicht mehr groß unterhalten, Peppi und ich, er hatte mich mit seiner unbekümmerten netten Art irgendwie um den Finger gewickelt. Vielleicht war es mir auch einfach recht, vielleicht war ich froh um diese Stunden Aufschub, eine kurze Zeit der Unschuld.

Wir saßen an ebendiesem Kamin, und er zeigte mir Bilder von seinen erwachsenen Kindern und Enkelkindern, die ich mir brav anschaute, als hätte man mich hypnotisiert, sie sahen allesamt gut aus, wie ein vorarlbergischer Stamm der Blackfootindianer mit einem anmutigen Anstrich von Tutanchamun und Nofretete.

Er sei, sagte er, mit seiner Frau nach dem Tod seines Vaters hierher nach Feldkirch gekommen, um die Erbschaftsangelegenheiten abzuwickeln, das Haus zu verkaufen, all diese Dinge eben, und ganz unerwartet hängen geblieben, es gefiele ihnen, seine Frau habe begonnen, hier Touren zu organisieren, im kanadischen Stil, bloß mit Vorarlberger Inhalten. Ich fragte nicht, was er damit meinte. Ich konnte mir darunter absolut nichts vorstellen und fand das ganz angenehm. Und er selber, fuhr er fort, erfreue sich auf seine alten Tagen der Gegenden seiner Kindheit, der Gerüche, der Leute, er hätte auf einmal eine irrsinnige Freude am Hören des Dialekts, den er an sich nie besonders geschätzt habe, und am Aufschneiden eines alten Bergkäses, es treibe ihm so ein guter, gereifter Bergkäse richtig die Tränen in die Augen, wahrscheinlich sei das die Alterssentimentalität. Wo seine Frau während meines Besuchs war, wusste ich nicht, vermutlich auf einer dieser Touren. Auf einem der Fotos erkannte ich Mitzi Knurr, jetzt Tschabitschner. Es war eindeutig Mitzi, aber sie sah total verändert aus. Sie trug ihre Kamillenhaare nun als burschikosen Kurzhaarschnitt, war grizzlybraun gebrannt, und sehnig seilte sie sich von einem riesigen Baum herunter, man würde nicht denken, dass sie in Sport ihre einzige Zwei gehabt hatte. Von ihrem Mann, Alex Arschloch Tschabitschner, muss ich sagen, dass er auf den Fotos viel netter aussah, als er sein konnte, man sah ihn lachend beim Bau einer Schwitzhütte und der Länge nach hingestreckt im Dreck, niedergeworfen von einem ausgewachsenen Landseer, der ihm übers Gesicht schleckte, man sah ihn zusammen mit seiner Mitzi, Arm in Arm, zufrieden hinter einem gigantischen Stapel Pfannkuchen, über den sie gemeinsam Sirup aus einer großen Flasche gossen.

Ich schlief in einem hellen, ruhigen Gästezimmer und wachte erst gegen Mittag auf, ich lag noch eine Weile im Bett und betrachtete die Schneemassen vor dem Fenster und diese unvermeidliche Patchworkdecke auf dem Sessel – so, dachte ich mir, patchworkt man nur in Kanada –, die indianischen Basteleien aus Federn und Wurzeln im Regal. Nachdem ich ausführlich geduscht und mich rasiert hatte, ging ich nach unten und John erhob sich aus seinem Sessel und stellte die Teetasse weg und sagte: »Wie geht's?«

Wie lange wusste er es schon? Was hatte er gesehen,

Wochen, Monate, ganze Dekaden, bevor ich es gesehen hatte? Was wusste er, von alldem, was wusste er von mir?

61 »Und Rosl Fraxner?«, fragte ich, als Peppi zurückkam. »Was ist mit Rosl Fraxner?«

Peppi nickte, er stellte einen Teller mit Keksen auf den Tisch und schenkte uns frischen Kaffee ein. »Rosl«, sagte er in verschwörerischem Tonfall, »Rosl würde nie zu irgendjemandem etwas sagen, Rosl ist ganz mit ihren Bildern beschäftigt.«

»Aber sie weiß es?«

Er lachte und nahm sich eine der Tassen.

»Was?«

»Die Frage ist eher, was Rosl nicht weiß.«

Ich schaute zu John hinüber, er hatte den Kopf geneigt und betrachtete aufmerksam seinen Kaffee. John hatte eine Gabe, in Gläser und Tassen zu schauen, als handelte es sich dabei um ein brutal wichtiges Unterfangen, als wäre er, durch seine Gläser und Tassen in den Bann gezogen, unfähig, sich aktiv am Gespräch zu beteiligen. Wir schwiegen wieder.

»Olli ist tot«, sagte ich unvermittelt, es rutschte mir einfach so raus, ich wusste nicht, was ich damit bezweckte. Ich merkte, dass mich seine, Peppis, Heiterkeit, seine Unbekümmertheit traf, es traf mich, dass er von altem Bergkäse daherredete, als würde mich das interessieren, und mir seine riesige, schwarzäugige Familie vorführte, wo die Familie seines alten Freundes Charly mit Ollis Augenschließen praktisch ausgelöscht war.

Er schnaufte ein bisschen und stellte den Kaffee weg. Er lehnte sich zurück und faltete die Hände vor der Brust, sinnierend legte er das Kinn auf die Fingerspitzen, er schaute aus dem Fenster in den Garten, in den hypnotisch taumelnden Schnee. »Ja«, sagte er leise, »das Leben ist ein steter Fluss.«

Ich schaute ihn an. Ich war mir nicht sicher, ob er das ernst meinte, aber er schien versunken in diesen tiefen Gedanken.

Wir saßen da und irgendwann ging John aus dem Zimmer und kam nicht wieder.

Die Stille zwischen uns beiden wurde provozierend. Ich war verblüfft, aber trotz meiner anfänglichen Sympathie für ihn, als wir uns in Zürich bei den Kirchenkünstlern kennenlernten, nicht wirklich schockiert, dass ich nun feststellen musste, dass ich ihn nicht mochte.

Ich hatte diesem Dreckssatz von ihm nichts hinzuzufügen.

»Du bist ein Idiot«, sagte ich langsam. Dann nahm ich meine Tasse und warf sie ebenso langsam an seine Zimmerwand.

Ich stand auf und ging an Peppi vorbei zur Tür, ich durchquerte die Diele und ging an der Küche vorbei, dort am Tisch saß John, ich blieb kurz stehen, wir schauten uns an.

Nicht mal ihm fiel etwas ein, was er sagen konnte, es musste also schlimm um uns stehen. Daran, dass er weiter schwieg erkannte ich, dass ich gar nicht mehr überlegen musste.

62 John musste die Ähnlichkeit sofort aufgefallen sein, vermutlich erst mal nur: nebenbei. Ohne Schlüsse zu ziehen, für die es keinerlei Anlass gab. Er kannte ja meinen alten Freund Olli. Spätestens als er die Fotos von Herrn Hobbs in der Zeitung sah, musste es ihm aufgefallen sein, weil ihm so etwas auffiel, keine eindeutige Ähnlichkeit, nur sozusagen – die gleiche Linie. Wo Olli ein Rothaariger war, sozusagen per Prägeform, ein Rothaariger wie ein Klischee, mit der hellen Haut, den Sommersprossen und den Augen wie die atlantische See am frühen Morgen, war Herr Hobbs quasi nur das Zitat davon, die schottische Abstammung konnte man maximal erahnen, bei Olli platzte sie mit ihm ins Zimmer. Olli war ein schwerer, großer Mann mit ordentlich Speck auf den Rippen, er hatte einen schludrigen und undefinierten Körper, Herr Hobbs hatte denselben schweren Leib, aber die wohlgeformte, trainierte und kraftvolle Silhouette der besseren Gesellschaft, die so fabelhaft aussah, wenn sie den Golfschläger schwang.

John? Ich kam nicht drum herum, mir die Sache klar einzugestehen. Das Bild am Baggersee. John hatte Schouni erkannt, er hatte das T-Shirt erkannt, das er oft genug an Olli gesehen hatte. Er brauchte nicht das Bild danach, er brauchte keine nackte Brust und einen Fleck darauf, er erkannte eine gleiche Physiognomie, eine Familienähnlichkeit, es reichte ihm, das kleine Wort *fun* zu sehen, kaum zu erkennen.

Ich hatte mich für die Hintergrundfiguren gar nicht erst interessiert. Ich sah Charly an, Bärbel, ich grübelte, warum ich eigentlich nicht so super Eltern hatte.

John aber sah das Bild und sah Schouni und wusste: Jean. Nicht Georg oder Joachim oder Germain, das war Jean. Und er trug ein T-Shirt mit der Aufschrift *Sun for fun,* von dem Olli wohl gedacht hatte, es habe seiner Mutter gehört oder seinem Vater und vielleicht stimmt das auch, und die fünf vom Baggersee waren morgens in nackiger Eintracht aus ihrem glücklichen Gemeinschaftsbett geklettert und hatten sich wahllos übergestreift, was da an versammeltem Kleiderklimbim auf dem Boden herumgelegen hatte, einmal das Bulgarische für Charly, *Sun for fun* für Waldi und Peppis Jeans an Schouni, und am nächsten Tag wurde alles neu gewürfelt. Ein Caritassack voller Erinnerungen. John jedenfalls erkannte diesen Jean am Feldkircher Baggersee, und er erkannte, obwohl dieser kein Haar im Gesicht hatte und Olli kaum Gesicht vor lauter Haaren, dass es derselbe Kopf war.

Er schaute sich das Beerdigungsbild an, und er entdeckte nicht nur Peppi darauf, er erkannte auch Jean-Pierre Hobbs in der hintersten Reihe, halb verborgen von seiner weißen Lilie – während ich im Grunde nur immer mich selbst anstarrte und leidenschaftlich grübelte, warum ich auf dem Bild keinen blauen Raumschiff-Enterprise-Anzug trug.

Er schaute sich die Sache gründlich an und rechnete eins und eins zusammen, das war alles. Ich sah nichts und wusste gar nicht, dass gerade Rechenstunde war, ich wusste nicht, dass es seit Jahr und Tag um die Eulersche Zahl ging, es ging, wie bei der Eulerschen Zahl, um eine Konstante, die in unterschiedlichen Kontexten immer wieder auftauchte, es ging um e, und dabei hatte ich davon noch nie gehört. Herr André war ein Cowboy, der seine vielen Zahlen mit einer Geläufigkeit zusammentrieb, wie er es mit Abertausenden von Büffeln getan hätte. »Da was klingelt bei dir«, sagte er in diesem geschmeidigen, leisen und immer leicht drohenden Tonfall zu mir, aber es klingelte nichts bei mir. Die Konstante tauchte immer wieder auf, bei Cynthia MacKenzie, bei ihrem Sohn Jean-Pierre Hobbs, bei Olli, und jemand, der sich mit Konstanten auskannte, hätte das begriffen. Ich war ein Dummkopf. John hingegen hörte das Läuten der Glocke noch ein paar Häuser weiter, John musste schon lange wissen, dass wir die Telefonnummer in der Hand hielten, wie die Mönche auf der Suche nach der Wiedergeburt die Telefonnummer in der Hand gehalten, und sie nur nicht benutzt hatten. So war es.

63 Ich reiste ab, ohne noch einmal mit John gesprochen zu haben. Zurück in Berlin zog ich fürs Erste in eine Pension und suchte eine kleine Wohnung.

Ich würde nicht ans nächste Set reisen, in eine andere Stadt, zu einem anderen Job, das Jetsetleben, kaum begonnen, ermüdete mich schon. Ich würde einfach dort bleiben, in Berlin, wo alle irgendwie strandeten und ermattet im seichten Wasser liegen blieben. Es würde okay sein. Es würde egal sein. Ich würde mit meiner Schuld leben, und schon das war wieder viel zu pathetisch, es waren diese Sätze, nein, diese Gefühle, für die mich Gösch verachtete, und ich verachtete mich selbst auch. Ich dachte so Sachen wie: »Ich werde Gösch niemals wiedersehen« und »Ich möchte Isi niemals wiedersehen« und »Ich werde niemals zurückkehren«, denn genau das dachte ich, »Ich werde niemals nach Feldkirch zurückkehren« und: »Ich werde mit meiner Schuld leben«, aber das alles war eine Nummer zu groß für mich. Ich würde natürlich alle wiedersehen, alle, ich würde zurückkehren nach Feldkirch und irgendwann da bleiben, und ich würde auch meine Schuld vergessen. Ich war ein kleiner Geist.

Und es ging schneller als gedacht. Ich war nicht nur nicht geschaffen für Pathos, nein, bei mir war alles banal, was anderswo aufregend leuchtete.

Ich hockte in meiner neuen, winzigen Wohnung und schaute fern, das Telefon klingelte, es war Isi, aber ich erschrak nicht, es gab nichts, was mich noch hätte erschrecken können.

»Wer ist es«, sagte ich, ohne den Fernseher auszuschalten.

Isi lachte, »Alles gut, Krischi, du brauchst dir keine Sorgen zu machen.«

»Ich mache mir keine Sorgen, ich hoffe nur, du hältst mich nicht zu lange auf, ich schaue gerade *Beverly Hills – 90210*, das war früher peinlich, jetzt ist es schon wieder spritzig.«

»Also gut, um es kurz zu machen, wie du ja in meinen Mails gelesen hast –«

»Ich lese deine Mails nicht. Ich lösche sie. Ungelesen.«

»Ach so, wie du also nicht gelesen hast, ist es folgendermaßen: Es wäre schön, wenn du kommen könntest.«

»Wer ist tot? Gösch? Ich habe keine Zeit, sag ihm das, und schöne Grüße.«

»Krischi, bitte. Natürlich ist niemand tot. Gösch geht es gut, vermute ich.«

»Ist mir egal, wie es ihm geht. Was willst du dann?«

»Übernimm das *DroNeiDa*. Bitte.«

»Was?«, ich schaltete den Fernseher leise und stand auf.

»Komm schon. Tu es für Olli. Für Charly. Du bist der Richtige dafür.«

»Gösch hat das *DroNeiDa* übernommen.«

»Wie du in meinen Mails nicht gelesen hast, hat er das nicht getan. Er hat es sich anders überlegt.«

»Aha.« Ich setzte mich wieder auf mein Bett und starrte den Bildschirm an. Bevor wir auflegten, fragte ich dann doch noch.

»Gösch ist wieder in Berlin«, sagte Isi, dann legte er auf.

64 Ich wohnte in der alten Gärtnerei. Meine Eltern traf ich samstags im *Element* zum Kaffee, abseits davon hatte ich mit Eni und Ana mehr zu tun als mit ihnen, sie luden mich oft in die Offiziersmesse zum Abendbrot ein. Ich mochte es, wenn die alte Ana mit ihrem schönen Seemannsbass »Backen und Banken« durch den Garten rief, wie sie es immer getan hatte, ganz so, als wären wir auf hoher See und als würden zahllose Matrosen nur darauf warten, abzuentern und ihre Portion Zwieback mit gewässertem Dörrfleisch zu fassen.

Isi kam immer an meinem Stand vorbei – »Das nennt

man Öffentlichkeitsarbeit, du Idiot« –, ich wusste nicht, warum es gerade diese Sätze von Olli waren, die mir so fehlten –, Isi jedenfalls kam immer vorbei, wenn er auf dem Markt Blumen kaufte fürs Kloster. Ich ging selten nach oben. Ich mochte es nicht mehr, durch das Wurmloch zu schlüpfen, ich hatte das Gefühl, die Zeit bei den Feen erzeugte einen ganz anderen Effekt, als allgemein kolportiert wurde, im Gegensatz zu den Männern in den Märchen war ich es, der alt geworden war, alles andere war gleich geblieben. Ich war der Opa vom Bahnhof, der es nicht in den Zug geschafft hatte, in diesem Zustand verharrte ich, irgendwo in einem Kaff im Wilden Westen.

Die *Season's Greatings* schickte ich ungeöffnet an den Absender zurück, nach ein paar Jahren blieben sie aus.

Wenn ich so darüber nachdachte, hatte Bernadette Hobbs unsere These zu den gelockten Frauen irgendwie doch bestätigt. Sie hatte die ungeheure Fähigkeit bewiesen, dem größten Unglück unbeschadet und leichtfüßig zu entschlüpfen. Ich dachte aber nicht mehr, dass es gesunder Instinkt war, der sie antrieb wie ein kleines Motorboot, ich dachte – ach, was weiß ich. Als ob uns diese erbärmlichen Analysen irgendwas gebracht hätten. Ich dachte einfach nur, dass sie mich ankotzte.

Gösch? Ich wartete eigentlich täglich darauf, dass ihm sein Leben um die Ohren flog, wie es ihm immer um die Ohren geflogen war, ich wartete darauf, dass ihn verließ, mit wem auch immer er nun gerade zusammen war, weil irgendwer musste ihn schließlich aushalten. Ich wartete darauf, dass diese Frau ihn verließ, weil sie einen gesunden Instinkt hatte, aber vielleicht hatte sie keinen gesunden Instinkt, vielleicht hatte er den Typ gewechselt, vielleicht hatte das viele Laufen etwas gebracht und er war jetzt ein glücklicher Mensch. Gösch jedenfalls lebte offensichtlich weiter.

65 Ich hatte sie damals für unwichtig gehalten und zur Seite gelegt. Es war Mai, als ich mir die alten Giftlerakten vornahm, sie lagerten unverändert in den Bananenkisten, in denen ich sie verstaut hatte, in einer Ecke von Ollis Büro.

Ich hatte keine Ahnung, unter welchem Namen ich ihn finden würde.

Als sie vor mir lag, dachte ich nur: der Hund. Es war nämlich nicht er. Ich nahm die Akte aus dem Ordner und ging ans Fenster. Jean-Pierre Hobbs, ein vielversprechender Stern am Finanzhimmel Zürichs, hatte im *DroNeiDa* einen Entzug gemacht, hatte vielleicht einen Auslandsaufenthalt fingiert oder ein Stipendium in Harvard, eine Weltreise oder was auch immer, und war vom Zürcher Parkett für einige Monate verschwunden, er war abgetaucht, ohne irgendjemandem Anlass zu Gerede zu geben, und er war erfrischt und in gesundheitlich bester Verfassung wieder aufgetaucht. Hätte irgendjemand zeit seines Lebens, irgendjemand und irgendwann, sich veranlasst gefühlt, ihm hinterherzuschnüffeln, belastendes Material aus seiner Vergangenheit auszugraben, man hätte nichts gefunden, zumindest keine Drogen. Und dabei muss ich natürlich sagen: Es *wurde* ihm ja hinterhergeschnüffelt!

Die Ermittler hatten das Unterste nach oben gekehrt und alles Mögliche gefunden, aber keine Drogen. Keine Drogen, keinen Entzug, keinen Hinweis darauf, dass er jemals seinen Fuß in dieses Feldkirch gesetzt hatte, geschweige denn gewusst hatte, was das *DroNeiDa* war. Jean-Pierre Hobbs war offiziell niemals hier gewesen, wohl aber ein »Gerome MacKenzie«, Maler – die Adresse stimmte, das Geburtsdatum stimmte, der Geburtsort, und der Nachname war der der »ordinären Person«, ihrer Mutter.

Jean-Pierre Hobbs hatte die Identität seines Bruders genutzt, um sich im *DroNeiDa* anzumelden und das Ganze mit dem Namen seiner verschmähten Mutter gekrönt, und niemand hatte irgendwas geahnt.

Johns Buch, *Roaring in the deep*, war ein ziemlicher Erfolg, wie ich hörte, er hatte mir ein Exemplar der deutschen Übersetzung zugeschickt – sie trug den nur unzureichend übersetzten Titel *Gründeln in der Tiefe*, aber ich las es lange nicht, ich las jetzt genau genommen kaum noch. Es hieß, *Gründeln* würde die österreichische Geschichte »ganz neu aufrollen«, und er sei ein »aufsteigender Stern am Autorenhimmel« – das übliche Zeug eben.

Irgendwann las ich dann doch rein, eigentlich nur, weil meine Mutter zufrieden berichtete, die *Vorarlberger Nachrichten* hätten geschrieben, endlich würde wieder einmal eine hiesige Stadt hinreichend literarisch gewürdigt, endlich habe Feldkirch in der Literatur wieder jenen Platz, den es bei Zweig und Joyce zu Recht gehabt habe.

Es war eine viel zu verwickelte Geschichte, als dass ich an dieser Stelle darauf eingehen könnte, verwickelt und kurzweilig und natürlich unglaublich klug, John hätte niemals ein dummes Buch geschrieben. Was mich aber nicht unerheblich irritierte, war dieser Feldkirch-Bezug.

Die Geschichte spielte auf der Achse Kärnten–New York und sprang agil von einer Zeit in die andere, daneben fuhr der Protagonist – er trug denselben Namen wie der Autor, John, und spielte ausgefuchst mit dem alten Vexierbild zwischen Realität und Fiktion – immer wieder auf einen Abstecher nach Feldkirch, um eine entfernte Tante zu besuchen. Sie war Fotografin und hieß albernerweise Liesl Fruxner, sie tranken zusammen Tee aus Plastikbechern und teilten sich Snickers. Diese Besuche lasen sich erstaunlich geschmeidig, sie strukturierten sozusagen den Roman, ohne ihm irgendetwas Nennenswertes hinzuzufügen, ganz im Gegenteil, Liesl Fruxner und der Protagonist unterhielten sich weder über die Nazis in ihrer Familie noch über den berühmten Komponisten, der unschön in das ganze Morden verwickelt gewesen war, noch erzählte er ihr irgendetwas von seinen Recherchen. Nein, sie schauten sich die Fotos an, die sie treu über die Jahre geschossen hatte, und stapften zu diesem Zweck vom Keller bis unters Dach, und bei einem dieser Rundgänge ergab sich folgender, für Johns Verhältnisse eher ungelenker Dialog:

»Thank Goodness, ist das ein real Hodler?«

»Ja ja, Hodler, den habe ich mal geschenkt bekommen, oder, ist jetzt auch schon ewig her.«

»Und wieso steht der da auf dem Dachboden? Do you have any idea of it's Wert?«

»Ja eben, der hat sicher seinen Preis, aber gefallen tut er mir nicht, aufhängen mag ich den nicht, ich hab gedacht, ich stell

ihn auf den Dachboden und wenn ich einmal dringend Bares
brauch, wenn ich einmal alt bin, dann verkauf ich den, der ist
meine Altersvorsorge, oder, manche mögen ja Hodler.«

»Tante Liesl, du bist *alt.«*

»Aber nicht so!«

»Und von wem überhaupt geschenkt bekommen, who gives
away a Hodler?«

»Du kennst doch den Schouni, da vom Baggersee, der hat
mir den geschenkt, der war Maler.«

»Hat er den selber gemalt?«

»Aber wo denn! Wo das doch ein Hodler ist! Er handelt eben
auch mit Kunst, darum. Der war eben auch Kunsthändler. Für
Hodler und so.«

»Verkauf den Hodler nicht.«

»Wieso denn nicht, gefällt er dir? Willst du ihn womöglich
erben, vielleicht, wenn ich einmal alt bin?«

»Yes. Yes, I think, ich wurde gerne den Hodler erben, wenn
du einmal alt bist.«

Ich legte das Buch weg. Ich saß in Ollis Büro, das nun
mein Büro war, es war Freitagabend, und der Engel über
dem Schreibtisch präsentierte seinen tollen Bauch im letzten mageren Licht, das zum Fenster hereinkam.

Rosl Fraxner und ich hatten uns seit meiner Rückkehr
nicht gesprochen. Ich hatte Angst vor dieser Begegnung,
nein, Angst ist vielleicht nicht das richtige Wort. Ich hatte
nicht Angst vor dieser Begegnung. Ich wollte sie einfach
nur niemals wieder sehen.

66 Ich stand im Hallenbad in der Umkleide und stieg in die Badehose – unverwüstlich munter trampelten mir die Elefanten um die Oberschenkel –, ich knüpfte das Hemd auf und schlüpfte aus dem Unterhemd, als ich aufsah und mir selbst im großen Spiegel an der Wand gegenüberstand. Ich hielt das Unterhemd in der Hand und schaute mich an, und gleichzeitig durch die Zeit auf den anderen Mann Jahre zuvor in derselben Badehose, das Hemd noch in der Hand, und plötzlich kapierte ich, was ich damals gesehen hatte.

Und einmal noch war es, als nähme ich wieder das Plastiskop zur Hand und die letzten beiden Bilder klickten an mir vorbei: Das unverhoffte Aufeinandertreffen von mir und Frau Hobbs und Herrn Gerome im Salon. Sie standen sich gegenüber und sagten nichts, schauten sich einfach nur an.

Und ohne, dass ich den Mechanismus betätigt hätte, schob sich mir das nächste Tableau in meinem kleinen Bildbetrachter vor die Linse: Herr Gerome, wie er frühmorgens aus ihrem Schlafzimmer kam, er knotete sich den Morgenmantel zu.

Und während ich es betrachtete, wie ich es immer wieder betrachtet hatte, musste ich ganz nebenbei daran denken, dass Jean-Pierre Hobbs und sein Bruder denselben Morgenrock getragen hatten. Herr Gerome hatte sich den Morgenrock um den Leib geknotet und da sie den gleichen Morgenrock besessen hatten, hatte mich das kein bisschen stutzig gemacht. Heute aber dachte ich: Wieso überhaupt hat er sich den Morgenrock zugeknüpft, hat er vielleicht nackt seine Skizzen angefertigt? Heute dachte ich: wohl kaum.

67

Als Rosl Fraxner mich im Büro besuchte, war ich viel zu perplex, um sie sofort rauszuwerfen.

Sie legte mir ein riesiges Paket auf den Schreibtisch, ich machte keine Anstalten, es zu öffnen.

»Was soll das?«

»Na, dein bildhübscher junger Freund damals hat es nicht haben wollen, da dachte ich, bring ichs dem Krischi, das ist sicher genau sein Geschmack. Es ist ein rothaariger Nackabatsch drauf. Es ist immer noch Sünd' und Schad', dass ihr zwei nicht mehr verspatzelt seid, ihr wart ein so ein schönes Paar, richtig fotogen, er hat immer ausgesehen wie ein junger Gott aus –«

»Ja«, sagte ich, »ich weiß. Ich möchte, dass Sie jetzt gehen. Und nehmen Sie Ihr Paket wieder mit, ich will es nicht.«

»Also, jetzt hab ich das extra hierhergetragen, jetzt nehm ich das sicher nicht wieder mit. Überhaupt hat es mir noch nie gefallen, ich war aber eine *sehr* gute Freundin von dem Schouni, oder, richtig gut Freund waren wir miteinander, darum hat er mir das damals geschenkt, ich hab gedacht, das wäre eine schöne Altersvorsorge, aber wo ich doch jetzt so viel verdiene mit meinen eigenen Bildern …«

»Raus«, sagte ich.

Ich stand auf und schaute aus dem Fenster, es hatte zu

regnen begonnen, die losen Blätter der Platanen wehten düster durch die Straße. Ich hörte sie schnaufen, und ich hörte, wie sie die Tür hinter sich ins Schloss warf.

Ich drehte mich um und wickelte das Bild aus dem Papier. Einer sägte auf typisch Hodler'sche Art rothaarig und nackt an einem zarten Baum.

Hatte Rosl Fraxner Olli etwas gesteckt? Hatte sie ihn darauf gebracht, dass Charly nicht sein Vater war? Hatte sie einfach Bewegung reinbringen wollen in ihr gefährliches Spiel? Ging er darum bei ihr vorbei, um sich »endlich einmal die alten Bilder anzuschauen«? Vielleicht war es so. Er kam zu ihr und noch einmal, und noch einmal und sie zeigte ihm Foto um Foto und er sah, dass sie recht hatte. Und es wäre nichts daraus gefolgt, denn er kannte diesen Mann auf ihren Bildern nicht, diesen Mann, der sein Vater sein sollte. Und Rosl Fraxner? Es passte zu ihr, ihm in aller Unschuld ihre Bilder zu zeigen und dann von nichts zu wissen. Wie der Mann mit dem Muttermal hieße? Keine Ahnung. Wer er sei? »Also solche Sachen weiß ich wirklich nicht, ich bin Künstlerin, was interessieren denn mich so profane Fakten« usw. Olli rief Peppi an und der konnte ihm nicht mehr sagen, als dass es so gewesen sei »Ja, Charly war nicht dein Vater, ich meine, gezeugt, er hat dich nicht gezeugt«, und Olli ließ es ruhen, vier, fünf Wochen lang und vielleicht hätte er es für immer ruhen lassen.

Warum ich von Schuld spreche, sprechen muss. Die Fotos also, in der Zeitung. Die Fotos von Jean-Pierre Hobbs nach dem Skandal. Immer wieder sehe ich mich, wie ich die Artikel ausschneide und in ein Kuvert stecke. Ich schickte sie ihm, nach Herrn Hobbs' Freitod schickte ich sie ihm. Ich wollte nur, dass er sah, wie sein Konkurrent ins Straucheln kam, wie er vom Berg fiel. Aber Olli sah nicht den anderen Hirsch, gegen den er den Kampf aufnehmen konnte. Er sah diese Bilder und ihm, der nun genug Fotos gesehen hatte bei Rosl Fraxner, der seinen Vater am Baggersee gesehen hatte zum Zeitpunkt seiner Zeugung und keine Ahnung davon hatte, wie er heute aussah, geschweige denn, wer er war, ihm wurde es nun klar. Nun erkannte er diesen Herrn Hobbs, den Mann seiner Geliebten, den Mann, dem er höchstens einmal die Hand geschüttelt hatte auf der Beerdigung seines Vaters, als einem unter vielen, den Mann, den er nie richtig kennengelernt hatte und den kennenzulernen er sich keineswegs gewünscht hatte, den erkannte er. Er stand mit den Zeitungsausschnitten im Wartezimmer, hielt die Fotos neben das Beerdigungsbild, schaute und sah nun auch den Mann in der hintersten Reihe. Olli sah in den Zeitungsausschnitten seinen Vater. Er sah nicht den alten Hirsch, den er besiegen musste, um das Rudel zu übernehmen, er sah seinen Vater, der ein Betrüger gewesen war, und er sah seinen Vater, dem er die Frau weggenommen hatte, er sah seinen Vater, mit dessen Frau er ein Kind gezeugt hatte und von dem er inzwischen wusste, dass er tot war.

Was genau das Quäntchen war, das für Olli zu viel war, zu viel zum Aushalten und zu viel zum Weiterleben, ich weiß es nicht. Die Tatsache, dass er mit einer Lüge gelebt hatte, dass Charly nicht sein Vater war, dass er nicht mal zur Batlogg-Familie dazugehörte, nicht vom Blut her, dass er nirgends dazugehörte, dass er mit der Frau seines leiblichen Vaters schlief, nein, dass er mit ihr ein Kind gemacht hatte, dass dieser leibliche Vater sich umgebracht hatte, wegen ihm, weil er womöglich was geahnt hatte. Alles zusammen. Alles das zusammen war zu viel für Olli. Er war ein Raubein und ein Rüpel, er war ungestüm und laut, und dabei doch so empfindsam, er trampelte blind vor Wut eine Brotdose platt, weil eine Mitzi Knurr unüberlegt gelacht hatte, er tat es, weil er sanft war und so verletzlich, dass es uns alle nervte.

Was bleibt? Nur Ungewissheiten.

Auf Jean-Pierre Hobbs' Brust aber gab es kein Muttermal. Kein Muttermal. Ich stand in der Umkleide im Hallenbad und sah meine nackte Brust und durch den Spiegel hindurch die seine. Er hatte die Badehosen anprobiert und das Hemd in der Hand gehalten und da war kein Muttermal gewesen.

Und wie der Fallschirmflug eines Löwenzahnsamens, der langsam niederschwebte und irgendwann landete, wusste ich plötzlich, wieso mir die Kässpätzle essende Angelika Kauffmann so bekannt vorgekommen war, wieso sie mich eigentlich gar nicht an Angelika Kauffmann erinnert hatte. Sie hatte mich an Bärbel Batlogg erinnert, sie hatte mich an Ollis Mutter erinnert.

Auf Jean-Pierre Hobbs' Brust gab es kein Muttermal, aber auf der Brust von Herrn Gerome. Er hatte seine damalige Geliebte gemalt, Kässpätzle essend, fröhlich, wie eine lustige Version von der Kauffmann selbst. Und wieder ging ich morgens um halb sechs durchs dämmrige Treppenhaus und aus dem Schlafzimmer der Hobbs trat Herr Gerome, knotete den Morgenmantel zu über einer nackten Brust und über einem Fleck, den sein Sohn von ihm geerbt hatte.

Jean-Pierre Hobbs war der Falsche, ich, Olli, wir hatten den Falschen. Jean-Pierre Hobbs hatte durch das Fernrohr überhaupt nichts erkannt, kein T-Shirt, keinen Fleck, keinen Sohn. Er sah einfach nur seine Frau und ihren Liebhaber. Das war genug. Er stieg ruhig von dem Dachboden wieder herunter, verließ das Haus und verbrachte die Nacht wer weiß wo, um am nächsten Tag wie geplant nach seiner Geschäftsreise nach Hause zu kommen. Einer wie er wusste, welche Schlachten es zu fechten galt und welche es gar nicht wert waren.

Ja, es bleiben nur Ungewissheiten und dazwischen ein paar lose Tatsachen.

Ein Mann, der keine Kinder zeugen kann.

Seine Frau, die dennoch einen Sohn gebärt, er sieht niemandem ähnlich, aber das kommt vor.

Zwei Zwillinge und eine Frau. Der eine verdient die Kohle, der andere sorgt für gute Stimmung. Der eine führt die Ehe, der andere ist gut im Bett. Ein Arrangement. Man ist glücklich.

Zwei Jungs, die eine Hexe ärgern. Man sollte das vermeiden.

Sie beginnt, ihre Fäden zu verweben.

Eine Frau, die sich verliebt, sie bleibt beim gleichen Typus.

Die Zwillinge streiten sich. Der eine geht, der andere bleibt. Er ist nie mehr als ein Gast in seinem eigenen Haus gewesen.

Ein Fernglas, mit dem der, der geblieben ist, ein neues Sternbild sichtet, aber er behält es für sich, Sternbilder werden überschätzt.

Aber als er alles verliert, seinen Job und sein ganzes Renommee, da ist die Erinnerung an das Bild in einem scharf gestellten Fernrohr, das, was er gesehen hat durch die Kuppel eines gläsernen Pavillons, festlich erleuchtet in einer dunklen Nacht, da ist die Möglichkeit, dass nicht einmal das Kind, das sie trägt, von ihm ist, zu viel. Ihm bleibt: nichts.

EPILOG

Ich habe den Hodler zu einem guten Preis verkauft. Für das Geld habe ich die Villa am Margarethenkapf erworben, ich gedenke, ein Café daraus zu machen und meinen Bruder als Pächter zu engagieren, es würde wieder Leben in das Haus bringen. Die Möglichkeit, dass alles auffliegen könnte, sollte Gerome Hobbs je der Kunstfälschung bezichtigt werden, gefällt mir eigentlich ganz gut. Nichts ist sicher. Dieser Gedanke ist für mich neu, aber ich gewöhne mich daran.

Jetzt, wo ich all dies niedergeschrieben habe, fällt mir eine Anekdote ein, etwas, was John mir einmal erzählt hat.

Ähnlich wie Herr Gerome hatte er eine wunderbar fesselnde Art, Geschichten zu erzählen, und mit höchstem Interesse lauschte ich damals seinem Bericht über ein Interview, das er für die *New York Times* vor etlichen Jahren mit Lucian Freud in London geführt hatte.

Im Verlauf dieses legendären Gesprächs – Freud habe, so John, seit Jahrzehnten praktisch jede Anfrage abgelehnt und habe zu seiner allergrößten Verwunderung zugesagt –, verspeiste der berühmte Maler drei gebutterte Rosinenbrötchen, leerte eine Kanne Earl Grey, empfahl sich kurz, um sich nebenan lautstark mit einem dickärschigen Modell zu vergnügen und nach einem ausführlichen Vollbad, was John – immer noch brav im Nebenzimmer am zugemüllten Teetisch – alles mit bewundernswerter Geduld abwartete, machte Freud sich daran, im gesteppten Morgenrock Gauguin zu zitieren: *Bilder sind Porträts ihrer Schöpfer.*

Gauguin sei, so Lucian Freud, der Meinung gewesen,

jedes künstlerische Werk erzähle weniger vom Modell, sondern reflektiere vielmehr den Maler selbst, sei also eine Art Selbstporträt.

Dieser Gedanke, sagte Freud vergrämt, während er sich anschickte, weitere Rosinenbrötchen und eine abermalige Kanne starken Tee zu sich zu nehmen, sei ihm immer eher unangenehm gewesen.

Er habe das, so John, angesichts der fetten und fahlen Leute, die Freuds Bilder in so beeindruckender Zahl bevölkerten, absolut verstehen können, nein, genau genommen habe ihn das nackte Grauen überfallen und dann der beruhigenden Gewissheit Platz gemacht, niemals mit einem tauschen zu wollen, bei dem es drinnen derartig käsig und wobbly aussehe. Man müsse, fuhr John fort, das ganze viele money, das Freud mit seinen malerischen Ergüssen verdient habe, eher karitativ sehen, als eine Art Trostpreis (booby prize).

Ich war derart vertieft in diese interessanten Interna aus dem Leben eines echten Künstlers, dass ich gar nicht auf die Idee kam, dass das Gesagte jemals auf mich selbst zutreffen könnte.

Ich sitze am Fenster des oberen Salons und schaue hinaus in den Garten und über Feldkirch, das sich unter mir ausbreitet. Wieso bloß wirkt die Dunkelheit eines Herbstabends so gierig, lauernd, wieso ist mir plötzlich, als griffe sie mich an? Ich denke, ich werde nie wieder froh sein. Nicht in dieser Stadt. Nirgendwo. Ich denke, dass nichts sicher ist, dass man nichts sicher weiß, dass es niemanden gibt, der mir diese Geschichte bestätigen kann. Ich denke, dass viel zu viele gestorben sind, und frage mich, wie ich bloß dieser Tatsache Herr werden soll. Ich denke an Olli. Ich denke an das Knacken, tief in mir drin, damals, unterm Birnenbaum. Dann denke ich, und dafür schäme ich mich am meisten, ich denke: Das Leben ist ein steter Fluss. Es fühlt sich tröstlich an.

Es ist ein schlampiger Tag. Es ist ein wahnsinnig schlampiger Tag.

ZITATNACHWEISE

S. 37: Martin Gayford: *A Bigger Message. Gespräche mit David Hockney*. Deutsche Übersetzung von Benjamin Schwarz. Piet Meyer Verlag, Bern 2012

S. 54/55: Stefan Zweig: *Die Welt von Gestern. Erinnerungen eines Europäers*. S. Fischer, Frankfurt am Main 1976

S. 116: Die Verhaltensregeln im Falle eines Lawinenabgangs sind einem Bericht auf ISPO.com, dem Newsportal der internationalen Leitmesse für das Sportbusiness, entnommen. *Lawine – was tun? So verhalten Sie sich richtig in und bei einem Lawinenabgang.* 06.12.2017
https://www.ispo.com/knowhow/id_79578220/lawine-was-tun-so-verhalten-sie-sich-richtig.html

S. 122: Auszüge aus dem Brief Arthur Conan Doyles wurden von der Autorin frei übersetzt nach: Lellenberg, Jon/Stashower, Daniel/Foley, Charles (Hrsg.): *Arthur Conan Doyle. A Life in Letters*. The Penguin Press, New York 2007

S. 379/380: Martin Gayford: *Mann mit blauem Schal. Ich saß für Lucian Freud. Ein Tagebuch*. Deutsche Übersetzung von Heike Reissig. Piet Meyer Verlag, Bern 2011

DANKSAGUNG

Dieses Buch wurde gefördert durch das Berliner Senatsstipendium und den Deutschen Literaturfonds.

Ich danke meiner Familie für ihre liebenswürdige Hilfe und Unterstützung in allen Dingen des praktischen Lebens.

Mein großer Dank für Rat und Kritik gilt Janika Gelinek und Fabian Alder – das Lesen dieser frühen Fassungen kann einfach keinen Spaß gemacht haben –, Olaf Petersenn für die optimistische Begleitung der Anfänge und Elisabeth Ruge für ihren fröhlichen Glauben daran, dass das jemals was wird. Und meiner ungeheuer belesenen Tochter Flora – ihr Fazit »Das klingt total spannend!« nach einer Kurzzusammenfassung war ungemein erbaulich.

Sandra Heinrici für ihre hellsichtigen und zentralen Hinweise – sie kamen zur rechten Zeit und machten mir die Weiterarbeit überhaupt möglich.

Ich danke dem wunderbaren Team von Kiepenheuer & Witsch – die gewissenhafte Arbeit und Wertschätzung für jedes einzelne Buch bezaubern mich immer wieder.

Meine tiefe Verehrung gilt der hinreißenden Mona Leitner. Ich vermute, sie wird einmal eine dieser legendären Lektorinnen sein, von denen alle ehrfürchtig sprechen, und ich bin unendlich froh, von mir sagen zu können: Ich habe sie von Anfang an gekannt.

Und wie glücklich bin ich, Mathias Gatza an meiner Seite zu wissen – sein kluges Lesen, seine Zuversicht und Freude an diesem Buch bedeuten mir alles. Und der Rest sowieso.